当代中国文论八讲

朱首献◎著

钱江新潮文丛

中国社会科学出版社

图书在版编目（CIP）数据

当代中国文论八讲/朱首献著．—北京：中国社会科学出版社，2019. 1

ISBN 978－7－5203－2879－1

Ⅰ. ①当…　Ⅱ. ①朱…　Ⅲ. ①中国文学—当代文学—文学理论—研究　Ⅳ. ①I206. 7

中国版本图书馆 CIP 数据核字(2018)第 165408 号

出 版 人　赵剑英
责任编辑　郭晓鸿
特约编辑　王顺兰
责任校对　李　莉
责任印制　戴　宽

出　　版　中国社会科学出版社
社　　址　北京鼓楼西大街甲 158 号
邮　　编　100720
网　　址　http://www. csspw. cn
发 行 部　010－84083685
门 市 部　010－84029450
经　　销　新华书店及其他书店

印　　刷　北京明恒达印务有限公司
装　　订　廊坊市广阳区广增装订厂
版　　次　2019 年 1 月第 1 版
印　　次　2019 年 1 月第 1 次印刷

开　　本　710×1000　1/16
印　　张　20. 75
插　　页　2
字　　数　309 千字
定　　价　88. 00 元

凡购买中国社会科学出版社图书，如有质量问题请与本社营销中心联系调换
电话：010－84083683

丛书总序

浙江大学是一所人文璀璨、名师荟萃的全国重点大学，其前身是1897年创办的求是书院。百年浙大，一路风雨，一路辉煌。在这块深厚的土地上，它不仅哺育了马叙伦、马一浮、沈尹默、苏步青、王淦昌、贝时璋、张其昀、谈家桢、卢鹤绂等众多的文化名人和科学大师，而且在长期的办学中形成了堪称典范的求是精神。尤其是在竺可桢主政期间，于极其艰难的西迁办学中更是把这种“求是”精神发挥到极致，使浙大声名远播，成为“当时中国最好的四所大学之一”。

浙大中文系办学历史悠久。往远说，可追溯到林启主持的求是书院。办学伊始，书院即开设国文课程，先后延请宋恕、陈去病、马叙伦、沈尹默、张相等著名学者授业讲学——以此算起，中文系已历春秋百有十载；往近说，则源于1920年的之江大学国文系和1928年的国立浙江大学国文系——就此而言，中文系悠然已有九十余年历史。它前后历经西迁时期、龙泉分校时期，后又融合之江大学国文系、浙江大学国文系两大主脉。1952年全国高校院系调整，中文系被划归由浙大“母体”孵化出来的新的分支——新成立的浙江师范学院。嗣后1958年，浙江师范学院与新组建的杭州大学合并，称杭州大学；从这时开始，浙大中文系便进入了“杭大中文系”时代，迎来了一个新的发展阶段。“杭大中文系”的系名，一叫便是整整四十年，并已在社会和学界赢得良好的声誉。直到1998年，原浙江大学、杭州大学、浙江医科大学、浙江农业大学四校合并成立新的浙江大学，中文系在经历了一番分分合合之后又返回到了它的母体怀抱。现在的浙大中文系是以原杭大中文系为主体的，自然，它也整合了其他相关的师资力量。

浙大中文系建系以来，人才辈出，具有深厚的学术积累。祝文白、缪钺、刘大白、丰子恺、许钦文、夏承焘、姜亮夫、钱南扬、胡士莹、徐声越、陆维钊、任铭善、王季思、郑奠、王驾吾、孙席珍、王西彦、蒋礼鸿、徐朔方等一大批在国内外学界享有盛誉的杏坛名师、学术名流都曾于此任教。他们实践的“传承创造”的学术精神和追求的“卓然独立”的学术境界，为中文系的发展，包括有特色、有影响的学科的创建，也包括有特色、有发展后劲的梯队的形成，奠定了坚实的基础。百年沧桑，艰难困苦，玉汝于成。“近代科学的目标是什么？就是探求真理。科学方法可以随时随地而改变，这科学的目标，祈求真理，也就是科学的精神，是永远不会改变的。”回顾往昔，我们更加真切地体会到了竺可桢老校长在20世纪40年代所讲的这句话的深刻含意，也越发怀念为中文系发展做出贡献的诸多前辈和老师，并油然萌生了在前人基础上进一步拓宽和发展中文系的一种强烈的责任感、使命感。

我们高兴地看到，经过几代人不懈的努力，浙大中文系已发展成一个实力雄厚、在国内很具声誉和影响的系科。特别是自1995年被批准为国家基础科学研究与人才培养基地以来，更是在各个方面都有长足的发展，在全国同类专业的高校排名中一直居于前列。中文系也由原先单一的汉语言文学专业，发展成为由汉语言文学、中国古典文献学、编辑出版学三个本科专业和一个影视与动漫编导方向的立体多元、结构合理的“大中文”专业。目前，中文系已有中国语言文学一级学科博士点以及中国语言文学学科博士后流动站，汉语言文字学、语言学及应用语言学、文艺学、中国古代文学、中国古典文献学、中国现当代文学、比较文学与世界文学7个二级学科具有博士学位授予权。中国古典文献学为国家重点学科，中国古代文学、中国古典文献学、汉语言文字学、文艺学4个学科为浙江省省级重点学科。汉语史研究中心成为教育部人文社会科学重点研究基地。现有在编教师50人，其中教授26人（博士生导师25人），副教授14人。他们不仅在各个学科发挥重要的带头和骨干作用，而且在国内学界也具有举足轻重的地位和影响。正是在这批以四五十岁的青年学者为主体的学术核心的努力和引领下，由夏承焘、姜亮夫等前辈学者所开创的，吴熊和、王元骧等名师宿儒所光大的中文系学脉，方能做到承传有自、薪火绵延。

这次我们编辑出版的这套《钱江新潮文丛》，所收的是工作在教学和科研第一线的在职教师的系列学术论著。他们中有30多岁的学术新锐，也有五六十岁的年长或较年长一代学者。涉及的范围，包括汉语言文字学、语言学及应用语言学、文艺学、中国古代文学、中国古典文献学、中国现当代文学、比较文学与世界文学以及影视文学等不同学科。在这里，学科与学科之间，个体与个体之间，彼此是有差异的，思维理念也不尽一致，但有一点似乎是共同的，那就是都在努力追求和体现中文系传统的“求是博雅”学风。章学诚评价古代两浙学风时曾谓：“浙西尚博雅，浙东贵专家。”浙大中文系以“求是博雅”为系训，正是因为非求是则无以成专家，非博雅则无以成通儒。所谓“求是”，就是求真、求实；所谓“博雅”，就是求善、求美。这反映了我们力图贯通浙东西、融合古与今的学术视野与意识，以及从传统的学脉中创造新的浙江学派的愿望，也是我们的世界观、人生观、学术观的一个投影和富有理性的特殊呈现。尽管面对浙大中文系的百年历史和悠久传统，本丛书中的这些成果尚远不能说是“雏凤清于老凤声”，在这方面，我们深知与前辈相比还有一定的差距。但中文系数十位教师用心血和智慧浇灌出来的这些学术之果，毕竟从各个不同的角度对“求是博雅”作了新的诠释，这是很可欣喜的。可看作对中文系近十年学术研究的一次检验，一次富有意味的“集体亮相”。

这些年，由于种种原因，学术浮躁和浮夸之风盛行，违反学术道德和学术规范的不端行为也屡有发生。在这样的情况下，中文系老师“守正创新”，一方面继承百年来的优良学术传统，不盲从、不浮躁，以“板凳坐得十年冷，文章不写半句空”的严谨求实学风，孜孜不倦地潜心从事学术研究，坚守着学术正道；另一方面不囿陈说，锐意创新，力求在前人基础上有新的发现，为学术研究做出自己创造性的贡献，这十分难能可贵。而这一点，在这套丛书中也都表现得十分明显。

不尚空谈，不发虚词，以追求真理为目标，以崇尚事实为基础，强调学术研究的“实事求是”与“实事求是”的学术研究。我想，这就是浙大中文系生生不息的学术传统，它贯穿百年而又存活于当下，已内化为我们的一种精神生命，一种支撑当下中文系存在和发展、坚守学术家园的“阿基米德点”。我们出版这套丛书，目的就是弘扬浙大中文系这一学术传统，继往开来，进一步加强中国语言文学学科的建设，为提升和扩大其学术水平及影响尽一份绵薄之力。

本丛书的出版得到了中文系 1984 届校友、浙江通策集团董事局主席吕建明先生的鼎力相助。2007 年 5 月，在浙江大学 110 周年校庆期间，他慷慨捐资百万元支持中文学科建设。他的善举和情意令人感佩，也催发了我们策划并编纂此书的积极性。源于此，我不仅对本丛书所反映的教师学术才华和追求感到欣慰，同时更对百年浙大中文学科未来的发展前景抱持一份坚定的信心。

钱潮天下奇观，故孙中山先生有“猛进如潮”之赞，学术创新，贵如潮水之猛进荡决；钱潮及期而信，故吴越王钱镠有“日夜波涛不暂息”之感，学脉传承，当如潮水之永不止息。“求是博雅”，就意味着学者既要有弄潮儿那般“溯迎而上，出没于鲸波万仞中”的锐气，也要有“晚来波静，海门飞上明月”的心境。本丛书以“钱江新潮”为名，其微意实在于此。

吴秀明

2009 年 4 月 15 日于浙江大学

目　录

导　论

同以往任何一个时代不同，近代中国是在内忧外患之中进入20世纪的，与之相应的是，中国社会文化的发展至此亦开始酝酿一个大的转型。这正是吴趼人在《历史小说总序》中所言："年来吾国上下，竞言变法，百度维新，教授之术，亦采法列强；教科之书，日新月异。"[①] 中国文论的发展也被裹挟进这个过程，在这个特殊的过程中，中国文论方开始有意识地进行学科的建构，揖别旧习学科研究理念，超越传统学术阈限，建构新的体系范畴，进而突破既有学科逻辑、知识结构、术语概念、导入方式、话语形态等的桎梏不断走向现代化、学科化、系统化。赖大仁曾认为，自20世纪70年代末到90年代中期，中国文论历经了一条"破、引、建三者交织互动"的发展路径，所谓"破"，他认为，就是破除既往"文艺为政治服务"之类比较单一、僵化的理论模式，寻求文论观念的变革；所谓"引"，就是引进西方各种现代文论资源，拓宽理论视野获得启示借鉴；所谓"建"，就是在破除旧的理论观念和模式的同时，寻求新的理论观念与范式的重建。[②] 他的这个归纳很有道理。其实，就20世纪中

① 吴趼人：《历史小说总序》，《月月小说》1906年创刊号。

② 参见赖大仁《当代中国文论面临的问题及其理论反思》，《江西师范大学学报》2017年第4期。

国文论的整个流程来看，这个归纳也同样适用。20 世纪中国文论沿袭的也一样的是这样一个流程。只不过它要破除的是中国传统文论的禁锢，所引进的也同样是西方的各种文论资源，不过，它想建构的则是具有现代性和当代意识的中国新文论系统。就其具体呈现来看，这个过程尤以 20 世纪 80 年代至今为甚。在这样的一个“破、引、建三者交织互动”的历史流转中，作为与西方文论迥然相异、自成统系且具有显著的独立自足性和文化自洽性的中国传统文论不断地被超越、遮蔽，乃至边缘化、他者化，最终至于在某些文论叙事中被彻底悬置。在这种意义上，有的学者提出中国文论的失语问题，这自然不是惊人之论，而且，这种失语现象近乎是与 20 世纪中国文论的现代化、当代化进程成正比例的。

一方面求新，另一方面绝后，20 世纪中国文论与其传统性之间的这种血缘背离既造成其急于摆脱中国传统文论而在确立自身、建构自身上采取了急行冒进的策略，又使其由于失去传统的依据而与自身的历史脱节，进而陷入一种无根的焦灼，这种征象在 20 世纪中国文论走马灯似的理论迁移中均有体现。尤其是在 20 世纪前后期文学革命和解放思想这两次浪潮的旋涡中，中国文论在一定程度上不仅失去了自己的学科重心，甚至出现了一定程度上的理论漂移。整体上看，重新建构文学的本质、追问所谓的科学的文学研究方法、研讨文论学科的内部规律、建构科学的文论体系等几乎是 20 世纪中国文论发展的主题。这些主题不仅伴随了 20 世纪中国文论学科自草创到成熟的进程，更为重要的是，它们也深度地参与着 20 世纪中国文论思潮的更迭、演变，并成为其流传和迁移的内在推动之力。从 20 世纪伊始的社会进化论、经济基础决定论、机械反映论、主情论、人生论、人的文学论到其后的政治意识形态论、阶级论、审美论、人学论、主体论、活动论、生产论、非理性主义文论、反本质主义文论、文化论、重写文学史及文学史的本体、方法论等，20 世纪的中国文论不断地实践着、重复着自己在理论立场上的调整和转向。因此，从这个意义上讲，20 世纪中国文论一直在流转中嬗变，在嬗变中突围，在突围中寻找自己的理论归宿，在寻找自己的理论归宿中迷失方向。从积极意义上看，20 世纪中国文论一直在创新中游走，但从消极的方面看，这种不断挑战知识的稳定性的各种理论实验最终其实导致了文论秩序上的混乱。在总体性上，20世纪的中国文论的这种嬗变在70年代末至21世纪初的时间段中体现尤甚。虽然，时至今日，它们中的某些论见已经时过境迁，甚至也一直因为其鲜明的时代局限性饱受后学置喙，但是，无论非议如何，对其的研究和讨论则是非常必要的。这并不仅仅是因为没有历史就不可能有现实，没有现实也不可能会有历史，更重要的是，中国文论的历史和现实已经如此，如果我们希望21世纪的中国文论有所发展、有所进步，就必须认真对待20世纪中国文论的历史遗产，因此，研究当代中国文论思潮与流派对于我们更好地理解中国文论的历史与当下，进而实现21世纪中国文论的学科创新、知识创新、方法创新具有重要的学术意义。

关于本书及其作为研究对象的当代中国文论，我们还需要说明的问题如下。

第一，本书的研究对象事实上为当代中国文论中的主要思潮，所以，“何谓思潮”需要我们在此做一简略的说明。就其具体的话语表现来看，思潮显然是一个被学界广为运用且流布甚远的范畴，但是，要清楚地说明这个熟识而又陌生的概念其实并非一件易事。梁启超在《清代学术概论》中的这个表述或许可资参照，他说：“凡文化发展之国，其国民于一时期中，因环境之变迁，与夫心理相感召，不期而思想之进路，同趋于一方向，于是相与呼应汹涌，如潮然。……凡‘思’非皆能成‘潮’，能成‘潮’者，则其‘思’必有相当之价值，而又适合于其时代之要求者也。”[①] 在此，我们暂不论梁启超的这个理解是否科学，但它至少道出了思潮形成的以下构成要件：其一，独思不成潮，一思潮之形成必有相当数量与规模的思考与之相呼应，必须得到社会层面的传播，也就是说，思潮非思想之个像，而是思想之群像；其二，思潮必为有一定价值之思考，且须与时代要求相适应，是特定时期时代要求的折射，所以，思潮往往具有鲜明的时代意识性。在这种意义上，任何一个中国文论思潮的形成，首先应该引起当时学界相当一部分学者的关注、参与、争鸣和讨论，具有一定的规模效应。其次，它必须是与当时的时代相适应的，反

① 梁启超：《清代学术概论》，东方出版社1996年版，第1页。

映了当时一部分学人的文论思考，体现出文论发展中的时代征候和要求，这也是我们在选择讲述对象时所依据的一个重要的择取标准和理论尺度。

第二，20 世纪中国文论从外部来看，是一体化的，其在逻辑运转上也基本具备一以贯之的特征。例如，有人提出的现代性，实际上就是一个符合 20 世纪中国文论逻辑运动上的统一性的范畴。不过，就其内部的共生形态来看，20 世纪中国文论的内在机制是非常复杂的，虽然每一个思潮都有着自己的理论诉求，而且这些诉求也确实具有一定的独立性，但是，在深层次上，它们之间其实却是相互勾连，立体交织，难以完全进行有效的分割。例如，意识形态论与反映论虽然命名不一，但其在理论旨趣上却有着近乎共同的追求，而且，孤立二者中的任何一方，都会使另一方无从得到有效的阐释。文学主体论与文学本体论、文学人学论之间缠绕也是良多，如阎国忠就曾认为，“文学主体性问题的论争不是艺术本体问题的论争，但却隐含着和指向着艺术本体的思考”①，更有学者甚至直接指出文学主体论就是“一种以人为文学本体的理论”②。而主体论把人作为文学研究的思维中心，提倡文学活动的各个环节都要以人为本、为中心、为目的，既将文学是人学的命题的内涵做了进一步的拓展，同时也直接为文学人学论的后一阶段的讨论开辟了致思向度。重写文学史的讨论不仅与人性论、方法论有着多重交织，而且同主体论也有不少的纠葛，如重写文学史讨论的开启者之一王晓明就指出，“其实‘重写文学史’背后有一个‘主体性’的问题”③。文学史的本体问题又与文学人学、文化诗学等盘根错节。非理性主义文论则与文学人学论、文学本体论、艺术活动论等之间有着太多的交集。文学史本体论与方法论乃至重写文学史之间也是有着多重的交织与连横。如此等等，均表明 20 世纪中国文论内在肌理的错综性和逻辑进路的曲折和复杂性，所以，要真正勾画 20 世纪中国文论的内在脉络的清晰化的显像，自然绝非一件容易的事。

---

① 阎国忠：《走出古典：中国当代美学论争述评》，安徽教育出版社 1996 年版，第 345 页。
② 严昭柱：《关于文学本体论的讨论综述》，《文艺理论与批评》1990 年第 6 期。
③ 王晓明、杨庆祥：《历史视野中的“重写文学史”》，《南方文坛》2009 年第 3 期。

第三，本书既为研究当代中国文论思潮，其研究的对象当然是集中在与现代相区别而言的当代文论领域，但是，何为当代，这也是一个无法说清楚的问题。通常，在中国现当代文学研究中，一般以1949年这个政治学的地标为界限，此前归于现代，此后则属当代。这种区分虽然有一定的道理，但其缺陷在于不仅撕裂了文学发展的整一性，更重要的是，它是以突出文学对政治的过度依附为指针的，这自然会造成对文学自身的品性的无视。在文论研究中，模仿现当代文学研究中的这种分期做法的观点也时有所见。不过文论界也有学者是从中国文论的性质上来理解当代问题的。如像杨春时认为的那样，改革开放至今的中国文论只不过是仍然行进在现代性路途中的文论，尚处在前现代状态，所以，中国文论的现代性尚且要假以时日，讨论其当代性显然还为时过早。杨春时的看法基本上是一种否定中国当代文论的观点。此外，基于对上述政治标准第一的分割方法的反拨，文论界也有一种观点认为，真正的当代应当自改革开放始，因为只有到此时，中国文论才对政治意识形态的干扰有一个深刻的反思，中国文论在一定意义上也才走向真正的自觉。在此，我们也打算扬弃以1949年为标界这个通常的做法，而从文论的自觉性出发来对中国文论的当代性进行界定，在这种界定的结果中我们可以看到，当代中国文论的逻辑起点是在意味着中国政治思想解放的20世纪70年代末这个远在1949年后面的时间节点上，正是如此，我们的研究范畴主要集中于新时期的中国文论。

第四，需要指出的是，在目前国内出版的一些重要的研究当代中国文论的著述中，不少研究者都将研究视域主要集中于对狭义的文学基本理论问题的研究，对于文学史理论的问题则多有忽略，这实际上是很不正常的。党圣元在《新世纪文学史理论研究的格局、问题意识及方法范式》一文中就曾这样指出，“中国文学史作为一门自觉而独立的学科，虽然已有百年的发展历史，而且在观念和方法方面取得了极大的进步，积累了大量的思想资源，但是关于本学科的理论模式也就是‘文学史理论’或曰‘文学史学’的研究和探讨却一直开展得不够。过去，我们的文学理论研究很少关注文学史理论问题，各种文学概论或文学理论著作或教科书中鲜有专门讲述文学史理论的章节，则说明文学史理论在文学理论研究中尚不能成为一个‘问题’。由于以往的研究中对于文学史学缺乏自觉的理论建构意识，所以至今我们还没有一种较为系统而完整的文学史理论。20世纪80年代末以来，文学史学日益引起了学界的重视，包括文学史研究和文学理论研究两个领域的许多专家学者纷纷撰文进行讨论，尤其是文学理论研究领域，开始有人关注文学史理论问题，另外，我们也不得不指出，截至目前，这一讨论主要集中在文学史观念和方法论两个方面，然而我们知道文学史理论或曰文学史学的义界并不仅仅包含观念与方法这两个方面，其内涵除此二者之外还有许多。如果这种研究讨论仅停留在观念和方法论的范围之内，那么便不可能达到对文学史理论本体进行全面观照的理论学术层面。文学史理论所指述的对象是关于文学史研究的一般性原理和原则，就其性质而言，应该属于文学理论的范畴。”① 而在新近发表的《论文学史本体》中，党圣元又重申，“以往，我们的文学理论研究很少关注文学史理论问题，在各种文学概论、文学原理以及其他文学理论著作中，鲜有专门讲述文学史理论的章节，则表明文学史理论在以往的文学理论研究中还没有引起足够的关注”②。我们非常赞同党圣元的观点，文学史理论应该而且也必须进入文学理论的研究中来，这不仅对文学史理论本身的健康发展大有裨益，就是对文论自身的完善也是很有意义的一件事情。正是基于这样的理解，我们把20世纪80年代至今学界关于中国文学史问题的讨论也纳入当代中国文论思潮的论域中来。实际上，文学史理论或问题的论争并非仅是文学史学科的问题，它必然会延伸到文学理论乃至哲学、史学等学科，当然，在学科壁垒不断强化的今天，这种做法是否会得到学界认可，我们尚存疑虑，也有待于学界专家和读者的批评指正，但我们的主要意图是在引起文论研究者对文学史理论问题的关注和参与。

---

① 党圣元：《新世纪文学史理论研究的格局、问题意识及方法范式》，《陕西师范大学学报》2010年第2期。

② 党圣元：《论文学史本体》，《甘肃社会科学》2016年第5期。

第一讲

文艺活动论

20世纪文论思潮中，文艺活动论是理论界继意识形态论、审美反映论、主体论及艺术生产论诸论之后对于文艺本质研究所展开的另一新维度。王元骧先生曾将之与审美反映论、艺术生产论并列，视为新时期马克思主义文论研究中最有代表性的三个派别之一，其在当代中国文论思潮中的重要性及影响力由此可见一斑。不仅如此，王元骧先生还断言，"虽然艺术活动论迄今还少有系统的著作，影响似乎也不及审美反映论和艺术生产论，但它正日益引起人们的关注和兴趣，并显示出它富有生机的理论魅力"[①]。他的这个判断也是极其敏锐的，可以说是准确把握住了文艺活动论的内在理论张力。从总体理论倾向上看，文艺活动论核心的理论诉求就是主张立足于从事着感性实践活动的人、从人的感性生命活动出发，用活动的观点来理解文学艺术的本质，并反对以往那种对文艺本质的静止、抽象、形而上的探讨，主张将文艺现象与人活生生的生存实践活动联系起来进行研究，而且，在对文学艺术本体的认知上，文艺活动论认为文艺的真正本体是人的感性存在及其审美实践活动。在当代中国文论思潮的历史上，文艺活动论滥觞自20世纪80年代中期并迁延至90年代初，虽然其在持续时间上不若其他的文论思潮，如审美反映论等，

---

① 王元骧：《艺术活动论评析》，《文史哲》2001年第1期。

但是，其对于文学本质的一些全新的理解却在极短的时间内开拓了中国文论界的文学艺术观念，丰富了人们的理论想象，从而将学界对文艺本质的体认推向了一个新的高度。

第一节　文艺活动论的理论内核

在参与文艺活动论思潮的文论家中，蒋培坤、童庆炳、杜书瀛、陈传才、林兴宅、彭富春、扬子江等是其中较为有建树的代表。现在，盘点文艺活动论的一系列理论诉求和主张，我们可以从中发现，这一思潮中不仅包含了诸多对我们理解当代中国文论建构中面临的深层次问题的有效启示，而且也包含诸多对我们实施中国文论的当代性建构极有价值的理论资源。

首先，文艺活动论者认为新的艺术本体论应该以人的感性存在及其审美实践活动为本体。1987 年，在《中国人民大学学报》第 2 期上，蒋培坤发表了《从人的自由生命表现看人类的艺术活动》一文，他认为，过去我们对文艺的定义“确实很难令人满意”，无论说文艺是一种特殊的社会意识形态还是说文艺是客观社会生活的形象反映等，“这类定义似乎说明了文艺的一切，但又似乎什么也没有说明”。他指出，我们把文学艺术看作一种“社会意识形态”，看作“认识和反映社会生活的一种方式”，这是对文艺所做的哲学规定。这种规定当然并不是毫无意义的。但是，他指出，其有着“明显的而且是带根本性的缺陷”。这种缺陷就是，它不是把人类的艺术活动看作“人这个实践主体所特有的感性生命活动”，看作“人通过全面的方式使自身对象化并在对象世界中肯定自身的活动”，而仅仅把艺术看作“人对世界的一种认识，企图把文艺问题的解决仅仅局限在认识论的范围之内”。他认为，马克思在《关于费尔巴哈的提纲》中就曾批判过一切旧的唯物主义的主要缺点，就在于它们对事物、现实、感性，往往只是从客体的或者直观的形式去理解，而不是把它们当作人的感性活动，当作实践去理解，不是从主观方面去理解。因此，他提出，我们在探讨文艺问题时，同样不能忘记马克思的这个重要思想。这就是说，我们应该“从主体的感性实践活动方面去理解人类的艺术活动”，把文艺活动首先看作人的一种“自由的感性生命活动”。[①] 蒋培坤的观点应该说是新时期文艺活动论的最早滥觞。

蒋培坤之后，杜书瀛先生从建立人类学本体论文艺美学的角度阐述了文艺活动论的思想。杜书瀛指出，以往文论在理解文艺的本质时总是“仅仅局限于认识论（反映论）哲学基础之上，思想基本上束缚于认识论（反映论）美学规范之内，所得出的各种结论，所下的各种判断，所提出的各种命题，实质上都是‘艺术是对现实的审美反映（认识）’、‘艺术是一种特殊的社会意识形态’等老结论、老判断、老命题，顶多是它们的各种新变体”，这与文艺实践本身是“不相称的”，在今天的新的文艺实践面前“尤其如此”。他指出，像安塞腰鼓及电影《老井》《红高粱》《黄土地》等这些新的文艺现象，它们往往拥有超出认识范围的更多的内涵，用认识论的文论显然很难将它们解释清楚，这样的问题也同样存在于戏剧、音乐、绘画等文艺领域。因此，新的文艺实践迫切地要求我们对传统的文艺学进行变革、突破，对于如何变革和突破，他提出，要建立“人类本体论的文艺美学”。杜书瀛认为，人类本体论文艺美学不同于审美反映论，它主张艺术是“人的生命活动的主要方式之一，是人的自由的生命意识的表现形态”[②]。从人类学本体论角度来建构文艺活动论的学者除了杜书瀛之外，还有邵建，在《从人类学本体论角度论马克思主义文艺美学的建设问题》中，邵建指出，我们一旦把握了人类学本体论的内容，同时也就找到了人类学进入文艺学的切点，这个切点不是别的，就是人的生命的感性活动，“人的感性生命乃是人类学本体论进入文艺学的唯一通道”，人的生命存在是一种活动，艺术本身也是一种活动，因而“从人类学到文艺学，就是从生命存在走向艺术存在，从生命活动走向艺术活动”。这样，“艺术和生命的活动简直无法须臾分离”。他还认为，人类学本体论不论是马克思主义的，还是后来非马克思主义的，它们都把视线的焦点投注在人的生命的本体结构上。同时，他也指出，人类学本

① 蒋培坤：《从人的自由生命表现看人类的艺术活动》，《中国人民大学学报》1987 年第 2 期。

② 杜书瀛：《论人类本体论文艺美学》，《文艺理论研究》1989 年第 3 期。

体论对文艺的研究绝不是大面积对文艺现象做整个包抄，而是“以生命的感性活动为基点，像打井一样，朝纵深开掘，因此它不是文艺学的广度研究，而是深度研究，这既是它的研究局限，也是它的研究个性”①。在此基础上，邵建认为，从本质论的角度来看，文学艺术不可能是别的，它“只能是活动”，是人的生命本体的“一种自由的感性活动”和人的“生命的活动（感性冲动）”，而且，他强调，人的“这种发自生命本体的感性冲动，直接催开了人类最灿烂的生命之花——艺术。感性作为生命体，其冲动便构成了人的强大的生命感，而艺术既是生命冲动的张扬和外化，也是人的生命感的高涨和激发”，只要人类的感性生命存在着，它“必然走向艺术”，这是“毫无疑义的”。此外，邵建还指出，从动态角度看，人类学本体论是把文艺当作一种精神性的生产和“人的类活动”来看待。②

陈传才则是在考察再现论、表现论及其后的形式主义和英美新批评的文艺本体论的局限性的基础上提出文艺活动本体的观念的。他认为，再现论文艺学总是把研究的重心放在社会生活是文艺的本源和文艺要真实地再现社会生活的本质上面，从而与其他意识形式的本体相混淆，这样，“文艺的本体特性失落了”。表现论文艺学则忽视了人的社会、历史活动，结果又使文艺失却了作家心灵借以表现的世界本体。而且，它与再现论一样，将读者引到作品之外的原型世界（或现实世界，或心灵世界）中去，从而失落了艺术作品的本体。形式主义和英美新批评的文艺学虽然克服了再现论和表现论的缺陷，确立了艺术作品的本体地位，并把理论探究的重心转向了文艺的存在方式，但是，它们仅凭文艺本身的存在方式去研究文艺的性质和规律，难以从整体上系统地揭示文艺本体的奥秘、把握文艺本体的特性及其对象性活动的复杂关系。因此，他认为，文艺的真正本体是人的感性存在及其审美实践活动。而建立在人的感性存在及其审美实践活动之上的文艺本体，是一个多维度、多层次的

① 邵建：《从人类学本体论角度论马克思主义文艺美学的建设问题》，《文艺争鸣》1992年第2期。

② 参见邵建《从艺术本体和人类本体看艺术之本质》，《文艺评论》1989年第3期。

整体系统和环状结构，只有从人的本质、从人的实践活动出发，以人的感性存在和审美实践活动为本体，才能对文艺的本质做出全面的理解。[①]

韩强也指出，文艺不是“静止的存在物”，而是“存在于活动之中”，这既是其“最明显的外部特征之一”，也是“艺术史的事实”。关于这一点，他认为，首先，艺术史是“人活动的历史”，而非艺术品的“陈列和堆积”。艺术品不是自己产生的，而是“人活动的结果”。其次，从最初源头看，不是先有艺术品，然后才有艺术活动，再现说、表现说和形式主义理论都用“艺术品淹没艺术家的活动”，误把“艺术品当成了艺术本体”。有些理论虽然承认艺术是活动，但这种活动“只是艺术家创作的活动”，艺术欣赏活动则被当成了艺术品发生作用时的“副产品”，这种观点给艺术蒙上了神秘的面纱，并导致以“艺术品代替艺术本体”。他依据接受美学和信息论的观点指出，艺术史上的任何艺术品，不仅需要欣赏者的审美反馈，而且创作它的艺术家也必须“先有艺术欣赏所获得的审美体验及前人欣赏中总结出来的审美经验”，然后才能创作，因此，整个艺术史都表明，艺术创作与欣赏的相互渗透、连续运动是艺术成为现实活动的“前提条件”。不仅如此，他还进一步提出，文艺的本体不仅是活动，而且它是由多个层次构成的，“艺术本体由外到内分为这样几个层次：艺术是一种活动；艺术是创作和欣赏相统一的活动。这种活动以艺术品为中介；以艺术品为中介的创作，欣赏活动是创造活动。这种创造区别于其他创造的共同根据是审美体验，它是艺术本体的核心”[②]。这种对文艺本体进行层次区分的观点在《艺术活动价值论——艺术本质研究的逻辑起点》一文中也有所体现。该文指出，在对文艺本质的研究中，近年来有一种倾向，即“转向本体研究”，该文提出，本体就是指“艺术本身”，因此它提倡艺术活动本体论，并且认为，这种本体论强调文艺活动的“全过程”，统领着“作家（创作）、作品、读者（欣赏）、实现了艺术研究从静态向动态、从平面向立体的迁移”，将参与文艺活动的主体与

---

① 参见陈传才《文艺本体论论纲》，《理论与创作》1990 年第 1 期。

② 韩强：《艺术是审美体验的创造活动——关于艺术本体的思考》，《海南师范学院学报》1991 年第 4 期。

客体及文艺的其他组成要素“联系起来”，从而形成了文艺活动的“特殊的矛盾运动”，这种艺术活动本体论避免了将艺术阐释为“抽象的精神本体和直观的物质客体的缺陷”。不仅如此，该文还认为，作为艺术本体的艺术活动包括艺术家体验生活、激起审美感兴、形成审美意象、物化为艺术文本的创造活动和欣赏者透过艺术文本构建审美意象、形成审美意境、体悟宇宙人生意蕴的欣赏接受活动。[①]

在确立文艺的本体是人的生命活动的基础上，部分学者开始对这种活动的内在机制进行研究。贾明的《传达：艺术创造活动的契机》就是如此，该文认为，文艺活动“不是一种内心的体验和创造，而是一种意象物化的活动和审美传达的过程”，因此，对于文艺的研究，不能“偏执一端”，而是应该“从‘作者—作品—读者’对艺术活动作系统的把握”。文章指出，若从艺术创造的动态流程上看，“‘作者—作品—读者’还只是一个显结构，实际上它隐含着‘意象—传达—意象’的艺术活动的渐进和完成的活动，‘意象—传达—意象’是艺术创造的隐结构”。所以，托尔斯泰在对艺术的定义中“虽然偏爱地强调了感情”，尽管因此他的定义曾受到人们的“责备和批评”，但是，他把艺术作为“一种活动”，把“传达作为这个活动的中心”却是“正确的”，也是“符合事实的”。文章认为，艺术确是一种传达活动，是审美意象的显现活动。没有传达也就没有艺术。更不要说，艺术家的一切工作，一切殚精竭虑的努力，都是为了“把自己的心灵创造传达出来”，艺术作品就是这种活动的结果。没有“只在自己的脑海中建造海市蜃楼般意象的‘艺术家’”，也没有“真心将自己作品‘藏之名山’的作家”。不仅是艺术家，每个人“都有流露自己情感，让别人体验、理解的愿望”，所以，“传达是审美意象成为艺术的必要过程”，只有经过传达，将存在于艺术家形象思维中的意象化为“客体形象”，才会有艺术作品。艺术家在从事创作时，绝不可能在意象上止步，而是力求将审美意象“用一定的物质手段传达、表现出来”，传达“无可怀疑地是艺术活动的中心，否定了它也就否定了艺术”。文章还

① 参见翁礼明、陈理宣《艺术活动价值论——艺术本质研究的逻辑起点》，《内江师专学报》1993年第3期。

进一步指出，文艺活动是一种“社会性的交流活动”，这种活动就意味着艺术创造并不是个人的事，而是一种“社会参与行为”。自我观照、自我欣赏的审美意象，脱离社会的所谓个人纯意识创造，就其作为文艺活动的类特征来说，也就不是艺术作品。审美意象之所以要化为艺术物象，还不仅在于意象的“不确定性，易逝性和零碎性”，更是因为，只有将审美意象化为艺术作品，才能进入“社会的流通领域”，才能被人们所欣赏和鉴定，执行文艺应有的职责。因此，审美意象如果没被传达出来，即便作为艺术过程的话，也“只能是一个死胎”，不能获得“艺术生命”。因为“艺术的生命不单单是艺术家所赋予，而更是在传达和交流中，在社会的读者接受中得到绵延和再创造，才能在这之中生生不息，获得永恒与不朽。”所以，文章指出，从根本上说，“艺术是一种活动，而传达便是这种活动中最突出的部分。虽然我们不能说艺术即传达，但是我们却可以认为传达是艺术活动的中心，因此再也没有比艺术传达更能探索艺术的奥秘了”。同时，文章还认为，传达并不是手段，而是与“作品的形象、价值、意义等相融合的内容之一”，因此，与传统的理解不同，文章提出，“艺术传达的本质就是艺术创造”，艺术形成的活动之所以称为创造活动，是因为“塑造了一个从未有过的东西”，艺术就是通过传达，去显现一个“尚属未知的世界”，它创造了一个方式、一种感受去贴近这个未知世界，因而“艺术活动就呈现为塑造意义和传达意义的活动”，所以，艺术创造并非如传统理论所描述的那样，是“传达与塑造意义相分离的两个阶段”，而是“互相交融难分难解的一个共时活动”。同时，文章又从作家内心图景与意象的形成及传达与作家感受、认识和体验的关系等方面探讨了艺术传达活动的创造性。①

此外，陈宏在和林兴宅也倡导文艺活动论，前者认为，“文学在‘人学’的意义上，是人的生命活动的自由表现”，“它的本质体现出这种自由的生命活动之无限展开的过程”。② 后者则提出，“艺术本体与人的生命是同构的，文艺活动的过程和文艺的本体存在都只能在人的生命活动中

① 参见贾明《传达：艺术创造活动的契机》，《上海师范大学学报》1993 年第 3 期。

② 许明、钱竞、陈宏在等：《我们的思考和追求（笔谈一）》，《文学评论》1987 年第 2 期。

寻求解释”[①]。

其次，文艺活动论者把需要、体验机制引入艺术活动的内在心理机制中，从需要、体验出发来阐释艺术作为人的生命活动的内在心理渊源，而且，部分文艺活动论者对需要、体验的理解带有张扬生命冲动，甚至是反理性的倾向。蒋培坤认为，长期以来，我们不顾艺术家的自主权利，要求他们充当满足种种“外在需要”的工具，要求他们去完成各种各样力所不及的任务，而且要求收到立竿见影的效果。他指出，这种单纯的“效用”观点，忘记了艺术活动是人所特有的一种出自内在本质需要的生命活动。受马克思主义创始人在《1844 年经济学哲学手稿》中的“工业的历史和工业的已经产生的对象性的存在，是一本打开了的关于人的本质力量的书，是感性地摆在我们面前的人的心理学；对这种心理学人们至今还没有从它同人的本质的联系上，而总是仅仅从外表的效用方面来理解，因为在异化范围内活动的人们仅仅把人的普遍存在，宗教或者具有抽象普遍本质的历史，如政治、艺术和文学等等，理解为人的本质力量的现实性和人的类活动”论断的启发，蒋培坤指出，我们不应该仅从“外表的效用方面”去理解文艺活动，而是应该从它同“人的本质的联系上”“从主体的感性心理方面”去理解它。文艺真正符合人的本性的“效用”是审美，在审美中人使自身的本质力量，包括知、情、意、爱、欲等各方面得到肯定，并使自身从非人向完善的人发展。这样，在他看来，人类的文艺活动，同人类的其他一切活动一样，是出于“自身内在需要的自由的生命表现活动”，而这种“自身内在需要”，他认为是“一种被称之为审美的需要”。最后，他提出，我们探讨人类艺术活动的本质规律，千万不能忘记这样一个基本出发点或前提，即人类的艺术活动同人类的其他一切活动一样，是出于自身内在需要的自由的生命表现活动。这就是说，我们的文论的逻辑起点，应该是具有全局性的人的生命表现活动，而不应该是仅仅具有局部性的人的认识活动。把认识论当作全部艺术理论的前提和出发点，建立起来的必然是一种“跛脚”的理论。这种理论无法从根本上说明艺术的创造性质，无法说明艺术活动中的个性

① 林兴宅：《出路：生命自由意识的觉醒》，《福建文学》1988 年第 12 期。

自由和心灵、情感表现，更无法说明艺术活动本身的性质。[①] 在《也谈当代形态马克思主义文艺学的建设》中，蒋培坤进一步重申了上述观点。他认为，建设当代形态的马克思主义文艺学，就必须要突破传统认识论的框架，“只是在认识论的圈子里做些修补工作无济于事的”，而是要去掉“认为宇宙规律、历史法则是客观地站在自己一边的，只要顺应这种规律和法则，人最终会实现自己的愿望和目的”的幻想，打破这种“传统的宇宙、历史本体论”，确立“以人的生存及其实践活动为本体”的思想。他指出，马克思的实践唯物主义，就是一种“以人为本的唯物主义”，具体地说，就是“以人的感性存在和感性活动为本体的唯物主义”。因此，它不仅仅是一种“认识论”，更是一种“本体论”。这种本体论是“与以人的生存、人的活动为本的人类学本体论一致的”。因此，他指出，在哲学人类学这个层次上，马克思的最大功绩是把文艺活动看作“人类的一种生存（存在）状态和一种基本的生命活动”。具体地说，就静态方面而言，文艺本质上是一定历史时期“人对自身生存状态的一种确证和超越”，在特定历史阶段中，“人的生存状态是怎样的，其艺术就是怎样的”。而就动态方面言之，文艺活动在本质上就是“人的一种基本生命活动，一种自由的生命表现”。而且，文艺活动作为人的一种生命表现，从其本质来说，无论在任何情况下，它都是“自由的”。他并且指出，马克思在《1844 年经济学哲学手稿》中提出的“劳动”，指的就是自由的劳动，也即“作为人的自由生命表现的劳动”，亦即能自由地“按照美的规律再造对象从而在整体上使自然界得以‘人化’的劳动”，其本质上就是一种“审美化、艺术化”的活动。因此，蒋培坤认为，马克思的“劳动”概念，无疑是“包含了艺术或审美这类概念的”。人作为一种感性生命存在，有谋生的需要，有乐生的需要，这些最初都是“通过劳动来实现的”。劳动作为一种自由的生命表现，不仅是劳动者直接的生活来源，而且是“个人存在的积极实现”，是“个人的自我享受或生活的乐趣”，马克思把作曲这种高级的文艺创造活动看作“真正自由的劳动”，说明文艺

---

① 参见蒋培坤《从人的自由生命表现看人类的艺术活动》，《中国人民大学学报》1987 年第 2 期。

活动与自由劳动之间的“本质联系”。不仅如此，蒋培坤还指出，人们一般都把感觉看作人的一种“认识机制”，但他认为，感觉同时也是人的一种“享受机制”。人在自身生成过程中形成了各种“享受的感觉”，如对音乐的感觉，对形式美的感觉等，这些感觉都不是“认识论意义上的感觉”，而是“本体论意义上的感觉”，即作为审美或艺术享受的感觉。人类的艺术和审美，从根本上说，是为满足人类乐生的需要、享受的需要、自我实现的需要而发展起来的，艺术和审美的发生就是以这种乐生和自我实现的需要为内在依据的。因此，应当把人类的文艺活动看作“人类为满足自身乐生的需要和自我实现的冲动而展开的一种自由的生命表现”活动。对于文艺活动中的主体、客体关系问题，蒋培坤认为，文艺活动中的主客体关系本质上是“基于人的审美需要并在艺术活动中形成的对象性关系”，文艺活动作为人的“一种自由的生命表现”，同样“需要现实的、感性的对象作为自己生命表现的对象”，这种现实的、感性的对象对于人来说首先是一种“价值对象”，人与其的关系首先也是一种“价值关系”，尽管在这种关系中“有认识的一面”，即“主观如何符合客观的一面”，否则文艺活动就会变成一种“纯粹的主观心灵活动”，但它还表现出“价值的一面”，即“对象客体如何符合主体审美需要的一面”，而且“认识的一面”只是手段，“价值的一面”才是目的。这样，在文艺活动中，人只是“为了使现实的、感性的对象适应于自身的审美需要”才去“认识、反映对象的客观内容的”。正因为如此，文艺家对这个世界往往不是采取“冷静的纯理智态度（认识论态度）”，而是采取“强烈地追求对象的情感态度（价值论态度）”。在任何情况下，生存问题都是人类面临的第一个问题，如果承认文艺活动从根本上说也是人类的“一种生存活动”，那么，同时也就应该承认“人在艺术活动中对于对象客体的追求，首先是一种价值性的追求，至于对对象客体的认识与把握，归根结底是从属于这种价值追求的”。蒋培坤认为，这就是为什么在文艺活动的认识中主体有着“更大的选择、发现、建构、评价等等自由的原因”。[①]

1987 年，在《文学评论》编辑部组织的笔谈中，孙文宪指出，文艺

---

① 蒋培坤：《也谈当代形态马克思主义文艺学的建设》，《文艺研究》1988 年第 6 期。

活动的“深层动机原本就来自生命需要的本能冲动”，其“在本质上是人类渴望认识自己的生命冲动所追求的精神家园，它构成了文学活动的人类学内容，使文学本体远远超出了反映的范畴”。所以，当主体的“生命本能的冲动尚在理论的视野之外时，理论永远不能夸口它完全认识了文学”。[①] 而在翌年的《文学活动的精神需求试探——兼论文学本体》中，他又进一步探讨了审美需要的内在特质。他认为，按照自身的需要去创造生活是人的本质特征之一，而“文学活动作为一种艺术生产，必然要受主体需求的制约；文学之所以会在生产自身的过程中生成了独特的性质与形态，显然也同主体需求的特殊性相关”。在他看来，基于认识论基础上的文论往往强调文学是为了满足人们对客观世界的认识需求而生成发展的，这不符合人类最初的文学活动的史实。他认为，文学活动并非产生于人类认识客观世界的需求，而是产生于一种更内在、更深刻、更遥远的精神追求，寄托着原始人类对自己命运的思索和建构自身的愿望，正是为了满足这种人类“认识自身和建构自身的需要”，才产生了作为一种精神生产的文学活动，人类从事文学活动的特殊精神需求告诉我们，人类所以需要文学，是为了实现不同于认识客观世界的另一追求，那就是“认识、建构和完善人类自身的追求”。在这个意义上不妨说，文学活动主要不是规定人在自己的主观意识中对客观世界的反映具有多大程度的相符性，而是规定人在对象世界中如何以感性直观的方式去发现、感受、理解和评价客观存在的人生意义和人的价值，并以理想的人性对其做出判断。“这也就是我们所谓的精神家园，它是人的美好情感的耕耘之地，是人性追求得以满足的伊甸园。相对于认识客观世界和物质欲求的满足来讲，它似乎太缥缈了一些，可是我们绝不能因此而低估文学活动的社会意义和文化价值。”因此，孙文宪认为：“文学在本质上是人类渴望认识自己的生命需求所追求的精神家园。文学活动的精神需求，创造文学的深层动机，出自人的与生俱来而又历久弥新的那个强烈欲望——认识你自己。”所以，从最根本的意义上讲，文学在人类生活中所肩负的就是“认识人自身、寻找人自身和确定人生价值的使命”。孙文宪认为，

① 许明、钱竞、陈宏在等：《我们的思考和追求（笔谈一）》，《文学评论》1987年第2期。

“这就是文学本体，也是我们所以把文学视为精神生产的根本原因”。而且，他还认为，以往把文学放在反映关系中解释，这至多只能说明“包括文学在内的一切精神现象产生的客观根源，即文学最一般的属性”，却无法“揭示文学及其他社会意识不同的、特殊的性质”。因此，他提出，“文学的本质规定不能仅从它的来源去寻找”，而且还须从“它对人类的意义、价值和它所满足的需要的特殊性，即文学在人类生活中所发挥的特殊功能上去认识”。作为精神生产的文学活动，其主体对客体的把握不具有反映关系的性质，而是具有价值关系的性质。这就是说，“在文学活动中，人类需要把握的不是客体本身固有的属性，而是它与主体的关系，它对主体而言的意义”。因此，“用主体内在尺度衡量客体，对客体进行主体性描述，从而判断客体主体化的性质和程度，才是文学的目的”[①]。

林兴宅也认为，文艺活动在本质上是“生命自身的内在需要”，他指出，“关于艺术活动的性质，有两种影响最大、流行最广的说法：一是‘认识活动论’，即认为艺术活动是一种特殊的认识活动，是以形象为手段、以情感为中介的认识活动；二是‘符号传达论’，即认为艺术是一种传达思想感情、交流思想感情的活动，因此它是一种符号行为，是社会交往的手段。这两种说法有一个共同点，就是过分注重艺术活动作为手段、工具、媒介的效能，而忽视隐藏在艺术活动背后深层的人类学目的性。它们不是从人类实践的角度考察艺术活动的本质，因此，它们看不到形式和形式创造的本体性”。而且，“传达论”与“认识论”对艺术本质的理解并没有根本的不同，它们都把艺术看成认识的形式，都是从认识内容的角度看待艺术的本质，也都否定艺术形式的本体性。林兴宅还特别指出，“传达论”不能揭示艺术活动的“审美本质”，“审美”不等于“传达”，传达是一种为某种功利目的服务的手段，审美却是与“人类自身的生存与发展密切相关的生命运行的机制”，它不是一种手段，它“自身就是目的”，是“生命自身的内在需要”。对此，林兴宅建议，理解艺术活动的特殊本质，必须“紧紧抓住审美这一环”，离开它，就“不可能正确理解艺术活动的特殊本质”。艺术活动固然具有认识客观世界、传达

① 孙文宪：《文学活动的精神需求试探——兼论文学本体》，《江汉论坛》1988 年第 5 期。

思想感情的功能，但“其本质不可能是纯粹、单一的”，而是具有与人类其他活动“相联系的多种质的规定性”，只是它的特殊的质却是“审美”。在这种意义上，他认为，艺术活动应该定义为“借助某种物质媒介材料创造出特定的表现性结构以引发人的主体性内涵对象化的一种实践方式”。它与一般物质生产不同的地方主要在于“它不是生产某种实用的产品，而是创造出非实用的媒介材料结构（艺术形式）”。这样，物质生产活动就是“物品—功利”活动，而艺术生产却是“形式—表现”活动，是一种以“形式表现”为特殊内涵的创造性活动。作为艺术结构（形式）的创造的艺术活动，它用一定的物质媒介重新创造出一个“新的现实”“第二自然”，主体生命就在这种创造中“获得对象化”。在整个活动的过程中，“主体全身心投入，感觉、情绪、欲望、感情、思维、想象力等全面调动起来，参与艺术的创作，它带有明显的感性活动的性质。在这过程中，主客互渗，人就在自己创造的形式中直观自身的本质，从而获得一种自我肯定、自由和谐的精神愉悦”。在这里，真正具有实质性意义的东西就是“形式表现”，即生命在创造的形式中对象化，这是艺术创造的“全部特殊性之所在”。在这种意义上，他指出，艺术活动“是整个生命的活动，是物质创造与精神享受高度统一、感性与理性融为一体的全面的自由的活动”。[①]

童庆炳是从马克思、恩格斯对人的需要的区分及马斯洛的需要层次理论出发来阐释文艺活动的内在心理机制的。他认为，马克思主义创始人把人的需要区分为两种：低级需要（物质需要）和高级需要（精神需要），并从人类学的宏观角度阐释了文艺活动产生于人类的高级需要。但他又认为，马克思主义创始人在其理论中并未从心理学的角度，从个人的需要出发，来谈文学艺术等精神活动的意义。而马斯洛的“需要层次论”可以弥补这种不足，将二者结合，他得出两个结论：“一、文学活动是满足人的高层次需要的一种高级精神活动；二、人的需要作为人的活动的动力，决定着活动的本质，文学活动主要是为了满足人的审美需要

① 林兴宅：《论艺术活动的特殊本质——形式表现》，《厦门大学学报》1999年第4期。

而产生的，因而，文学活动的本质是审美。"[①]

杜书瀛则强调文艺活动中情感体验和生命体验的重要性，他指出，文艺活动论"把目光凝聚于人自身，它所强调的是文艺对人自身生命的体验性"。文艺活动当然也包含认识性和解释性，但更根本的却是"体验性"，甚至可以说，"文艺要把认识性因素和解释性因素也都消融于体验性之中"，因此，文艺活动的目的就在于"表现人自身，表现人的价值，表现人的情感，表现人的生命体验"。[②] 不仅如此，他还从人类掌握世界的方式的角度深入论证了此问题。在他看来，人类掌握世界的方式有三种：物质实践掌握、精神掌握、精神实践掌握。文艺活动是人对世界的精神实践掌握，但过去很多人都将文艺活动视为"仅仅是一种认识活动"，这实际上是把文艺活动完全划归至"精神认识活动这一基本类型"，这种对文艺活动的定位，是"不完全恰当的"。他认为，只有把文艺活动视为他所说的精神实践活动，才更符合文艺活动的本性。他并且具体剖析了文艺作为精神实践活动的特征。他指出，第一，如果说精神认识活动的主要特征是"认识性、思维性"，那么，精神实践活动就其"本然状态而言"，它的主要特征"除了包含认识、思维的因素之外"，还有"非认识性、非思维性"。这种非认识性、非思维性，在他看来就是"一种生命体验、情感体验和意志冲动"。第二，精神实践活动具有倾向性、意志冲动性。杜书瀛指出，如果说精神认识活动需要"冷静的理智、客观的公正"，那么精神实践活动则相反，它需要"激情"，需要"主观的肯定或否定的态度"，需要有"强烈的意志驱动力"。第三，他指出，如果说精神认识活动从总体上说是"与无意识、非自觉相对立的一种活动"，那么，在精神实践活动中，"无意识、非自觉的因素则相对突出"，这一点在文艺活动中表现得"特别明显"。此外，他指出，精神实践活动尤其是文艺活动，还具有感性形象性的特征。不过，杜书瀛指出，在所有这些特征中，最根本的还是"情感体验、生命体验"，因此，文艺活动就是"以感性形象为外在形式、以情感体验（其中包含着认识因素）为主要途

---

① 童庆炳：《文学活动的审美维度》，高等教育出版社2001年版，第50页。

② 杜书瀛：《再论人类本体论美学》，《文艺理论研究》1989年第5期。

径的特殊的生命运动过程，是人类本体活动的重要形态”①。

彭富春认为，诗在现代哲人那里达到了“对自身的理解”。古典哲人对诗的阐释“使诗成了非诗”，因为他们不是“从人类独特的生命本性出发”，因此，诗属于“人类生命表现的本质”不是被显露了，倒是“被遮蔽了”。他认为，即使是雄霸欧洲千年的亚里士多德的《诗学》，也并没有向人们展示出古希腊艺术的神秘性。现代哲人从人类学出发，才领悟到了“诗的真谛”。他们由诗的外部进人了诗的内部，可谓“从领悟诗的‘形’深化为领悟诗的‘神’”。彭富春指出，尼采的《悲剧的诞生》也是研究古希腊艺术的，但他开掘了“艺术的本根”。把“艺术看作生命本来的形而上活动”或许是理解诗的第一步，然而却是关键的一步。理性主义既无法理解人，也无法理解诗，因为“诗是非理性、超理性的”。德国古典哲学家由于受哲学建筑术的影响，总是要构筑出理论哲学（认识论）、实践哲学（伦理论）和艺术哲学（美学）来。他们也要谈艺术和诗，但“理性的樊篱终究使他们远离诗的最幽深的本质”。作为非理性主义者的现代哲人理所当然地能和诗对话。诗是什么？他认为，诗是“生命的神秘性的象征”。而生命的神秘性在于它“不能用概念性的语言来言说”。不是日常语言，也不是科学语言，而是诗意语言（隐喻或象征）才能显现存在整体。海德格尔如此喜欢谈论荷尔多林、里尔克和诺瓦利斯，就因为他的哲学和他们的诗歌“都面临同一主题——世界的神秘性”，但哲学和诗要将世界显露出来。因此，现代哲人远远超离了古代哲人对于诗的估价，他们把诗看成“人类心灵结构的最高表现”。同时，他在引用尼采的“这一崇高的形而上学的幻象，被作为一个本能加在科学上，并一而再再而三地把科学引向它的极限，使它最后必须转变为艺术；艺术确实是这种机械主义所到达的最终目的”的基础上指出，“诗，正是人类心灵的最高期待。面对诗人哲学家，我们发现了真正的美学”②。

再次，文艺活动论对于艺术的理解同传统文艺学把艺术等同于艺术品不同，而是认为艺术是人的一种感性生命活动，艺术与生活是同一的，

---

① 杜书瀛：《为审美—艺术活动定位》，《文艺理论研究》1991年第1期。

② 彭富春：《当代西方美学的人类学转向》，《中国社会科学院研究生院学报》1987年第2期。

是一个过程、动态的范畴。在《生活和艺术简说》中，彭富春指出，“生活与艺术是一个大问题”，这不仅是指它是“艺术中的大问题”，更是指它是“生活中的大问题”。他认为，自己在这种意义上谈论生活和艺术问题，是将这一问题置于一种“形而上的高度”。他认为，要讨论好这个问题，首先要避免“现行关于生活和艺术的种种阐释所形成的无形的危险区”。他指出，这种危险区体现有四：其一，现行的种种理论“误解了生活本身”。例如，我们讲人的生活即劳动，即物质生产，即经济活动，即人与人之间的关系。但是，我们并没有触及生活的本性。我们只是从部分要素或者从结构整体来规定生活。然而生活之作为生活或作为生活的生活却由此被遮蔽和遗忘。其二，它们误解了艺术本身。我们从社会学方面规定艺术的意识形态性质，我们从认识论方面规定艺术的形象思维性质，我们从心理学方面规定艺术的情感表现性质，我们甚至从政治学方面规定艺术的阶级斗争性质，等等，不一而足。但所有这些并非艺术的自我本性，我们只能说它们是作为社会学的艺术，作为认识论的艺术。其三，它们误解了“生活和艺术的关系”，将生活和艺术“相互分离”，从而导致在它们那里，“生活不是艺术的生活，艺术不是生活的艺术”，生活和艺术之间被划开了“一条鸿沟”。然后，它们又使生活和艺术“互为对象”。生活乃是艺术创造的对象，艺术乃是生活欣赏的对象。这种观念渗透于我们对于生活和艺术关系的“一切理解之中”。彭富春指出，实际上，“艺术乃是生活的本性”，艺术“使生活成为真正的生活”，我们可能说这种生活，那种生活，但是，“非艺术的生活并非真正的生活”，只有艺术才使人的生活成为“人的生活”，使人“作为人去显现”，去建构世界，去守护自身的自由。所以，“真正的生活从来就是真正的艺术”，它自身闪耀着“诗性的光辉”。他认为，当然，“我们也可能处于非艺术的生活之中，我们的生活构成了我们的艺术的对立面”，这似乎成了艺术是生活的“本性命题的否定”。但是，他指出，我们对于艺术的渴求和向往，我们对于艺术的梦想和创造，都恰恰成了“艺术是生活的本性的命题的肯定”。反过来，彭富春指出，“生活也是艺术的本性”，生活使艺术成为“真正的艺术”。他认为，生活自身的艺术才是“一切艺术形式出现的本源”，没有生活自身的艺术，也便没有一切艺术形式出现的本源。

“正是生活自身的艺术才促使了我们种种艺术形式的创造”，并且，“通过这种种艺术形式的创造并且就在这种种艺术形式之中，我们又创造了生活自身的艺术”。因此，彭富春认为，“我们所讲的生活和艺术的关系，并非两个相异之物或者两个相似之物的关系，它乃是一件事物自身对自身的关系”，这样，他认为，生活和艺术的关系便聚集于“一元”，“即艺术化的生活，或者是生活化的艺术”。而且，在此一元之中，“便不可能有生活和艺术的相互对立和互为对象。生活不是艺术创造的对象，艺术也不是生活欣赏的对象。生活和艺术作为一元消除了界限，它们共同体验其共同拥有的世界”。其四，他不仅呼吁我们应该走向“生活的艺术化”和“艺术的生活化”，而且还指出此乃“浪漫之路”。[①] 在《文艺本体与人类本体》中，彭富春同样认为，“我所理解的艺术是一种活动，它是一个过程，是历时态的，意识流似的”，而且还补充说，传统理论总是把艺术等同于艺术品，但它只是艺术的存在形式，并非艺术本身，“文艺在根本上是作为一种活动”，他这里所谓的活动，实际上指的就是人的生活和生命活动。[②]

从建构人类本体论文艺美学出发，杜书瀛也认为文艺活动“本身就是生活活动，就是人的生命活动的一部分”，它与人的生命活动“直接就是一个东西”。[③] 因为，在他看来，在人类本体论的意义上，“文艺活动以自己特有的方式对人的自由的生命本质进行确证和肯定，并且直接成为人的生活的一部分，成为人的生命存在的一种形态”[④]。在《再论人类本体论美学》中，杜书瀛重申说，如果说认识论文艺美学及其他某些美学理论常常把文艺与生活看成是彼此区别很大的两回事，强调两者之间的距离的话，那么，人类本体论文艺美学则总是强调“文艺同生活（即人的生命活动）的同一性，认为文艺是生活的一部分”，文艺与生活“直接就是一个东西，而不是两个东西”。他具体分析说，认识论文艺美学因强调文艺与生活的“区别和距离”，强调文艺是“对生活的认识（反映）”，

① 参见彭富春《生活和艺术简说》，《文艺评论》1988年第3期。

② 参见彭富春、扬子江《文艺本体与人类本体》，《当代文艺思潮》1987年第1期。

③ 杜书瀛：《人类本体论文艺美学的特征》，《文论报》1989年7月25日第3版。

④ 杜书瀛：《论人类本体论文艺美学》，《文艺理论研究》1989年第3期。

这就“‘先天地’决定了文艺创作即审美创造活动在时间上是一种‘拖后’活动：有了现实生活，然后才有文艺创作；有了被反映物，然后才有对它的反映活动”。所以，在认识论文艺美学看来，“文艺活动比生活本身是晚了一拍的活动，至少是晚了半拍的活动”。这是因为，当一种生活活动尚未进行时，文艺不能“事先对它进行反映”，而当它“正在进行时”，文艺家也总是“无法同步对它进行反映（还未认识和理解的东西怎么反映呢）”，只有同它拉开一些距离，才能看清它，从而“真实地”再现它、反映它。他补充说，“再现”这个术语“很典型地”表达了认识论“拖后”反映的特点。然而，人类本体论文艺美学则不同，它既不“贬低文艺”，也不“抬高文艺”，它从人类本体论意义上“确定文艺的性质和位置”，并且“规定文艺与生活的相互关系”，正是如此，它认为文艺活动本身就是“生活活动”，就是“人的生命活动的一部分”，因此，在它那里，文艺活动“不是‘拖后’活动，而是即时创造的活动，是正在进行式的活动，而且一般说也是一次性的、不可重复的活动”。杜书瀛进一步认为，历史运动没有草稿，人的生活、生命活动也不可能有草稿。历史运动与人的任何生活、生命活动一样，都不能按照“事先打好的草稿进行”，文艺活动作为人的生命活动之一，“也不例外”。因此，人的生活、生命活动是“即时创造”“正在进行”的，文艺活动“亦是如此”，作家在创作活动中“事先当然也可以有一个设想、提纲（在写提纲时，也是即时创造）”，但当“正式进行写作时”，他仍然是“根据当时的心境进行即时创造，不可能把写提纲时的创造活动‘再现’出来；而且，那时也已经同写提纲时有新的变化、新的创造”。杜书瀛指出，欣赏中存在的情况同创作中的是一样的，欣赏者在欣赏作品时，也是在“进行即时创造的活动”，如果换一个欣赏者，“这些形象将是不同的样子”，即使同一个欣赏者，在不同的时间和心境下再欣赏以前欣赏过的作品，也会有“新的创造”，完全重温旧梦是“不可能的事情”。因此，既然文艺活动是“人的生命活动的基本方式和形式之一”，那么，在一定意义上，“文艺即生活”“生活即文艺”的命题就是“对的”“有道理的”。他补充说，说文艺即生活，是说“作为审美活动的文艺是一种特殊形式的人类生活，是生产和创造人的审美生命的生活”；而说生活即文艺，则是说“凡是真正表现出人的本质的生活活动，都是人的自由的生命活动，这也就是审美活动和艺术活动”。不过，杜书瀛同时认为，在一定意义上，文艺与生活也存在着不同，只是他所说的不同并不是“截然相反、冰炭不容的两种东西的不同”，而是指“人的两种生命活动之间的不同”，这种不同并不否定它们“作为人的生命活动形式的同一性”，他并且从原始人的艺术与生活不可分割的角度论证了这个观点。[①]

邵建还具体分析了文艺作为动态活动的具体存在流程，他认为，文艺是作为一个系统结构而存在的，即 writer→writing→reader，而且，他指出，这个“三 R 结构”是一个动态的系统过程，从第一个 R 到第二个 R 是创作活动，从第二个 R 到第三个 R 则为欣赏活动，两者合起来，构成一个完整的艺术活动。[②] 他还认为，虽然我们从作者、作品和读者那里都能切入文学艺术，但那都只能是文学艺术的不同方面，而非其整体，根据系统论的整体性原则与动态性原则，只有从整体与部分的相互联系中以及它们相互作用的运动中进行综合研究，才能把握文学艺术存在之本身。文学艺术既不单纯存在于作者身上，亦不仅关乎作品，更不会独存于读者，而是在这三者的动态性的联系中“共在”，这个“在”不是静的，而是动的，说到底，文学艺术就在这种活动中存在，或者说文学艺术存在就是这种活动本身。最后，他总结说，文学艺术的存在“不是孤立的、静态的作品存在”，从根本上来说，它“是互为联系的、动态的系统存在”。如果把文艺创作活动视为文艺的“生成形态”，把文艺作品视为文艺的“形成形态”，把文艺欣赏活动视为文艺的“完成形态”，那么，文艺的动态系统就可以简化为如下图式：生成→形成→完成。无论文学艺术的生成还是完成，它的共同的特点都是“动”，所以，文学艺术在本质上也就是一种“活动”。因此，我们只有着眼于活动，从活动本身开始，才能逐步地然而是“真正地把握住艺术的本质”[③]。

此外，持此种见解的还有高楠、童庆炳等人。高楠认为，艺术“是

---

① 参见杜书瀛《再论人类本体论美学》，《文艺理论研究》1989 年第 5 期。

② 参见邵建《梳理与沉思：关于文艺本体论》，《上海文论》1991 年第 4 期。

③ 邵建：《从艺术本体和人类本体看艺术之本质》，《文艺评论》1989 年第 3 期。

一个过程，它是生命在一定的历史阶段或在某一阶段中一定空间一定人群范围的现实状态的显现”[①]。童庆炳在提出艺术是以活动的形式而存在的同时指出，艺术是由生活、作家、作品、读者四个要素组成的一个“流动的完整的过程”[②]。翁礼明、陈理宣则指出，“艺术活动是一个完整的、有机整体，在艺术活动中构建的审美意象、审美意境是一个独立的体系，在这一体系中各种因素的矛盾运动构成了艺术本身、艺术本体，这是艺术本质研究的逻辑起点：艺术活动是一个动态的过程，对艺术本质的研究只有依据艺术活动本身，而不能从艺术活动中抽出某一部分来进行静态考察”[③]。韩强也认为，“艺术存在于活动之中，而不是什么静止的存在物，这是艺术最明显的外部特征之一，也是艺术史的事实”[④]。

第二节　对文艺活动论的批评

尽管文艺活动论开拓了文论界的理论视域，而其对文艺本体的认知也在一定意义上强化了文艺与人的感性生命活动间的关联，但由于其存在的诸如反对认识论、反映论，强调生命的非理性，割裂人的自由性和自觉性之间的辩证关系等倾向，也招致来自王元骧、陆贵山、翁礼明、陈理宣等学者的批评。

在《艺术活动论评析》中，首先，王元骧认为，文艺活动论立足于“活动是人为了达到一定的目的所采取的一个行动的过程”的认识，提出文艺活动是由作家创作到读者阅读这样一个流动的完整过程，改变了长期以来我们只着重于从生活向作品转化，即从艺术家的创作活动一维来研究文艺问题，而忽视甚至完全无视从读者接受活动一维的研究在理解文艺

① 高楠：《艺术的本体批评》，《艺术广角》1989年第3期。

② 童庆炳：《文学活动的审美维度》，高等教育出版社2001年版，第11页。

③ 翁礼明、陈理宣：《艺术活动价值论——艺术本质研究的逻辑起点》，《内江师专学报》1993年第3期。

④ 韩强：《艺术是审美体验的创造活动——关于艺术本体的思考》，《海南师范学院学报》1991年第4期。

问题时的意义和价值的倾向，把生活→作家→作品→读者这四个要素联结起来，当作一个主客体之间的换置、互动的过程来分析，并认为这是深入揭示文艺审美本质所无法回避的问题，不仅提高了阅读活动在整个文艺活动中的地位，而且也是对文艺性质所做的一种全新的阐释和把握。对此，王元骧提出，我们如果要深入而准确地认识和把握文艺的性质，就必须不仅从作品的结构方面，而且还要从其功能方面，在结构与功能的统一上来加以审视，这就需要将传统的静止的、共时态的考察转移到动态的、历时性的考察上来。在此意义上，王元骧认为，文艺活动论无疑是文艺研究“方法上的一大变革，视野上的一大开拓，认识上的一大深化”。同时，他对文艺活动论的人学本体论倾向也给予肯定。他认为，文艺活动论根据马克思主义创始人关于活动是人的基本的生存方式的论述，把文艺活动看作生存的一种特殊方式，进而提出“当我们说文学艺术活动是人的一种生存方式时，就意味着文学艺术活动也是人的本质力量的自我确证”，这样就把文艺活动与人的本质联系起来了，把人本身当作文艺的目的，进而要求从人出发、从“必须为了人——为了提高人自身，为了完善人自身，为了实现人的价值，为了使人得到高度自由的充分发展，为了使人更加审美化，更配称得上真正意义的、大写的人”的高度，亦即立足于人自身的生命存在，从为了人自身的生存、发展，为了维护和实现人自身生存的意义和价值，使人获得真正意义上的人的生活坐标上来看待文艺的性质。同时，他认为，文艺活动论的相关研究表明，人若要使自己的生存真正具有意义，也就不可能没有文艺。而文艺作为人的自我意识的一种形式，也就成了人为了完善自身，获得真正意义上的人的生存活动的不可缺少的组成部分，正是有了它，人类才会创造出自己的精神生活和完美的人生，才能使自己获得全面的发展。在这个意义上，王元骧指出，我们完全可以说文艺是人的生命的生产和创造的特定形式，所以，从人的活动的角度，从文艺活动与人的生存的意义和价值关系的角度去研究文艺的性质，也就表明把它放在与人的本质的联系上去考察人类的艺术行为，这样，也就从根本上抛弃了柏拉图和黑格尔等人视文学艺术为理念世界的派生物的思想，使文艺牢牢地建立在现实生活的基础上，从为了维护人自身生存价值的需要着眼，从人学本体论的意义上肯定了文艺的性质、地位和作用，对此，他指出，“这种思想无疑是非常深刻的”。不过，在肯定其理论贡献的同时，王元骧也指出，虽然文艺活动论把艺术活动看作“一个生活—创作—作品—阅读的动态流”，进而从“体与用、结构与功能统一的意义上来理解艺术本质”，确实有其“深刻之处”，但是，它对这个问题的阐述也还普遍存在着不足：首先，只是停留在对这一流程“外部关系的描述上”，未能深入造成这一流程的“内部结构去进行探讨”。王元骧认为，文艺的性质之所以只有通过这样的一个动态的流程“才能获得深入的揭示”，那是同艺术是艺术家所创造的一种审美价值的载体、一种审美价值的存在形式分不开的。他指出，价值既然是为了“满足人的需要而存在的”，那么，它的性质也“只有在使用和享受过程中才能得以揭开”。对艺术作品来说，它作为艺术家以自己的审美感受和审美体验的形式所表达的“对生活的一种态度和评价”，其内涵实际上是艺术家“对社会人生的意义和价值的一种追思和探寻”，所以，按其性质来说不是属于理论理性而是属于实践理性的范畴，不是“服务于人的认识而是服务于人的行为”。因此，对其性质只有联系“读者的阅读”，联系其在读者中所产生的“效应”，才能最终得到说明。这表明，阅读乃是艺术作品审美价值的实现过程。他认为，这就是说，要深入揭示作品的完成并不是文学活动的最终目的，文艺活动一定要指向阅读，并通过阅读才能最后得以完成的“必然道理”，就必须要对艺术作“动态的研究”。王元骧指出，读者作为接受者也不是消极被动的，他一方面“通过阅读形成自己的审美趣味”，这种审美趣味经过思维的整合成为一定的审美观点之后，又会转化为“读者选择作品、评价作品的标准”，反过来对作家产生影响，有意无意地“促使作家按照读者的趣味和要求来调整自己的创作”，以求自己的创作与读者的需求得到“同步的发展”。这样，读者的需要实际上也就成了以个人趣味的形式所表现出来的“一种社会需要”，对于整个文艺活动的发展起着“调控的作用”，并把文艺活动“从微观引向宏观”，从作家与读者个人之间的关系引向“作家与社会之间的关系”。王元骧同时还指出，文艺活动论强调文艺是生命的自由表现，但其在理解自由与自觉的关系上显然存在着不少片面性，问题的症结在于其将活动论与认识论对立起来，以否定认识论为代价来宣扬活动论，这样，在它那里，人的生命的自由活动、人自身生命的体验性，实际上就成了直觉、表现、意识流、性本能的升华等非理性主义的代名词，因此，它虽然总是以个人为主体，“以个人活动的形式来进行，通过个人活动来实现”，但我们绝不能“因此把它看作纯粹的个人活动”。文艺活动与一切人类活动一样，“总是社会的活动”，以此来看，某些文艺活动论的宣扬者显然带有人本主义化，甚至生物主义化的倾向。[①] 在《从“人类本体”论到“文艺活动”论》中，王元骧又从人作为“类”存在的角度指出，文艺活动论将文艺视为一种活动，进而强调它是一个“过程”，是“历时性的”，这种思考具有一定的深刻性。但是，在它那里，作为艺术本体的“人类本体”，实际上指的却是“个体的生命活动和生存活动”，缺乏“从‘类’的角度来进行阐发”的内容，因此，其所宣称的“人类本体”，说到底也不过只是“生命本体”或“生存本体”，这同现代西方生命哲学和生存哲学对人的理解如出一辙，都排除了人的“社会内容”，也看不到“个人是社会的存在物”，将“社会当作抽象的东西同个人对立起来”。因而它所宣扬的“人类本体”（亦即“生命本体”）也必然是抽象而缺乏社会历史内容的，而其主张的“使艺术成为生活”和“使生活成为艺术”，最终也无非就是为了唤起所谓的“生命意识”，这样，它就与“德国浪漫主义所鼓吹的如同肥皂泡那样的一种美丽而空洞的幻想”一样，虽然“诱人却没有实践意义”。[②] 而且，针对文艺活动论侧重从意志活动的视角来考察文艺现象中的不足，王元骧也认为，这虽然是文艺活动论的“研究重心和基本特色之所在”，但意志却“是确立目的，根据目的来支配、调节自己的行动去克服困难，在对象世界实现自己的目的过程”。这表明，从意志的视角来研究艺术活动，就意味着它“不只是一种对生活的反映活动，而且是一种在对象世界追求自己的目的活动，因此就其性质来说它总是自觉的、有意识的”，但不少文艺活动论的倡导者却都以“强调艺术活动的自发性、自由性来否定它的

① 参见王元骧《艺术活动论评析》，《文史哲》2001年第1期。

② 王元骧：《从“人类本体”论到“文艺活动”论》，《东疆学刊》2004年第2期。

自觉性和目的性”，这就根本上“曲解了艺术活动的性质”。①

针对文艺活动论者强调生命体验在文艺活动中的本体地位及其反对人的生命活动的认识性，将人的活动的自由性与自觉性对立起来，以及认为文艺活动与人的生活同一的观点，王元骧指出，西方生命哲学将生命看作“不是一种外在给予的对象”，而是“人自身的内部活动的一种呈现过程”，它纯粹是“当下的”“一次性的”“不可重复的”，只能凭生命个体自己的体验“从内部领悟到”，这就“势必排除认识论，把体验与认识截然对立起来”，离开认识性来谈“体验性”，离开“自觉性来谈自由性”。但是，王元骧指出，文艺创作活动确实要“以作家的人生体验为基础”，作家所表现的也“只能是为他所深切体验过的东西”，但体验却只是“一种原始的非理性的心理现象”，它固然丰富，但“贫乏”，虽然强烈，却“未必深刻”。正是如此，很多理论家都不赞成把文艺创作看作仅仅只是“一种体验的表达和情感的宣泄”，而是认为它“必须经过反思”，也就是说，在文艺创作活动中，体验到的东西还必须“经过理性的加工和改造”，体验与认识“不是彼此对立而是互相渗透的”。王元骧认为，认识到这一点，“艺术与生活的距离性与同一性，滞后性与即时性的关系也就迎刃而解了”，没有体验性、同一性、即时性，就“不可能有真切的生活感受和精微的艺术创造”，反之，没有距离性和滞后性，对生活也就“不可能有思想上的提升和审美上的超越”。基于此，王元骧指出，在对文艺与生活的同一性问题上，正确的理解应该是将它们视为动态性的同一而不是本原性的同一，即把文艺看作既源于生活，而又高于生活，因而它对生活起着“一种引导、改造的作用”，从而达到按照文艺所表现的美好理想“来设定人生的过程”。他认为，追求理想与现实的统一“不只是艺术的目的”，也“是生活本身的目的”，所以，在本体论意义上，两者“在本质上是一致的”，正是如此，我们才可以说“艺术与生活是同一的”。但像文艺活动论那样，从创作论的角度提出“文艺与生活直接就是一个东西”，那就叫人“百思不得其解了”。他指出，文艺活动论者之所以会有这样的结论，除了缺乏辩证的意识外，更深刻的原因当然是西方

① 王元骧：《艺术活动论评析》，《文史哲》2001年第1期。

生命哲学所遗留的“理论上的顽症”。不仅如此，王元骧还指出，文艺活动论的某些观点对于整个文艺活动的流程的分析，主要还停留在“外部关系的转换方面”，而对于“造成这种外部关系转换的内在联系”，似乎还没能做出“深入的揭示”，这在一定程度上影响了其在理论上的“深度与完善”。对于其中原因，王元骧认为，主要在于其对人的活动的自由自觉的分析只是“停留在一般原则上”，未能切实落实到对文艺活动的“具体流程的分析中”，即与“对文艺活动的流程的具体阐述有机地结合起来”，当作“文艺活动性质在活动过程中的具体展示来加以论证”。而对于文艺活动论立足于西方生命哲学将人的生命活动视为一种躁动于人的内部的活动、创造和过程，它独一无二、瞬息即逝、不可重复、难以言传，只能体验到而不能被认识到的观点，王元骧认为，这样，其将文艺活动作为一种生命的显现形式，显然是拒绝了对文艺活动“从主客二分的认识论的角度来进行考察”的可能。因此，尽管其认为人的生命活动是自由自觉的，但在具体分析的过程中，却是“完全离开了自觉来片面地谈论自由”，这样的自由“与自发性也就没有什么区别了”，这样的对人的活动的理解就难免陷入“对本能性、原始性、自发性和盲目性的崇拜”，也不可能是“真正意义上的人的活动”。因此，其在论述上就“有不少自相矛盾、难以自圆其说的地方”。他指出，文艺活动论者虽然也立足于马克思的人的活动是一种自由、自觉（即有意识）的活动的观点，肯定人的活动作为一种对象性活动，一种“只有凭借现实的、感性的对象才能表现自己生命的活动”，必然具有能动性和受动性，因此，强调我们的文艺理论，应该“把艺术活动中主体的能动方面和受动方面辩证地统一起来”，而且应该明确前者，即主体的能动方面，体现着人的本质、需要和追求，是人类行为的内在驱动力；而后者，即主体的受动方面，则表现为人对外部世界的积极顺应。所以，“对于一个艺术家来说，他描写什么，怎样描写，当然不是随心所欲的，他要受制于他所生活的时代和他所描写对象的性质”。而这些内容在作品中之所以“变成了艺术家实现其主体生命表现的对象，成为他占有的对象”，就在于“艺术家以巨大的热情，投入时代洪流，拥抱生活，以主体的能动性去克服外部世界的疏远性，与客体建立对象性的关系”。这说明，艺术家要在现实世界获得创作的材料，就不能排除其与世界间建立认识性的关系。但文艺活动论对认识论文艺观却做了彻底的否定，否认认识性作为人的活动的“一种构成因素”，应该包含在人的活动，“包括艺术活动之中”，这样，它就把马克思所说的人的活动的自由自觉的特性“分割开来”，走到了“离开和排除了自觉来谈论自由的道路上去”，这种错误使其在解释艺术活动“是出于自身需要的自由生命表现活动”时，最终陷入“生命本体论”的泥沼。①

除王元骧外，陆贵山也对文艺活动论提出了批评。他指出，尽管文艺活动论的研究方法，“从大视角观察文艺现象，把视野投向时代、历史和现实，运用大量丰富的实证材料，多侧面地综合剖视文艺的整体，并力图建构人的本体与文的本体的宏观联系”，这确实“有助于摒弃一切狭隘的虚妄的唯心主义形而上学思潮”，但其所体现出来的唯意志论色彩，“向内求证”意识，贬抑认识论美学，张扬文艺的个体化、个性化，本末倒置、把文化和文艺的源流关系完全搞颠倒等倾向，则“必须加以审慎的分析”。陆贵山认为，在中国文坛上，文艺活动论的涌现，主要是20世纪80年代中期以后的事情。中国牌的文艺活动论的建构显得枯板和滞混，多半停留在简单的译介和转述的胚芽阶段，离“具有中国特色的系统化的理论形态相去甚远”，其在文艺理论上的论述也粗疏、稚拙，而在文艺创作中，则仅执迷于对原始生活风俗和原始情欲的开掘，如某些“寻根文学”只暴露人类生命和生存活动的丑陋和残忍的一面。陆贵山指出，文艺活动论在中国文坛上的走红过热，是内因和外因综合作用的结果。从外因看，不能低估欧美人类学本体论思想的影响；从内因看，文艺活动论的兴起，经历了这样一个过程：从对“共同美”的探讨走向对抽象的人性论和人道主义思想的推崇和肯定，从而进一步滑到抹杀阶级差别和阶级矛盾的“全人类性”，将现实生活中的人作为抽象的“类的存在”孤立并凸显出来。而且，文艺活动论还带有复杂的双重性，一方面，它作为对“文革”时期剥夺人权，摧残人性的反叛，作为对狭隘的、被扩大化了的阶级斗争的荒谬性的惩罚，主张恢复人的地位、价值和尊严，

① 参见王元骧《从“人类本体”论到“文艺活动”论》，《东疆学刊》2004年第2期。

高扬人的主体精神和本体精神，自然具有历史的合理性和进步性；另一方面，它又将这种思潮所具有的历史的合理性和进步性加以夸大，推向极端，抬高到至尊至上的位置，用人的本体压倒创造社会历史的本体，带着“明显的唯意志论的虚妄的色彩”。陆贵山认为，从文艺自身看，文艺活动论一方面最充分地表现出从人的本体探究文艺的本体的精神意向，校正了脱离人的本体考察文艺本体的偏执和弊端，为架构人的本体和文艺本体的内部联系的契机“打开了新的思路”；另一方面，又在研究文艺的本体性时将所沟通的人的本体“抽象化”“超历史化”，在一定程度上用非历史化的人的本体代替了“具体的真实的人的本体”，从而导致其本体理论的伪科学性质。陆贵山指出，文艺活动论尽管可以启发我们注重对文艺自身的内部规律和审美特性的研究，全方位、整体化地透视文艺的本体地位和结构，这显然有利于文艺自身的丰富和发展。但是，它完全没有理由将文艺的本体和它所反映的人的本体同社会历史本体这样那样地隔离开来，进而片面、偏执地阐释两者的联系。对于文艺活动论所体现出的“向内求证”的倾向，陆贵山认为，人自身和它的包括文艺活动在内的精神现象都不能借助“向内求证”，“从自身得到合理的正确的解释”。即便我们认同文艺是人的生命的存在和表现形式，也不能和无法挣脱“一定时代的社会生活和物质条件对它的规定”，纵令有内部规定，也要“受到外部规定的制约和影响”，因此，历史唯物主义的决定论原理“理应得到尊重和服从”。他同时指出，从发生学的意义上讲，文艺作为一种独立的意识形态形式的出现，是“历史发展到一定阶段的产物”，因此，一定的历史条件、社会结构、时代的发展和变迁“必然影响文艺的内容和思想倾向”，这是“不证自明的”，纯然超越历史、追求虚假的自由极限的所谓人的生命本体和表现人的生命本体的文艺本体是“不存在的”。而对于文艺活动论主张的“文艺是生命的存在形式，是实现主体需要的自觉自由的生命活动”的观点，陆贵山批评说，没有对客体、环境、对象的符合规律性和目的性的理性认识，自觉的和自由的生命活动何以产生？如果人们所面对的外部世界是一片虚无，主体的需要、愿望、冲动、欲求又怎样引起并实现？对于有的论者为了抬高文艺活动论，贬抑文艺认识论，用对比方法阐发两者的“重大差别”，并“断言前者强调文艺对人自身生命的‘体验性’，实现文艺同人的生命活动的‘同一性’；后者强调的是文艺对现实的‘认识性’，展示文艺与生活的‘差异性’，从而故意将‘体验性’和‘认识性’、‘同一性’和‘差异性’简单地刻板地割裂和对立起来”的论点，陆贵山指出，“在文艺这个特殊的领域内，难道存在着能脱离‘认识性’的‘体验性’，或脱离‘体验性’的‘认识性’吗？难道有无差别的‘同一性’，或无同一的‘差别性’吗”。他补充说，既然文艺活动论认为“文艺活动是人的生命活动的基本方式和形式”，那么，不基于“对社会环境和对象世界的客观实在性和客观规律性的深切的认识、理解和把握，又怎么能取得体验的同一性呢”。因此，他认为，这种完全排斥或超越认识论或反映论的所谓的文艺活动论必然陷于“盲目和虚妄”，最终成为“伪科学”。此外，陆贵山还指出，文艺活动论公然宣称“艺术是人类的生命状态和生存方式”，因此，“艺术也是生活，生活也是艺术”。陆贵山认为，这种艺术即生活或生活即艺术的论点是“不能令人同意的”，因为这种将艺术与生活混淆起来的观点“违背历史唯物主义的基本常识”。之所以如此，在他看来，这是因为：“第一，生活是艺术的源泉，作为观念形态的艺术是历史发展到一定阶段的产物，是由一定的社会历史条件决定的。马克思主义将人的生活划分为两大系列，即人的物质生活和人的精神生活。艺术作为人的精神生活的一种特殊形式受制于人的一定的物质生活。第二，精神文化本质上属于意识形态的范畴，主张意识形态范畴的神话原型、集体无意识、思维模式和文化结构决定观念形态的艺术，实际上是认为意识形态产生意识形态，将人类精神文化包括文学艺术的发展限定并归结为意识形态的内部运动，取决于意识形态的自我繁衍、自我增殖。精神文化尽管对文艺的进步和变革起着不可忽视的作用，甚至产生直接的影响，然而它多半是作为中介或中间环节通过调节经济基础和上层建筑的关系，反映和表现着一定时代的社会的需求，因而它并不是起决定作用的关键性因素，最终决定包括文学艺术在内的精神文化的发展的基因和主要杠杆，归根到底，取决于一定时代的社会历史条件。第三，精神文化因素非但不能决定文艺的发展，更不能决定一定时代的社会结构和社会机制，相反精神文化及其诸多表现形式，如神话传说、礼仪制度、宗教信仰、风俗习惯、审美趣味、艺术倾向、社会心理、时代精神等等的演化和嬗变都导源于一定社会的经济基础，归根结底，是它们所属时代的历史条件的产物。尽管精神文化具有自身的相对独立性和特殊规律性，但总不会逸出社会发展的总规律和总趋势之外而变成孤立自足的存在。精神文化往往是在被动和主动、限制和反限制、决定和反决定的辩证运动中为自身的生存和发展开辟道路。一定时代的历史条件、经济基础、物质关系是一定时代的精神文化发生发展的'源'，而精神文化本身则是'流'。必须摆正'源''流'关系，既不应重'源'轻'流'，也不应反'流'为'源'。"因此，文艺活动论把文化和文艺的源流关系"完全搞颠倒了"，他们"认流为源，舍本逐末"，用"被社会存在决定的诸多意识形式来解释和演绎作为观念形态的文艺的产生和发展"，对此，他指出，"应当把这种被颠倒了的理论是非重新翻转过来"。此外，陆贵山还批评了文艺活动论张扬文艺的个体化、个性化的倾向，认为其"随意把人类学本体论浪漫主义和表现主义化，甚至明显地唯心主义化"，甚至提出"'艺术家即上帝'，把马斯洛倡导的'自我实现'作为文学的极终目标"，这显然是"不符合人类学本体论的本来含义的"。①

对于文艺活动论者认为文艺的真正本体"只能是人类本体"，文艺实质上构成了"最高的生命哲学"，艺术"在于纯粹的生命意识"等观点，翁礼明和陈理宣批评说，文艺活动论把生命意识作为终极存在，至少存在"三个疑点"："一是，生命意识如果不与艺术作品、具体的艺术活动相联系，它就只能抽象存在；二是，生命意识不是艺术的唯一特征，它可以进入艺术活动中，也可以进入其他领域；三是，强调生命意识，往往忽略艺术作品的客观因素，因此，很难避免滑入主观唯心主义或客观唯心主义的泥潭。"② 霍俊国也指出，文学活动论主要是从马克思的"人的活动"理论和某些生命哲学或生存哲学的活动理论着手的，它或把文学"作为出于自身内在需要的自由的生命表现活动"，或把文学"作为外

① 陆贵山：《文学与人类学本体论》，《文学评论》1991年第3期。

② 翁礼明、陈理宣：《艺术活动价值论——艺术本质研究的逻辑起点》，《内江师专学报》1993年第3期。

部的物质活动的派生物”，在拓展文学的研究方法方面的确做出了“较大的贡献”，但“这些研究几乎都是从价值论的角度展开，对文学作哲学俯视，把文学活动作为人的某种内在或外在目的来对待的，这就不免忽视了文学活动自身的规律性”①。

第三节　反思与评介

首先，在中国当代文论思潮中，文艺活动论并非空穴来风，它的出场既有深刻的哲学依据也有深厚的文论渊源。我们知道，传统的文论受认识论的影响甚重，致使其往往多从认识论和反映论出发来解释文艺问题，将文艺视为一种社会意识形态，并进而将文艺看作反映的产品。在这种文艺观念中，文艺成了静态的、死的东西。显然，这种文艺观念混淆了艺术和艺术品之间的区别，而错误地将两者同一起来。与之不同，文艺活动论从西方生命哲学、意志哲学、人类学、人本学、人道主义理论与马克思主义创始人在谈论观察问题的方法时提出的“我们的出发点是从事实际活动的人，而且从他们的现实生活过程中我们还可以描绘出这一生活过程在意识形态上的反射和反响的发展”② 的论断，以及马克思在《关于费尔巴哈的提纲》中批评一切旧的唯物主义的主要缺点，在于他们对事物、现实、感性，只是从客体的或者直观的形式去理解，而不是把它们当作人的感性活动，当作实践去理解等致思出发，从人的感性活动的视角来阐述其文艺思想、打量艺术。而在文学渊源上，从活动的观点出发来阐释文艺活动的理论家，在艺术史上也不乏其人。如 19 世纪俄国文学大师列夫·托尔斯泰就曾阐明，“艺术是一项目的在于把人们所体验到的最崇高、最优越的感情传达给别人的人类活动”③。法国现代著名的艺术理论家雅克·马利坦（Jacques Maritain）也曾认为诗（艺术）是“一

① 霍俊国：《关于文学艺术活动论的再思考》，《齐鲁学刊》2007 年第 4 期。
② 《马克思恩格斯选集》第 1 卷，人民出版社 1995 年版，第 73 页。
③ ［俄］列夫·托尔斯泰：《论艺术》，丰陈宝译，人民文学出版社 1958 年版，第 65 页。

个过程”，即“事物的内部存在与人类自身的内部存在之间的相互联系”的过程。[①] 由此可见，文艺活动论是一个具有深厚理论渊源的理论思潮。事实上，艺术也确实并不像传统文论所坚持的那样，只是反映的产品，是艺术品、文本，是死的、静止的东西，艺术绝不可能只是艺术品，也不可能只是一个放置在我们面前让我们欣赏的对象，它也不是存在者，而是存在本身，它不是遮蔽，而是一种敞开，一个过程，是人的一种处于生命之流中的感性生命活动，是在人的审美活动中，并通过人的审美活动才建构起来的，它是人的自由自觉本质的一种全面敞开、显现，是一个动态的流程。因此，文艺活动论所揭示的文艺本质的这一面是我们在建构当代形态的文论时可以借鉴的一个理论视角。

其次，文艺活动论把文艺当作一个过程，当作人的感性生命实践活动，这对于我们拓展“文学是人学”这一命题的内在理论蕴含显然也具有重要的启示意义。我们知道，在文艺理论史上，高尔基首先提出了“文学是人学”这一命题，这一命题在20世纪50年代曾受到我国部分学者的关注和发展。如钱谷融就曾撰文《论“文学是人学”》来阐发这一论题。不过，由于众所周知的原因，钱谷融等人的观点曾招来一片非议，而对“文学是人学”这一问题的研究也随着对他们的批判而被列入文论上的禁区。进入新时期之后，随着“文革”的结束及思想解放运动的不断深入，人的尊严、人的价值、人的权利及人性、人情、人道主义等成为当代中国文论中的显学，继之而起的文学与人性关系的讨论，更使“文学是人学”的观念普遍得到文论界的认同。但遗憾的是，由于认识论根深蒂固的影响，在对这一命题的理解上，文论界往往仍然是以反映论哲学为背景，倾向于把人只看作文艺活动特定的反映对象，把文学活动中的人仅仅看成思维的主体和认识的主体。这种认识显然只是从客体或者直观的形式上去理解“文学是人学”，只把人仅仅看作文艺活动的被动反映对象，而未能更深入地从人的感性生命实践活动的角度来对之做进一步的阐释。事实上，文学作为人学，作为人的文学，它不仅仅以人、

① ［法］雅克·马利坦：《艺术与诗中的创造性直觉》，刘有元等译，生活·读书·新知三联书店1991年版，第15页。

人的社会生活作为反映对象，而且更重要的是它正是通过人的活动并在人的活动中才得以建构起自身的。例如，从接受的角度来看，艺术品、文本只是一个死的、静止的东西，而不能被称作文学（审美对象），只有在与接受主体产生联系并形成审美接受的活动中，它才能被激活，才有生命，也才成其为文学、艺术。所以，我们说“文学是人学”，并不仅仅在于它以人、人的社会生活为反映对象，更重要的在于文学本身只有借助于人的活动，并最终在人的活动中才能完成其自身，正是在这种意义上，人的活动对于文学具有本体论的意义，离开了人的活动，也就谈不上文学了，这也是文艺活动论向我们揭示的“文学是人学”更深层次的内涵。

再次，文艺活动论把对需要机制的分析引入文艺活动的内在动因的揭示中，这在文论史上是一个创新性的突破。我们知道，在美学史上，真正把马克思主义“人的活动”理论引入美学研究领域的是苏联美学家M.C. 卡冈。在M.C. 卡冈的理论中，他从系统论的方法出发来研究审美和艺术活动。他认为艺术活动作为人的整个活动系统中的系统质，在对其研究时，除了静态地考察其结构成分外，还必须对其功能和发展进行动态的考察，这就要求研究者必须联系整个人类活动系统，尤其是社会文化系统来进行。但由于M.C. 卡冈的研究重点在于艺术活动同人类其他活动形式之间的关系，这种宏观的视角使其忽视了对艺术活动的内在心理机制的深入剖析。而文艺活动论则把需要机制引入艺术活动内在心理机制的分析中，从需要出发来阐释艺术作为人的生命活动的内在心理渊源，尽管其在分析中忽视了对艺术活动的其他内在心理机制的分析，而且，在某种程度上也忽视了人的需要机制中的社会文化内容，但其开辟的研究向度却对建构文艺学的当代形态具有重要的理论借鉴意义，它所没有深入解决的问题及理论终止的地方却恰恰可以成为我们实现文艺学的当代性转换而理应补充、引申、开掘的出发点。

最后，建构当代形态的文艺学体系，逻辑起点的论证和选择是一个尤为值得重视的问题，文艺活动论将人的感性实践活动作为文艺学的逻辑起点，这对于我们建构当代形态的文艺学体系具有重要的理论启示意义。传统文艺学在选择其逻辑起点时，往往将其归于“意识形态属性”

“社会存在”“审美反映”“生产”“审美的主观形式”等。这些选择尽管也都是经过论者深思熟虑的，而且它们各自也确实都具有一定的结构张力和推衍能力，但是，现在来看，这些逻辑起点却无疑有着各自的局限性。我们现在讲文艺学的当代性转换，在一定意义上，这种转换实质上就是要求我们要有综合的意识，要综合传统文艺学的优点和长处。那么，在建构当代形态的文艺学体系中，在逻辑起点的选择上，就需要选择一个极具囊括力的范畴，通过它，我们才可能把传统文艺学中的优点和长处都吸纳到新的文艺学体系中来，“活动”就是这样的一个范畴。我们知道，人之所以为人，乃是因为他活动，人事实上是凭借其活动并在活动中建构起自身的。从某种意义上来说，没有活动也就没有人，而人的活动又是一个以目的为中介而展开的认识与实践两者互相渗透、互相规定、互为前提的一个双向可逆的动态流程，而且，在活动中，人不仅仅是一个认识主体、反映主体，同时也是一个实践主体、生产主体，而文学作为人的活动的一种形式，它不仅仅具有意识反映的特性，同时又有生产、创新的主体性特征。因此，通过“活动”，我们既可以将意识形态、审美反映、生产、主体、审美主观形式等传统文艺学所选择的逻辑起点综合进来，又能确立一个既包含传统，又具有新质的逻辑起点。同时，我们知道，文学作为活动是由“生活—作家—作品—读者”四要素构成的一个动态流程，因此，以活动作为逻辑起点，我们可以借活动而将文学的各个环节贯穿起来，从而形成一个以活动为核心的文艺学体系，这不仅在理论上是可行的，在实践中也是完全可以操作的。

当然，文艺活动论的理论误区也是显而易见的，这是我们在建构当代形态的文艺学体系时所必须加以扬弃的。

首先，文艺活动论反对反映论，提出要建立“与认识论文艺美学不同的新的文艺美学”，把文艺的本体建立在人的感性存在及其审美实践活动的基础上，这未免矫枉过正。人的活动具有反映的特性，人的主体属性都是作为反映的成果积淀在人身上，离开了反映前提，也就没有了人的活动。而文艺活动论却认为，“文艺活动本身就是生活活动，就是人的生命活动的一部分”，它与人的生命活动“直接就是一个东西”。为了强调艺术活动与人的生命活动、生活活动的这种同步性、同一性，它甚至认为反映论强调文艺对生活的认识（反映），这就“先天”地决定了文艺创作即审美创造活动在时间上是一种“拖后”活动，有了现实生活，然后才有文艺创作，有了被反映物，然后才有对它的反映活动。所以，在反映论那里，文艺活动比生活本身是晚了一拍的活动，至少是晚了半拍的活动。这种把反映论与活动论完全对立起来的做法显然是值得商榷的。我们在建构当代形态的文艺学体系时，必须汲取反映论的研究成果，也只有联系反映论，立足反映论，才能真正把握文艺活动的内在本质规定。

其次，文艺活动论不仅割裂反映论与活动论之间的联系，而且它没有从根本上阐明艺术活动与人类其他活动的本质区别，从而使其在理论上显示出大而无当的空泛性。事实上，文艺活动论在强调艺术作为人类活动的特性时往往大谈艺术活动的生命表现性，并且力图与“自由”联系起来来揭示审美产生的基础，但是他们对于自由的理解却往往停留在认识论和伦理学的维度。其实，自由范畴在美学上有其特定的含义，它是指主体摆脱自然欲望的束缚而对客体所采取的一种纯然观照的态度。因此在美学意义上，自由是指主体对其内在欲望的支配和超越。文艺活动作为审美活动的一种高级形态，通过他人的生命活动之所以能提升到自由的境界，是因为在审美活动中人所关注的是审美对象的感性外观而非其实体，从而能够避免对之产生占有的欲望冲动，这种摒弃了欲望冲动的审美活动同时又具有普遍交流性，可以使个体和类沟通起来。从而使人的“需要和享受失去了自己的利己主义性质”，不但使我的感觉和享受可以成为别人的，而且也使“别人的感觉和享受也成了我自己的占有”[①]。这就使得人在审美活动中不仅从自然的束缚、别人的束缚，而且从自己的束缚中解放出来，实现个体与类的融合。所以康德和席勒等人都把审美活动视作一种“游戏”，一种在“主观和客观方面都不是偶然而同时又不受外在和内在强迫”[②] 的活动。它虽然有必然的规则，但却又不受规则的强制。这就是人们通常把审美境界看作人生最高的自由境界，是人的生命自由活动最终得以实现的原因。而文艺活动论却恰恰忽视了

① 马克思：《1844年经济学哲学手稿》，人民出版社2000年版，第53页。

② ［德］席勒：《美育书简》，徐恒醇译，中国文联出版公司1984年版，第88页。

自由的美学意义，从而致使其在论述文艺活动的内在规定性时，虽然也强调自由，但却普遍关注文艺活动与人的认识活动、伦理活动及其他生命活动的相同的一面，却没有深入文艺活动作为审美活动的高级形态与人的其他活动在自由性上的相异的一面，这是我们在当代形态文艺学的理论建构中应当扬弃的。

最后，文艺活动论在对人的内在需要机制进行考察时，多从个体需要出发来阐释艺术活动的内在心理机制，而且在其理论中，人的需要似乎被设定是天然合理的东西，尤其是童庆炳对马斯洛人本主义心理学“需要层次理论”的引入，虽然他的意图是想用马斯洛的理论来弥补马克思主义创始人理论中缺乏从心理学的角度，从个人需要出发来阐述艺术活动的不足，但是，他事实上却是在以马斯洛的人本主义心理学理论来取代、替补马克思主义创始人的论述，从而使其分析缺乏深刻的社会性内容和恢宏的历史唯物主义视野。我们知道，人作为社会的人，他的需要本质上是一种社会需要，带有社会性，尤其是作为人的“奢侈需要”的审美需要、艺术需要等，更是如此。在一定的社会环境中，人需要什么，要受人怎样满足自己的需要的方式的影响，而人究竟怎样去满足自己的需要，这并不是人的臆定，而是由社会生产实践所决定的。时代不同，人们的生产实践方式不同，因而其需要及其满足需要的方式也会截然不同。因此，人的审美需要不仅应从个体的角度来分析，更应从社会及其发展的角度来探讨，离开了这一点，不仅个人的需要，甚至个人生存本身，也都会降低到动物的水平，而这一点恰恰是文艺活动所不应该忽视的。

第二讲

文学人学论

中国文论界对文学人学的讨论最早肇始于20世纪50年代，以巴人（王任叔）、钱谷融、王淑明等老一代学者为代表。尽管1955年2月20日，在关于当前电影创作会议的报告中，周扬曾提到高尔基的“文学是人学”观点：“艺术的思想要通过人的形象表现，不能离开人来表现，高尔基讲：‘文学就是人学’，这名字多怪，他给文学起个名字叫‘人学’。艺术就是通过人的形象，影响人，通过人的形象，反映社会，各个社会阶级关系的渗透，通过人的形象影响人，影响人的精神。”[①] 但他并未做深入的阐发。文学人学研究真正引起文论界普遍关注的是1957年巴人《论人情》、王淑明《论人性与人情》及钱谷融《论“文学是人学”》等的发表。但由于“左”倾思想的影响，这些文章中所提出的文学表现共同人性、文学的人道主义精神等问题在学界的广泛批判中而被扼杀。进入新时期后，理论界普遍认识到，要深化对文学的认识，首先要深化对人自身的认识，只有在深入理解人的基础上，才能更加深入地去解释文学，随着这种意识的加深，当代中国文论对文学人学的研究不断地走向深入，不仅有从文学的对象、目的、作用、主体等方面的研究，而且也有切近文学的本体、对文学活动本体的人学辨析，同时，还引发了关于文学人

① 周扬：《论艺术创作的规律》，《周扬文集》（二），人民文学出版社1985年版，第338页。

学本体的讨论，在这些讨论的深层结构中，始终都贯穿着一种人学精神，体现着当代中国文论对于文学人学问题的开拓和创新。

第一节 “文学是人学”命题的出场、挫折与重返理论现场

1957年，巴人在《新港》第1期上发表《论人情》，文中指出，“我们当前文艺作品中最缺少的东西，是人情，是出于人类本性的人道主义”，但人情却是文艺作品“引人入胜”的“主要东西”。巴人指出，造成此状况的根本原因是有些人认为“作品中太多人情味”，就会“失掉了阶级立场”。对此论调，巴人认为，这是“矫情”，在他看来，“人情是人和人之间共同相通的东西”，“人情也就是人道主义”，而人道主义则“出于人类本性”，文学史上最伟大的作品总是“具有最充分的人道主义的作品”。所以，他指出，我们没有理由反对在为阶级斗争服务的文艺作品中，有“更多的人情味”，闪耀着“更多人性的光辉”。[①] 巴文发表后，旋即受到学界的广泛批评，王淑明在同年的《新港》第7期上发表《论人情与人性》为巴人辩解。王淑明在文中指出，批评巴人的学者有一个共同的地方，那就是否认“人情有共同相通的东西”，错误地认为在人性方面，“只有阶级性，没有什么共通的东西”，他认为，这样理解人性、人情，是简单、机械的。在阶级社会中，人确实具有阶级性，但“在一些基本情感上”，人与人之间仍然有着“共同相通的东西”，如两性之爱、亲子之爱等，这些都是“人类的正常本性”。基于此，王淑明指出：“正因为人性在阶级社会里，带上了阶级的烙印，而同时人的本性（这种本性是在不同的社会阶段里为大多数人所固有，世世代代的在生产和社会斗争里继续和发展着）又具有共同相通的基础，所以文学作品才会发生共鸣的作用，才会有所谓永恒形象的产生。”所以，他提出，不能将人性与阶级性对立起来，将作品的政治性与人情味

① 参见巴人《论人情》，《新港》1957年第1期。

割裂开来。[①]

在20世纪50年代关于文学人学的论争中，尤以钱谷融的《论“文学是人学”》为重要，该文首先批评了当时在国内广为流布的苏联文论家季摩菲耶夫的“人的描写是艺术家反映整体现实所使用的工具”的观点后指出，果真如此，那么，“人在作品中，就只居于从属的地位，作家对人本身并无兴趣，他的笔下在描画着人，但心目中所想的，所注意的，却是所谓‘整体现实’，那么这个人又怎么能成为活生生的、有血有肉的、有着自己的真正个性的人?”钱谷融认为，“高尔基曾经作过这样的建议：把文学叫作‘人学’”，由此看来，“文学的对象，文学的题材，应该是人，应该是时时在行动中的人，应该是处在各种各样复杂的社会关系中的人”。而一切艺术，当然也包括文学在内，它的“最基本的推动力”，就是“改善人生”，把人类生活“提高到至善至美的境界的那种热切的向往和崇高的理想”，文学“要达到教育人改善人的目的，固然必须从人出发，必须以人为注意的中心；就是要达到反映生活、揭示现实本质的目的，也还必须从人出发，必须以人为注意的中心。说文学的目的任务是在于揭示生活本质，在于反映生活发展的规律，这种说法，恰恰是抽掉了文学的核心，取消了文学与其他社会科学的区别，因而也就必然要扼杀文学的生命”。在文学创作中，“一切都是以人来对待人，以心来接触心”。一言以蔽之，人，才是文学的中心。同时，他还强调了“文学是人学”命题中包含着的“伟大的人道主义精神”，他指出，对那些伟大的作家，人们“永远怀着深深的敬仰和感激的心情”，那是因为他们的作品“赞美了人，润饰了人，使得人的形象在地球上站得更高大了”。[②] 总之，钱文从文学的对象、题材、目的、人道主义精神、文学的社会意义及典型的本质论的错位等方面，多方位地对“文学是人学”这一命题的合理性进行论证，系统地揭示了文学的人学内涵。值得一提的是，1980年5月，钱谷融发表《〈论“文学是人学”〉一文的自我批判提纲》，该文完成于1957年10月，与《论“文学是人学”》具有互文性，可以说是其姊妹

① 参见王淑明《论人性与人情》，《新港》1957年第7期。

② 钱谷融：《论“文学是人学”》，《文艺月报》1957年5月号。

篇。该文虽名为自我批判，但实质上却是钱谷融对其《论“文学是人学”》中主要见解的重申。在这篇文章中，钱谷融指出，文学的任务，主要应该是影响人，教育人，应该是鼓舞人们去改造现实，改造世界，使人们生活得更好，而不在于反映现实。他认为，文艺反映现实是个无可争辩的唯物主义的命题，但它只是说明了存在的第一性和意识的第二性，除此之外，并没有更多地告诉我们什么，通过它，我们并不能对文艺的性质、特点有所了解。而且，“现实”这个概念包罗万象，一切存在，都是现实。在文艺中，所谓现实就应该是指人的个性（人的思想和行动，理想和愿望）。因为，人是不能脱离一定的时代、社会和一定的社会阶级关系而存在的。离开了这些，就没有所谓的“人”，就没有人的性格。所以，人可以说就是具体的现实。而一般观念中的现实，只能是文艺的背景而非对象，只能是文艺的出发点而非目标。正因为人是社会现实的焦点，是生活的主人，所以，抓住了人，也就抓住了现实，抓住了生活。一个作家只要真正地写出了人，写出了人的个性，也就必然写出了这个人所生活的时代、社会和复杂的社会阶级关系，也就必然反映了整个现实。同时，该文中，钱谷融对作家的世界观、文学作品的评价标准、文学创作原则及典型等问题也从“文学是人学”的角度进行了阐发。关于作家的世界观，钱谷融指出，在文学领域内，既然一切都是为了人，一切都是从人出发的，都决定于作家怎样描写人、怎样对待人，那么，作家的美学理想和人道主义精神，就应该是其世界观中对创作起决定作用的部分。关于文学作品的评价标准，钱谷融指出，文学作品的历史地位与社会意义，首先是从它描写人、对待人的态度上表现出来的。凡是能够美化人们的灵魂，引导人们向上、刺激人们起来为争取美好生活而斗争的作品，就是好作品，反之则非。一切时代的进步艺术跟颓废派艺术之所以针锋相对，主要就在于其描写人的态度不同，对人的理想不同。如果一个作家对人生抱消极态度，对人类的活动、理想、愿望没有深切的关注与同情，他绝对写不出好作品。关于文学创作原则问题，钱谷融指出，浪漫主义与一切颓废主义的区别并不在描写的方法、对待现实的态度上，而在于对待人生的态度上。对人、对生活抱着积极的态度，作品中渗透着人道主义精神的，就是浪漫主义，反之则属于颓废主义。现实主义与自然主义的区别也在于其对待人和生活的态度上。现实主义者对生活抱着积极的态度，把人当作世界的主人来看待，当作“社会关系的总和”来理解，用一种尊重的、同情的、充满人道主义精神的态度来描写人、对待人。自然主义者则对生活抱着轻蔑的态度，把人当作地球上的生物之一，当作一种具有一切“原始感情”，即兽性的动物来看待。文学创作离不开对现实人生的概括。现实主义概括的是人的社会性，社会关系，在概括中同时渗入了作者的社会政治的和美学的评价。自然主义所概括的是人的生物性和生物本能，在概括中同时做着生物学的和病理学的分析解剖。所以其区别，主要是对待人。对待生活的态度的区别，有没有人道主义精神的区别。关于典型，钱谷融指出，文学中的典型，指的是这样一种人物形象，他具有鲜明的、独一无二的个人特色，同时，通过他的活动，通过他与周围的人和事的具体联系，又能够体现出时代的和社会的面貌，体现出当时复杂的社会阶级关系。无论在理论上还是实践上，现实生活中的每一个人，都是一个独一无二的个性，同时他又是社会关系的产物。从他的个性的成长发展的过程中，都可以鲜明地看到时代、社会和阶级的烙印，看到整个社会生活的面影。所以，只要能写出人物和他周围环境间的具体联系，写出他的个性的形成根源，任何一个人都是可以成为典型的。① 在此，我们需要补充的是，对于高尔基是否真正提出过“文学是人学”这一问题，学界目前已经从多方面进行过释证，也基本上对此进行了否定。但不管如何，高尔基及假借他的名义出现的“文学是人学”命题对20世纪50年代中国文论界文学人学问题的提出及论争起到了理念先导的作用。当然，其后，由于极“左”思潮的干涉，在20世纪50年代末，这一具有生命力的命题很快被雷霆万钧式的批判所扼杀，而且，巴人、钱谷融、王淑明等也因此遭受了非人的磨难。

进入新时期以后，随着思想解放运动的深入，“文学是人学”命题重获生命力，并得到了文论界的高度关注。重新成为当代中国文论中的显学，也使得该命题中所包含的核心理论内涵得到了深入的发掘。1979年，

---

① 参见钱谷融《〈论“文学是人学”〉一文的自我批判提纲》，《文艺研究》1980年第3期。

阎纲在《神学·人学·文学》中指出，以往在造神论者的笔下，文学变成了神学。他认为，文学应该老老实实地还其本来面目，充当活生生的人学。中国历史上的文学，大多都是人学，即使少数神话，也是借神以写人。人学就是把人当人看，它有人间的烟火味，有人味，有生活气味。把神变成人，是文学的进步。把人变成神，是文学的倒退。人民不要神学，人民要的是人学——文学。[①] 此后，张明廉也提出，文学是人学，人始终是文学描写的重要对象。任何一部广阔、深刻地反映了一定历史时代的社会生活的作品，都断然免不了把人作为它描写的中心。文学要写人，就不能不写人情、人性，否则，就丧失了它反映生活的真实性，走上背叛生活、伪造生活的邪路。[②] 张炯、杨志杰在《新中国长篇小说发展的几个问题》一文中更是以醒目的标题提出"文学是人学"，他们不仅认为它是一个"警辟"的论断，而且还指出，现实社会中人的关系、人的命运、行为、思想、感情和性格，从来就是小说家描写的中心。不通过人的描写，便无以反映社会，无以展现历史的图画，也无以紧紧抓住读者的深切关心并从感情上去打动读者。[③] 刘宾雁也指出，文的命运与人的命运紧密相连，过去极"左"路线的破坏，说到底是"对于人的破坏"，这种破坏，尤其是对于人的精神世界的破坏是最难愈合的，文学是"为了人和描写人的"，所以，这种破坏就必然使我国的文学遭到损伤。他还提出，打破现实生活中和人们传统观念中的各种障碍，使中国人民在生活的各个领域中具有人的尊严和权利，以主人翁姿态站立起来，主动地、心情舒畅地、豪迈地承担起四个现代化建设的责任，既是当代文学的任务，也是其重要内容。[④] 此外，尹世明也指出，"文学是人学"概括出了文艺的"基本特点"。[⑤] 在发生学上，上述诸文可以说是当代中国文论探讨文学人学的先声。

---

① 参见阎纲《神学·人学·文学》，《文学评论》1979 年第 2 期。

② 参见张明廉《人情、人性与社会主义文学的真实性——谈谈〈创业史〉中的人情、人性描写》，《甘肃师大学报》1979 年第 3 期。

③ 参见张炯、杨志杰《新中国长篇小说发展的几个问题》，《文学评论》1979 年第 5 期。

④ 参见刘宾雁《人是目的，人是中心》，《文学评论》1979 年第 6 期。

⑤ 参见尹世明《论文艺的对象和内容的审美特征》，《山西师院学报》1979 年第 2 期。

以上诸文发出先声后，文论界对文学人学的讨论不断升温。1980年，曲若镁在《人性·人情·人学》一文中认为，过去受极“左”思潮的影响，作家不能去写个人命运与人民疾苦，更不能以无产阶级人性、人情、人道的观点去观察人、熟悉人、尊重人、关心人、同情人、描写人。他认为，表现人性、人情是文学的固有属性和基本特征，也是作家反映现实、变革现实的基本手段。人是宇宙万物的主宰、社会历史的创造者、体现者和文学描写的对象与中心，也是文学创作的根本目的。因此，要使文学真正成为“人学”，作家必须从发展变化着的生活实际出发，以其全部的经验、才能、智慧和热情去观察人、熟悉人，真实地表现出人物的血、肉、情。只有在错综复杂的社会关系与阶级关系中深入挖掘人的内心世界的全部丰富性，生动展现出人性美、人情美，文学作品才能更好地反映不同时代、不同阶级各种人物的精神面貌，广泛而深刻地揭示出实际生活的丰富内容和社会本质。[①] 几乎与曲文同时，在讨论文艺的社会功能时，梁信指出，有人说文以载道，还有人说文以载政，其实最重要的是文以载人，就是要写人，《红楼梦》之所以二百余年如此迷人，就是因为它写了人，写出了各种各样的活生生的人。[②] 梁信的“文以载人”论虽然是从文学对象的角度着眼，但它准确地表达出了文学与人、人学的关联，所以，随着它的广泛传播与日渐深入人心，“文学是人学”命题历久弥新，重回中国文论的现场，成为当代中国文论场的沸点，被广泛探讨，如敏泽、张炯、童庆炳、林清奇、程代熙、胡义成、吴元迈、包忠文等都分别从性质、对象、作用诸方面深化了文学的特殊人学内涵。敏泽认为，文学是人学，作家是人类灵魂的工程师，现实的、活生生的人才是真正的变革现实和创造历史的主人，所以，作家要反映现实的变革，就必须把创造艺术典型作为工作的中心。而且，他认为，文学的职用也是以改造和提高人的思想感情、道德情操为目的的。因此，文学最明显的特点就是以情感人，而非以理胜人。同时，要表现人物的情感世界及其丰富性，就必须首先把人看作有血有肉、活生生的真人，而非某种概念

① 参见曲若镁《人性·人情·人学》，《求是学刊》1980年第2期。

② 参见李准、梁信等《“文艺的社会功能”五人谈》，《文艺报》1980年第1期。

的标签或理性的号筒。[①] 张炯则"完全赞成文学艺术要表现人性和人情"，他认为，人的关系、行为、思想、情感、性格和心理状态，从来就是文学描写的基本对象，真实地表现人性、人情，不仅是塑造成功人物形象之必需，也是使作品获致读者广泛共鸣的必要前提，这是"文艺常识"。[②] 童庆炳更是从文学反映的是"怎样的生活"角度深化了文学人学的内涵，他指出，在文学的对象、内容问题上，人们往往认为文学是"人学"，它反映的是人的生活。但童庆炳认为，历史学、政治学、法学、伦理学、心理学、教育学、人体解剖学等也研究人、反映人的生活，但却并非文学。故仅从反映的角度是不能说明文学与其他科学内容上的区别，也不能抓住文学的内容特征。他认为，要弄清这个问题，必须要明白文学反映的是"怎样的生活"。他指出，首先，文学反映的是人的整体的生活，即现象和本质具体有机融合为一的那种生活，文学就是对这种生活的综合反映。就文学创作看，作家始终不能抛弃个别的生活现象，而且还要去紧紧地抓住个别生活现象，按它本身具有的具体感性的形态来写入作品。从文学作品看，个别的具体感性的生活现象是其皮肤、血肉、骨骼和内脏。不过，童庆炳指出，文学也揭示生活的本质和规律，但这种本质和规律是寓含在生活现象的整体之中，而非作为实体成为作品的构成部分。所以，文学的对象和内容是活生生的、具体感性的、寓含本质规律的、不可肢解的生活的整体。其次，文学反映的是人的美的生活。人的整体的生活能不能成为文学的对象、内容，还要看其是否跟美发生联系。如果它不能跟美发生联系，那就不能成为文学的对象。文学，是美的领域，其对象必须具有审美的意义，或是在描写之后具有审美的意义。再次，文学反映的是个性化的生活。文学反映的生活是经过作家的思想、感情的灌注，留下了作家的精神个性印记的生活，这是文学的内容的又一重要特征。文学反映生活，但不是临摹生活。作家写进作品中去的，是经过他千百次拥抱的生活，里面有他的感情、愿望、理想和思考。[③] 林

① 参见敏泽《论人性、阶级性和文学》，《文艺理论研究》1980 年第 1 期。

② 参见张炯《关于人性、人情及其他——文学问题通信》，《文学评论》1981 年第 6 期。

③ 参见童庆炳《关于文学特征问题的思考》，《北京师范大学学报》1981 年第 6 期。

清奇也指出，文学是社会生活的反映，而社会生活是人的本质力量的现实，是人性的完满显现，因此，人性就是文学艺术美的本质因素。文学作品不但包含人类在现实生活中已经表现出来的本质属性，而且还包含作家对现实生活的评价和更合乎人性的生活理想，这样，就使作品具有更丰富、更深刻，更理想的人性内容。艺术实践证明，作品只有表现丰富多彩的人性，并富有醇美的人情味，才能打动人心，具有艺术的感染力和生命力。作为“人学”，文学就要真实地描写人。而要真实地描写人，就必须从人与自然的关系和人与人的社会关系出发，去描写在特定环境里从事实际活动的具体的人，去表现活生生的人性。既要写人的自然性，又要写人的社会性，要真实地写人，这样，文学作为“人学”，才能肩负起“人类灵魂工程师”的使命，成为“引导国民精神的前途的灯火”。[①] 程代熙围绕“文学是人学”这个命题深入论证了文学的使命，他指出，说“文学是人学”，无非是讲文学是写人的、表现人的，即把人作为描写和表现的对象。他认为，从文学诞生起就是如此，而且中外皆然。世界上不存在不表现人、不描写人的文学。文学同社会学、心理学等一样，都是从各自的角度去研究和表现历史的、现实的人和人性。作品必须刻画出千姿百态的人物，描绘出各色各样具体而又生动的人性，这是艺术真理，也是马克思主义关于艺术创作的基本原则。[②] 胡义成则提出，文学作为人学，是“用形象思维的方法研究人的一类科学”[③]。在当代中国文论关于文学人学的讨论中，1981 年是一个重要的年份，本年中，钱谷融的《论“文学是人学”》由人民文学出版社正式出版，这既是对钱谷融及他的“文学是人学”命题的正式平反，也进一步激发了理论界对文学人学的研究热情，诸多作家和学者纷纷加入该问题的探讨阵营。如高晓声认为，文学创作是一项关乎人的灵魂的伟大工程，“文学应该干预或反映的是人的精神面貌、人的灵魂”[④]。刘心武也提出，“按文学眼光来观

---

① 参见林清奇《论人性是文学艺术美的本质因素》，《山西师院学报》1981 年第 1 期。

② 参见程代熙《从“人学”谈到〈寒夜〉》，《当代电影》1984 年第 2 期。

③ 胡义成：《人·人性·人情》，《社会科学》1980 年第 1 期。

④ 高晓声：《创作思想随谈》，参见彭华生、钱光培编《新时期作家谈创作》，人民文学出版社 1983 年版，第 260 页。

察、分析生活，就是要更多地着重去观察、分析人的命运、人的心灵”[①]。1982 年，吴元迈在《文艺报》著文详细介绍了高尔基的“文学是人学”命题的内涵及其发生的文化思想背景，并提出“文学是人学。更正确地说，文学是艺术领域的人学。因为在世界上除了文学以外，还有心理学、生理学、解剖学……也是研究人的，它们都属于人学的范围。我们只有把文学看成艺术领域的人学，才能够深刻地揭示出它的特殊本质和特殊意义”[②]。当然，吴元迈将心理学、生理学、解剖学等自然科学门类也归之于人学，恐怕是误解了人学，但是，他所强调的“文学是人学”的理念，并认为只有立足于此才能深刻地揭示出文学的特殊本质和特殊意义，应该是很有见地的。几乎同时，包忠文也指出，“我们不能满足于‘文学是人学’这个一般的结论，应当在此基础上向前跨进一步。这就是说应当进一步研究作为‘人学’的文学和各种研究人的科学的不同点，研究文学意义上的人和各种科学意义上的人的不同点”。他并且认为，“作为文学意义上的人，是一个复杂的、多层次的、立体的、社会的心理结构，而非简单的、单线条的、机械的平面结构。我们承认文学意义上的人的灵魂的复杂性，同样也应当承认在这个复杂的整体中，有其主导的方面，正是它构成了人的全灵魂的核心。正是这个主导方面，使人的灵魂中的各种因素，得到有机的融合，并构成活生生的艺术上的‘这一个’”。[③] 王淑明也强调，“文学是人学，是用艺术形象来表现和反映人的社会生活和精神生活的”[④]。段文耀的《文学人学及其他》从高尔基的论断“文学是人学的最好文献”出发指出，从文学的本性上说，虽然一切人文科学都可称作人学，但能给“人学”提供关于人的生态和心态的具体的、历史的、社会的、心理的等整体世界图景的，只有文学。优秀的作品往往凝结着“人性理想的精华”，文学的本体就是以人为中心的本体，是人类的一种生存方式或生存状态，文学的本性就是对于人的真实情感的揭示。

---

① 刘心武语，参见洪子诚《当代中国文学中的艺术问题》，北京大学出版社 1986 年版，第 104 页。

② 吴元迈：《关于艺术领域的人学的思考》，《文艺报》1982 年第 4 期。

③ 包忠文：《试论艺术规律和“人学”》，《南京大学学报》1982 年第 3 期。

④ 王淑明：《人性·文学及其他》，《文学评论》1985 年第 5 期。

而且，文学的积淀着理性的感性中包含的深邃意蕴，文学的感性形式下潜藏的抽象性，作品深层包含的对人生、对历史的感悟等，都使文学成为“人学”的“最好文献”。[①] 庄锡华指出，文学的人学特征突出体现在“文学以人的需要为依归，文学是适应了人的需要而产生的”。他认为，审美体验并非局限于精神生活，也非某些人的专利，它属于生动的生活，属于生活着的每个人，正是审美体验使人感受到生活的意义和价值，而且，审美感觉的刺激必定引发审美的需要，进而引起美学建构活动和审美实践，审美因此也成为人类生命活动的重要样式，成为人及人类历史存在的基础。艺术只有在为人服务中才能实现其价值。为了更好地实现这个目的，艺术家应充分认识服务的对象，而现实的审美实践也会向其提出深入生活的要求。艺术家通过作品诉诸读者的理智与情感，改良人的精神，推动对世界的美学改造，并据此构筑自己有为的人生。艺术诉之情感的特点也使它带着显明的人学特征。艺术是艺术家个体生命感受的物化，不平则鸣，艺术正是艺术家心理、情绪、意志的舒泄，通过艺术审美，个体的感受获得群体的认同，引起积极的改造世界的实践活动。艺术表达在本质上就是使个体的感受转变为群体的感受，个体的认知争取群体的理解的活动。在这种表达中，艺术家获得的不仅是同情和通情，还能进到更高的精神层面，即因为这种情绪经过了审美装饰，蕴含于作品而较易获得社会的积极呼应，艺术家也因此成为公认的某种人生感受的诠释者。此外，作品总是包含了作家对生活现象和人物肯定与否定、欣赏与鄙视、提倡与摒弃的情感态度，又因为它采用形象的表达方式，不仅内容而且形式也都与人生与生活有密不可分的联系，其影响也就越自然、越普遍。融人艺术的审美情感具有极大的社会影响力。情感滋养人和塑造人，这一艺术诉求清晰地昭示了文艺的人学特性。最后，庄锡华指出，概括地讲，文艺与人的生活存在着天然的联系，文艺家应当提高文艺为人民服务的自觉性，提供适合不同层次欣赏者要求的作品；在创作中应当对作品有价值取向的自觉要求，以便更好地发挥作品对人的积极影响；要遵循艺术规律，用符合人们欣赏习惯的、用最能体现人类

① 参见段文耀《文学人学及其他》，《新疆大学学报》1992年第4期。

美学理想的作品来满足人们对艺术的要求。[①] 李劼的《文学是人学新论》则指出，文学是人学并非只是一种抽象的概念表述，而是包含对“人”与“文学”相当具体的规定，因此，它内在地具有许多生动实在的内容。人是具有自我意识的人，文学是具有自我意识的文学。而文学是人学命题则意味着一种人类的自我生成过程，这个过程是双向的，一是文学向人的生成，二是人向文学的生成。前者具有文学的人本性，后者具有文学的文本性，它们构成文学与人的双向性，即人在文学创造活动中创造了自身，而文学又在人的自我创造过程中获得了存在。相对于人的存在，文学作为一种语言艺术显示了它的规定性，而相对于文学的规定性，人作为文学的创造主体在一个非人化的世界面前得以确立自身。李劼指出，文学与人之间这种相应的创造性构成了彼此的同构性，即人通过对语言艺术的创造而创造自身，语言艺术则通过人的自我创造而体现自身的文学性。前者构成文学的审美性质，后者则构成文学的审美样式。李劼认为，作为人类审美活动的文学，总是在异化给人类历史带来退步的时候显示自己的抗争，把每一个文学创作主体推向其作为人类的存在的自由境界。文学在这样的抗争中自我生成着，成为具有人性意识的审美主体。因为异化是与文明发展相应的共有物，只要人类文明在发展，异化就不会消失，它的这种持久性决定了人类审美活动的永恒性。在人向自我生成的过程中，文学也向自我生成着。李劼还指出，人类的生成史不仅是自然向人的生成——人类改造自然——的历史，也是人抗争异化——人向自身生成——的历史。而文学正是以抗拒异化的方式，在人向自身生成的过程中，实现自身的生成。[②] 李劼的这种观点，正如张婷婷所指出的那样，是“站在人类的自我生成的高度”，对“文学是人学”做出的新的阐释。[③]

在文学人学的讨论中，刘为钦与朱立元的论争较为引人注目。2010年，刘为钦在《中国社会科学》第 1 期发表《“文学是人学”命题之反思》一文，文中指出，在中国 20 世纪 50 年代的政治生态中，提出“文学

① 参见庄锡华《文艺的人学特性》，《中州学刊》2001 年第 6 期。

② 参见李劼《文学是人学新论》，《艺术广角》1987 年第 1—2 期。

③ 参见张婷婷《文学是人学：一个辉煌的命题——“新时期文艺学 20 年”的反思之一》，《文史哲》1999 年第 1 期。

是人学”命题，大胆地阐释文学的“人性”品格，这是需要“常人难以想象的学术勇气的”。他认为，“文学是人学”命题在中国学术史上有着特别的意义：其一，它在文艺为工农兵服务、塑造新的英雄典型的特定语境下，强调文学必须从人出发，以人为中心，为新中国的文学理念回到正常的轨道提供了理论保障；其二，它在新时期促进了文学对人性的发掘与探索；其三，它不经意间推动了一门新兴学科即“人学”的形成。但刘为钦又对该命题提出了质疑，他认为，文学并不等同于人学，作为一个有机整体的“文学”范畴，必然包含“写什么”和“怎么写”这样两个问题。从“写什么”的角度看，文学描写的中心应该是“人”，但在这个描写对象之外，自然的存在也是文学的描写对象。对此问题，“文学是人学”命题的解释是，作为文学描写对象的自然是“人化了的自然”。刘为钦指出，事实情况的确如此，进入作家写作范围的自然，作家对它们进行改造，赋予其艺术的形式，它们必然凝聚作家的艺术劳动、黏附了作家的情感和理性。但刘为钦质疑说，包含了作家的情感和思维的东西，就应该隶属于“人学”的范畴吗？按照这样的逻辑，科学家从含有铀的物质中提取核原料并制成核武器，这显然也是在自然之物上注入了人类的情感与理性，也是自然的“人化”，那么，作为人化的自然之物的核武器是不是也应该隶属于“人学”范畴？基于此，他指出，我们在欣赏文学作品中的自然时，要辨别作品中的自然哪些是自然的本质属性，哪些是自然的外在形式，哪些是作家赋予它的艺术形态，否则，就会导致对知识本质的歪曲，对马克思“人化自然”的误读。刘为钦认为，为文艺提供材料的“真的自然”实际上包含外在的“物理的自然”（即第一性的“大自然”）和内在的“心灵的自然”（即第二性的“人”）两方面的内容。其中“物理的自然”属于一般意义上“自然”的范畴，“心灵的自然”才属于“人学”范围。从“怎么写”上看，作品的形式也含有作家赋予作品的形式和自然（含物理自然和心灵的自然）的外形伴随着进入作品的自然的实质赐予作品的形式两种要素。刘为钦以鲁迅的《狂人日记》为例指出，该作的主要内容是封建制度压迫之下的知识分子的生存状态。但作家赋予作品的形式是一段文言的楔子和 13 则白话日记，物理的自然赐予作品的形式是狗眼的怪异、月华的皎洁等，而人的心灵的自然赐予作品的形式则是精神抑郁症患者的特殊心理。物理的自然为文本的叙述设置了场景和空间，这隶属于自然科学的范围；心灵的自然为文本的叙述提供了人的心理运作的规律，这才隶属于“人学”，而且是“人学”中的生理学、心理学。他认为，作家赋予作品的形式是作家作为创作主体的艺术创造，体现着他的价值取向、审美理想和艺术品位，理应属于“人学”之中的文学理论或艺术学的范畴。长期以来，我们关注作家所赋予的形式多，而关注于自然所赐予的形式少，甚至将自然所赐予的形式与作品的内容等同起来，忽略了自然所赐予形式的存在。同时，刘为钦认为，作家所赋予的形式与自然所赐予的形式并非完全对立的：第一，自然的美的形式可以直接进入创作的程序转化为作品的形式；第二，自然的某些形式尽管不能直接进入文学作品，但它能激起作家的审美情绪，使其产生创作的冲动和灵感，从而创造出美的文学形态；第三，作为作家创造出来的文学形式，作品还需接受自然形式的检阅与考验，只有那种符合自然的形式规律，甚至成为一种看起来无人为痕迹的自然浑成的形式，才是作品的最高形式；反之，无视自然的形式规律的一切主观创造的形式，不管多奇妙，都将是徒劳无益的。因此，刘为钦认为，文学的内容和形式都含有“自然”的成分，也都在“人学”的范围之外；同样，人学的内涵也不仅只存在于文学范畴内。广义的“人学”指研究人的一切科学。这样，一切社会科学甚至心理学、生理学、医学等也都属于人学，文学和它们一样，也曾涉足人学的具体内容，但人学的关于人的知识并没有全部进入文学的视野，也无须全部进入文学的视野，在文学的范围之外也还游离着有关“人学”的信息和学问。因此，文学与人学不是谁包含谁、谁隶属谁的两个集合，也不是两个全等的符号，而是两个相互交叉的系统。因此，刘为钦认为，既然人只是文学描写对象的一部分，而“人学”也只是考察文学的一个维度，那么，“文学”就不能等同于“人学”。所谓的“文学是人学”的命题只不过是“人们在人文主义情绪高涨时对文学的一种偏激的体认”[①]。刘文发表后不久，即受到朱立元的质疑，朱立元指出，刘为钦对“文学是人学”命题的含义和精

① 刘为钦：《“文学是人学”命题之反思》，《中国社会科学》2010年第1期。

神实质的理解“有值得推敲之处”，尤其是对文学与自然关系的阐释，还“存在着明显失误”。朱立元认为，刘文仅仅从文学描写的对象角度（写什么和怎么写），批评该命题对人以外的自然对象有所忽视，并认为从“写什么”的角度看，文学描写的中心应当包括人与自然两个不同的部分，对此，朱立元指出，这实在让人“不敢苟同”。朱立元认为，首先，“文学是人学”命题的含义不仅仅是或者主要不是文学描写的对象问题，而是强调文学应当深刻地描写、开掘、揭示人性，以体现深广的人道主义精神。它不但指明了文学描写的主要对象，更确立了人在文学中的中心地位和文学的根本目的，从而在某种意义上为文学确立了“人学”的基本属性。同时，针对刘为钦指责“文学是人学”的命题把“文学”等同于“人学”的观点，朱立元认为，该命题中的“人学”一词只是比喻的用法，而非科学或学科意义上的用法，刘为钦的指责是未区分“人学”在哲学、社会科学与文学中使用含义不一样的结果。朱立元指出，对哲学、社会科学来说，“人学”是作为一门理论的学科，但在文学中，只是一种比喻的说法。其含义不过是指文学根本上是描写人、刻画人的性格、思想、情感、精神，揭示人性的共同性与多样性、复杂性、丰富性，从最深处展示人的灵魂的真伪、美丑和善恶的一种特殊的艺术样式。朱立元认为，文学不可能不研究人，甚至在某种程度上它要比作为哲学、社会科学的人学对人的研究更深广、细致，但文学对人的研究，绝不像作为理论学科的“人学”那样，用概念、逻辑和抽象思辨的理论方式加以思考和表达，而是以形象思维或者更确切地说，以“意象—语符思维”的方式加以构思和表述的。其次，朱立元指出，在文学作品中，自然绝不是与人分离、独立、孤立存在的部分，它始终是为了表现人、表现人性、人心、人情、人格的。但刘文却提出所谓的“物理自然”和“心灵自然”之说，并据此认为文学描写的对象（写什么）除了人之外还有自然，并宣称只有前者（还包括所谓“心灵的自然”）才属于人学，后者仅属于自然，而非人学。由此出发，刘文要求文学活动应区分作品中的人和自然，即我们在欣赏文学作品中的自然时，要辨别作品中的自然哪些是自然的本质属性，哪些是自然的外在形式，哪些是作家赋予它的艺术形态，否则，就会导致对知识本质的歪曲。朱立元认为，这完全不符合文艺的审美特征，文艺当然会描写到自然，但这种描写不应该也不可能是与人无关的纯客观的自然或自然的形式，因此，把两者分离对立是不对的，自然必定通过人性化、人情化、人格化、心灵化进入作品，即使自然主义对自然的描写，也不例外。所以，文学中的自然，一定是人所经历、体验、观赏、理解，对人有意义、有价值，作为人的审美创造和鉴赏对象而出现的自然，它完全是人的本质力量，尤其是审美情感力的对象化、艺术化。或者说，是自然的人化、人性化、人情化、人格化、心灵化、审美情感化。一句话，文学描写自然的目的全在于写人，写人心、人性、人情、人格。艺术家只有将自然人情化，才能从一草一木中见出美来。因此，即使面对同样的自然，不同创作主体内在情趣的差异也会导致它在他们的作品中有迥然不同的呈现。在文学中，是完全不存在脱离人情、人心、人性的单纯的自然和自然物形式的特性的，刘文把文学描写的自然从文学作品的生命整体中孤立、割裂出来，给予非人的纯粹物的属性，并批评作家、读者和批评家长期以来关注于作家所赋予的形式多，而关注于自然之物所赐予的形式少，甚而至于将自然之物所赐予的形式与作品的内容等同起来，忽略了“自然之物所赐予形式的存在”，这体现出文学家的不“尊重自然”。朱立元认为，这种对文学作品中所谓外部自然和心灵自然、内容和形式（人赋予作品的形式和自然带入作品的形式因素）人为切割、分解的做法，用之于文学创作或者阅读，在方法论上会把文学创作和欣赏这种充满生气的、有生命的心灵创造活动肢解和机械化。因此，无论是“写什么”还是“怎么写”，都不应当要求人们真正（理智）去区分和识别作品中的人和自然两种“成分”，否则将会导致富有生命力的文学创作和欣赏活动趋于僵化。而且，刘文要求读者在欣赏文学作品中的自然时须“辨别”和区分来自自然自身的形式属性与作家创作所赋予自然的形式，朱立元认为，这种苛刻阅读规则也是不符合文艺的审美特质和生命整体特征的，在这种纯粹理智的分析性阅读中，文学作品的审美性可能会完全被遮蔽或消除。[①]

① 参见朱立元《对“文学是人学”命题之再认识——对刘为钦先生观点的若干补充和商榷》，《文学评论》2012年第1期。

此外，从卡西尔的符号学理论出发，张子良、陈乐平指出，文学活动是人类的一种实践活动，也是人类自我实现的进程。作为人类主体的符号化活动，文学本身就是人的主体能动性的体现，这种体现最终又会回归于人类自身，进一步确立人的主体性，从而使人类步入“不断自我解放的历程”。在这个意义上，他们指出，文学的创造和接受过程就是人性复归的过程。因此，“文学是人学”命题显然具有一种更接近于文学本体的意义。① 童庆炳则认为，文学是人文精神资源最集中的储藏地，我们说文学是人学，就在于优秀的文学作品总是“以具体的审美的形态”，表现人性的各种情感，表现人的童心，表现人的善良，表现人对自己的信心，表现人的倔强，表现人掌握自己命运的决心，表现人性的美丽……如果说资本片面生产财富，而不注意生产人的话，那么，文学艺术唯一的目的就是“生产人”，生产“人性全面的人”，正是在这个意义上，“文学是人学”。② 王嘉良也指出，文学与人生是一个言说不尽的永恒话题，文学观照人生，为有限的人生开拓了无限表现的可能性，这是其独特的魅力所在，文学为人生，既是“文学的一种目的、一种方法，又是作家对现实的一种态度、一种立场”③。

第二节　文学人学本体论及其展开

随着文论界对文学是人学命题讨论的深入，人们逐渐认识到要深入阐释该命题，不能仅从反映对象及其功能的角度切入，而是应当将研究推进到对文学本体的回答上来。事实上，由文学主体论所提出的要把人作为文学研究的思维中心，文学活动要以人为本、为中心、为目的等主张，也潜在地隐含从人学本体的层面探讨文学活动的指向。可以说，主体论是从主体的角度论证“文学是人学”，而人学本体论则是从本体的角

① 参见张子良、陈乐平《文学的本质：人性复归的特殊过程——“文学是人学”新解》，《探索与争鸣》1989 年第 5 期。

② 参见童庆炳《“文学是人学”新论》，《学习时报》2002 年 4 月 22 日。

③ 王嘉良：《“人生派”文学的历史沉浮与当代意义》，《学术月刊》2008 年第 11 期。

度论证“文学是人学”。正如马克思所指出的那样，人作为具体的存在，就像一切具体事物一样，是“多规定的综合”，“多样性的统一”[①]。因而，文学人学本体论分别从人的不同规定出发展开其对文学本体的认知，这在客观上也造成了该论内部持见各异，诸说纷呈。

1987年，彭富春和扬子江在《当代文艺思潮》第1期上发表《文艺本体与人类本体》一文，从理论的深刻性和叙述的严谨性上看，该文没有进行太多深刻的论证，更像是一篇充满激情的宣言。或许，它的主要目的也不在于建构一个严密、深刻的理论系统，而是宣誓一种理论新主张，即从人的生存出发去寻找文艺的根底，建构文艺的人类学本体论。无论如何，彭富春和扬子江的这种理论诉求开启了当代中国文论在本体的层次探讨文学人学的序幕。文中，彭富春和扬子江指出，“只有在艺术本体论的道路上，我们才能去寻找艺术的本体”，“文艺是什么”这个文艺的首要问题其实首先取决于“我们人类自己是什么”，以往那种“把艺术本体论等同于作品本体论”的文艺本体论，是“一种十分狭义的规定”，它实质上“将艺术本体论取消了”，而那种“把艺术本体论包揽宇宙、世界、天空、大地”的视角，则又过于宽泛，“使艺术本体论等同于宇宙本体论”了。同时，他们还认为，不管科学方法论（系统论、信息论、控制论）还是主体论，都是从哲学中转借来的，很难说明文艺本身是什么，对文艺本体的研究必须转向人类学的本体。他们指出，人类学是关于人的生存和人的艺术关系的思考（它的基础是哲学人类学、审美人类学），它构成了我们“艺术理论的转向”，也只有在这样的转向中，我们才能“真正地开始进入艺术存在的本体”，文艺也才会“真正地显露出它自身的本体”。那么，文艺自身的本体是什么？他们认为，就是人，是人的生存。而人之所以成为文艺的本体，在他们看来，是因为人是世界的本体，世界是人创造的，人创造了世界，又生存于其中，这样，“没有我们，世界即是虚无，同时，没有世界，我们亦即虚无”。而在人所创造的世界中，文艺又有着其他东西所不可取代的特殊地位，它“既是我

① 马克思：《〈政治经济学批判〉导言》，《马克思恩格斯选集》第2卷，人民出版社1972年版，第103页。

们精神世界所达到的极限”，也向我们“显示着自身”，所以，比起科学和哲学，文艺“更完整、更深刻地显示了我们存在之根”。在这种意义上，他们认为，文艺就是“人的生存世界、生存方式之一”，是人的存在“在符号与语言上的显现”。所以，“从人的生存出发，我们必然走向艺术”，而“从人的艺术出发，我们不得不深入人的生存”，艺术的真正本体“只能是人类本体”。① 同年，在《我们的思考与追求》中，彭富春又重申了上述观点。他指出，“文学是什么，在于人类是什么。人类是什么才有文学是什么”，并且提出，“我们如果要建立文艺本体论的话，我们必须建立美学本体论；我们要建立美学本体论的话，我们必须建立哲学本体论。这个哲学本体论只能是人类学本体论”②。其后，邵建也认为，“只有根据人的存在，才能说明艺术的存在，也才能阐明艺术的本质。从作品出发，必然会走向生活，从活动出发，则必然走向人”。人是文学艺术的本体和核心，所以，他指出，“高尔基说文学是人学，没有说文学是生活学。恩格斯所阐述的现实主义，其精义也是典型环境中的典型性格，它不是要表现人的生活，而是要表现生活中的人”。基于此，邵建认为，从艺术本体和人类本体来看艺术的本质，那么，“艺术的本质也就是人的本质，艺术的功能就是使人不断成为人”。③ 在彭富春、扬子江、邵建等人的倡导下，从人出发理解文艺，认为文艺的根本就是人本身，并把人视为文艺的本体成为诸多学者的理论选择。

如果说彭富春、扬子江完成的是文学本体研究的人学转向的话，那么此后的论者则沿着这个理论向度分别从生命欲望、感性、生命体验、实践、文化等层面对该命题进行了全方位的研究。

首先，从原欲、感性生命意识及精神体验角度的展开。在从本体角度阐释文学人学的学者中，有一部分论者在理解文学的本体时，立足于人的自然存在，突出原始情感、本能冲动等对文学的本体意义，从而形成原欲人学本体论。在当代中国文论中，这种本体论的发端大概在 1981

① 彭富春、扬子江：《文艺本体与人类本体》，《当代文艺思潮》1987 年第 1 期。
② 许明、钱竞等：《我们的思考和追求（笔谈一）》，《文学评论》1987 年第 2 期。
③ 邵建：《从艺术本体和人类本体看艺术之本质》，《文艺评论》1989 年第 3 期。

年前后。1981年，王小妮在创作经验谈时提出，希望人们在她的诗中能感受到“原始性的冲动和情绪”[①]。1983年，徐敬亚认为诗要表现“诗人心理中的半原始状态”[②]。1985年，孙桂贞提出，诗应推崇“原始的情感”，“向那些未开发的感情处女地进军”，因为它带有“最大的自然性”，是“最真实的”。[③] 以上这些倡导原始冲动的诗歌观基本可视为当代中国原欲文学人学本体论之嚆矢，但真正使这种本体论达至巅峰的则是刘晓波。1986年，在评价当代几部关于知识分子题材的小说时，刘晓波指出，从封建社会至今，中国文学一直不敢正视人的本体世界（潜意识），而是滞留于“社会层次、理性层次、道德层次”，达不到生命意识的层次，因此，得把“感性、非理性，本能，肉”强调到极点，非此，他宣称，中国文学“就没有真正发展的一天”。[④] 其后，他反复重申这种论调，如《南北青年文学评论家对话》提出，“要大谈本能、谈非理性，而不能谈社会，不能谈理性。因为一谈理性，本能又要被忽视了”，应该强调“本能、肉、性”，没有“调和的余地”。[⑤]《创作论的窘境》提出，作家只面对“自己的内心世界”，是个“非社会化的人”，创作过程是打碎“一切理性的束缚”“纯粹的、本真的生命呈现”。[⑥]《选择的批判——与李泽厚对话》提出，恶（即本能）是人的生命本身，审美必然忠实于这种“恶”。[⑦]《赤身裸体　走向上帝——审美与潜意识（一）》认为，人在本质上不是“理智的动物”，而是“情欲的动物”，人既然不能在现实中让生命个体的本能欲望得到最大满足，那只有“在审美中去拥抱这个死敌”，往往被理性认定的邪恶，正是“审美中最具有魅力的聚光点”，因为它发源于人的最深层的心理结构之中，在这个意义上，审美是一种“亵渎”。[⑧]《再论新时期文学面临危机——关于〈危机〉一文的几点补充》认为，作

① 王小妮：《青春诗论（十则）·我要说的话》，《福建文学》1981年第1期。
② 徐敬亚：《崛起的诗群》，《当代文艺思潮》1983年第1期。
③ 孙桂贞：《关于新诗创新的一点体会》，《诗神》1985年第5期。
④ 刘晓波：《危机！新时期文学面临危机》，《深圳青年报》1986年10月3日。
⑤ 肖陈：《南北青年文学评论家对话》，《语文导报》1986年第11期。
⑥ 刘晓波：《创作论的窘境》，《文学自由谈》1988年第5期。
⑦ 刘晓波：《选择的批判——与李泽厚对话》，上海人民出版社1988年版，第28页。
⑧ 刘晓波：《赤身裸体　走向上帝——审美与潜意识（一）》，《名作欣赏》1986年第4期。

家应该“依靠来自生命最深层的那种本能的、非自觉的冲动和体验进行创作”，不砸碎生命的锁链，就不会有“生命潜力的勃发”，更不会有“审美”。[①] 刘晓波这种极端的文艺观吸引了一批追随者，他们都将本能、性、肉等原欲当作文学的本体，并由此出发来理解生命、解释文学。如张德祥提出，“生命意识不只是性意识，但性意识是生命意识的核心内容”，人类社会的历史无非是其“生命的延续史”，人与猴、鱼等动物“在生命本质上没有什么区别”，理性的任何目的性“在自然本性和历史必然性中是微不足道的”。在莫言的小说中，生命被他赋予了“真”的力量，生命本性是莫言的“出发点和归宿”，他干脆剥去人的道德外衣，跨越善恶、美丑俗见，一扫忸怩作态矫情，直入堂奥寻找“人的生命本源”，把“生命精神还给现实的人”。[②] 刘敏认为，性欲的满足使男人和女人“都真正意识和醒悟了人活着的意义”，生命的本体世界是一个充满“生命压抑苦难又燃烧着希望光明骚动着的世界”，王安忆的创作“只是在生命的边缘上绕了个圈”，并未真正“走进人的生命本能”，因为她终究没能拗过强烈的“道德规劝”。《岗上的世纪》最直接进入了人的生命本能“性”，在“最真实的生命跃动面前”，任何虚伪任何遮遮掩掩“都显得无济于事”。[③] 叶砺华甚至不屑于以往那些敢于公开谈“性”的作品，认为其“都还只在‘性’的门口徘徊，并未真正实质性地接触到‘性’。”严格意义上说，目前为止，中国还没有一部作品“真正可以称为‘性’文学”，甚至说“一部无人撰写的‘性’的历史，几乎包容了人类历史的全部内容。以‘性’为题材的作品，相对于工业题材、军事题材、体制改革题材，可以说更能渗透出历史的深度与人生的意蕴”。[④] 雨石强调，人类发展至今，已经由在自然面前“跪着”和“站着”的阶段开始进入“躺着”的阶段，因此，在人体最神秘的“性”的问题上必须勇敢，因为

① 刘晓波：《再论新时期文学面临危机——关于〈危机〉一文的几点补充》，《百家》1988年第1期。

② 张德祥：《历史蜕变与近年小说中的精神现象》，《文学评论》1988年第4期。

③ 刘敏：《天使与妖女——生命的束缚与反叛——对王安忆小说的女权主义批评》，《文学自由谈》1989年第4期。

④ 叶砺华：《跪在现实面前的“性”文学》，《文学自由谈》1988年第5期。

性“有一种原始生命力的庄严感”，他并且宣称没有“性描写”的文艺是“无根的文艺”。[①] 陈剑晖认为，中国文学“需要激情，需要活力，需要大换血、输进新的血液，需要大胆的抗争和否定”，“需要一些野蛮的、粗犷的气魄”，当然，“更需要迷狂生命冲动的撞击”。他指出，在刘索拉、洪峰、莫言、马原、赵玫等表现人的孤独感、荒诞感、滑稽感、混乱感，强调生命个体的感性呈现，充满生存意味，极度夸张和强化人的本体感觉的作品中，我们“感受到了一股生命之流的奔涌，一种情绪的激动亢奋和总释放，一种对生命个体的勇敢探索以及复归自然的生存体验”。同时，他认为，在这些作品中，“人只是作为一个可能的生存，而不是作为一个绝对理想性的生物”，因此，“在那里，生命的存在乃是一种比思想更本真，更深刻的存在。思想在其现实性上，只是一种生命的形式，一种生命的证明，一种生命的寻求和超越的形式。在那里，人们打破了一切禁忌，他们不受理性的约束，只是任凭自然律令的驱动，他们放纵本能，追求自由，复归原始。于是，在酒神精神驱使下，他们获得了与世界本体融合的最高欢乐”。他甚至断言，这种新鲜有力的、刺激的文学动向“预示着文学本体的复归和当代文学艺术的觉醒”，意味着“自觉的文学时代即将到来”。[②] 就这样，在这种原始的喧哗与骚动中，文学的本体被这些学者彻底置换成了原欲，甚至是更彻底的“性”。

除从原欲角度探讨文学本体的论者外，一部分学者又从人的感性生命意识和精神体验出发来理解文学的本体，突出人的感性生命、体验等对文学的本体意义。早在强调文学本体应当是而且只能是人类学本体时，彭富春和扬子江就提出，艺术的真正本质是超越，而只有“纯粹的生命意识，才是真正的超越意识，是真正的艺术意识”，并且认为“生存就是生命”，“艺术既不在于理性意识，也不在于非理性意识，而在于纯粹的生命意识。它是生命意识的觉醒”。[③] 较之彭富春和扬子江，陈宏在更干脆，他指出，“文学在‘人学’的意义上，是人的生命活动的自由表现”，

① 雨石：《“讽”与“美”的差异》，《当代文艺思潮》1987 年第 1 期。

② 陈剑晖：《文学本体：反思、追寻与建构》，《阜阳师院学报》1988 年第 4 期。

③ 彭富春、扬子江：《文艺本体与人类本体》，《当代文艺思潮》1987 年第 1 期。

它的本质体现为这种自由的生命活动之“无限展开的过程”，也即“文学自律运转的过程”。[①] 此后，王蒙、刘求长、林兴宅、高楠、杜书瀛等纷纷呼应这种观念。王蒙在发表于《文学评论》1987 年第 1 期的《文学三元》中指出，构成文学的是“三元”：一、它是一种社会现象；二、它是一种文化现象；三、它是一种生命现象。其后，刘求长、林兴宅、杜书瀛等将王蒙所谓的“三元”归为生命这“一元”。刘求长认为，我们说文学是审美意识形态，但美是什么？美就是生命的表现，有了生命才有美。文学艺术必须是生命的表现，是一种对生命的“带感性特征的显现方式”[②]。林兴宅提出，“艺术本体与人的生命是同构的，文艺活动的过程和文艺的本体存在都只能在人的生命活动中寻求解释”，“艺术是生命的自由创造，是人的生命自由自觉本质的一种实现”。[③] 杜书瀛在探讨人类学本体论文艺美学的特征时认为，“文艺活动本身就是生活活动，就是人的生命活动的一部分”，它与人的生命活动“直接就是一个东西”。[④] 此外，王坤也认为，世界的真正本体“是人类生命的存在”，“哲学本体（人的生命）与文学本体（人的主体）实际上是同一对象”。[⑤] 王一川指出，“人直接地就是‘感性存在物’（sensuous being），他只有凭借自身的感性（即感觉、情感、本能、生命力、爱欲等）才能在对象世界中确证、占有并享受自己。感性是人的存在的根本标志，是究竟的究竟”。但当下，我们栖身于一个理性全面压抑感性的社会中，“感性在现实中失落了，不在了”，只有艺术，才“既是感性的复归之途、解放之途，同时本身也是感性之家、感性之归宿”。“艺术以其活生生的形式、符号世界可以让感性本身现出身来。艺术的形式是真正感性的形式、生命的形式、人性的形式”，“它如一束炸弹，使我们从麻木状态中警醒，意识到存在的真相——被理性的虚幻允诺所掩盖了感性压抑的真相……我们直接瞥见了世界的意志、生命的本体，我们与感性同在，我们与自我合一”。而且，他还指出，艺

① 许明、钱竞等：《我们的思考和追求（笔谈一）》，《文学评论》1987 年第 2 期。
② 刘求长：《文学的根本特征是生命的表现》，《新疆大学学报》1988 年第 1 期。
③ 林兴宅：《出路：生命自由意识的觉醒》，《福建文学》1988 年第 12 期。
④ 杜书瀛：《人类本体论文艺美学的特征》，《文论报》1989 年 7 月 25 日第 3 版。
⑤ 王坤：《马克思主义文艺学学科建设问题》，《文艺研究》1994 年第 2 期。

术“像一块‘空地’，一块无遮无碍、自由自在的空地，感性在这里本真地得到敞开、释放、喷射、享受，也即在这里获得解放”，所以，他提出，“对于艺术来说，感性是根本的根本，究竟的究竟”[①]。潘知常也持与王一川相同的观点，在接受马尔库塞“感性是用以解释人的本质的一个本体论概念，而且，这一概念在任何一种唯物主义或感觉主义产生以前就出现了”的观点的基础上，潘知常认为，人的感性存在，就是人的生存的本体，“人的生存，就是感性的生存；人的生成，就是感性的生成；人的超越，就是感性的超越”，包括文学艺术在内的审美活动的本质，实质上就是作为感性存在的人的存在方式。正是它“向人的感性存在发出隐秘的呼唤”，“追寻失落了的生命灵性，驱动着人们重返故里、重返童贞”，这样，“人的感性生成就从更为深刻的意义上赋予审美活动以意义”。[②] 孙文宪、吴兴明等提倡文学的精神本体。孙文宪认为，文学应表现人的生命活动和生命追求，审美的归宿和文学追求的终极是“通过对象意识获得自我意识，在对象世界中理解人类自身”。“文学在本质上是人类渴望认识自己的生命冲动的精神家园，它构成了文学活动的人类学内容”。其后，在《文学活动的精神需求试探——兼论文学本体》中，孙文宪详尽地阐发了自己的以上思想。他指出，一般生命即是人类认识自身、寻找自身、确定自身价值的活动。而且，人类渴求认识自身的需要并不是一种精神上的奢侈，而是人之为人的逻辑出发点，它是人发展的内在动力和人的本性的体现。如果说，在人类发展的早期，人的这种精神尚需要（认识自身）包容在物质生产活动过程中，成为物质生产活动的附庸的话，那么随着社会分工的发生与发展，它就越来越摆脱这种依附状态转而成为一种相对独立的精神活动。恩格斯当年讲的“人自身的生产”，即种的繁衍，随着社会的进步，将逐渐演化为对人的社会的文化素质的追求。也就是说，在文明的状态下，人类自身的生产主要体现为精神文化的生产，种的繁衍不再是纯粹的生命的自然延续，而是在特定精神文化制约下的社会行为。他认为，在这个意义上，也可以把马克思

① 王一川：《走向感性的艺术——现代世界感与现代艺术观念》，《批评家》1987 年第 2 期。

② 潘知常：《试论感性存在的美学——本体含义》，《殷都学刊》1991 年第 4 期。

所说的精神生产理解为一种人类生产自身的活动。因此，人对自身的认识，就必然成为精神生产的重要内容，正是为了满足这种人类认识自身和建构自身的需要，才产生了作为一种精神生产的文学活动。因此，他指出，“从最根本的意义上讲，文学在人类生活中所肩负的就是这样一种认识人自身、寻找人自身和确定人生价值的使命。这就是文学本体，也是我们所以把文学视为精神生产的根本原因”[①]。除孙文宪外，吴兴明也提倡文艺的意识（精神）人学本体论。他认为，“精神需要本身就具有一种生命本体的高度”，“精神之于人具有本体论上的意义：它是人体存在的一个不可或缺的组成部分。但是，在传统的反映论模式之中，精神的这种本体论意义消失了，它仅仅是对物质存在的反映”。因此，在传统文艺理论中，精神价值受尽了“委屈”，因此他提出，我们不能“把意识只看作物质存在的反映而忽视它作为生命存在的本体论意义”，“精神绝不是可有可无的东西，而是人之为人的本质之所在”。所以，“我们要热情地呼唤精神价值论”。[②] 与以上诸人不同，陈剑晖、宋耀良、李建盛等是从体验出发来演绎他们的文学人学本体论的。陈剑晖认为，追问艺术是什么，不能忽视“对艺术何以存在的本源的研究”，不能忽视“文学重要的是人的个体存在的生命体验”。“简言之，我们所要描述的艺术本体论，首先是以现代人的生存状态为出发点的本体论。它以哲学人类学为背景，从整体追寻现代人即二十世纪的人在文学作品中的生命体验、存在体验、人性体验；考察他们在宇宙中的地位，他们与世界、与历史、与文化、与自然的关系。因为艺术本体不仅仅是一种理论更是一种人的生存世界，是人的生存方式之一，是人的自我实现、自我创造、自我表现、自我超越。离开了人这一本体，离开了人的活动和创造实践，文学艺术就不复存在，更遑论艺术的本体。”所以，对文学来说，最重要的是“人的个体存在的生命体验”，只有抓住了人，才能真正抓住“文学本体”，抓住“文学的根本”。[③] 宋耀良则提出“文学艺术家必须体验生命”的口号。他

① 孙文宪：《文学活动的精神需求试探——兼论文学本体》，《江汉论坛》1988 年第 5 期。

② 吴兴明：《精神价值论——文艺研究的逻辑起点》，《文学评论》1987 年第 2 期。

③ 陈剑晖：《文学本体：反思、追寻与建构》，《阜阳师院学报》1988 年第 4 期。

认为，从以往提倡的体验生活到他指出的体验生命，“实质上是一种哲学本体论发生了变化”，即从以客观世界为本体转向以“人们的主体世界为本体”。而在认识论上，则从以理性为特征的反映论转向“以直觉为特征的体验论”，并且，只有“以直觉为特征的生命体验，可以全面地把握生命的各个方面，从生命基点上进而把握现实世界的发展与进程，这比从生活的基点上把握这种进程，应当说更具有一种深刻性”。[①] 李建盛甚至明确提出了“体验本体论”，他指出，“体验是人的生命存在形式和生命存在之意义领悟的形式，生命既在体验中领悟存在，同时在领悟中体验存在，体验是存在和生命领悟的最直接最深刻的形式，体验直接与生命同在，体验直接与存在同在，体验总是以最澄明、最完整的方式领悟生命存在形式”。因此，“体验也就毫无疑问地作为一般文学作品意义时空表现的本体的存在”。由此出发，李建盛检视了新时期文学，认为其从体验本体论意义上讲都是“一种体验文学”，“都是作为一种体验本体论存在的符号表现和意义组构”。由此，他断言，“可以说，各种文学样式，各种言语符号的编织，各种文学语境的设造，各种意义空间的组构，从体验形态上讲都是体验本体的符号表现”，也就是说，“体验在所有真正的文学中都是一种本体存在”。[②]

其次，从人的感性实践活动角度的展开。这种本体论立足于人的感性实践活动，并认为文艺的存在之根就是人的感性实践活动。根据其内部对实践认知的不一，大致可以区分为以下诸类：其一，将人的实践理解为“个体精神超越活动”，并突出它对文学的本体意义，主要以杨春时为代表。杨春时认为，马克思主义哲学就是以实践论为基础的主体性哲学，它强调人的本质力量是在社会实践中生成并得到进一步的发展，而且，在这个过程中，人还使世界打上了主体性印记（“人化自然”），使之成为自己的对象世界。他指出，实践的主体性既要受自身创造的历史条件、社会关系的制约，又能以内在的自由要求和实践能力超越其限

① 宋耀良：《体验生命——种新的创作论观点》，《文学评论家》1989 年第 4 期。

② 李建盛：《体验本体的作家转向和意义时空的再度找寻——论体验、新体验和新体验小说》，《北京文学》1994 年第 11 期。

制，推动历史和自身的发展，马克思主义哲学就是主体性实践哲学，是认识论与价值论的统一。而文艺作为建立在社会实践基础上的精神产品，既体现着人对世界的认识和思考，又体现着人的内在的价值需求，是二者的有机统一，归根结底是人的本质力量的体现。但杨春时又指出，文艺的特殊性在于它是“自由的精神生产”的产品，体现着充分发展的人的本质力量，因而，它具有充分的主体性。文艺的充分的主体性必然导致其充分的超越性，于是，文艺超越现实，直接进入自由的领域。这表现在文艺根源于在社会实践中生成的主体内在的自由要求，而不是有限的现实要求，这种自由的要求就是审美理想，但在现实中它只能得到有限的满足。而且，人的实践能力总要受现实对象的限制，只有在文艺活动中，主体才真正摆脱现实束缚，运用自由的想象力，充分发挥其内在创造力。此外，杨春时还认为，在认识论意义上，感性与知性认识只涉及与主体分离的客体的某些属性，理性认识则以人生整体为对象，成为对人生意义的最高阐释。文艺是一种理性直观，一种主体性创造，它总是在给人以现实认识之外，还含蕴着更深刻的东西，即对人的生存意义的领悟。在价值论意义上，现实的价值只体现着人的未发展起来的现实要求，它是有限的、片面的、不自由的；文艺的审美价值是人的价值的最高形式，它是人的自由要求的真正实现。只有作为文艺主体，人才能真正享受到人的价值。因此，杨春时提出，生存的本质是个体性的，人的个体生存具有超越性，它指向未来，指向自由。审美活动是人的最高生存方式，它充分体现了生存的精神性、个体性和超越性。而且立足于解释学，他认为，人的生存是解释性的，它不是被动地反映世界，而是能动地构造意义世界，而解释在本质上又是超越性的，它总是指向总体性——对人的生存意义的把握。具体到审美的超越性，主要体现在三点：第一，现实超越。他认为，审美作为一种生存方式，以与现实的隔绝为前提，所以，在审美活动中，主体能够忘却自我，由现实主体一跃而成为审美主体。同时，对象也脱离现实时空，进入自由的生存方式。因此，审美可达成人的真正自由的生存活动。第二，意义超越。杨春时认为，审美创造了超越日常意义和理论意义的超越意义世界，解放了人的直觉能力和想象力，使人直接领悟到存在本身，获得真正的自觉——对生存意义的意识。这种意义的超越在文艺活动中表现最为突出。所以文艺展示人类命运，审视人生价值，达到对人生真谛的领悟。第三，理性超越。和李泽厚强调理性不同，杨春时的实践论强调情感、体验和非理性。他认为，审美活动不是理性的，而是纯粹的非自觉的意识活动。它既是对生存的本质的把握，也是对生存的价值的占有，既是一种直觉意识，又是一种情感体验。因此，它是超越主客二分的。所以，在审美活动中，人充分地对象化，而对象也充分地人化，从而凌越了主客二分的屏障，使人自由地去把握对象，而对象也自由地属于人。① 其二，将人的实践理解为自由的生命活动，并认为这种自由的生命才是文艺的本体，主要以潘知常为代表。潘知常认为，文艺审美活动是人的生命的最高存在方式，是人的生命中唯一真实的东西，也是最神圣的东西。他提出，文艺审美活动包括四方面含义：第一，同一性。即在追求生命意义、人生价值生成的过程中与对象交融统一的境界。第二，终极性。即在追求生命意义、人生价值生成过程中对自身的终极价值的实现。第三，超绝性。即在追求生命意义、人生价值生成过程中自身的独立自足的状态。第四，永恒性。即在追求生命意义、人生价值生成的过程中把握到的绝对价值和意义。② 对于文艺审美活动的性质，潘知常提出：第一，文艺审美活动是人的自由生命的全面实现。他认为，规定人之所以为人的只能是人的实践活动本身。实践活动是一种自由活动，又是一种本体存在，它是人的生命的敞开。有了实践活动，才有了人。实践活动意味着对人的未完成性、无限可能性、自我超越性及未定型性、开放性和创造性的肯定。文艺审美活动是人的自由生命的全面实现，也是人的终极关怀的全面实现。第二，文艺审美活动与人的个体自我同在，是人的自由个性的全面实现。他认为，自由个性是人的自由生命和终极关怀在个体身上的最终实现，是人类向每个人的“全面而自由的发展”进化的最高成果，它包含全面性、自立性、能动性、创造性的

---

① 参见杨春时《论文艺的充分主体性和超越性——兼评〈文艺学方法论问题〉》，《文学评论》1986 年第 6 期。

② 参见潘知常《生命美学》，河南人民出版社 1991 年版，第 24—27 页。

特征。[①] 对于文艺审美活动的开启，潘知常认为，文艺审美活动只能开始于对人自身生命沉沦的拒斥，它的缘由、根据只能是“自我审判”，即生命对有限的否定。这种否定的意义在于：它是对非审美生命活动的悬置，这是文艺审美活动必不可少的前提，它使审美活动直接彻悟真实的生命。他提出，在人的生命活动中，唯一执着追问着有限生命怎样企达无限生命的，是生命的生成活动——文艺审美活动。文艺审美活动是作为有限的人的生命的异己而出现的，而做到这一点，最为重要的不是无餍地占有生命，而是不断地超越生命，不断对人的根本的生存处境进行超越，在更高意义上参与生命世界。他认为，在此意义上，文艺审美活动可以称为对生命的特殊意义的创造。基于此，他认为，文艺审美活动是人不断地重新发现自己，确证自己，不断为世界赋予意义，它规定着人的生命又发现着人的生命，确证着人的生命又完满着人的生命，使人享受着自己的生命又丰富着自己的生命。因此，文艺审美活动塑造着人的灵魂、塑造着人的最高生命。[②] 其三，将人的实践个体体验化，并将这种个体体验视为文艺的本体，主要以王一川为代表。王一川认为，美原本是人类童年时期的原始体验，是人原初的自我幻觉、自我想象、自我体验，它潜入人的内心深层，保存、记忆、复现、积淀下来，逐渐生成为与人同在的永恒原型，即“原始信念”。美就是由原始体验而来的“原始信念”，美学应当去追问这种“原始信念”在人的个体体验中的显现及此显现的意义，因此，人的审美体验是美学的中心。王一川认为，文艺是审美体验的集中显现，因此，其本质就是审美体验，它是丰富的、生动的、活泼的、深刻的，也是紧张的、剧烈的。伴随着这种紧张、剧烈的审美体验，人借以发现其活动的理想意象。所以，文艺是人在无限失落中的有限超越，是永恒动荡中的暂时安宁。[③] 其四，在认识与实践统一的基础上理解人的实践活动，并由此出发来建构文艺的本体，主要以王元骧为代表。如果说杨春时、潘知常和王一川的实践论重

① 参见潘知常《生命美学》，河南人民出版社1991年版，第28—58页。

② 参见同上书。

③ 参见王一川《审美体验论》，百花文艺出版社1993年版。

视个体实践而忽略了社会实践的话，那么，王元骧则立足于马克思主义的人的实践观，对文艺的本体进行了辩证深刻的认知，他的研究也进一步从实践本体论的立场深化了文学人学的内涵。在《探寻综合创造之路》中，王元骧指出，应该从生存论的层面来理解艺术的实践性，“要正确理解艺术的实践本性，我觉得就应该将它放在人生实践的坐标上，从实现人生价值的最高目标的意义方面来加以考察”①。他指出，过去人们往往把文艺当作一个纯认识论的问题来加以研究，主要着眼于文艺是现实生活的一种反映，一种从外部事实向内部意识转化的成果，至于它的实践本性、社会功能、对生活的反作用等，虽然也不是完全不予关注，但是在这种纯认识论的理论框架中，至多只能处于派生的、附属的位置，因而在理论上也就不可能把它提到文艺性质的高度，对它的意义做出正确的估计，给予应有的地位，并使之得以充分展开。马克思主义认为认识必须以实践为基础（其实，旧唯物主义也不是完全不谈实践，只不过它离开了社会关系把实践看作一种个人的应事接物的行为），而更主要的还在于它把世界不只看作认识活动，同时也看作感性物质活动的对象，认为认识的目的就是为了实践，这是因为认识不是为知识而知识，它产生于实践的需要，最终也是为了付诸实践。所以，马克思主义并不像以往所理解的那样，只是一种认识论和知识论，而同时也是一种实践论和价值论。按照认识与实践统一的观点，王元骧认为，文艺的性质既不能属于认识，也不能属于实践，而是认识与实践的结合。就文艺的实践性来看，它对人的意志行为能产生潜移默化、持久而深远的影响，在一定意义上可以帮助人们在人生实践中形成和确立一种普遍而自由的生活态度和行为原则。② 在《艺术实践本性论纲》中，王元骧认为，当前，文论界越来越多的人都毫无异议地认为，艺术如同“文学是人学”这个口号所表明的，不仅以人为对象而且以人为目的。但若要在理论上达到对艺术的这一性质做科学而深入的说明，还得要在对传统的认识论研究的基础上引入实践范畴。把实践范畴引入文艺理论，也就意

① 王元骧：《探寻综合创造之路》，陕西师范大学出版社2000年版，第148页。

② 参见王元骧《文艺是认识与实践的统一》，《文艺研究》1995年第5期。

味着抓住了文艺活动与人的自身需要、价值意识和行为准则的内在联系，这样也就把文艺活动中人的位置给突出起来了，要是离开了实践的观点，艺术的“人学”性质，也就无从谈起，更难以获得真正科学而深入的阐明。这样，文艺作品就不仅仅是一种知识的形式，同时还是以体验为途径所表达的艺术家对人生意义的一种追寻和探求，它不仅服务于人的认识，同时还服务于人的实践。王元骧认为，要全面地认识艺术的实践性质，应该从三方面来看：首先，从艺术创作的对象来看，在艺术创作中，作家创作题材的形成，从最根本的意义上说，还是要通过实践活动来解决。若是一定要从本体论的意义上来探寻形成题材的主观原因，那也只能说是实践，是通过实践来实现达到对生活的占有。因而，只有当作家深入实际，投身于现实生活，他才有可能获得深刻的生活体验，才会凭着这种体验找到自己的创作对象，写出深切感人的作品。其次，从艺术创作的过程来看。在传统的纯认识论那里，创作被归结为只是一种意识的活动，一种从客观向主观运动的观念化的活动。而从实践的观点看，在创作活动中，艺术家还按照主体的方式，即主体对生活的感受和理解来反映世界。它不仅包含从客体向主体的运动，而且还包含主体向客体的运动，是认识活动与实践活动的有机统一。最后，从艺术作品的功能来看。阅读活动对确立读者的实践理性极其重要，在阅读过程中，读者的审美鉴赏虽然与一切审美活动一样，都是在感性层面上与作品建立联系，但由于作品通过形象描绘直接或间接向读者提供的是一种应是人生的图景，一种人们所向往和追求的人生境界，它是一种“没有概念的普遍性”的东西，这样，在阅读时读者从作品中接受的东西也就超越了单纯从感官印象中所获得的愉快而被提高到了理性欲求的层次，因此，艺术欣赏在提高人自身生存的自我意识方面具有潜移默化的作用，读者通过阅读从艺术中所感受到的美和应是人生的理想，无疑会提高其人生实践的目的意识和自觉程度。事实上，唯有真正认识到艺术审美价值所包含的实践理性内涵，我们对于艺术的“人学”本质才会有真正深刻的揭示。[①] 事实上，王元骧之所以如此强调从生存论的层面来理

① 参见王元骧《艺术实践本性论纲》，《社会科学战线》1998 年第 3 期。

解文艺的实践性，其意旨显然在于凸显其将文艺与人的生存实践关联起来考察的文艺实践论思想和他一贯强调的文艺对人的生存的改造作用。从其理论意志上看，文艺应当“以人为目的”是王元骧分析文艺实践性的一个最重要的判断，这也是他对其他实践论批判反思的一个重要结论。

再次，从文化的角度的展开，主要以童庆炳为代表。这种本体论注重研究文学对文化的人学意义和文化对文学的人学意义，从文化与人的本质的同一性视角出发，深入探讨了文学的文化属性及人学属性。在《文化诗学是可能的》中，童庆炳指出，文学是人类的一种文化样式和文化活动，文学中处处渗透着文化的因子，泰勒、马林诺夫斯基、卡西尔都认为文化是与人的本质相联系的，一方面人创造了文化；另一方面，文化又使人成其为人，所以，有无文化是人与动物的根本区别。这其中尤其是符号论的文化概念，突出了文化是人的最重要的标志，没有符号、符号活动、符号思维，人的本质就无法凸显出来，文化是人运用符号及其意义创造出来的。而且，符号论的文化概念认为文化就是指蕴藏在人的“灵魂”深处的精神文化、观念文化，具体说，文化就是人性展开的语言、神话、宗教、艺术、科学、历史等各个“扇面”。基于此，童庆炳指出，文学是一种“人类里层和深层的文化，它是人运用语言符号系统展现人生的意义和精神的追求，其中尤其包括人的审美理想的追求”的艺术。在此基础上，他具体分析了文学的文化意义，认为文学的文化意义至少包括四个方面：第一，揭示人的生存境遇和状况。童庆炳认为，人的生存是偏于动物性还是人性，是与文化状况密切相关的。在奴隶社会、封建社会和资本主义社会中，人的异化即一部分人因其受压迫的地位而变成被宰割的“羔羊”，而另一部分人因其压迫人的地位而被动物性的贪欲所控制而变成“豺狼”，就是与那个时代的文化形态相关的。文学若能揭示人的生存状况，揭露某种文化的非人性和反人性的性质，它就具有了文化意义和对人的精神关怀的价值。第二，是叩问人的生存的意义。童庆炳认为，人为什么活着？什么是幸福？什么是不幸？什么是爱情？什么是友情？等等，对这些问题的回答是精神文化的基本观念。文化使求偶的要求变成爱情活动，使饮食变成生活享受，使求生变成回归家园的精神过程。作家在其作品中也必然要艺术地探索这些问题，以其语言所塑造的形象表达什么样的生活是值得过的，什么样的生活是不值得过的……这样，文学的文化意义就在叩问人的生存意义的问题上凸显出来。第三，沟通人与人之间的思想和情感、沟通人与自然之间的联系，实现必不可少的对话。在童庆炳看来，文化的群体性是十分突出的。文化在一定意义上就是一个群体、民族、国家、共同体在长期的历史中形成的共同遵守的思想和行为准则。文化使野蛮的抢夺变成和平的竞赛，使弱肉强食变成互相帮助，使陌生甚至敌对的自然变成亲和之物。文学中的对话关系以诗情画意延伸了文化对人与人之间、人与自然之间的和谐，从而显示出文学的文化意义。第四，憧憬人类的未来。童庆炳指出，人的愿望、理想如果没有文化的升华，就会倒退到原始的状态中去。人类因为有了文化，人才真正地成了人，同时，文化使未来具有现实之根，未来因文化之助变得美好起来，文学诗意地表现人的愿望、理想，展现了一个充满人性的未来而获得文化意义。① 除童庆炳外，田忠辉、刘庆璋等人也分别从文化的角度探讨了文学的人学意义。田忠辉指出，文学不仅是一种美的形式，而且还是对于人的理想和自由的一种美的呼唤，文学是人的自由自觉的象征。因此，文学的审美不是单纯的形式意义，它还具有理想性的意义，是对人类美好理想的一个旗帜性标志，从这个意义上说，它就接近了人的完善的目标。面对后现代的来临，如何处理技术理性对人的异化和非人化，不仅是文学的问题，也是文化的问题。从文化的角度看，文学就是文化文本、社会文本，作为人类精神领域之一，它是人之生存的合理依据。② 刘庆璋则认为，文化是人所创造的物质文明和精神文明的总和。卡西尔的符号学认为符号系统是人独具的，它是人所创造出的一个文化的世界，是人的突出特征，人所具有的人性就是由语言、神话、宗教、艺术、科学等这些文化的扇面所构成的。因此，文化即人化，文化是人所创造的，无人则无从谈起文化，反之，无文化人类也就不成其为人类了。所以，在一定意义上，“文化”与“人”简直是二而一的。如果我们坚持文学是人学，就必然要将文学置于文化之中做

---

① 参见童庆炳《文化诗学是可能的》，《江海学刊》1999 年第 5 期。

② 参见田忠辉《文艺学反思与文化诗学走向》，《汕头大学学报》2004 年第 4 期。

整体研究，必然将文学研究的中轴设置在文学与整个文化系统的关系上。因为，人性存在于由文化的各个扇面共同组成的圆周上，如果不见圆周整体（文化），只见局部的点或线（文学），那么，就难以对人性及展示人性的文学有深入和全面的认识。①

第三节　反思与评介

无论从历史渊源还是理论自身的运转逻辑看，当代中国文论对文学人学的论争都是一种学术的必然，而且，这种必然对当代中国文论的重要性，正如汪正龙指出的那样，“文学是人学”与“文学是语言艺术”是当代中国文论研究的“最令人瞩目的两种文学理论研究范式”，它们的演进、变化与汇通“构成了新时期文学理论发展的基本脉络”。②

不少学者曾指出，钱谷融提出“文学是人学”命题，并将首倡者归于苏联作家高尔基，这其实是对高尔基原本所提的“文学是人种志学”的一种误读，当然，这个误读的责任不能由钱谷融来承担，而且，正是他这种种瓜得豆的“差错”为当代中国文论开创了一个深入人心的理论命题。在这种意义上，我们认为，学界与其纠结于该命题是否高尔基所创，还不如直接承认它就是以钱谷融为代表的中国文论家理论智慧的结晶。其实，20 世纪 20 年代，以周作人的“人的文学”和茅盾的“为人生而艺术”为代表的中国现代文艺思想就已经涉足“文学是人学”的问题。例如，就对周作人“人的文学”思想产生关键性影响的美国文论家汉特、日本美学家厨川白村及英国性心理学家和文学批评家蔼理斯的观点来说，它们其实就已经囊括了“文学是人学”命题的大部分义界。汉特的《文学概论》曾指出，文学是“拿人做它的题目和目的的，诗人的目的就是

① 参见刘庆璋《文化诗学学理特色初探——兼及我国第一次文化诗学学术研讨会》，《文史哲》2001 年第 3 期。

② 汪正龙：《人学与语言艺术：新时期两大文学理论范式的演进与汇通》，《思想战线》2010 年第 1 期。

沉着地去看人生，且要看到人生的全部”[①]。厨川白村则从灵、肉二元对立的人性思想出发，提出了人、人性为文学“根底”的思想。不过，因为厨川白村推崇人的正当的肉体欲求和健康的自然本能，并认为在灵与肉统一的基础上，人的精神才能自由发展，故他视以露骨描写肉欲著称的美国诗人惠特曼为“自然、人道、民主主义的诗人”，并宣称自惠氏死后至最近几年，西欧文坛盛赞“其思想系根本于灵肉之调和”，其根本原因在于惠氏“大胆地赞美肉”，认为“肉若不是灵，什么东西是灵”，这实际上犹如古希腊人般“在灵肉浑然一致的境地，以求真的生之充实”[②]。显然，汉特和厨川氏的思想已经分别从文学的对象、目的乃至本体的角度涉及了文学人学问题。当然，直接启发周作人“人的文学”观念的是蔼理斯，周氏自己曾称蔼理斯是其最佩服的思想家，并认为蔼的著作乃其“启蒙之书”，让他眼上的鳞片倏忽落下，“对人生与社会立了一种见解”。[③] 其实，这其中最重要的当是使周氏对文学立了一种与中国传统的载道观迥然相异的见解。我们知道，蔼理斯的思想建立在生理学和人种学基础之上，他提出，要将人从社会的存在还原为自然的存在，并让人的本能、欲念自然发展、自由生长，在此基础上，他推崇以自然个体为本位的个人主义。在文艺观念上，蔼理斯坚持个性表现说。其上述思想是周氏“人的文学”观中自然人性论和个人人间本位主义的核心知识学基础。在上述诸人的影响下，1918 年 12 月，周氏连续发表《人的文学》和《平民文学》，系统阐述其“人的文学”观，其主要思想即肯定人的自然本能，将人生理主义和人种学化，张扬个性，宣扬脱离社会的个人主义。所以，在《人的文学》中，周作人指出，“我们要说的人的文学，须得先将这个人字，略加说明，我们所说的人不是世间所谓‘天地之性最贵’或‘圆颅方趾’的人，乃是说‘从动物进化的人类’。其中有两个要点：（一）‘从动物’进化的；（二）从动物‘进化’的”[④]。不仅如此，从

① 法国批评家微内语，转引自［美］汉特《文学概论》，傅华东译，商务印书馆 1935 年版，第 179 页。

② ［日］厨川白村：《文艺思潮论》，樊从予译，商务印书馆 1924 年版，第 82—83 页。

③ 参见罗钢《历史汇流中的抉择》，中国社会科学出版社 1993 年版，第 51 页。

④ 周作人：《人的文学》，《新青年》1918 年第 5 号。

“人的文学”思想出发，周作人又区分了“人的文学”与“非人的文学”，前者即“以人的生活为是”的文学，而后者则是以“非人的生活为是”的文学。同时，周作人还指出，“文艺是人生的，不是为人生”，是“个人的”，一切主张倘若与这相背，便是坏的文艺。[①] 与周作人相比，茅盾的“为人生而艺术”的知识学源头主要是俄罗斯文学，正如他自己所指出：“我也是和我这一代人同样地被五四运动所惊醒了的，我，恐怕也有不少像我这样，从魏晋小品、齐梁词赋的梦游世界里伸出头来，睁圆了眼睛大吃一惊的，是读到了苦苦追求人生意义的俄罗斯文学。”[②] 在《俄国近代文学杂谭》中，茅盾说：“俄人视文学又较他国人为重，他们以为文学这东西，不单怡情之品罢了，实在是民族的秦镜，人生的禹鼎，不但要表现人生，而且要有用于人生。”[③] 这与鲁迅的“俄国的文学，从尼古拉斯二世时候以来，就是‘为人生’的，无论它的主意是在探究，或在解决，或者堕入神秘，沦于颓唐，而其主流还是一个：为人生”[④] 之论确乎英雄所见略同。正是由于认为文学是为人生的，所以，茅盾提醒中国作家，“文学家是来为人类服务，应该把自己忘了，只知有文学，而文学呢，即等于人生，这是最新的福音，我国文学的不发达，其患即在没有听到这个福音，路子错了”[⑤]。基于此，他提出了对中国新文学的基本要求：“一是普遍的性质；二是有表现人生、指导人生的能力；三是为平民的非为一般特殊阶级人的。唯其是要有普遍性的，所以我们要用语体来做；唯其是注重表现人生，指导人生的，所以我们要注重思想，不重格式；唯其是为平民的，所以要有人道主义的精神，光明活泼的气象。”[⑥] 虽然周作人的“人的文学”带着自然主义、生理主义倾向，茅盾的“为人生而艺术”染着左翼政治论色彩，但他们立足于人，从人出发去理解文学的本质、对象、功能等，这已经与其后中国当代文论中文学人学的

---

① 参见周作人《自己的园地》，《晨报·副刊》1922 年 1 月 22 日。

② 茅盾：《契诃夫的世界意义》，《世界文学》1960 年第 1 期。

③ 茅盾：《俄国近代文学杂谭》，《小说月报》1920 年第 1—2 号。

④ 鲁迅：《竖琴·前记》，上海良友图书印刷公司 1933 年版，第 1 页。

⑤ 茅盾：《新旧文学平议之评议》，《小说月报》1920 年第 1 号。

⑥ 同上。

理论在出发点和行进的路径上有着高度的相似性。新中国成立后，由于“左”倾思想的干扰和政治功利主义的影响，虽然在文学及其理论中，人性、人生问题被阶级性和政治性所取代，文学是人学中的人学也被置换成了政治学，由周作人、茅盾等人所开启的中国早期的文学人学思想至此出现了知识学的断裂，但无论如何，钱谷融的“文学是人学”固然打着高尔基的旗号，但其骨子里却无疑是对“五四”新文学传统中文学人学思想的一种承继与对接。

当然，另一方面，与周作人、茅盾、钱谷融等提出文学人学的知识学背景不同，当代中国文论对文学人学的探讨，与20世纪80年代解放思想后西方人本主义哲学和美学在国内引起高度的关注也密切相关。众所周知，当代西方人本主义哲学和美学的核心理念就是确立以人为中心的本体观念。自19世纪20年代始，叔本华、尼采的唯意志主义，狄尔泰、柏格森的生命哲学，海德格尔、萨特的生存哲学，舍勒、兰德曼的哲学人类学，弗洛伊德的精神分析学，霍克海默、阿多诺、马尔库塞的西方马克思主义等，都强调个体生命、个体存在的意义，也同时都把人作为其哲学的出发点，把生命欲望的满足，把个体价值的实现当成其哲学和美学的唯一诉求，而这些又都是立足于它们的世界的真正本体是“人”的观念之上的。首先，现代西方人本主义哲学最显在的特征就是确立了以人为中心的人学本体论。现代西方人本主义哲学家认为，近代西方本体论哲学在主客体对立的前提下去探求世界的本体是极其错误的，世界的真正本体是“人”。因此，必须对传统哲学进行改造，使哲学建立在对人自身研究的基础之上。这种努力遍及该思潮的每一个理论家的体系建构之中。如叔本华认为，传统哲学中的主客二分只具有认识论意义，没有本体论意义，不应当把认识论的范畴本体论化，真正具有本体论意义的是人的意志。与叔本华一样，尼采也反对哲学以认识论为中心，他认为，哲学的真正中心是人的生活和行为，只有从人出发才能认识世界。海德格尔更是认为，唯有人才是具有根本意义的存在（即此在）。萨特提出存在就是人本身，人除了他自己之外别无立法者，人才是真正的存在，并称这是“存在主义的第一原理”。法兰克福学派创始人霍克海默同样认为哲学应当从人出发，把人看作全部生活方式的生产者。德国生命哲学家舍勒则指出，“从我的哲学意识第一次觉醒的时候起，‘人是什么以及他在宇宙中占有什么地位’这个问题，就比其他任何哲学问题，在我心中占有更深的、更为中心的位置”①。他的言说代表了现代西方人本主义哲学家的普遍心声。其次，在确立以人为中心的人学本体论哲学的基础上，现代西方人本主义哲学对人的本质做了生理、本能主义和非理性主义的阐发。同传统哲学把人视作认识主体、理性的动物不同，现代西方人本主义哲学认为人是生理的、本能的、非理性的存在。在叔本华那里，人的本质被归结为意志，而意志则是一种“盲目的、不可遏制的冲动”。尼采在其哲学中则突出人的生命力和本能冲动，推崇代表着破坏、疯狂、本能的狄俄尼索斯（Dionysus）精神，并认为真正的哲学应是狄俄尼索斯哲学，而人在尼采的理解中，则是由“冲创意志”构成的生命体，这种“冲创意志”即冲力（power）来自人的本能，文艺的重要作用就是激发、操练人的冲创意志，勃发人的生命意志。现代西方生命哲学认为人的本质是一种“生命冲动”，是主体对其存在的体验、领悟，也即生命的内在冲动、活动和过程。存在主义哲学的人的本质论则把孤寂、烦恼、畏惧、迷惘，特别是对死亡的忧虑等非理性的心理体验当作人的本真存在。无疑，现代西方人本主义哲学普遍强调生理、本能、非理性因素在人的本质建构中的本体地位。弗洛姆的“人是非理性的动物”可谓一语道破现代西方人本主义对人的理解。最后，现代西方人本主义哲学视野中的人是一种“个体化”的存在。传统哲学往往把人一般化、普遍化，使个体湮没于群体和社会之中，现代西方人本主义哲学极力反对这种观念，认为哲学必须把人还原为个体。因此，它普遍无视人的社会本质，把社会因素湮没于个体性之中。如在存在主义哲学那里，人的存在只不过是单个生存的孤立状态，典型的如克尔凯郭尔和海德格尔，前者认为任何有生命的人的存在都是个体的存在，人生来就是唯一的、不可替代的，他不受任何普遍人性的规定，现实的人都是各自行动、独立创造着的具体的个人，“他”才是哲学的真正核心和对象；后者则在其早期著作中认为真正的“此在”指的是个人。

① ［德］舍勒：《人在宇宙中的地位·前言》，李伯杰译，贵州人民出版社1989年版，第1页。

作为对上述人本主义哲学观念的回应，现代西方兴起了人本主义的文学思想，这种思想注重阐释文学与人的生命的关联，探寻文学对人的生存的意义，强调艺术是对个体生存真理的揭示，甚至将文学提升至人的生存本体的高度，这些思考对当代中国文论中文学人学思想的形成都产生了重要的影响。当然，当代中国文论中的文学人学的出场既是对五四新文学传统中文学人学思想的一种承继与对接，又是现代西方人本主义哲学思潮在我国文论研究中的反响和回声，同时，它也是当代中国文论自身逻辑进展的必然。新中国成立后，中国文论的发展历经了一段"左"倾的道路，在很长一段时期内，文论研究中阶级论、工具论和政治从属论占据着绝对的统治地位，这些由外部强加给中国文论的要素致使其发展落入歧途，偏离了自身的逻辑轨道。随着"文革"的结束及思想解放运动的不断深入，"人的尊严、人的价值、人的权利、人性、人情、人道主义，在遭到长期的压制、摧残和践踏以后，在差不多已经从理论家的视野中和艺术家的创作中消失以后，又重新被提起、被发现，不仅逐渐活跃在艺术家的笔底，而且成为理论家探讨的重要课题"①。文论界继之而起的人道主义、文艺的本质、文艺与政治关系及文学与人性关系的讨论等，巩固了人在当代中国文论研究中的核心地位。值得我们注意的是，这一时期部分论者在重提并肯定高尔基的"文学是人学"的基础上，提出了人的本质即艺术的本质，"艺术确证了人的本质"的观点，②呈现了从人的本质来探讨艺术的本质，将艺术的本质归于人本身的理论端倪。而直接催生了文学人学问题论争的可以说是刘再复的主体论文艺观。刘的主体论文艺观在文学人学讨论的理论呈现中具有一种逻辑上的承前启后作用，他的理论虽然并不像某些论者所说的，显然是"一种以人为文学本体的理论"③，但是，他把人作为文学研究的思维中心，提倡文学活动的各个环节都要以人为本、为中心、为目的，这自然为文学人学尤其是从本体论角度探讨此问题的论者开辟了致思向度，所以阎国忠

---

① 何西来：《人的重新发现——论新时期的文学潮流》，《红岩》1980 年第 8 期。

② 参见李寿福《艺术是人的本质的确证》，《杭州大学学报》1982 年第 3 期。

③ 严昭柱：《关于文学本体论的讨论综述》，《文艺理论与批评》1990 年第 6 期。

认为，“文学主体性问题的论争不是艺术本体问题的论争，但却隐含着和指向着艺术本体的思考”[①]。正是在这种意义上，我们认为，文学人学的产生是当代中国文论转向自身，进而重视自身内在规律的研究，强调文论自身逻辑性的必然结果。

就积极性言之，无论文学人学论是当代中国文论发展中的必然敞开维度，还是现代西方人本主义哲学在当代中国文论研究领域的翻版或摹本，它的出现毕竟给我们提供了一个新的审视文学艺术的思维视觉。首先，它关注人本身，主张从人出发来探究文艺问题，并从本体论的层次来阐释人在文艺活动中的地位，这既是对传统意义上的“文学是人学”命题的深入开掘，同时也丰富了这一命题的内在理论蕴含。长期以来，人们在理解“文学是人学”的含义时，往往只是从反映对象的角度把人和人的社会生活看作文学的反映客体。事实上，文学作为人学，不仅在于它以人和人的社会生活为反映对象，更重要的还在于它是通过人的活动并在人的活动中建构起来的。文学人学尤其是其中的人学本体论看到了这一点，把人提高到文艺的本体而不仅仅只是反映对象的高度，并深入研究了人在文学活动中的本体地位。这不仅给我们提供了一种新的文学本质观，同时也创新性地赋予“文学是人学”这一传统命题新的时代内涵，其对于当代中国文论的建设具有不可低估的作用。本体论本来是一个哲学范畴，它的基本含义是指终极的存在，表示事物内部的根本属性、质的规定性和本原。哲学及其他人文社会科学中的诸多重大、深层次的理论问题都根源于其本体问题，也都有赖于其本体论的解决才能有所突破，文学人学本体论之于当代中国文论的作用亦如是。针对在此之前盛行的认识论、反映论文论普遍回避本体论研究的现状，文学人学本体论大胆提倡本体研究，更注重于探究文艺之为文艺的终极存在性、文艺的本原性及其作为存在的根源性，从认识论、反映论之外重新给文艺定性、定位，并对传统的认识论、反映论文论所存在的弊端进行了一定程度的批评，这对于固有的文艺观念可以说是一次大的冲击，它促使传统的文艺观念进行反思，这在客观上又促使当代中国文艺观念的自我调

① 阎国忠：《走出古典——中国当代美学论争述评》，安徽教育出版社 1996 年版，第 345 页。

整与变革。同时，文学人学论重视人的内在的非理性因素在文学活动中的重要地位。在我国文艺研究领域，由于“左”倾思潮的影响，在相当长一段时期内，对于非理性，很多研究者保持着一种固执的傲慢与偏见。文学人学论则站在非理性主义的立场，肯定直觉、本能、生命冲动等非理性因素的客观存在性，从哲学、人类学、心理学的角度着眼，强调人的活动的生命性、强调自我意识，关注人的内心世界的深层底蕴，为人的意识的个人性、非理性提供了充分而深刻的论证，并提高了其在文学活动中的地位，这显然是具有一定的合理性的。另外，文学人学论在人论上坚持人的感性存在性，重视人的直觉、本能、生命冲动，而在文论上则张扬人的个性，这对于冲破长期以来文艺研究中扬共性而抑个性的樊篱无疑具有极其显赫的意义。

在消极性上，尽管当代中国文论界对文学人学的研究是卓有成效的，但其间所暴露出来的问题也是显而易见的，概而言之，这些问题主要表现如下。

第一，由于受传统文论以认识论和知识论为哲学基础的弊端的影响，当代中国文论中的文学人学论往往局限于将人作为文学的认识对象、反映对象，将文学活动中的人仅仅看成思维主体和认识主体，这种思维视觉的局限不仅扼杀了“文学是人学”命题的理论张力，而且也限制了这一命题本身所具有的丰厚的学科推衍能力，尤其是随着当代西方哲学研究由认识论、主体论向语言论和实践论转向的深入，传统文论中对文学人学研究的这种视野局限则显得愈发突出。之所以出现这样的理论窘境，说到底就是因为文学和人的关系并不仅仅只是一种反映和被反映、认识和被认识的关系，因而，仅仅从认识论和知识论角度出发自然也无法从“总体性”上来深入研究这一论题，更谈不上对之的发展了。不仅如此，文学人学论虽然强调文艺研究中以人为本体，但其在对人的理解上仅仅停留于人学范围，而没有为人的真正的现实生存（没有像马克思那样从现实的人出发到生产劳动、广泛的社会实践、社会关系中寻找人的生存的依据）提供可靠的生存根据，显然其对人的关怀也未能达到真正对人的现实关怀而只是达到一种情感的守护。马克思在批判人本主义哲学仅仅把人看作只是一种感性的个体，静止的、抽象的存在时指出，“我们不是从人们所说的、所想象的、所设想出来的人出发，去理解真正的人。我们的出发点是从事实际活动的人”①。对人的理解必须像马克思这样从现实的、从事着实际实践活动的人出发，在广泛的社会实践、社会关系中来进行。这就要求我们正确阐释和全面理解人的活动和活动的人，因为人事实上是通过自己的活动并在活动中建构起自身的。因此，对人的活动和活动的人的正确理解是我们科学解决人的问题的两个关键点。马克思主义认为，人的活动是一个以目的为中介而展开的认识与实践互相渗透、互相规定、互为前提的一个双向可逆的动态流程。而活动的人，作为活动的主体，既不是抽象的普遍存在，也不是感性的个别存在，他总是处在一定社会历史关系中的个别与一般统一的实际存在的人。在活动中，人作为活动的主体，不仅支配和操纵着人的诸种活动的展开，而且也正是通过这些活动，才将活动的成果汇聚到人的身上，使得人作为认识主体与实践主体，个人主体与社会主体达到了有机的统一。这样，人的本质也就获得了具体而丰富的规定，从而使得“人以一种全面的方式”，即“作为一个总体的人，占有自己的全面的本质”②。文学人学论则恰恰是忽视了对人的这种具体的、现实的、动态的分析，因此，尽管其大谈人的生命活动，大谈人的感性、本能、直觉、体验、非理性等，但在它那里，人依然只是一个抽象的、静止的东西，而且，这种机械的认识论也导致了其在理论上的空泛性。

第二，文学人学论所倡导的非理性主义造成其在宣扬非理性因素在文艺活动中的作用时走上了反理性、反社会性的极端，鼓吹“生存就是生命”，“纯粹的生命意识”才是“真正的艺术意识”；“对于艺术来说，感性是根本的根本，究竟的究竟”。“要大谈本能、谈非理性，而不能谈社会，不能谈理性。”“应该强调本能、肉、性。没有调和的余地。”反对反映论，大肆宣扬非理性的直觉、生命体验、原欲、自然性等在文学活动中的本体地位，这显然是极其错误的。我们知道，人的活动具有明显

① 马克思、恩格斯：《德意志意识形态》，《马克思恩格斯全集》第1卷，人民出版社1995年版，第73页。

② 马克思：《1844年经济学哲学手稿》，人民出版社2000年版，第85页。

的目的性、意识性，这表明人的活动不可能排斥理性。文艺活动更是要受理性的规范、制约、指导和调配，没有理性的参与，不仅文艺活动无法进行，而且，人的任何活动也无法实施。同时，人的生命活动绝不像动物那样是一种纯粹的生命活动，人也不可能秉有一种“纯粹的生命意识”，恰恰相反，人的生命活动从一开始就具有“类的特性”，要在一定的社会关系中才能进行，才能展开。因此，人的生命活动是一种社会性的活动、一种生活活动。文学人学论有意无意地将二者混淆起来，用生命活动来取代生活活动，这导致其在理论中不仅不谈人的社会性，而且还故意否定人的社会本质。其理论的实践意义也就自不待言了。另外，人的非理性属性，如感性、本能、生命冲动、直觉、体验等也只有在生活活动中，才能成为真正的属于人的存在，这就是马克思所说的，“只有在社会中，人的自然的存在对他来说才是自己的人的存在”①。所以说，离开了社会本质，人的本能、感性、直觉等非理性因素就完全成为动物的属性了。正如高楠指出的那样，艺术的本体固然是“生命本体”，但生命是在两个“一体性”中互相规定、互相实现、密不可分的。其一是“精神与机体的一体性”，即“虽然艺术现象的精神性中存在着艺术的本体，但艺术本体不可能只是精神”，反之，如果“认为生命仅是机体性的，那就是把人的生命降低为动物的生命，这充其量也只是活着，而绝非生命”。其二是“个性与社会性的一体性”，即“精神是无法脱离社会性的精神”，“机体是存在于社会性中的机体”。因此，“艺术本体——生命，是自由，是否定有限现存而向无限的创造过程”，而艺术，“是一个过程，它是生命在一定的历史阶段或在某一阶段中一定空间一定人群范围的现实状态的显现”②。此论显然是击中了文学人学论的要害。此外，文学人学论反对反映论，否认把人放在现实关系中去理解，这未免矫枉过正。人的生命活动具有反映的特性，人的本能、生命冲动、直觉、体验等非理性因素绝不等同于动物的纯粹的本能、原欲，而是以反映的成果的形式积淀于人的身上，文学人学论却否定了人的艺术活动的反映特

① 马克思：《1844年经济学哲学手稿》，人民出版社2000年版，第83页。

② 高楠：《艺术的本体批评》，《艺术广角》1989年第3期。

性，从而使他们所宣扬的性、肉、本能等完全成了纯动物性的自然存在，把人的活动与动物的生命运动同一起来，这不仅在理论上是荒谬的，在实践上也是根本行不通的，而且，有些论者甚至生硬搬用现代西方人本主义哲学的概念、术语、范畴，从而使其论说显得漏洞百出。

第三，文学人学论无视文艺活动的特殊规律，从人的生命活动出发来探讨人的文艺活动，而二者的区别何在，其特殊的规律性体现在哪里，文学人学论却无法做出科学的回答。因此，尽管其在理论中宣扬文艺活动同人的生命活动的同步性、同一性，但是，面对文艺活动的审美特质，它只能旁顾左右而言他。审美性是文艺活动的本质规定性，文艺活动之所以能够在人的历史发展中占据举足轻重的地位，就在于在文艺活动中，人能够成为真正意义上的全面、自由、自觉的人。而文学人学论则抛开文艺活动的审美特质，大谈文艺活动的生命表现性，难道人的其他活动就不是生命的表现？而且，人在日常的饮食男女活动中不是更容易表现自己的生命冲动吗？所以说，对于文艺活动自身的审美特性的关注是任何文论的出发点，背离了这一点也就谈不上建立真正的文学人学论了。

第四，同以往对于文学与人之关联的研究多从宏观角度着眼、注重对文学与人的外部关系研究一样，文学人学论对于文学与人之关系的微观层面的研究也不够重视，甚至有意无意地放逐之。如文化学、生物学、部分实践学等对于文学与人之关联的研究，都偏重于探讨外在于文学的文化、本能、生命、实践活动对于文学的人学意义，而忽视了这些因素对于文学的微观人学关联，从而致使其研究的空泛和理论的失当。尤其是随着当前学界对于文化、实践、人学边界的无限扩容化理解，致使这些研究越来越显得空洞且缺乏可靠的理论支撑而处境尴尬。

第五，在研究的自觉性上，除了个别研究者提出“文艺人学”范畴外，多数研究者的研究仍然滞留在非自觉性的层面，其对于文学与人之关联的研究多是依附在其他文论问题的研究之中而缺乏理论的自律性、自洽性和自适性（如文学本体学、文学创造学、文学接受学、文学人类学、文学文化学等学科对于这些领域的涉及），这种研究视野也局限了当代中国文论在全方位、多层次、立体的角度展开对文学人学的研究，这样，在当代中国文论中，我们自然也难以看到系统的文学人学论了。

此外，正如张婷婷指出的那样，“文学是人学”虽然是当代中国文论中的一个“辉煌的命题”，但也有着“严重的局限性”。首先，它的思维方式是单向度的，一味相信人类只要战胜外部世界，使人的本质力量对象化，实现合目的性与合规律性相统一，就会产生美。这显然忽视了“人类历史生成的双重性和循环性”。事实上，人类在本质力量对象化的同时，也遭受着“来对象对人自身的种种扭曲”，而人又是“在被异化过程中不断抗拒异化回归自然本真的”，这是一个永恒的循环过程。因为人类总要不断地改造自然推进文明，故此，人类也“不可能消除其改造成果对自己的异化”。正是异化的这种持久性，使人类永远处在不断地“走向自我的过程中”。所以，人类历史绝非单向度地改造自然和社会的实践，而是“自然向人生成与人向自然生成的双向同构过程”。美就是从这种“互相背反的形态中产生出来”的，人类不仅在自然的人化中通过物质劳动创造美，而且在人的自然化中，通过艺术活动创造美的心灵世界。这样，美便显示为“改造自然的成果”与“审美活动的过程”两种形态。但人道主义话语对美本质的解释却仅仅局限于“人类历史生成的单向度上”，局限于“自然的人化过程中作为改造自然的成果出现的美的形态”。其次，“文学是人学”命题把重点放在了表现内容的“人学”特征上，忽略了“文学形式上的发现和创造”，进而体现出其局限性。所以，当人性、人情、人欲大量出现于作品中时，其艺术创造却未见起色。于是，当在人道主义意义上大写的人走到前台时，文学反倒退隐到幕后去了，文学在摆脱为政治服务时，又蹈入为人服务的工具论，其结果，受伤的依然还是文学自身。①

① 参见张婷婷《文学是人学：一个辉煌的命题——“新时期文艺学20年”的反思之一》，《文史哲》1999年第1期。

第 三 讲

文学主体论

主体性问题是近代以降西方哲学文化领域的一个重要问题，自 20 世纪 80 年代中期至 90 年代初，其在当代中国文论研究领域获得强烈回应，并引发关于文学主体问题的论争。仅 1986 年至 1991 年的五年间，国内公开发表的有关文学主体论问题的讨论文章就达 400 篇之多，其争论之激烈、范围之广泛由此可见一斑。在理论倾向上，文学主体论提出在文学活动中不能仅仅把人（包括作家、描写对象和读者）看作客体，而更要尊重人的主体价值，发挥人的主体力量，在文学活动的各个环节中恢复人的主体地位，以人为中心，为目的，并提出，文学主体性问题，是文论建设上的一个大有可为的课题，它可以展示得极其丰富，这种展示可能会使我国的现代文论结构发生较大的变动。但是，反对文学主体论的人则认为其“人为地把主体性和客体性完全割裂开来”，没有看到两者的辩证关系，因此，强调文学的主体性，“不应忽视它对客体的依存关系”，主体的思想、情感、心理状态归根结底是一定的生活、存在的反映。不仅如此，甚至有一些过激的批评认为文学主体论直接关系如何对待马克思主义的基本原理的问题，关系社会主义文艺命运的问题。

第一节　刘再复与文学主体论

文学主体论最早起于刘再复 1985 年 7 月 8 日在《文汇报》发表的《文学研究应以人为思维中心》一文，该文中，刘再复提出，文艺科学正在出现转机，这个转机的一个方面就是以社会主义人道主义的观念代替“以阶级斗争为纲”的观念，给人以主体性的地位，具体地说，就是要“构筑一个以人为思维中心的文学理论与文学史的研究系统”，也就是文学研究应该“把人作为文学的主人翁来思考，或者说，把主体作为中心来思考”。该文中，他还指出，以往的文学研究虽然坚持了唯物主义，但却奇怪地带上了许多旧唯物主义的缺点，因此，往往只是从客体或直观形式去理解文学，而没有把文学看成人的感性活动，也没有从实践、主观的方面去理解。他提出，要在文学领域真正把人从“被动存在物”的地位转变到“主动存在物”的地位，进而克服以往只从客体和直观的形式去理解现实和文学的机械决定论。对于文学的主体，刘再复认为，它包括三个方面：一是作为创作主体的作家；二是作为对象主体的人；三是作为接受主体的读者。所谓文学研究以人为思维中心，就是要给人以文学创作主体的地位，给人以文学对象主体的地位和给人以文学接受主体的地位。其后不久，为了更加系统地阐明其文学主体论思想，1985 年年底，他发表了《论文学的主体性》一文，这篇文章共 4 万余字，分别刊发于《文学评论》1985 年的第 6 期和 1986 年的第 1 期。该文发表后，旋即在国内文论界掀起了轩然大波，诋毁者有之，赞誉者有之，既诋毁又赞誉者也有之。

统而言之，刘文所涉主要论点包括以下方面：

第一，提出主体、主体性及文学的主体性原则三个范畴，并分别进行了界定。因为“主体”是刘再复建构文学主体论的关戾点，因此，刘文开篇就对“主体”的内涵进行规定，开宗明义地指出，“主体是在实践中建立起来的概念”。刘再复认为，这个定义既强调了主体的建构性，同时也将主体与实践统一在一起，突出了实践之外无主体的实践主体思想。

同时，他又指出，“人既是主体，又是客体，人作为存在是客体，而人在实践中、在行动时则是主体”。也就是说，在他看来，人可以有存在及实践、行动两种生存状态，一种是作为存在、作为客体的生存状态，另一种是作为实践、行动，作为主体的生存状态。他认为，主体只能是实践、行动的主体，离开了实践、行动，就无所谓主体。当然，他这种割裂人的存在和实践的论点，是经不起推敲的，这也是此后批评者置喙较多的地方之一。刘文进一步指出，“人具有二重属性：一是受动性，一是能动性。人作为一种客观存在，表现出受动性，即受制于一定的自然关系和社会关系。人作为行动着的人，实践着的人，则表现出能动性，即按照自己的意志、能力、创造性在行动，支配着外部世界”。他认为，强调主体性，就是“强调人的能动性，强调人的意志、能力、创造性，强调人的力量，强调主体结构在历史运动中的地位和价值”。对于文学的主体性原则，刘文解释说，这“就是要求在文学活动中不能仅仅把人（包括作家、描写对象和读者）看作客体，而更要尊重人的主体价值，发挥人的主体力量，在文学活动的各个环节中恢复人的主体地位，以人为中心，为目的”。刘再复认为，具体地说，就是作家的创作“应当充分地发挥自己的主体力量，实现主体价值，而不是从某种外加的概念出发”，这就是“创造主体的概念内涵”；对于文学作品来说，他指出，文学作品也需要“以人为中心，赋予人物以主体形象，而不是把人写成玩物与偶像”，这是“对象主体的概念内涵”；对于文学接受来说，他认为，文学接受“要尊重读者的审美个性和创造性，把人（读者）还原为充分的人，而不是简单地把人降低为消极受训的被动物”，这是“接受主体的概念内涵”。他进一步分析认为，人的主体性包括两个方面，“首先人是实践主体，其次人又是精神主体”。所谓实践主体，指的是人在实践过程中，与“实践对象建立主客体的关系，人作为主体而存在，是按照自己的方式去行动的，这时人是实践的主体”；所谓精神主体，指的是人在认识过程中与“认识对象建立主客体关系，人作为主体而存在，是按照自己的方式去思考、去认识的，这时人是精神主体”。总之，他认为，无论在实践中还是认识中，行动中还是思考过程中，人都处于“主体的地位”，表现出“主体的力量和价值”。根据对人的主体性的这两种区分，他相应地提出了文艺创作主体性的两层基本内涵：一是文艺创作要“把人放到历史运动中的实践主体的地位上，即把实践的人看作历史运动的轴心，看作历史的主人，而不是把人看作物，看作政治或经济机器中的齿轮和螺丝钉，也不是把人看作阶级链条中的任人揉捏的一环。也就是说：要把人看作目的，而不是手段。或者说我们要把人看作目的王国的成员，而不是看作工具王国的成员”；二是文艺创作要“高度重视人的精神的主体性，这就是要重视人在历史运动中的能动性、自主性和创造性。人的精神世界是联系人与物质世界的内在链条，人的大脑作为一种物质存在当然也是自然界的一部分，但它又是从大自然母体中分化和生长出来的精神世界的花朵，它的功能，作为一种精神能力，始终是作为主体而存在的。只有充分调动它的主体性，人才能成为实践的主体。当人的精神能力被限制，即它的精神主体性丧失了，那么人也就丧失了在实践中的主体性，这时，人就变成任人操纵的机器，任人摆布的木偶。可见，重视人的精神主体性是极其重要的”。针对彼时国内文学写作及研究领域中存在的问题，刘再复认为，“当前，我们在文艺创作中尤其应该强调人的精神主体性”。他同时认为，“人的精神世界作为主体，是一个独立的，无比丰富的神秘世界，它是另一个自然，另一个宇宙。我们可称之为内自然，内宇宙，或者称为第二自然，第二宇宙”。在这种意义上，他指出，“历史就是两个宇宙互相结合、互相作用、互相补充的交叉运动过程”。同时，他认为，精神主体的内宇宙运动，“与外宇宙一样，也有自己的导向，自己的形式，自己的矢量（不仅是标量），自己的历史”。所以，历史的描述如果只记得外宇宙的运动，而忘记内宇宙的运动，这种描绘将是“片面的”，他认为，这种片面性也曾在过去的文论中“有所反映”，为了扬弃这种片面性，“文学艺术要真实地表现历史的面貌，把握历史运动的轨迹，也必须真实地揭示这两个宇宙的辩证运动，必须表现人的精神主体的无比丰富性和伟大的力量，揭示它的星空般的无比奇妙的内在奥秘”。

立足于文学主体性原则，刘再复进一步指出，文学命运与人的命运是息息相关的，在种意义上，“文学是人学”这个命题无疑是具有深刻性的，其深刻性就在于“在文学的领域中恢复了人作为实践主体的地位”。因此，在他看来，要想在文学领域给人以主体性的地位，首先就应该肯定这种人的实践主体地位。不过，虽然“文学是人学”命题在文学的领域中恢复了人作为实践主体的地位，但不幸的是，它也被一些“鼓吹塑造‘高大完美’英雄人物的‘根本任务’论者所借用”，而且，奇怪的是，他们所塑造的英雄，却“没有人的血肉，没有人的灵魂，因此，人们再也不相信他们所说的‘人’学了”。刘再复认为，问题的症结在于，“他们都没有肯定人作为精神主体的地位，不承认人在作为实践主体的同时，也作为精神主体而存在，取消人与世界联系的内在链条”。这样，他们所谓的“‘人’学，往往就成了一个丧失了内宇宙运动的‘人’学，成了一个没有人的灵魂，即没有人的主体的丰富性和精神主体价值的‘人’学。这种阉割了人的灵魂的‘人’学，只能把活生生的人弄成一个抽象的空壳。因此，‘文学是人学’的含义必定要向内宇宙延伸，不仅一般地承认文学是人学，而且要承认文学是人的灵魂学，人的性格学，人的精神主体学。”同时，刘再复还指出，仅止于以上理解，还是不够的，所以，在文学领域中确立人作为精神主体的地位之后，还应当进一步深化，这就是“应当注意精神主体的双重结构，即精神主体的表层结构与精神主体的深层结构”。所谓精神主体的表层结构，他指出，这是“被理念支配的意识层次的内容”，而深层结构则是“积淀在人的精神主体内部的潜意识”，介于两者之间的是“情感”。文学的最根本的原动力，就是这种“情感”。刘再复认为，20 世纪西方文论最杰出的贡献，就在于发现了文学的这种动力，“最充分地肯定精神主体中的情感价值、从而揭示了文学艺术最根本的特性”。因此，“文学是人学”命题的深化，就不仅要承认文学是精神主体学，而且要承认它是深层的精神主体学，是具有人性深度和丰富情感的精神主体学。同时，刘再复还认为，“文学是人学”命题的深化，“不仅要尊重某一种精神主体，而且要充分尊重和肯定不同类型的精神主体”。这些不同类型的精神主体在现实生活中表现为差异无穷的个性，我们应当承认，“每一种个性都是一个丰富的世界，它的深层都积淀着人类文明的因子，都具有群体精神的投影，只有充分尊重和肯定每一种个性，才能充分理解和认识人类自身，也才能更深刻地认识个体的精神价值和个性的丰富内涵。因此，文学不仅是某种个体的精神主体学，而且是以不同个性为基础的人类精神主体学。正是这样，文学无法摆脱最普遍的人道精神”。

此外，在深入探讨了主体、主体性和文学的主体性原则之后，刘再复还强调了文学主体论提出的必然性，他指出，“今天，当历史为人的主体价值的实现提供了更广阔的空间时，文学的主体意识无疑会随之得到强化，因此，文学就不能不更加表现出它的人类心灵历史的特性。正因为这样，我们在文学理论中提出主体性的命题，绝不是主观随意的，而是历史的要求，是人类走到灿烂的今天对整体文化中的文学部分必定要提出的要求”。

第二，提出了文学主体的三种类型并分别对它们进行了深入分析。刘文认为文学主体由三个要素构成，即作为文学创作主体的作家、作为文学对象主体的人物形象和作为接受主体的读者和批评家。刘再复指出，讨论文学主体性的实现，首先应当讨论文学对象主体性的实现。他认为，文学的对象虽然包括自然、历史和社会，但三者之中，最根本的却是人，只有人，才能真正作为文学的根本对象。具体到文学对象的主体性来说，他指出，这就是文学对象结构中人的主体地位和人的主体形象。对于作为文学对象的人，刘再复认为，相对于作家而言，它是被描绘的对象，因此，它是客体。但是，相对于它所处的生活环境和社会来说，它又是主体，因为它是一个有意识的存在物，它的环境和生活是它意识的对象。这样，作为文学对象的人就是一种双重存在，对于作家来说，它是作家感知的对象、客体；而对于环境来说，它又是能够感知环境的主体。所谓作家要赋予其笔下人物以主体性，一言以蔽之，就是要“把人当成人——把笔下的人物当成独立的个性，当作具有自主意识和自身价值的活生生的人，即按照自己的灵魂和逻辑行动着、实践着的人，而不是任人摆布的玩物与偶像”。以此为基础，刘再复批评中国文学在以往相当长的一个时期内普遍发生了主体性失落的现象，并认为这体现在三个方面：其一，用“环境决定论”取消人物性格自身的历史；其二，用抽象的阶级性代替人物活生生的个性；其三，用肤浅的外在冲突掩盖人物深邃的灵魂搏斗。对于造成中国文学主体性失落的原因，刘再复认为，从根本上说，就在于作家“忽视了人的地位与价值，而以物本主义与神本主义的眼光来对待自己的人物”。他指出，以物为本的作家，把人“降低为物，降低为工具，降低为自己手中任意摆布的玩偶”，他们不知道，人是“一种自由自觉的实体，是一种最富有能动性的自我调节系统”，他完全能够“主动地，能动地改变和创造环境，使环境适应人自身的生存和发展的需要”，而不是“消极、被动地接受环境的影响，变成必然性的奴隶，因果链条上的一环”。他认为，人从最初的感受世界开始，其感觉不仅依赖刺激物的性质，也依赖“感觉的结构和机能的性质”，依赖“感受体的内部状态”。刘再复以反映活动为例指出，反映不仅仅“是外部能量和信息传递至意识的简单的机械过程”，反映活动既如此，实践“更是如此”，人是实践的主体，人能“主宰和控制自己的实践活动”。但“物本主义的眼光看不到人的这种本质，因此，他们只能把人视为工具，只知人的服从性，不知人的自我选择性”。他批评说，这种物本主义眼光归根到底是“不承认‘人是目的’这种根本观念”。实际上，物有物的价格，人有人的人格，人不能因对谁有用而获取价值。人作为自然存在，并不比动物优越，也并不比动物有更高的价值可言，但人作为本体的存在，作为实践主体和精神主体，是“超越一切物的价格的”。因此，不应当“把人的存在视为工具，好像它与内在目的无关”。这就是说，作家在表现人的时候，要把“人当成人”，把人视为超越工具王国的实践主体，而不是“把它当成自然存在，当成牲畜，草芥，工具”。总之，人“应当是目的性因素，而不是工具性因素”。立足于此，刘再复认为，“真正以人为本的作家，他们一定会正确地摆正创造主体与对象主体的关系，会在创作过程中，赋予描写对象以主体的地位，即赋予他们以独立活动的内在自由的权利。这就是作家在特定时刻要服从人（对象），而不是人服从作家，是作家要为人服务，而不是人为作家服务。作家要允许笔下的人物超越自己的意图，允许他们突破自己一切先验的安排，只有当笔下的人物有充分的独立活动的权利，非常自由地按自己行动逻辑展开自己的行动时，这种人物才是活生生的”。他指出，“作家处于最好的创作心态时，往往由常态进入变态，进入虚幻系统，真诚地相信自己所创造的一切。此时，作家的真我，进入一种神秘的体验，‘情不自禁’地跟着自己笔下的人物走，无意识地服从自己的人物，接受笔下的人物应有的命运，也是作家本没有意料到的命运”。恰恰相反，他说，“如果作家把自己放在上帝的地位上，只知道摆布笔下人物的命运，不能给予笔下人物以主体的地位，那么，他们在创作中势必只想到所谓‘精心设计’，甚至精心设计到每一个细节。笔下人物的一言一行一举一动，都在先验的设计之中。一切都在作家的意料之中，一切都是先验构想的形象注释，这实际上并不是作家用整个心灵去‘创造’，而是按照某种观念去刻意‘制造’，这样的作家顶多是一个具有某种技巧的艺术匠人，而不是富有灵性的作家。他们的创作势必不能得其道，得其神，得其灵性，势必缺乏创造性”。而且，刘再复还认为，“作家对描写对象的尊重，就是赋予对象以人的灵魂，即赋予人物以精神主体性，允许人物具有不以作家意志为转移的精神机制，允许他们按照自己灵魂的启示独立活动，按照自己的性格逻辑和情感逻辑发展。作家处于最佳心理状态时，也是自己的人物充满着主体意识，充满着生命活力的时候，此时，作家不是受自己的意志所支配，而是受到充分调动起来的主体潜在力量的支配，并沿着潜意识的导向前行”。因此，他指出，“愈有才能的作家，愈能赋予人物以主体能力，他笔下的人物的自主性就愈强，而作家在自己的笔下人物面前，就愈显得无能为力”。这种现象，刘再复把它归结为这样一个公式：作家越有才能作家（对人物）越是无能为力；作家越是蹩脚作家（对人物）越是具有控制力；作品越是成功，作家越是受役于自己的人物；作品越是失败，作家越能摆布自己的人物。针对此前有学者批评刘再复的主体性观念“只注意到作家的主动性，没有看到作家的被动性”，刘再复也进行了反批评，他指出，“这种批评实际上是把主动与被动割裂开，事实上，创造主体与对象主体双方都既是主动的又是被动的，整个创作过程就是双方主体能力主动与被动的辩证运动过程。这就是：作家在创作中愈是处于主动状态，作家在自己的人物面前愈是处于被动状态；创造主体性愈正常地发挥，创造主体愈是被对象主体所占有”。而对于理论界有学者提出的“作家应当干预人物的灵魂”的观点，刘再复也提出了质疑，他认为，这种观念“有一半是可以接受的”，这就是人物一旦走到自己的人生十字路口，发生双向可能性的时候。作家可以帮助人物打开自己的心灵，做一种不违背个性的选择。此时，要求作家给予一个指令，一个使人物展示灵魂的全部丰富性的指令。这种干预，大体上

“像电子计算机的操作员给电子计算机一种指令，计算机得到这种指令后，便把信息贮存于自己的机体中，然后进行独立的运转和活动”。刘再复认为，作家的干预也仅仅在于给予人物一个灵魂的指令，而这之后，作家就像操作员一样，不再起干预作用了，这时候，“人物就像电子计算机一样，独立地运转活动起来，不受作家（操作员）所摆布”。刘再复说，那种认为作家的世界观可以决定一切的观点，即作家可以任意干预笔下人物的灵魂和行动的观点，是“不尊重笔下人物、剥夺笔下人物的主体性”的。最后，刘再复总结说，“以物为本，会使对象的主体性丧失，以神为本，同样也会使对象的主体性丧失。物本主义笔下的人物，只知服从，不知价值选择；神本主义笔下的人物，只知立法（只知发号施令），没有情怀。两者都不可能使自己成为自己的主人，两者都没有自我调节系统，都没有一个自我完成的过程”。当然，也都是和对象的主体性背道而驰的。

关于作家的主体性，刘再复认为，它包括“作家的实践主体性与精神主体性”，前者指“作家在创作实践过程中（包括为创作做准备的感受生活的实践）的实践能力，主要是作家的表现手段和创作技巧”；后者则是指“作家内在精神世界的能动性，也就是作家实践主体获得实现的内在机制，如作家创作的动机，作家在创作过程中的情感活动等等”。他指出，自己所探讨的创造主体性，主要是后者，即作家内在精神主体的运动规律。他说：“一个作家，意识到自身的精神主体性是极为重要的。意识到精神主体性，就是意识到自己身上的内宇宙所具有的巨大能动性，意识到这个内宇宙是一个具有无限创造能力的自我调节系统，它的主体力量可以发挥到非常辉煌的程度，可以实现到非常辉煌的程度，而这，正是人的伟大之处。”在他看来，“一个作家，如果能充分地意识到自己的精神主体的全部灵性，则能自觉地构筑内心雄伟的调节工程，最大程度地调动和发展自己的创造才能，到达前人尚未达到的彼岸。因此，作家的主体意识，对于作家是极为重要的”。为了深入说明作家的精神主体性，刘再复借用美国人本主义心理学家马斯洛的需要层次理论对作家主体的心理结构进行了分析。我们知道，1943 年，在一篇名为《人类激励理论》的文章中，马斯洛提出了他的著名的“需要层次理论”。该理论将人的内在基本需要由低级到高级分别区分为生理需要、安全需要、爱的需要、自尊需要和自我实现需要五个层次。受其启发，刘再复把作家的精神主体也区分为五个不同的层次。他认为，作家的创作如果仅仅是为了满足生存、为了维持自己的衣食住行的需要，也就是“著书都为稻粱谋”，那么，作家会被现实生活中最烦琐的利益所束缚，缺乏必要的从事创造的外在自由条件，这就不可能进入深邃的精神生活。这时，作家的主体意识处于沉睡状态，他的主体能力处于被动状态。作家的创作如果是为了自身的安全、为自己在社会上找到一个安稳的位置，这样的作家就是把作品作为自己的护身符和社会通行证。此时，他的主体意识处于被压抑状态，他往往会感到一种深刻的苦闷，这种苦闷就是因为作家的主体能量无法释放出来而产生的。为安全需求而写作的作家，一般地说，都不得不降低自身的人格，因此，在他们的作品中看不到作家自身的热血与眼泪，也就谈不上作家的主体性。为归属需求而写作，具体地说，就是作家为自己所隶属的阶级、派别、团体而创作，这种作品具有明显的群体性和遵从性。在这一层次中，有两种不同的情况：一种是自觉的、出于内心的归属动机，自愿服从自己所归属的群体利益，这个时候，作家的群体性与个性可融合为一。此时，作家的主体性就明显地表现于自己的作品之中。但是，如果作家的创作只是出于被动的消极的归属需求，并且是服从狭隘的功利主义原则，那么，他的主体性就会失落。尊重需求，对于作家来说，就是作家通过自己的创作去赢得社会尊重，在社会中找到自我的位置。在这个层次上，作家为了珍惜自己的声誉，往往更加认真地创作。这种需求比生存需求、安全需求、消极性归属需求有可能让作家在更大程度上充分地发挥自己的主体力量。这时，作家意识到自己是作家，应当有作家的尊严感和荣誉感。刘再复认为，尊重需求，这是每一个有成就的作家起码的主体意识。这种主体意识在创作中可能产生两种效果，一种是积极性效果，即作家珍惜自己的声誉而更严肃地劳动，不断地追求新的境界；另一种则是消极性效果，这就是作家把声誉变成沉重的精神负担，变成内心自由的心理障碍。总之，刘再复指出，作家的创作如果仅仅为了赢得社会的尊重，还不是作家主体性的真正实现，作家如果把尊重需求作为创作的主要动机，他就会被名声所束缚，此时，作家仍然处于一种功利境界，心灵仍然不可能获得最大的自由。刘再复认为，作家主体性的最高层次，是作家的自我实现，即作家精神世界的充分展示。自我实现包括两个不同的层次，一是浅层自我实现，这是精神主体表层结构的外化，主要是作家认知能力的实现，即作家把自己对生活的认识表达出来。二是深层自我实现，则是作家精神主体深层结构的外化。这种实现的特点，是作家全心灵的实现，全人格的实现，也是作家的意志、能力、创造性的全面实现。刘再复认为，作家的内宇宙，不是一个封闭的世界，作家的自我实现，也不是这个封闭世界中获得的个人的小自由或自身人性的一点小解放。作家主体性的真正实现，是打开内宇宙的大门，用内宇宙去感应外宇宙的脉搏，使内宇宙与外宇宙相通，并且具有外宇宙的巨大投影，负载外宇宙的壮丽图景，因此，作家主体力量的实现，必须使自己的全部心灵、全部人格与时代、社会相通，必须“推己及人”，把自己的精神世界中一切最美好的东西推向社会，推向整个人类。刘再复指出，作家的自我实现归根到底是爱的推移，这种爱推到愈深广的领域，作家自我实现的程度就愈高。只有爱他人，对他人充满同情心，才是最高的自尊感，也才能获得最高的自我价值感。因此，作家的自我实现，应当在任何时候都要不背叛自己的良知，任何时候都要保持自己对人民的爱，任何时候都要对人民、对艺术保持无限的忠诚。通过以上五个层次的分析，刘再复指出，作家主体性的真正实现，就是作家的自我实现。而自我实现的过程就是作家对低境界的超越过程。超越的结果，导致作家的内在自由。因此，作家的主体意识，首先是作家的超越意识所造成的内在自由意识。作家的创作心理，按生存需求、安全需求、消极性归属需求、尊重需求和自我实现需求的顺序由低到高不断升华，这是从心理结构的角度来说的。而心理过程则是通过具体的创作实践反映出来的。优秀的作家都能自觉或不自觉地完成上述心理升华过程，因此，他们的创作实践一般都表现出三种特征，即超常性、超前性和超我性。所谓超常性，就是超越世俗的观念、生活的常规、传统的习惯性偏见的束缚。所谓超前性，即具有巨大的历史透视力和预见性，能超越世俗世界的时空界限。作家在掌握艺术与现实的关系时，既要尊重现实，又要超越现实，具有站在历史制高点的气魄，不管在何种社会生活环境中，他们都能采取一种积极的态度，对历史发展充满着预见性。他们尊重现实，但又不受现实的束缚，他们能充分地发现那些与现实不一致的，但预示着将来的理想因素，发现各种美的萌芽。这种超前意识，表现在作家对生活的态度上，不是消极的反映，而是积极的感应。超越性的第三个内容是超我性。刘再复认为，所谓超我性，就是作家把自我的感情推向社会，推向人类，在爱他人、爱人类中来实现个体的主体价值。此时，作家既有自我，又超越自我，重心在于对他人的爱。刘再复认为，作家的超越是无限的，主体性很强的作家总是把爱不断地朝着更深广的境界推移，最后达到一种高度的超我、无我的境界。达到这种境界的作家，他们身上已具备一种热爱人类的至情至性，他们的爱完全是超功利的，完全是自然而然的，他们在热烈地爱着，同情着，但自己毫无感觉。因此，从心理角度来看，作家的创造过程，可以说是一个自我—超我—无我的过程。刘再复同时认为，作家的自我实现，还要求作家必须担负起社会的责任和历史的使命。因此，作家主体性的实现，除了自由意识之外，又必须有高度的使命意识。即作家的作品必须对维持人类正常生活的道德规范和其他生活规范负责；作家的心灵必须与历史时代的脉搏相通，必须承担人世间的一切苦恼，承担历史留下的各种精神重担，即深广的忧患意识。这种忧患意识并不是个人的“患得患失”，也不是自我哀怜的戚戚之心，而是推己及人乃至推向全人类，与人世间的苦恼相通的博爱之心。而且，只有在这个时候，刘再复认为，作家的创造主体性才能得到充分的实现。

对于文学接受者的主体性，刘再复认为，以往流行的各种理论，总是忽视文学的接受者也是一个创造者，忽视文学接受过程的自我实现机制，从而取消了文学接受者的主体地位。对此，他指出，有必要在文论中强调接受主体的地位和能力，探讨接受者主体性的实现。对于文学接受者的主体性内涵，刘再复指出，它是指人在接受过程中发挥审美创造的能动性，在审美静观中实现人的自由自觉的本质，使不自由、不全面、不自觉的人复归为自由、全面、自觉的人。在这种意义上，他认为，整个文学接受的过程，就是人性复归的过程，也就是把人应有的价值、尊严和使命归还给人自身的过程。刘再复指出，在现实生活中，人由于受到各种自然力量和社会力量的束缚，自我无从得到实现，自己不能占有自己的本质，自身变成非自身。这就是人在现实生活中主体性的失落现象，但是，在现实生活中，刘再复认为，人往往意识不到自己主体性的这种失落。文艺也就在此时表现出了它的还原功能，人一旦进入审美情境，就会使自己尚处于沉睡中的主体意识觉醒，进而恢复这种意识，使自己重新占有自己的自由自觉的本质。基于此，刘再复指出，人类社会到目前为止，仍然处于“前史”状态，这种社会是有缺陷的，处于这种社会状态中的人，还不能充分、全面地占有自己的自由本质。但在艺术审美活动中，由于审美活动和审美关系的全面性和自由性，主体和客体不再处于片面的对立之中，客体成为真正的人的对象，并使人的全面发展的本质力量对象化。所以，在文艺欣赏活动中，人从现实世界的各种束缚中超越出来，并以全面、完整的人的资格重新审视现实。在这里，人自身复归为全面的完整的人，他用充分发展的、完整的人的眼光来看世界，因此，他能够重新发现自我，重新发现世界，在这一特定的时刻，自我和世界对他都会变成崭新的、陌生的天地。此时，人享受了人应当过的生活，获得人应当有的一切。于是，人的心境获得一种自由，一种解放，一种平衡。刘再复认为，在审美的世界里，人甚至把自己假设为能够征服一切、主宰一切的上帝，以彻底地超越自己的有限性，肯定自身的无限可为性，这个时候，人的主体就变得更加丰富有力，对客体的改造就显得更加积极。同时，他又指出，在文学接受活动中，人对自身本质的占有，最根本的是人对自己的自由情感的占有。而人的还原，归根结底，是人的情感的还原，是人的本应有的高贵情感在人身上的凯旋，是人重新获得人的自由情感的快乐。因此，在他看来，文学艺术与自然科学及社会科学相比，其优势就在于它能更充分地占有人的情感本质，在情感领域上获得自我实现，没有比文艺更尊重人的情感的东西。因此，在艺术活动中，人的还原，实际上是感情的神圣地位得到确认，是感情的存在得到充分尊重，是人自觉到情感的合理性，人间情谊的合理性。刘再复认为，“从总体上说，接受主体性的实现，是使人获得自我实现，使人的非自身复归为自身，把人应有的全面情感归还给人占有”。他而且还分别从以下三个方面分析了接受主体性实现的含义：第一，把不自由的人还原为自由的人；第二，把不全面的人还原为全面的人；第三，把不自觉的人变为自觉的人。对于文学接受主体性的实现，刘再复指出，除了依靠接受主体自我实现的机制之外，还有赖于接受主体的创造机制，即欣赏者的完善的审美心理结构，以发挥审美再创造的能动性。而在文学接受活动中，刘再复认为，审美心理结构是充满人的能动性和创造性的灵魂工程，依靠健全、强大的审美心理结构，人们在文学接受活动中“就能充分地占有自己的本质，把自己变成更充分发展的人”，从而在最大的程度上“占有自己的本质”。因此，他认为，具有完善的审美心理结构，既是人的创造机制，也是人的自我实现的机制，也就是接受主体性获得实现的根本所在。刘再复同时指出，我国在一个相当长的时期内，艺术接受者的审美主体性之所以失落，就是因为接受主体本身的审美心理结构受到严重的破坏，变得畸形化、简单化和粗糙化。因此，他呼吁人们要充分地注意文学接受者的主体性，把注意力集中在对文学接受者审美心理结构的构筑上。此外，刘再复还对批评家的主体性也进行了剖析。最后，他提出，文学主体性问题是文论建设上的大有可为的课题，它可以展示得极其丰富，这种展示可能会使我国的现代文论结构发生较大的变动。①

第二节　主体论的误区与理论界的反拨

1985 年 9 月 18 日，上海师范大学中文系组织讨论会讨论刘再复的《文学研究应以人为思维中心》一文，该讨论会的内容于 1985 年 9 月 30 日刊发于《文汇报》，参会者各抒己见，有对刘的赞许，也有批评。如吴世常就批评刘再复对人的含义界定不明确，它究竟是指文艺复兴时期人文主义的“人”还是费尔巴哈的人本主义的“人”，抑或近年来流行的文学是人学中的“人”？他认为刘再复并没有明确的界定，而且，刘再复将以往的文学研究都说成是“以阶级斗争为纲”，是独断论和机械决定论，

① 参见刘再复《论文学的主体性》，《文学评论》1985 年第 6 期、1986 年第 1 期。

吴世常认为，这显然于实不符、于理不公。他指出，在文学创作和欣赏中强调作家和读者的能动性是应该的，但不能过头。刘叔成也认为，刘文虽然问题提得很尖锐，但缺陷也在所难免。它不仅观点上自相矛盾，而且对历史上的复杂现象轻易下了否定结论，就像泼脏水把孩子也泼掉了一样。不过，不少学者则对刘再复的观点表示了欣赏和支持，如王纪人就说，他很欣赏刘再复的文章，并认为它的价值在于开拓了文论研究的思维空间，而不在于其某些具体结论。汪天云也指出，刘文高屋建瓴，提出了改革文学观念的根本性问题，他并且赞成刘再复的文学研究应以人为思维中心的观点。石汝祥则指出，刘文抓住了现实中存在的问题的要害，他指出，忽视人的主体性的独断论和机械论在我国文艺界长期存在，要改变这种状况，就应该从被发展了的人的主观能动的方面出发去了解世界上各种文艺流派的主张和文论，扩大人们的视野。1985 年 11 月 18 日，《文汇报》刊发《文学研究的思维中心是人与社会历史的联系——与刘再复同志商榷》一文。文章首先对刘再复《文学研究思维空间的拓展》和《文学研究应以人为思维中心》中所提出的文学的“内部规律”“外部规律”及文学研究“回复到自身”的说法提出批判，作者认为，“把文学的规律性分成内部的与外部的，并没有从根本上跳出那种把文艺割裂为‘思想性’、‘艺术性’两分家的观点”，“如果借用再复同志的提法，我认为‘外部规律’只有通过‘内部规律’才能起作用，在文学中，二者是高度统一不可割裂的”。但刘再复把文学的规律区分为内部规律和外部规律，而且又强调要回到文学自身，这显然是只重视内部规律而忽视外部规律，有矫枉过正的嫌疑。对于刘再复提出的“使我们文学研究从教条主义体系下解放出来，恢复马克思主义思想体系中关于人的主体地位”的观点，作者表示了同意，但同时又指出，马克思主义关于人的主体性理论，并不能推导出“文学研究应以人为思维中心”的结论。作者认为，马克思主义关于主体性的理论，不但要求把作为主体的人当作在一定的社会历史条件下从事着实践活动的人、主体能力作为人的本质力量实际上是一种社会力量，同时，它还强调，主体能力的展现，只能是在具体的主客体的对象性关系中。这样，文学作品就永远包括两种反映，即“作家对客体的反映、作家的自我表现”，但它们却是创作主体和社会历史的联系，因此，文学的思维中心应是“人与社会历史的联系”[①]。几乎紧随此文，何西来在《文汇报》发表《主体意识的觉醒——刘再复〈文学研究应以人为思维中心〉之我见》一文，对刘再复《文学研究应以人为思维中心》中提出的基本观点和论述方向表示支持。何西来指出，刘再复能够提出这样一个问题，本身就是一种“贡献”。同时，对于上文的“文学研究的思维中心是人与社会历史的联系”的观点，何西来认为，“这个提法，反倒使文学研究的思维中心变得模糊了”。他指出，刘再复把人作为文学研究的思维中心的提法本身就已经包含上文所谓的补充，因此，上文的做法不过是“屋内架屋，床上叠床”。就上文对刘再复内部规律和外部规律的分法及文学研究回归自身的质疑，何西来指出，文学研究的内部、外部的分法并非始自刘再复，他不过使用了一个现成的说法，而且对这种内外之分，文论界本来就有不同的看法。但是，他指出，在没有找到更好的划分界说以前，用内部规律和外部规律来表示文学系统与其他系统及文学系统内部各子系统之间的联系方式、性质和规律未始不是一种方法。同时，对上文批评刘再复的这种内外之分依旧没有跳出把文学割裂为思想性和艺术性的误区问题，何西来也提出了商榷。[②] 除上文外，何西来还认为，“文学主体性问题的提出，事关文学观念变革的宏观走向”，而且，针对那种认为刘再复“不是在一个问题上，而是在一系列马克思主义的根本问题上批评马克思主义”的观点，何西来提出了质疑，他指出，把纲上得“这么高”，无助于“学术问题的解决”。在他看来，“刘再复文学主体性的提出，是在马克思主义基本原理的指导下，对文艺理论的一个一向被忽视了的方面所进行的大胆的探索。单是提出这个问题就是有意义的”。因此，他认为，刘再复关于主体性问题的探讨是“有益的”，从总体来看，这种探讨符合时代的需要；从局部的文艺界的实情来看，这种探讨是出于对具体的文艺发展历史的反思，并且基于这种反思对于文艺自身的某些重要方面提出了自己的一些设想。这些设

① 董子竹：《文学研究的思维中心是人与社会历史的联系——与刘再复同志商榷》，《文汇报》1985 年 11 月 18 日。

② 参见何西来《主体意识的觉醒——刘再复〈文学研究应以人为思维中心〉之我见》，《文汇报》1985 年 11 月 25 日。

想，“针对着理论上曾经被人们有意无意地忽视了的方面大胆地发表了自己的见解。[①]”

针对刘再复的《论文学的主体性》一文，中国社会科学院文学所于1986年2月18日和3月1日分别组织了两次讨论会对该文进行讨论。会上，杜书瀛指出，刘再复关于文学主体性的某些提法、某些观点、某些论述，尽管有可以商榷之处，但它不失为一个富有探索精神并能够给人以多方面启发的提法。他认为，文学主体论的根本精神在于强调人作为历史的主体、历史的创造者的本质、特点、价值、地位，并由此出发确定主体对文学活动的意义和作用，提倡文学活动的各个环节都要以人为本，为中心，为目的。他指出，如果避免了对人的抽象化理解，从历史唯物主义的立场来理解人，文学主体论显然“是有道理的”。同时，杜书瀛提出，文学艺术活动作为充分体现着人的本质、人的主体力量的活动，“就更不能忽视和失落主体、忽视和失落主体的伟大创造力量”。钱竞认为，刘再复文学主体论的立足点是“人本主义哲学、人道主义伦理学”，基本思想是“文学创作和文学研究的两项战略重点转移”。这个基本思想体现在文学创作上，就是从反映外部世界转入表现“内宇宙”，从“文学是人学”转为文学是人的“灵魂学、性格学、精神主体学”；在文学研究上，将其重心转移为强调理解“作家的特殊心态和特殊的思维方式”“理解作家的情感特点”。同时，钱竞对刘再复所倡导的泛爱、博爱精神进行了批判，他认为，作为个人的一种实践，刘再复的这种博爱精神“是可以理解的”，但作为一种理论，则是“不能令人满意和接受的”，“不客气地说，过分相信爱与善的伟力，是虚幻的乐观主义，并不比佛教、基督教高明，在二十世纪的今天，仍然是美丽而多余的梦”。王淑秧则指出，刘再复在探讨主体性在文学创作中的地位和作用时，“人为地把主体性和客体性完全割裂开来”，没有看到两者的辩证关系。她认为，强调文学的主体性，不应忽视它对客体的“依存关系”，任何意识都是“存在的反映”，主体的思想、情感、心理状态归根结底也是一定的生活、存在的反映。不仅如此，她还提出了文学主体性的流动性问题。她指出，“一切主

① 何西来：《对于当前我国文艺理论发展态势的几点认识》，《文艺争鸣》1986年第4期。

体性都是一种历史存在。它的差异取决于历史条件的变化。不同时代的作家在不同的历史时期，他的主体性是有发展有变化有差异的”。这就是说，“主体是发展的，不是超历史的、抽象的、先验的存在，而是历史的，具体的，能动的，变化的，是受到历史的制约的”。同时，她认为，创作主体的流动性还指它所“拥有的巨大的创造力或倒退的现象”。一个作家，如果不囿于艺术的陈规，自觉认识到创造是艺术的生命，不懈地在艺术实践中发展自己的艺术感受力、想象力和表现力，努力扩展自己的知识视野，扩展自己生活的领域，努力攀登时代思想的高峰，那么他的“主体的创造力就会得到更大甚至辉煌的发挥”。反之，如果墨守成规，习惯于搞公式化、模式化，他的主体的创造性就可能等于零，甚至向相反的方向流动，“虽然他也可能写出不少作品，但未必有一部谈得上对人类艺术发展有所贡献”。王善忠对刘再复在概念范畴运用上的不规范性也进行了批评。他指出，刘再复“把人的主体性划分为实践主体性和精神主体性，把实践对象与认识对象分开。并认为当人的精神能力被限制时，也就丧失了在实践中的主体性”，并且强调人的精神世界是一个“独立的自然宇宙”。很显然，“这些术语以及它们之间的关系是很难经得住认真地推敲”的。对于刘再复文学主体论中“对象主体”的提法，袁红和何西来等都表达了反对意见。袁红认为，刘再复在论证“作品中的人物形象”是主体（即对象主体）的时候，不仅证据不足，甚至在论证上也存在着失误：首先，在对“对象”概念内涵的界定上没有保持自始至终的一致；其次，始终把现实的人同文学作品中的人物形象混为一谈，进而从现实中的人既是主体又是对象这样的二重性出发来论证文学中的人在性质上也具有既是主体又是对象的二重性，忽视了“现实世界与文学世界是具有质的相异性的”。何西来则认为，文学的对象是客观现实，这种客观现实包括自然界和人类社会，在尚未进入作家的创作过程、成为作家描写对象的客观现实中，人与大自然、与社会环境是对立的，在这种对立中，人是主体，不仅是实践的主体、思维的主体，而且是创造历史的主体。而他身外的自然与社会，则是客体，是对象。何西来指出，进入创作过程后，客观现实，包括人及环绕他的自然和社会，都转化为作家描写的对象，而与其对立着。此时，只有作家才是主体，而原本在社会生活中作为主体的人，则都变成了客体，不再具有主体的性质。这时，作家所要描写的人物，一般都有其自身的性格逻辑，不是听凭摆布的玩偶，而且，这种逻辑具有不以作家主观意志为转移的客观性质。作家按照这种逻辑进行描写，既不是对象主体对创造主体的违扭，也不是创造主体对对象主体的屈从，而是创造主体对于某种客观规律性的顺应。因此，何西来指出，对象主体的提法“似可推敲”。[①]

应该说，以上对刘再复主体论问题的讨论都是学术内部的纷争，虽然有不同的意见，即使尖锐的批评，也都是持商榷的态度，但陈涌的《文艺学方法论问题》一文，则使这种学术内部的纷争升级为一种上纲上线的批判。主体性问题的论争由此开始充满了大批判的色彩。1986 年，陈涌在《红旗》第 8 期发表《文艺学方法论问题》一文，该文认为，从马克思主义的观点看，文艺同时具备与其他社会意识形态共同的本质、共同的规律和文艺自身的特殊的本质、特殊的规律，它们是互相联系又互相区别的。对于文艺学的研究方法，他认为就是要正确地解决文艺作为社会意识形态的普遍的本质和文艺作为反映生活的特有方式的特殊本质的关系问题。陈涌认为，马克思主义文艺学的方法论，只能建立在历史唯物主义的意识形态论和辩证唯物主义的认识论的基础上。在过去相当长的时期里，他指出，由于“左”倾思想的影响，人们主要关注文艺和其他意识形态共同的方面，而较少注意其与其他意识形态不同的方面，很少注意到文艺的特殊本质。这种教条主义的方法，不仅使我们忽视对文艺的特殊性的研究，而且在创作实践上也不能真正发挥艺术所独有的，为其他意识形态部门所不能代替的特殊功能。但和过去相反，现在又出现了新情况，出现了形形色色借口文艺的特殊性来排斥其社会意识形态性的观点。马克思主义关于意识形态的理论——历史唯物主义的意识形态论和辩证唯物主义的认识论，被认为是过时的“传统观念”“传统方法”，应该用“新观念”“新方法”去代替之。在这里，马克思主义被做出种种并不符合它的原貌的解释，实际上是被歪曲、被漫画化了。他认

① 参见中国社会科学院文学研究所文艺理论研究室《自由地讨论 深入地探索——关于刘再复〈论文学的主体性〉一文的讨论》，《文学评论》1986 年第 3 期。

为，这些问题不是枝节问题，也不是个别理论问题，而是直接关系如何对待马克思主义的基本原理的问题，是关系社会主义文艺命运的问题。他指出，刘再复的《论文学的主体性》批评过去在文艺方面确实存在的有关存在和意识、主体和客体、自由和必然的机械唯物主义，并非“没有根据”，但问题在于，他没有把有些人在解释和应用马克思主义观点时的错误同马克思主义的本来面目区别开来，却在否定这些错误时，连同在这些问题上的马克思主义的观点和方法也一起否定了。针对刘再复所提出的“人具有二重属性：一是受动性，一是能动性。人作为一种客观存在，表现出受动性，即受制于一定的自然关系和社会关系。人作为行动着的人，实践着的人，则表现出能动性，即按照自己的意志、能力、创造性在行动，支配着外部世界。我们强调主体性，就是强调人的能动性，强调人的意志、能力、创造性，强调人的力量，强调主体结构在历史运动中的地位和价值”的观点，陈涌认为，人确实具有受动和能动两重属性，但是，作为一种客观存在的人和作为行动着的人是无法分开来的，客观存在的人就是行动着的人，因此，无论如何也不能把人的受动性归于作为一种客观存在的人，而把其能动性归于行动着的人。陈涌反驳说，我们“怎么能够把人‘作为一种客观存在’和‘作为行动着的人’分割开来呢？难道客观存在的人不就是行动着的人吗？难道行动着的人不是客观存在的人吗？怎么能够把人的‘受动性’归属于‘作为一种客观存在的人’，而把‘能动性’归属于‘行动着的人’呢？难道客观存在的人不具有能动性？难道‘行动着的人’不具有受动性？也就是说，不受制于一定的自然关系和社会关系而凭自己的意志能力去支配外部世界”。基于此，陈涌指出，“离开社会实践，谈论人的受动性和能动性，不是回到机械唯物主义的直观反映论，就是走向主观唯心主义。刘再复同志在他的文章里反复谈到了‘自我实现’、‘主体性’、‘能动性’等等，但却忽视了所谓‘自我实现’或‘行动着的人’发挥主体能动作用的基础和前提”。陈涌指出，客观存在着的人也就是行动着的人，行动着的人也就是客观存在的人，这是马克思主义区别于前此以往的一切哲学，一切关于人的学说的焦点和核心。因此，人就是作为实践的主体客观存在着，无论是受动性还是能动性都是由实践着的人体现的，都是在实践中实现的，离开社会实践，谈论人的受动性和能动性，不是回到机械唯物主义的直观反映论，就是走向主观唯心主义。所以，刘再复反复谈“自我实现”“主体性”“能动性”等，但却忽视了所谓“自我实现”或“行动着的人”发挥主体能动作用的基础和前提。陈涌指出，应该首先肯定的是，不存在超越时空、超越社会历史条件的“行动着的人”的主体性，不存在无条件的、可以无限扩张的主观能动性或主体性的“自我实现”，社会生活的任何方面都是这样，在文艺方面也是这样。文艺没有绝对的独立性，只有相对的独立性。文艺、文艺的历史、文艺的审美特点，归根到底，只能从一定的社会经济关系中去求得解释。那种把文艺与经济、政治的关系，与生活的关系看作“外部规律”，而要求回到文艺的“审美特点自身”的观点，是离开了马克思主义的唯物主义的。①

1986 年 5 月 6 日，红旗杂志社邀请在京学者 40 余人就如何更好地贯彻“双百”方针及发展文艺理论问题召开座谈会，参会学者就文学主体性问题展开了讨论。有学者认为，陈涌《文艺学方法论问题》的一些观点无论从学术上还是理论上说都是对的，如他对刘再复提出的人的“受动性”和“能动性”分析的批评等。但有学者也指出，陈文在整个批评态度上值得商榷，它反复重申刘文的观点关系马克思主义在中国的命运，关系社会主义文艺在中国的命运，这种态度有失平和，因为不管刘文有多大失误，它毕竟还是理论问题、学术问题，不涉及政治问题。陈涌下这样的结论显然过于言重。退一步说，即便是刘再复有违背马克思主义的言论，它也不可能严重到关乎“马克思主义在中国的命运”问题。同时，与会学者还认为，陈涌批评刘再复脱离一个时代的政治经济状况，脱离现实生活，脱离文艺是生活的反映这个基本观念来谈论审美问题，这是不可取、行不通的，但他自己恰恰在这个问题上也有失误，如他对近年来的创作和文艺评论的进展不甚了解，无视新时期以来文艺突破性的发展，引用的材料都很陈旧，就连最近的列宁对托尔斯泰的分析，距今也都七八十年了，这样的文章说是二三十年前写的也可以。也有学者指出，陈文的观点是明确的，意思是清楚的，但有些空洞，没有时代感，

① 参见陈涌《文艺学方法论问题》，《红旗》1986 年第 8 期。

因此说服力不强，给人的印象是，对倒是对，但不解渴，不解决实际问题，都是过去教科书上的那些东西。相比之下，刘文即使片面、不完全，却是根据现实提出的问题，有深刻的现实感、时代感、历史感，是生气勃勃的，勇于吸收新的东西，有创新精神，提出了许多新问题，虽然他的某些观点值得商榷，但还是能促人思考。有些学者则认为陈文宣传了马克思主义的基本理论，好久没有看到这样有分量的文章了。现在之所以需要重新阐述马克思主义的基本原理、基本常识，是因为有的人连这些都抛弃或忘却了。所以，陈文有很强的时代感、历史感和紧迫感，是联系实际的，这实际就是刘文的具体观点，就是当前出现的某些文艺思潮。不仅如此，这些学者还指出，既然刘文认为我们的文学批评从20世纪30年代开始到现在，大体上是庸俗的阶级斗争论和直观反映论，这怎么能说就不关系马克思主义的命运和社会主义文艺的命运呢？更何况陈文在提到马克思主义的命运和社会主义文艺的命运时，都是泛指对于马克思主义原理弃置不顾，甚至加以贬斥等不正常现象，并非专指哪位作者、何篇文章。理论学术上的是非对错不能由领导、由报刊做结论是对的，但个人写文章连论断也不许下怎么可能？如此，怎么能把问题讨论清楚？人们可以赞成，也可以反对陈的观点，但不能说它就是扣政治帽子，就是把理论问题、思想问题当成了政治问题。进一步看，指出某个作者的文艺观点不符合或违背了马克思主义理论，仍然是理论学术范围里的事，绝非就是对作者下什么政治结论。《红旗》杂志于同年第11期刊发了本次文艺座谈会的综述，但对于这个综述，也有学者认为其本身的立场有失公允。如陈传康就曾指出，该综述指责刘再复的文学主体论有失误、不完全、太片面，进而肯定陈对刘的批判，其“偏向性是很明显的”①。

由于文学主体论问题触及当代中国文论中的一些本源性的问题，因此，在经历了陈涌的批判和多次讨论会后，理论界对这一问题的讨论继续深化。总体上看，这些讨论主要集中在以下几个方面。

第一，对主体、主体性及主体与客体关系的认知。如禹雄华认为，主体是相对于作为它认识、实践对象的客体来说的，因此，离开了客体

① 陈传康：《哲学改革与文学主体性》，《文学自由谈》1986年第6期。

也就无所谓主体、主体性了，而且，主体性也只是在与客体的关系上相对客体来说的主体性，即客体和主客体的关系是主体、主体性存在的“基础和前提”，离开这个前提来谈主体和主体性，是不可能得出“正确的结论的”。刘再复的错误就在于他在判断人是主体还是客体时，不是把人放在主客体的关系中来考察，“而是完全脱离了这样一个关系”。他指出，刘在论述“人作为存在是客体，而人在实践中，在行动时则是主体”时，显然是以“存在”和“在实践中，在行动时”的标尺来区别客体和主体的。那么，我们不禁要问，“在实践中，在行动时”的人，就不是“存在”的人？这显然是脱离主客体的关系来谈主客体所闹出的“笑话”。禹雄华认为，谁为主体，谁为客体，这不是由哪个人的主观随意性来决定的，而是由双方在关系中的作用和地位规定的。离开事物之间的具体关系来谈主体和客体是不可能得出正确结论的。同时，他还指出，刘再复对主体、客体的含义也做了“望文生义的理解”，如他把“存在”的人作为客体，那就意味着他物成了与存在的人这个客体相对的主体，“承认除人之外的物也是可以成为主体的”，这显然混淆了人是有思想意识的、人对物的作用是“有意识有目的主动的”与物对人的作用是“无意识无目的自然本能的”这样的本质区别。此外，禹雄华还指出了刘再复存在着根据自己建构主体性理论的需要而“主观任意地裁定什么为主体”的问题。他还举例说，刘再复为了突出其理论中主体的地位，随意地把作家裁定为创造主体，把作家笔下的人物裁定为对象主体，把读者裁定为接受主体，从根本上忽视了他们之所以成为主体，应当根据其“在各自所处的具体关系中的作用和地位来决定”这一基本原理，陷入了事物的各方都是主体而没有客体，但没有客体又何来主体的自相矛盾。同时，禹雄华还认为刘再复在对主体性的理解上也是随意的。例如，他在肯定人有受动性和能动性二重属性后，断然地把受动性甩给了作为客观存在的客体的人，而把能动性，即主体性赋予了“行动着的人，实践着的人”，这样，在他眼中，似乎只有作为存在的客体的人，才会“受制于一定的自然关系和社会关系”，而“行动着的人，实践着的人，则表现出能动性，即按照自己的意志、能力、创造性在行动，支配着外部世界”。这样，他理论中认定的主体就获得了可以不受任何自然关系和社会关系制约的所谓的“主体性”。禹雄华指出，这不是主体性，而是“神性”。而对于刘再复提出中国文学主体性失落的问题，禹雄华也提出了异议。他指出，文学主体性的含义，应当是指“作为文学活动主体的人，在对客观对象的反映和改造活动中的主观能动性”。在创作活动中它主要表现为作家在以艺术的方式反映客观对象时的自主性和创造精神；在欣赏活动中它则主要表现为欣赏者以审美的方式把握欣赏对象的主动性和再创造精神。因此，文学主体性的失落实际就是指“作家创作的自主性和创造精神与欣赏者欣赏的主动性和再创造精神的丧失”。由于刘再复没有把主体、主体性建立在主客体关系的基础上，因此，他所谓的主体性的失落，实质上指的是“主观随意性的失落”，也即“神性”的失落。对于刘再复认为的人的精神世界是一个绝对独立于客观世界的另一个自然、另一个宇宙，它有着自己的导向、自己的形式、自己的矢量、自己的历史，是一个与外部世界毫无关系的自我封闭、自我运动的世界，这样，作家的创作就只需打开自己的精神世界的大门，将其中一切最美好的东西推向社会、推向整个人类就可以了的观点，禹雄华指出，显然，在刘再复这里，“物质和精神的决定与被决定的关系，意识与存在的反映与被反映的关系都不复存在。客观与主观相互作用的双向关系也变成了主观作用客观的单向关系。在这种关系中，只有由内向外的精神的爱的推移，没有由外到内的存在信息的输入；只容许由内向外爱的推移的绝对自由，不容许由外对内的规定和制约”。而且，一旦有外界的规定和制约，在刘再复眼里，那就成了“主体性的失落”。正是如此，刘再复得出了“我国文学在相当长的一个时期，普遍地发生了主体性失落的现象”的结论。对此，禹雄华认为，“人的精神世界尽管有它相对的独立性，但归根结底，客观物质世界是它的本源。离开了客观物质世界，精神世界就是无源之水、无本之木”。同理，作家离开了现实世界，精神世界必然会贫乏枯竭，而刘再复宣扬的那种脱离客观世界的主体性也必然会失落。因此，无论过去、现在还是将来，刘再复所谓的文学的主体性永远也不会有“振兴的时候”[①]。赖大仁也指出，文学主体性的提出无疑是新时期文学观

① 禹雄华：《主体性与文学主体性问题》，《湖湘论坛》1991年第1期。

念变革的“又一次推进”，它把整个文学活动“作为一个系统来看待”，从文学主体方面入手揭示整个文学活动系统的特质，认为文学活动既不只是单纯反映、认识生活，也不只是纯粹表现、宣泄自我情感，而是“更为自觉积极的主体选择”，是人的自由自觉生命活动的一种实现方式。因此，从其基本精神来看，应当说“是具有积极的意义和价值的”。他认为，文学主体论的建设性意义体现在，一方面它为观照反思以往的文学提供了一条新的思路。正是由于从主体的角度着眼过去的文学，人们才开始意识到以往文学中存在的最根本的问题就在于“文学主体性的失落”。而新时期文学突破传统观念模式的束缚不断地创新发展，也是与文学主体性的不断觉醒和强化相联系的。另一方面，文学主体论也为建构新的文学观念和更为自由自觉的文学提供了一个新的理论支点。以往仅从机械反映论或表现论方面来说明文学的特质和建构文学形态，应当说都是肤浅甚至是片面的，这两种文学观之间的矛盾也似乎总是难以调和。但是，从主体论也即从人这个主体的感性存在及其审美实践的方面着眼，就有可能辩证地说明文学的主客体关系、文学的社会本质与审美本质的关系，进而解决文学反映生活和表现主观情志的矛盾，这更切合文学自身的品格特性，也更切合人们从事文学活动的内在要求。不过，赖大仁指出，文学主体论显然还没有很好地解决这些问题，尚需学界进一步深入探讨。同时，赖大仁认为，文学主体论在对主体性的内涵的理解及如何建构当代文学的主体性等问题上，明显存在“片面性和偏颇”。他指出，首先，文学主体论基本上是以个体自我意识为基础，作为其理论核心的“自我实现”观念，来源于马斯洛关于人的需要及其实现的学说。但马氏却是在脱离一定的社会关系、社会条件，从孤立的个体意义上来谈人的需要的满足及其自我实现的，这样，他所说的“自我实现”差不多就仅限于个体自身的一种近乎理想状态的精神体验。文学主体论在借用其的同时未能超出其局限，忽视了具有社会意识形态特性的文学活动并非人的一般生存需要及其满足那样只是个体的行为，文学的主体性及其实现也不能只是个体自我的主体意识和自我价值的实现。这样，这种建立在个体自我意识基础上的文学主体性，其意义是“十分有限的”。其次，文学主体论把人的主体性区分为实践主体性和精神主体性，把人们在文学活动中所追求的自我实现看成精神主体性的实现，其指向就是要使现实中不自由、不完整、不全面的人在精神上、在文学审美活动中还原或复归为自由、完整、全面的人。赖大仁认为，这种撇开人的现实实践活动孤立地看待文学活动和强调精神主体性的自我实现显然也是偏颇的。再次，文学主体论的思想核心亦即“自我实现”所追求的终极目标是爱、大爱、普泛的人类之爱，如它主张作家的自我实现不只是获得个人的小自由，而是要推己及人，把自己精神世界中美好的东西，把自己的爱，推向社会人类，爱所推移的领域愈深广，自我实现的程度便愈高；爱所达到的领域无限，自我实现的程度也无限。赖大仁认为，这种泛爱情感作为对过去“以阶级斗争为纲”和“文艺是阶级斗争的工具”的反拨，是可以理解的，但作为一种理论主张却是不妥的。对此，他认为，其一，从文学本身来说当然不能没有爱，凡真诚的作家无不在创作中表现出对祖国、对人民、对生活的爱，但也必然会有对不合理社会现实，对一切丑恶事物的憎恶、揭露、鞭挞和批判，文学所表现的复杂内容和所担负的社会责任并非单纯的“爱”字就能概括，而且也容易引起误解。其二，在社会生活领域，幻想让文学充当爱的圣水去化解现实矛盾、改良社会则更是天真的。对于人类社会一切不合理现象，如封建主义、资本主义的一切压抑、戕害人性的东西，是不能希冀通过文学的爱去感化、消除的。人类历史上曾不乏真诚的人道主义思想家和艺术家，但其爱的善良说教并不能使人与社会自我完善，相反这种泛爱的五彩烟雾倒是容易使善者迷醉、恶者逃遁。改造社会、推动社会进步，必要的严肃斗争（包括以文学方式进行的斗争）也是难以避免的。因此，赖大仁指出，没有这种清醒的意识，一切所谓的主体性就不能说是充分自觉的。①

第二，批评文学主体论背离了社会主义文艺的方向。如蒋茂礼认为，文学主体论首先是“对社会主义文艺方向的背离”。他指出，社会主义文艺的“根本方向和原则”就是“为广大人民群众服务”，但文学主体论所要超越和否定的首先就是“这一根本方向和原则”。他指出，刘再复是通过把“文学是人学”命题加以“资产阶级人本主义化和主观唯心主义

① 参见赖大仁《关于文学主体论的思考》，《中国人民大学学报》1990年第1期。

化”，进而宣扬“绝对的文学主体性”，来对文艺为人民服务的方向加以“超越”和“否定的”。他指出，“文学是人学”命题既可用历史唯物主义观点给予科学解释，也可用资产阶级人本主义观点即唯心史观将其人本主义、人道主义化。刘再复采用的就是后一种做法。他把该命题中的“人学”加以人本主义化和人道主义化，指责历史唯物主义确立了“社会的人”的观念，而忘记了社会是“人的社会”，即社会是以人为主体，以人为中心的社会。从而把“社会人”与“人的社会”割裂和对立起来，这是对历史唯物主义基本原理的“严重歪曲”，是“十分荒谬的唯心史观”。而且，其所宣扬的人是目的、不是手段的观点也是极其荒谬的。蒋茂礼指出，如果整个社会中的人都成为目的，不是手段，人人都只知道索取来满足自身的需要，那么，人类社会“就一天也不能存在下去”。对于刘再复宣扬的人的精神主体性并把人的精神世界作为主体视为一个独立的、无比丰富的神秘世界及人类历史运动和前进动因的观点，蒋茂礼指出，这种把人的精神世界不仅当作一个独立自主的主体，而且认为其具有创造自己主体地位，具有“制约和支配”外在世界、推动历史前进的功能，是典型的“主观唯心主义和唯心史观”。蒋茂礼认为，经过刘再复的资产阶级人本主义化、人道主义化和主观唯心主义化的解释，文学就“变成只是表现那种超社会、超历史的，具有绝对独立自主性与创造功能的人的精神世界的‘深层精神主体学’和宣扬抽象‘人性’以及‘最普遍人道精神’的文学”。对于刘再复认为的文学主体性的关键是作家主体性的实现，并借马斯洛的人本主义心理学来论证作家主体性实现的问题，蒋茂礼也提出了批评。他指出，首先，马斯洛的理论是建立在健康人与有疾病的人的比较基础上的，他把最健康的人作为人类最好的样品，这种只从健康的人与有疾病的人相比较出发来说明人的心理需求和实现问题，是一种超阶级超历史的观点和方法，是绝不能得出科学的论断的。其次，马斯洛的五层次说把自我实现作为人的心理需求的最高层次，而且又将这种自我实现只是规定为自我的各种“潜能”和“智能”的充分发挥和实现，这实质上宣扬的是极端个人主义的价值观和人生观。最后，马斯洛宣扬自我实现的途径是依靠自我选择和自我奋斗，这又是一种历史唯心论。因此，刘再复不仅搬用马斯洛的理论且对之进行了

“随意发挥”，这显然是“更荒谬”的。对于刘再复将文学与经济基础及上层建筑中其他意识形态之间的关系视为文学的外部规律，宣称文学具有自身的“内部规律”，应该“回复到自身”及批评以往的文学研究带有旧唯物主义的缺点，只是从客体或直观形式去理解文学，因而发生了客体绝对化倾斜的观点，蒋茂礼指出，刘再复这里所说的客体，毫无疑问首先指的是经济基础。这显然采用的是“对事实先加以歪曲然后进行攻击的手法”。事实情况是，历史唯物主义从来没有说过经济基础对文学具有“绝对化”的决定作用。历史唯物主义虽然认为文学具有上层建筑性质，其发展和社会本质归根结底为一定的经济基础所决定和制约，但历史唯物主义也认为文学具有相对的独立性，它积极地反作用于经济基础，为它所从属的经济基础服务，而且，历史唯物主义还强调文学的发展与经济基础间的不平衡关系。但刘再复却无视这些内容进而对历史唯物主义关于经济基础与文学关系的论断加以攻击，其目的就是要使“社会主义文艺完全摆脱掉社会主义经济基础对它的决定和制约作用”，使它“独立自主”地自由化发展，从而改变社会主义文艺的性质。最后，蒋茂礼指出，刘再复通过构筑文学主体论，全面否定社会主义文学和社会主义文艺方向，但这只是“枉费心机的”，因为他的这套东西“根本违反了历史发展的必然”，违反了“我国广大人民的历史选择”，也违反了“我国广大社会主义文艺工作者的历史选择”，必会遭到“历史的唾弃”。[①]

不过，有学者并不认同文学主体论背离了社会主义文艺方向的观点，而是指出，文学主体论“是马克思主义文艺学的一个学派”，袁金刚就持此论。他认为，文学主体论的出现不是“偶然的”，而是“针对我国的现实生活、文学发展和解放以来的文艺学深刻反思的产物”。他指出，文学主体论自觉地“以马克思主义哲学本体论为理论基础”，认为马克思主义哲学本体论并不是“唯物主义与历史彼此完全脱离”的物质存在本体论，而是“人的活动的理论”，充分“强调人的活动对于整个世界存在和发展的决定作用”，彻底地划清了马克思主义与一切旧唯物主义的界限，鲜明

① 参见蒋茂礼《“文学主体论”对社会主义文艺方向的背离》，《文艺理论与批评》1991年第1期。

地标志出马克思主义哲学是“关于人的哲学”，我们的任务不仅在于认识世界，更重要的在于改造世界的“实践的唯物主义”的本质特征，真正将存在与意识的关系统一起来，维护了马克思主义哲学严密的整体性。袁金刚指出，哲学本体论是马克思主义哲学最基本的观点，它要求从作为主体的人的积极的、能动的、创造性的活动方面去理解文学，把文学视为“主体进行的一种审美的创造性活动”，这有利于“从活动的整体结构和运动过程全面地把握文学”，把文学主体与客体之间的关系看作一种“审美的创造性活动的关系”，其中包括认识关系和价值关系，这既突出了文学主体与客体的根本联系，又揭示了其“多层次的复杂关系”，在这种审美的创造性活动的关系中，在承认文学主体与客体交互作用、彼此制约的基础上，强调文学主体的决定作用，正确地把握了“文学活动得以进行的原因和动力”。因此，以人的活动的本体论为理论基础，文学主体论就获得了一种“崭新的眼光和思路”，有助于科学地解决种种复杂的文学问题，建立起马克思主义的“一种具有新的形态的文艺学”。同时，袁金刚认为，在马克思主义哲学关于人的活动的理论指导下，文学主体论具体地研究了文学，形成了自己的研究对象、理论内容和研究方法，大体上具备了构成马克思主义文艺学的一个学派的基本条件。同时，他认为，文艺学的研究对象问题，是一个极其重要的问题，马克思主义哲学本体论认为，世界是由“人的活动构成的”，它的存在就是“人的活动”。这不仅从根本上揭示出整个世界的奥秘，也从总体上为“各门学科提供了研究对象”。主体的文学活动作为人的多种形态之一的特殊活动，理应成为文艺学的“研究对象”，只有研究“人的文学活动”，各种各样的文学现象“才能得到合情合理的解释与说明”。此外，袁金刚还认为，文学主体论认为文艺学的研究对象是“作为主体的人的文学活动”，这与反映论的研究对象就有着鲜明的区别。在他看来，反映论把以文学作品为主的文学现象作为研究对象，存在着“明显的缺陷”，难以“从整体上把握”之。主体论则相反，将“主体的文学活动”作为研究对象，这便于“从总体上把握”，这个对象不仅囊括各种具体的文学现象，而且使它们构成一个“有序的活动系统”。因为，各种具体的文学现象都不过是在文学活动中产生的，或者作为文学活动的条件而存在，或者作为文学活动的过程与结果而存在，都是文学活动不可或缺的“结构要素”，并居于一定的地位，发挥一定的功能。因此，“主体的文学活动”统一了各种具体的文学现象，具有完备性和整体性，把握住它，也就把握住了有机联系的所有的文学现象，能够保证文学研究沿着科学的道路前进。①

第三，对文学主体论的“对象主体性失落”问题的质疑。针对刘再复所批评的中国文学主体性失落的问题，敏泽指出，无论从文学创作还是文学理论来看，这都是一个伪命题。从创作来看，他指出，不说其他，但就“五四”以后的一些最重要的作家，如鲁迅、郭沫若、茅盾、丁玲、沙汀、艾芜、艾青、田间等革命作家及巴金、曹禺、老舍等进步作家来看，他们都是有着自己的主体性的。同样，梁斌的《红旗谱》，吴强的《红日》，杜鹏程的《保卫延安》，杨益言、罗广斌的《红岩》，杨沫的《青春之歌》，孙犁、康濯的某些短篇及孙峻青、徐光耀等众多优秀作家的优秀作品，也都不可能因为刘再复所谓的“几十年不变的独断论和机械决定论的思维模式”及“长期占统治地位”的“机械反映论”而失落了自己的主体性。再从文学理论来看，他认为，革命文学兴起后，在很长时期内所提倡和强调的世界观问题，很显然是属于作家主体性范畴内的一个重要的问题。同时，在新文学的发展历史上，鲁迅始终不懈地坚持文学的革命原则性，敢于和以“左”为特点的教条主义进行斗争，反对把文学等同于一般宣传和革命口号，既坚持文学的阶级性，又反对对人性的简单化等，都表明鲁迅是一个充分发挥文学主体性的光辉典范。此外，像冯雪峰强调艺术创作中作家主观的战斗热情或“主观力”及胡风所提出的“主观战斗精神”，都是强调文学主体性的作用的。敏泽指出，在特殊的年代，许多学者为了坚持这样的真理，甚至付出了惨重的代价，怎么可以对此一笔抹杀？这样做，对于历史实在是太不公正了。因此，敏泽认为，主体的人总是历史的、具体的，这并非马克思主义者的偏见，而是一个为古今中外文学史的发展一再证明的普遍原则。像文学主体论那种热衷于把主体的精神、心理抽象起来，宣扬超越于具体历史之上的人的“超越之论”，固属“惊听迴视”，但其于文学发展的历史

① 参见袁金刚《主体论文艺学是马克思主义文艺学的一个学派》，《文学评论》1988 年第 6 期。

实际都是相悖的。[1] 王晓华则指出，“主体性的失落”是主体论文艺学的一个基本命题，其所表达的意识是人本来是“有主体性的自由的人”，但后来主体性失落了，人变成了非人，其所遵循的逻辑是，人=作为主体的人=个性化的人=自由的人。显然，在这里，人指的就是个体，但在人类已有的大多历史阶段内，不少个体都并非作为个性化的自由主体而存在，他们难道不是人吗？因此，他认为，文学主体论所说的人并不是指所有实存过和正在实存着的人，而是一种“理想原型”，用这样一个预悬的东西去衡量人类历史，必然将一定历史阶段中存在的人类史当作非人的历史，故“人—非人—人”这个图式的虚构性是“显而易见的”，根本不存在非人的人类历史，只存在人类历史的不同形态。基于此，王晓华认为，如果真的把上述逻辑贯彻到底，那么，“一切实存过和正在实存着的人类史都会被认定为史前史”，因为所有实在的人都“不可能完全符合人的理想原型”。这样，“人—非人—人”的三元图式就转变为“非人（从古至今）—人（未来）”的二元图式。这样，文学主体论眼中的人就只是理想的人，而历史也就成了理想的人变为现实的人以后的历史。因此，符合其尺度的人和历史都是“传奇化了的”，而现实的人和历史则被判定为非人和非历史，这显然是“削足适履”的做法。既然所有实存过和实存着的人都处于非人状态，那么，文艺的本体论功能就只能是在此岸建造乌托邦，变成此岸的宗教。而且，为了实现这种宗教式的归还，刘再复还要求艺术家在创作中完成三重的人学还原：把不自由的人还原为自由的人，把不自觉的人还原为自觉的人，把不全面的人还原为全面的人。然而，经过这三重还原，人岂不是又变成了高、大、全的神了？文艺不是又变成新型神学了吗？因此，王晓华指出，如果要求艺术家都必须在创作中完成这三重还原，那么，其将会“再次丧失主体性”，回到文学主体论所极力批判的状态。不仅如此，王晓华还进一步指出，现代性的核心是“人的主体性”，弘扬人的主体性乃是现代性理论的共同特征。文学主体论“使中国文艺学的主流形态由自然本体论和社会本体论转向以人为中心的主体论，意味着中国文艺学基本上完成了现代性转型”。虽然这

① 参见敏泽《文学主体性论纲》，《文艺理论与批评》1987年第1期。

种转型为中国文艺学造就了"巨大的可能性空间"，涌现出了"激动人心的解放性力量"，但是，在20世纪末为越来越多的人所接受的后现代视野中，文学主体论却越来越多地暴露出它的"欠缺和局限"：其一，它建构在虚构的人学图式、历史图式、精神图式上；其二，它所信奉的文学是人学命题在生态主义日益深入人心的今天已显露出其狭隘性，而蕴含在主体性原则中的传统人文主义——个人中心主义和人类中心主义——也将成为被超越的对象。[①] 针对刘再复所批判的中国文学在以往相当长的一个时期内普遍发生了主体性失落现象的观点，蒋茂礼也认为，首先，在人物性格与环境的关系上，刘再复要求人物性格是具有独立自主的主体地位、对环境具有巨大超越力量和支配的力量、不受环境束缚而可以自我完成、自我塑造、自我实现的性格，而社会主义文学中没有这样的人物性格，他们都是既受客观环境制约而又具有主观能动性的性格。于是，刘再复认为社会主义文学用"环境决定论"取消人物性格自身的历史。其次，在人物个性与阶级性的关系上，由于刘再复所要的人物个性是超阶级超历史的、具有普遍人性和普遍人道精神而又完全自主的个性，社会主义文学中存在的都是具有阶级性的个性并处于具体社会的阶级关系之中的人物个性。于是，刘再复就认为社会主义文学用抽象的阶级性代替人物活生生的个性。最后，在人物的内在灵魂和外部活动的关系上，刘再复所要的人物的内在灵魂是那种人不能对谁有用而获取价值，而只追求自我实现价值的思想感情和人的精神主体内部的潜意识即本能欲望等，而在社会主义文学中的正面人物却没有这种思想感情，他们的思想感情和心理活动与其外部活动没有对抗性的对立和冲突。于是，刘再复就认为社会主义文学用肤浅的外在冲突掩盖人物深邃的灵魂搏斗。蒋茂礼指出，刘再复正是按照以上的观念来看待我国的社会主义文学，所以，他感到那些真实能动地反映了人民群众的生活和斗争，描写了"新的人物，新的世界"，表现了人民群众的思想感情的文学作品，没有一部或一篇是符合他的文学观念的，因之，他就给予全盘否定。但这些文学作品是为人民群众而创作、服务的，也是人民群众所需要和欢迎的。可见，

① 参见王晓华《超越主体论文艺学——新整体论文艺学论纲》，《学术月刊》2002年第7期。

刘的文学主体论对我国社会主义文学中所谓“文学对象主体性失落现象”的陈述、攻击和否定，也恰恰是对文艺为人民服务方向的攻击和否定。[①]

此外，针对有关学者对文学主体论中提出的“对象主体”的批评，徐放鸣对之进行了辩护，他指出，虽然文学中的人物性格是由艺术家塑造出来的，但是，从尊重艺术创作对象的主体性思想出发，“对于真正的艺术家来说，作为艺术创作对象主体的人物形象一旦在作品中站立起来，其性格在特定社会环境中一经形成，便不是完全消极被动地为艺术家所控制的，而是具有其充分的独立性、主动性”，他认为，标举描写对象的主体性，“意在强调作品人物的这种主体意识、主体地位和主体形象在艺术创作中的重要价值，强调这种难能可贵的主动性、独立性”。也正是因为“作品人物性格的发展演变具有这种充分的主动性、独立性，所以才出现了人物的‘背叛’，即作品人物性格的客观发展冲破作家主观艺术构思的现象”。徐放鸣并且指出，文学对象的主体性主要表现在两个方面：其一，作品人物性格一旦形成，便主动要求在具体的生活事件中表现并发展；其二，在特定社会环境中形成的人物性格，能够积极反抗艺术家不符合其必然发展趋向的情节构思，以便保持其发展演变的客观必然性。[②] 邵建则批评文学主体论没有进入文学本体的层次，他指出，不仅文艺创作要以人为本位，文艺研究同样如此，“返归这种本位的就是刘再复的‘主体论’”。邵建认为，“不管这个学派受到多少攻讦，不管它自身还有多少毛病，但它能够把以往对艺术作品的解释由认识论转变为主体论，并对创作主体予以前所未有的强调，这实在比过去认为作家只是时代的忠实记录者要好得多”。当然，邵建也批评了主体论的不足，认为其主要的缺陷在于对人的把握还仅仅停留在主体而不是“本体的层次上”。正是如此，使其经常遭到反映论的反诘和批评，因为，无论主体论强调文学是表现情感也好，表现直觉也好，表现心灵也好，“只要你属于精神主体，你就必然为社会存在所决定，就必然处于反映的地位”。所以，要从

---

① 参见蒋茂礼《“文学主体论”对社会主义文艺方向的背离》，《文艺理论与批评》1991年第1期。

② 参见徐放鸣：《再论人物性格冲破原构思的自然发展——文艺创作对象主体性探微之二》，《徐州师范学院学报》1986年第2期。

根本上摆脱反映论，那就“必须走出主体论，从主体论向本体论迈进”。①而对于文学主体论排斥反映论的观点，也有学者提出了质疑，如邓文奎指出，“文学主体性问题的提出，开始就存在一种倾向，即以文学的主体性排斥文学的认识论”。在他看来，文学的主体性问题与文学的认识论问题并不是“对立的”，尤其与马克思主义的文学认识论“不是对立的”。②程代熙也认为，文学主体论指责马克思主义反映论忽视了人的主观能动性，忽视了“人的想象和幻想，情感和意志”，但这一切全都“不是事实”。他还批评说，刘再复及其他一些批评马克思主义反映论是直观的、单向线性的机械唯物论的人，在思想方法上都有一个共同的特点，即“把哲学上的反映论照搬到文学艺术领域里来”。在他看来，马克思主义反映论属于一种“哲学原理”，可以用它来阐释文艺的本质——文艺是社会生活的反映，但“哲学原理与文学原理不是也不应是一回事”，哲学式的反映是一种论理式的运动，而文学对社会生活的反映则属于审美的反映，“审美反映是比哲学式反映还要复杂得多的一种反映形式，亦即是现实在审美意识和艺术中的反映形式”③。

第三节　反思与评介

客观地说，当代中国文论思潮中的主体论的出场，其所依赖的理论背景主要是西方近代以降以康德为代表的主体性理论和人本主义哲学，这从刘再复的具体论述中对康德的“人是目的”及马斯洛的人本主义心理学等的借鉴即可窥一斑。当然，对于文学主体论内部所存在的问题，国内文论界事实上也已经做了较为充分的批评和反思，在此，我们仅就该理论所涉及的两个重要的问题做一补叙。

第一，主体与客体范畴及其关系问题既涉及主体论的核心理论立场，

① 邵建：《从艺术本体和人类本体看艺术之本质》，《文艺评论》1989年第3期。

② 邓文奎：《主体性、认识论与文学创作》，《中国人民大学学报》1988年第1期。

③ 程代熙：《再评刘再复的“文学主体性”理论——关于反映论问题》，《文艺理论与批评》1987年第2期。

同时也是我们对主体论进行合理认知和评价的哲学基点，因此，对其辩证的理解是客观把握主体论的理论得失及科学认识文学主体性问题必须首先要搞清楚的核心问题。我们知道，主体及由此所派生的主体性问题不仅是西方近代以降哲学文化的突出性问题，也是马克思主义经典作家异常重视并进行了科学论断的问题。而客体和客体性，则是对立于主体和主体性的一对范畴。首先，关于主体和客体问题，我们必须要明确的是，它们是一对关系范畴，任何一方都必须依靠另外一方才能存在，而且，联系它们的中介是人的具体的感性实践活动，只有在人的具体的感性实践活动中，主体和客体才能分别存在。简单地说，主体是人，但是，人不一定就是主体。另一方面，客体是对象，但反过来对象却不一定就是客体。人成为主体和对象成为客体的先决条件是人的具体的感性实践活动，只有通过人的具体的感性实践活动，也唯有在它之中，人和对象才能分别成为主体和客体，因此，二者不仅相互依存，而且相互规定、相互制约和相互建构。这实际上是马克思主义哲学对于主体和客体的最基本的也是符合辩证唯物主义和历史唯物主义的论断。正是如此，任何将主体从主客体的相互依存、相互规定、相互制约和相互建构的关系中剥离出来，进而片面强调主体乃至主体性，以及将客体从主客体的相互依存、相互规定、相互制约和相互建构的关系中剥离出来，让其独自裸奔的做法都是极其荒谬、不符合马克思主义经典作家对主客体及其关系的科学认知的。所以，没有客体就没有主体，反之亦然。而且，没有客体性，也根本谈不上什么主体性。近代以降，随着西方社会中人的问题的日益突出，以康德为代表的主体论哲学立足于人的问题的解决，提出人隶属于两个世界，即现象的世界和物自体的世界，并且指出，就人隶属于现象的世界而言，人要服从于自然的规律和社会的法则，是感性的存在者和外在因果性的奴婢；但另一方面，就人隶属于物自体的世界而言，人则是理性的存在者，是自由的，也是自己的主人。不仅如此，西方近代主体论哲学还错误地认为人作为道德理性主体，其行为的准则并不是来自经验的域阀，而是来自对超验的道德终极律令的遵从，也只有遵从终极道德律令的行为才是真正的属人的行为。因此，它强调，人作为道德理性主体，其人性能力的提升恰恰是本自于其对自身的自然感性力的不断克服和超越，在此基础上，西方近代主体论哲学高扬人的主体和自主性的力量，将人从社会文化历史的背景中悬置出来，宣称人就是人本身，他是其自己的目的和主人是一个大写的东西。当然，针对西方近代工业文明的发展所造成的人被工具化的现实，以康德为代表的西方近代主体论哲学认为人不是工具，而是目的，人的目的在于人自身，人之外没有任何规定可以成为人的目的，也没有任何东西可以成为需要人去追求的“外在指令”，人的目的源自于人本身，而且这个目的就是内在于人之中的至善，也即康德所谓的人心中的道德律令。显然，在西方近代主体论哲学那里，主体被提升到人的本体的高度，它的这种理解事实上也从本体的层面极大开拓了人的主体能力。西方近代主体论哲学对人以及主体的认知对我们理解人的自主、自律、自决本性虽然有着重要的理论启示意义，但另一方面，以康德为代表的西方近代主体论哲学所理解的人的自主、自律、自决并非遵循现象界的必然律的自由，而是遵循物自体的世界的终极道德律的自由，道德的自决和自持均来自人的理性意志。康德自己也曾援引过这样一个例子：饥饿难当，看到食物，狗就会受必然律的驱使而去吃食物，但人却不同，人有自由意志，他能抵制感性欲望的压迫，站在应当的基础上而行动。正是站在道德自律的立场上，康德甚至对自己所处的启蒙时代也进行了新的解释，他认为，启蒙就是“人从他自己造成的监护中解放出来。……要有勇气使用你自己的理性！——这就是启蒙的训言”①。这就是说，启蒙的本质是人的自由，是自我的一种解放，也就是自己为自己做主。由此可见，以康德为代表的西方近代主体论哲学是建立在反对客观性和反认识论的基础之上的，其所强调的人是目的实际上也是脱离人的现实的感性实践活动的一个空洞的口号，最终也只能是一个根本无法付诸实现的纯粹的“绝对命令”。

文学主体论显然受以康德为代表的西方近代主体哲学的影响甚重，这不仅体现在其对于该哲学提出的“人是目的”思想的使用，更体现在其脱离社会、客体、必然律等来理解人的主体性的理论倾向上。尽管文学主体论也强调“主体是在实践中建立起来的概念”，强调主体与实践的

① 转引自张汝伦《历史与实践》，上海人民出版社1995年版，第142页。

统一，但它却指出，“人既是主体，又是客体，人作为存在是客体，而人在实践中、在行动时则是主体”。这无疑就是认可人可以有存在与实践（行动）两种状态，一种是作为存在、作为客体的状态，一种是作为实践（行动）、作为主体的状态。这种割裂人的存在与实践，进而将之对立起来的观点，显然是不符合人的存在与实践之间的辩证统一性的。而且，基于此，文学主体论进一步认为，“人具有二重属性：一是受动性，一是能动性。人作为一种客观存在，表现出受动性，即受制于一定的自然关系和社会关系。人作为行动着的人，实践着的人，则表现出能动性，即按照自己的意志、能力、创造性在行动，支配着外部世界”。不仅如此，它还指出，强调主体性，就是“强调人的能动性，强调人的意志、能力、创造性，强调人的力量，强调主体结构在历史运动中的地位和价值”。上述论断都体现出了其形而上学的主体观，自然也都是不符合主客体之间的辩证法的。有学者曾对主体性概念的优越性做过这样的归纳：它“更鲜明地强调了人类存在的本体论意义，更突出地强调人类存在的超生物、越因果关系、超功利效应乃至超伦理道德的价值和意义”①。这个所谓的优越性恰恰也正是文学主体论缺失的地方，当人的存在超了生物，越了因果关系，超了功利效应乃至伦理道德的价值和意义，那么，他还是一个真正意义上的人吗？所以说，学界批判文学主体论割裂了主体和客体的辩证关系来讨论人的主体性绝不是有意抹黑之，而是它的根源性的缺陷。一言以蔽之，主体之所以成为主体，是因为它乃客体之主体；而客体之所以成为客体，也是因为它乃主体之客体。所以，主体只有在服从客体的必然律的意义上才是真正的主体，而客体也只有在能够被主体在实践中把握的意义上才是真正的客体。具体到文艺实践活动来说，作为文艺实践活动的客体并非外在的社会生活，而是被实践主体即文艺家所把握了的社会生活，是被赋予了“我”的特征的社会生活。但另一方面，作为文艺实践活动主体的“我”，也并非在具体的文艺实践活动之外的作家、艺术家，而是在具体的文艺实践活动中服从外在社会生活的必然性并被外在的社会生活所打动、激起审美情绪体验的“我”。这样，我们再

① 陈燕谷：《主体性与美学问题》，《中国社会科学院研究生院学报》1988年第3期。

来看文学的主体性原则，它就绝不是文学主体论所宣扬的“就是要求在文学活动中不能仅仅把人（包括作家、描写对象和读者）看作客体，而更要尊重人的主体价值，发挥人的主体力量，在文学活动的各个环节中恢复人的主体地位，以人为中心，为目的”，具体地说，就是作家的创作“应当充分地发挥自己的主体力量，实现主体价值，而不是从某种外加的概念出发”，文学作品也需要“以人为中心，赋予人物以主体形象，而不是把人写成玩物与偶像”，文学接受同样也“要尊重读者的审美个性和创造性，把人（读者）还原为充分的人，而不是简单地把人降低为消极受训的被动物”。其实，在文艺实践活动中，无论是创作主体、对象主体还是接受主体，他们之所以成为文艺实践活动的主体，就在于他们对于作为自己的实践对象的客体的尊重和服从，这样，在文艺实践活动中，不可能存在只作为目的而不是工具和手段的人，如果存在这样的人，那么，他也是不可能真正成为文艺实践活动的主体的。不仅如此，在割裂主体与客体的互为对象、互为存在的基础上，文学主体论进一步认为人的主体性包括两个方面，“首先人是实践主体，其次人又是精神主体”，实践主体是指人在实践过程中，与“实践对象建立主客体的关系，人作为主体而存在，是按照自己的方式去行动的，这时人是实践的主体”；精神主体则指的是人在认识过程中与“认识对象建立主客体关系，人作为主体而存在，是按照自己的方式去思考、去认识的，这时人是精神主体”。这样，无论人在实践中还是认识中，在行动中还是思考过程中，都处于“主体的地位”，表现出“主体的力量和价值”。根据对人的主体性的这两种区分，文学主体论又对应提出了文艺创作主体性的两层基本内涵：一是文艺创作要“把人放到历史运动中的实践主体的地位上，即把实践的人看作历史运动的轴心，看作历史的主人，而不是把人看作物，看作政治或经济机器中的齿轮和螺丝钉，也不是把人看作阶级链条中的任人揉捏的一环。也就是说：要把人看作目的，而不是手段。或者说我们要把人看作目的王国的成员，而不是看作工具王国的成员”；二是文艺创作要“高度重视人的精神的主体性，这就是要重视人在历史运动中的能动性、自主性和创造性”，“当人的精神能力被限制，即它的精神主体性丧失了，那么人也就丧失了在实践中的主体性，这时，人就变成任人操纵的机器，任人摆布的木偶”。文艺创作尤其应该“强调人的精神主体性”，而且，“人的精神世界作为主体，是一个独立的，无比丰富的神秘世界，它是另一个自然，另一个宇宙。我们可称之为内自然，内宇宙”，精神主体的内宇宙运动，“与外宇宙一样，也有自己的导向，自己的形式，自己的矢量（不仅是标量），自己的历史”。所以，历史的描述如果只记得外宇宙的运动，而忘记内宇宙的运动，这种描绘将是“片面的”，“文学艺术要真实地表现历史的面貌，把握历史运动的轨迹，也必须真实地揭示这两个宇宙的辩证运动，必须表现人的精神主体的无比丰富性和伟大的力量，揭示它的星空般的无比奇妙的内在奥秘”。同时，文学主体论将文学的命运与人的命运统一在一起，并指出，“文学是人学”的深刻性就在于“在文学的领域中恢复了人作为实践主体的地位”，因此，要想在文学领域给人以主体性的地位，首先就应该肯定这种人的实践主体的地位，并且断定“‘文学是人学’的含义必定要向内宇宙延伸，不仅一般地承认文学是人学，而且要承认文学是人的灵魂学，人的性格学，人的精神主体学。”不仅如此，在文学领域中确立人作为精神主体的地位后，还应当注意精神主体的双重结构，即“精神主体的表层结构与精神主体的深层结构”，前者是“被理念支配的意识层次的内容”，后者则是“积淀在人的精神主体内部的潜意识”，介于两者之间的是“情感”。文学的最根本的原动力，就是这种“情感”。在文学主体论看来，“文学是人学”命题的深化，就不仅要承认文学是精神主体学，而且要承认它是深层的精神主体学，是具有人性深度和丰富情感的精神主体学。实际上，立足于主客体的辩证关系，我们就会看到，在文学主体论这里，主体是高于客体的，内宇宙也是优于外宇宙的，而精神主体性也是远比实践主体更重要的，这显然就已经扭曲了主体与客体之间的辩证性。在我们看来，没有高于主体的客体，也没有高于客体的主体，内宇宙与外宇宙同等重要，文学不仅是深层的精神主体学，也是深层的社会客体学，二者在具体的文艺实践活动中是内在地统一在一起的。

第二，进一步来看，在具体的文艺实践活动中，只存在主体之间的主体间性，而不存在任何一方的所谓的主体性。主体论将文学活动的主体区分为创作主体、对象主体和接受主体并重点讨论了对象主体的主体性的实现。文学主体论提出，自然、历史和社会都是文学的对象，但三者中，只有人才是文学的根本对象，这样，文学对象的主体性就是文学对象结构中人的主体地位和人的主体形象。而对于作为文学对象的人，文学主体论指出，相对于作家，它是被描绘的对象，因此是客体。但相对于它的生活环境和社会，它又是主体。这样，作为文学对象的人就是一种双重存在，对作家而言，它是其感知、加工的对象、客体；而对环境来说，它又是能够感知环境的主体。对于作家要赋予其笔下人物以主体性，文学主体论提出，一言以蔽之，就是要"把人当成人——把笔下的人物当成独立的个性，当作具有自主意识和自身价值的活生生的人，即按照自己的灵魂和逻辑行动着、实践着的人，而不是任人摆布的玩物与偶像"。以此为基础，它批评中国文学在相当长的时期内普遍发生了主体性失落现象，并认为造成这种失落的原因在于作家"忽视了人的地位与价值，而以物本主义与神本主义的眼光来对待自己的人物"，不知道人是"一种自由自觉的实体，是一种最富有能动性的自我调节系统"，他完全能够"主动地，能动地改变和创造环境，使环境适应人自身的生存和发展的需要"，而不是"消极、被动地接受环境的影响，变成必然性的奴隶，因果链条上的一环"。而且，文学主体论还以反映活动为例指出，反映不仅仅"是外部能量和信息传递至意识的简单的机械过程"。反映活动既如此，实践则"更是如此"，因为人是实践的主体，他能"主宰和控制自己的实践活动"。但物本主义却看不到人的这种本质，只能"把人视为工具，只知人的服从性，不知人的自我选择性"，归根到底就是"不承认'人是目的'这种根本观念"。实际上，物有物的价格，人有人的人格，人不能因对谁有用而获取价值。人作为自然存在，并不比动物优越，也并不比动物有更高的价值可言，但人作为本体的存在，作为实践主体和精神主体，是"超越一切物的价格的"。因此，不应当"把人的存在视为工具，好像它与内在目的无关"。这就是说，作家在表现人的时候，要把"人当成人"，把人视为超越工具王国的实践主体，而不是"把它当成自然存在，当成牲畜，草芥，工具"。立足于此，文学主体论认为，真正以人为本的作家，一定会"摆正创造主体与对象主体的关系"，在创作过程中，赋予描写对象以"主体的地位"，这就是"作家在特定时刻要服从人

（对象），而不是人服从作家，是作家要为人服务，而不是人为作家服务”。只有当作家笔下的人物有“充分的独立活动的权利”，非常自由地“按自己行动逻辑展开自己的行动时”，这种人物才是“活生生的”。同时，文学主体论还指出，“作家处于最好的创作心态时，往往由常态进入变态，进入虚幻系统”，情不自禁地“跟着自己笔下的人物走”，无意识地“服从自己的人物”，接受笔下的人物“应有的命运”，这种命运也是“作家本没有意料到的命运”。反之，如果作家把自己放在上帝的地位上，只知道摆布笔下人物，不能给予其主体的地位，那么，他在创作中势必只想到所谓“精心设计”，甚至笔下人物的一言一行一举一动，都在先验的设计之中。这其实并不是作家“用整个心灵去‘创造’”，而是按照某种观念去刻意“制造”，这样的作家顶多也只是一个“具有某种技巧的艺术匠人”。所以，“作家对描写对象的尊重，就是赋予对象以人的灵魂，即赋予人物以精神主体性，允许人物具有不以作家意志为转移的精神机制，允许他们按照自己灵魂的启示独立活动，按照自己的性格逻辑和情感逻辑发展。作家处于最佳心理状态时，也是自己的人物充满主体意识、充满生命活力的时候，此时，作家不是受自己的意志所支配，而是受到充分调动起来的主体潜在力量的支配，并沿着潜意识的导向前行”。因此，“愈有才能的作家，愈能赋予人物以主体能力，他笔下的人物的自主性就愈强，而作家在自己的笔下人物面前，就愈显得无能为力”。这种现象，文学主体论把它归结为这样一个公式：作家越有才能他（对人物）越是无能为力；作家越是蹩脚他（对人物）越是具有控制力；作品越是成功，作家越是受役于自己的人物；作品越是失败，作家越能摆布自己的人物。针对此前有学者批评文学主体论的主体性观念“只注意到作家的主动性，没有看到作家的被动性”，它也进行了反批评并指出，“这种批评实际上是把主动与被动割裂开，事实上，创造主体与对象主体双方都既是主动的又是被动的，整个创作过程就是双方主体能力主动与被动的辩证运动过程。这就是：作家在创作中愈是处于主动状态，作家在自己的人物面前愈是处于被动状态；创造主体性愈正常地发挥，创造主体愈是被对象主体所占有”。而对于理论界有学者提出的“作家应当干预人物的灵魂”的观点，文学主体论也提出了质疑，认为这种观念“有一半是可以接受的”，这就是人物一旦走到自己的人生十字路口，发生双向可能性的时候。作家可以帮助人物打开自己的心灵，做一种不违背个性的选择。此时，要求作家给予一个指令，一个使人物展示灵魂的全部丰富性的指令。这种干预，大体上“像电子计算机的操作员给电子计算机一种指令，计算机得到这种指令后，便把信息贮存于自己的机体中，然后进行独立的运转和活动”。文学主体论指出，那种认为作家可以任意干预笔下人物的灵魂和行动的观点，就是“不尊重笔下人物、剥夺笔下人物的主体性”的观点。那么，文学主体论上述观点是否就是文艺实践活动的实际？我们认为答案是否定的。如前所述，在具体的文艺实践活动过程中，作家主体与对象主体是对立与统一的关系，也就是说，他们是互为主体和客体的，而且，作家主体性的实现也就是人物（对象）主体性的实现，人物（对象）主体性的实现也是作家主体性的实现，作家主体和人物主体在这里并不存在矛盾和对立，而是调和统一：作家的主体性消融在人物（对象）的主体性中，反之亦然。这样，在具体的文艺实践活动中，最终达成的是作家和对象（人物）之间的主体间性。因此上，在文艺实践活动中，真正以人为本的作家，确实如文学主体论所言，一定会正确地摆正创造主体与对象主体的关系，但却绝不是其所说的作家在特定时刻要服从人（对象），而不是人服从作家，是作家要为人服务，而不是人为作家服务。也并非“作家要允许笔下的人物超越自己的意图，允许他们突破自己一切先验的安排，只有当笔下的人物有充分的独立活动的权利，非常自由地按自己行动逻辑展开自己的行动时，这种人物才是活生生的”，更不像其所认为的那样，作家愈有才能作家（对人物）愈是无能为力；作家愈是蹩脚，对人物愈是具有控制力；作品愈是成功作家愈是受役于自己的人物；作品愈是失败作家愈能摆布自己的人物。实际上，从文学主体论的上述观点看，恐怕在其眼中，只有对象的主体性，而作家的主体性则被付之阙如。真实的情况应当是，在文艺实践活动中，作家的主体性与人物的主体性在对立的基础上最终达成妥协，高度地统一在一起，作家的选择，就是人物的意志，而人物的行动，也是作家的意愿，这两种主体性彼此尊重，相互妥协，最终达成作家与对象之间的主体间性，而这种主体间性，既是作家主体性的实现，也是人物的主体性的实现。

第四讲

理性与非理性主义文论

20 世纪 80 年代以来，随着西方现代哲学的涌入，“非理性”问题在国内哲学界不断被关注，甚至一度成为“显学”。吴先逵曾指出，“理性和非理性问题，在我国新的历史时期作为哲学的热点问题出现，既是哲学发展史长期存在的理性主义与非理性主义两种倾向斗争的继续，也是当代西方思潮与我国学术理论研究交汇影响中的一个带根本性的问题。它不仅局限于哲学领域，而且扩展到了艺术、美学、心理学、教育学、史学、人类学、语言学等多学科领域”[①]。正是对哲学领域中理性和非理性问题讨论的回应，自 20 世纪 80 年代始，“理性—非理性”问题在国内文论领域不断受到关注，并引发了旷日持久的“理性—非理性”之争。现在回溯这场讨论，我们可以看到，诸多论者以“理性—非理性”为关枢对我国当代文论中的一些根本问题进行了反思和评介，这对促进当代中国文论研究的健康发展起到了不容置疑的重要作用。

① 吴先逵：《论理性和非理性问题》，《广西师范大学学报》1999 年第 1 期。

第一节 思想解放与非理性主义文论的滥觞

当代中国非理性主义文论的发端大概是在20世纪80年代初，该文论反对理性，强调感性、直觉、体验、潜意识、本能冲动等因素在文学中的作用。一般而言，持这种观点的论者多论词偏激，持见偏执，立场坚决。正如徐亮指出的，“持这一观点的人很少，但立场鲜明”①。1981年，王小妮在谈到创作经验时指出，她总希望人们从她的诗中立刻感受到她的“原始性的冲动和情绪”②。1982年，孙非认为，“在艺术创作过程中，艺术家能意识到他在干什么，但他不知道会干出什么。就像一个女人，她知道自己怀了孕，但她不知道是男是女，是美还是丑，是正常还是畸形，这就是说，艺术创作过程的因素是无意识，是无法加以控制的”③。1983年，徐敬亚的《崛起的诗群》认为诗要表现“直觉、幻觉、错觉并表现诗人心理中的半原始状态”，在创作中要“增加各种本能直觉的使用效率”。④ 1985年，在谈到自己对于新诗创新的一些体会时，孙桂贞指出，诗歌应该推崇“原始的情感”，“我们要向最初的、未经雕琢的感情进军，向那些未开发的感情处女地进军”，因为它“还未经过政治的、道德的标准的切削，还未拿到社会生活中加入一个潮流，带有最大的自然性”，因而“是最真实的”，会“带给人全新的感觉”。⑤ 王小妮、徐敬亚、孙桂贞的这种倡导“原始性冲动”“半原始状态”“原始情感”等的诗歌观和孙非的“创作过程无意识论”基本可以视为当代中国非理性主义文论的先声。但真正使非理性主义在当代中国文论领域高涨的首功当推刘晓波。在1986年发表的一篇对几部知识分子题材的小说的批评时，刘晓波

---

① 徐亮：《当代文艺学中“理性—非理性”问题的讨论及概念清理》，《文艺理论研究》1999年第2期。

② 王小妮：《青春诗论（十则）·我要说的话》，《福建文学》1981年第1期。

③ 孙非：《艺术创造的心理条件》，中国社会科学院哲学研究所美学研究室、上海文艺出版社文艺理论编辑室合编《美学》（第四期），上海文艺出版社1982年版，第179页。

④ 徐敬亚：《崛起的诗群》，《当代文艺思潮》1983年第1期。

⑤ 孙桂贞：《关于新诗创新的一点体会》，《诗神》1985年第5期。

指出，从封建社会至今，中国知识分子和文学一直不敢正视人的本体世界（潜意识）的冲突，“作家体验到的东西大多是受到社会理性道德规范束缚的东西，表达出的观念是社会层次、理性层次、道德层次的东西”，而没有达到生命意识的层次，所以他提出，“在和传统文化对话的时候，就是得把这样一些东西强调到极点：感性、非理性，本能，肉”。他甚至断言，不如此，“文学就没有真正发展的一天”，真善美对艺术来说是“有点可悲的”。此外，刘晓波在该文中还猛烈地抨击了“新时期”文学，认为其缺乏彻底性，在反理性方面不彻底。基于此，刘晓波提出自己的文学观：“我的文学观就是没有什么理性可言，任何理性的介入都必然在某种程度上损害文学的审美的纯洁性。在中国就是不能说什么感性和理性的统一这类字眼”，因为，它们是“没法调和的”。[①] 在其后的文章中，刘晓波又反复重申文学的非理性精神，如《南北青年文学评论家对话》提出，“要大谈本能、谈非理性，而不能谈社会，不能谈理性。因为一谈理性，本能又要被忽视了”，“应该强调本能、肉、性。没有调和的余地”，“当代文学远远没有进入非意识层次，王蒙的意识流似乎每个意象都和政治有联系”[②]。《审美与人的自由》提出，“人的生命是一个充满各种情欲的动力系统”，“审美的自由是个体生命对社会压力的超越”。[③]《冲突与和谐——中西审美意识的根本差异》不仅认为在西方思想史上，个人主义与整体主义、经验主义与理性主义、纵欲主义与禁欲主义、民主与专制之间的斗争，实际上是“人的本体性、自由性与人的社会性、局限性的矛盾”，而且将人的本体性、自由性与社会性对立起来，从而将人的本体与自由个人化、经验化和欲望化。[④]《创作论的窘境》提出，“作家只是面对自己的内心世界，与自己的灵魂进行自我对话，他是个‘为艺术而艺术’的非社会化的人”，“进入创作过程的作家沉醉于迷狂之中”

① 刘晓波：《危机！新时期文学面临危机》，《深圳青年报》1986 年 10 月 3 日。

② 肖陈：《南北青年文学评论家对话》，《语文导报》1986 年第 11 期。

③ 刘晓波：《审美与人的自由》，《名作欣赏》1986 年第 1 期。

④ 参见刘晓波《冲突与和谐——中西审美意识的根本差异》，《北京师范大学学报》1986 年第 4 期。

时，“打碎了一切理性的束缚”，“是纯粹的、本真的生命呈现”。[①]《选择的批判——与李泽厚对话》提出，“我国传统文化的道德标准视之为‘恶’（即本能）的一切，正是人的生命本身，而审美也就必然忠实于这种‘恶’”[②]。《赤身裸体　走向上帝——审美与潜意识（一）》认为，“高贵的理性常常在‘低贱’的本能面前显得苍白无力，天使般的行动中往往有魔鬼的身影时隐时现”，“人在本质上不是理智的动物，而是情欲的动物”，“与人的生命动力相比，理性、道德、良心”，“只不过是亚当和夏娃用来掩盖裸体，以满足羞耻的遮羞布”，“人类文明的主要功用之一便是充当这块遮羞布”。“夏洛克式的复仇，奥赛罗式的嫉妒、麦克白夫妇式的野心、李尔王式的昏聩……这才是人，是被理性所压抑的人的深层本质”，为什么极端的邪恶力量能产生“撼人心魄的艺术魅力”，就是因为这一切都发自“人的最深层的本体世界”。“潜意识始终是活生生的，富于冒险精神和反抗精神。一个人的生命力是否旺盛、丰富、深邃，在根本上取决于这个人的潜意识心理”，潜意识是人类生命的“最根本的动力”，“被赞美为圣洁的爱情的基础是性，是肉的饥渴和焦灼，被敬仰的爱国主义的基础是每个人的切身利益，自爱是一切爱的根基，被尊重的创造的辉煌的深处是占有一切，支配一切，享有一切的欲望”。“潜意识的邪恶正是人的本质之所在”，一个人的生命人是否旺盛、丰富、深邃，在“根本上取决于这个人的潜意识心理”。在审美中，人类“冲破理性压抑、撕下正人君子的假面具”，还人类“以本来面目”，只要有审美活动存在，理智的装饰，科学的金盾、道德的铁甲……没有什么东西能真正地掩饰住“人的本体世界”。人的性本能和占有欲便是“人类得以向前发展，人类文明得以产生和存在的真正的人性动力”。人既然不能在现实中让生命个体的本能欲望得到最大满足，那只有“在审美中去拥抱这个死敌，在恐怖的、幻灭的、绝望的心境中去发现、去表现、去体验这种生命的骚动和喧哗”，“**往往被理性认定的邪恶，正是审美中最具有魅力的聚光点，因为它发源于人的最深层的心理结构之中**。在这个意义上，我

① 刘晓波：《创作论的窘境》，《文学自由谈》1988年第5期。

② 刘晓波：《选择的批判——与李泽厚对话》，上海人民出版社1988年版，第28页。

要说，审美是一种亵渎”。[①]《再论新时期文学面临危机——关于〈危机〉一文的几点补充》认为，作家应该“依靠来自生命最深层的那种本能的、非自觉的冲动和体验进行创作”，而不是在“明确的理性所设计好的先验构思”的指导下去创作，因为，“这不是文学创作，而是工艺制作”。“不砸碎生命的锁链，就不会有生命潜力的勃发，更不会有审美。审美是冲破，是超越，是感性的人、个体的人对理性的人、整体的人的冲破，它的最高层次是人的发自本能的自我超越的欲望的审美呈现。”“我所使用的感性、非理性等术语不是认识论意义上的感性认识，而是指人的各种本能冲动所构成的本体生命力，即本体论意义上的生命动力。”“审美最忠实于人的个性、忠实于人的最原始的内在冲动，个性与人的感性动力的交融是审美创造力的根本所在，而人如果失去了个性和感性动力，也就没有真正的审美可言了。”“即便是近一二年出现的性文学也不例外。中国目前的性文学还基本上处在以明确的理性目光去观照性的阶段。”“不打碎传统文化和中国当代哲学的认识论强加于国人、特别是知识分子身上的理性枷锁，中国当代艺术和当代文学就无法进入真正的审美层次。”“面对中国的传统文化和当代的文艺创作的现状，必须高倡非理性的审美观。因为，感性生命力的枯萎，也就无所谓理性了。无生命便无一切。”[②]《哲学的反思》认为，“个体是什么？自我是什么？是一团肉、一滩血、一副骨架、一堆乱七八糟的神经，是由此而产生的自我保存，自我发展的本能欲望。想吃山珍海味、想住富贵华丽的房子、想与漂亮的异性同床、想受到他人的尊重、想占有、想创造、想享受”[③]。《审美与超越》认为，“人的生命确实在根基上是感性的，这种感性绝不是单纯的认识论意义上的感觉经验，而是本体论意义上的生命存在及其动力。也就是说，人的生命是一个充满了永远追求而又永远得不到最终的满足的各种情欲的动力系统”[④]。《我看审美》指出，人的生命是“充满各种情欲

① 刘晓波：《赤身裸体　走向上帝——审美与潜意识（一）》，《名作欣赏》1986年第4期。

② 刘晓波：《再论新时期文学面临危机——关于〈危机〉一文的几点补充》，《百家》1988年第1期。

③ 刘晓波：《哲学的反思》，《当代电影》1988年第3期。

④ 刘晓波：《审美与超越》，《文学评论》1988年第6期。

的汪洋大海”。“如果硬要说审美有什么道德意义的话，那么其道德意义就是‘恶’。”“一切被道德和理性视之为‘恶’者，恰恰都是审美的聚光点。”哲学上的形而上学、宗教中的神和天堂、道德上的至善、社会学上的各种乌托邦，一方面是“人为探讨自己而树立起的先验假设”；另一方面，又都是“原始人用来遮挡最有创造力的生殖器的第一块遮羞布的不同变种”，审美就是要扯掉这块遮羞布，拨开文明所积淀下来的层层迷雾，把人的真面目（裸体）、真命运（悲剧）呈现出来。因此，审美专注于那些在哲学之外的东西，专注于宗教和道德禁忌中的人的情欲生命。人类的一切文明不过是一块遮羞布，科学、法律、道德和哲学在不断地完善它，使之变得更美丽、更庄重、更有魅力。而审美却干着完全相反的事，“尽量揭穿它，撕碎它。”“审美是一匹难以驾驭的野马，因为它的生命是人的本质情欲。”“人可以崇拜一切非人的东西，就是不能崇拜人，人这玩意，一崇拜准成臭狗屎。”①

刘晓波的这种极端非理性主义的文艺观吸引了一批追随者，他们都将本能、性、肉等当作分析生命现象、文艺现象的出发点，提出“生命意识不只是性意识，但性意识是生命意识的核心内容”，它绝不是传统道德耻于正视和启齿的那么“丑恶下流”，它代表着“生命创造的本性、意志、力量”，而且宣称，“把人与动物等视，把社会与自然生物界等同的理解，透露了时代变革中人的生命意识的觉悟，人对自身的自然生命属性的发现”，相反，那种对人的自然本能的扼杀，则是“腐朽文明积淀成的理性板结在人的自然生命本能上的体现”，是对人的创造性“从生命根源上的彻底阉割”，使人“从根本上失去了生命活力、创造精神和激情”②。不仅如此，他们甚至提出，性欲的满足使男人和女人“都真正意识和醒悟了活着的意义”，人的生命本能“性”是“最真实的生命跃动”，在它面前，任何虚伪任何遮遮掩掩“都显得无济于事”。③ 例如，叶砺华认为以往那些敢于公开谈“性”的人与文章，“都还只在‘性’的门口徘

① 刘晓波：《我看审美》，《文艺争鸣》1988年第5期。

② 张德祥：《历史蜕变与近年小说中的精神现象》，《文学评论》1988年第4期。

③ 刘敏：《天使与妖女——生命的束缚与反叛——对王安忆小说的女权主义批评》，《文学自由谈》1989年第4期。

徊，并未真正实质性地接触到‘性’”，严格意义上说，目前为止，“中国还没有一部作品真正可以称为‘性’文学”，甚至说“一部无人撰写的‘性’的历史，几乎包容了人类历史的全部内容。以‘性’为题材的作品，相对于工业题材、军事题材、体制改革题材，可以说更能渗透出历史的深度与人生的意蕴”，“那幅黄香久裸浴图实在不如雷·诺阿画笔下的裸女更富感性刺激，章永璘与黄香久的媾合不论在树林草坪还是在分手前夜都还太写意，即使想象力很丰富的人也难有身临其境之感（这里不包含文字媒介的间接性因素）。”针对有论者批评《男人的一半是女人》“一方面写章永璘研读《资本论》思索人类前途，一方面又写章永璘性饥饿、阳痿和纵欲，从思想上看对比度太大，从艺术上看断裂层太深”的观点，叶砺华反驳说，“看来‘性’是不配与《资本论》平起平坐的，虽然马克思本人并不禁欲；写‘性’的作家也大抵都是色情狂，虽然写吃饭的作家未必就是饭桶”。“如果以平等的眼光去看，人与动物的‘性’皆可称为‘兽性’，这‘兽性’指的就是不带任何褒贬意义的自然属性。”① 雨石则极力宣扬“性自由”“性开放”“性伟大”“性文艺”“性小说”，认为“描写和讴歌原始的性行为”，是“人类最伟大的创造力”，因为，性在这里不再是“淫猥的”，而有“一种原始生命的庄严感”。他认为当代作家对“性”的认识已由必然向自由过渡，他们已不是“性”的奴隶，而是“性”的主人，对当代文学中描绘“原始野性”“性的狂热”“性心理揭示”的作品，他推崇备至，认为“这种性心理的描写和刻画，在当代文学中是属于积极的和肯定的”，且宣称没有“性描写”的文艺是“无根的文艺”。② 邵进也认为“诗所要传世的，就是人的原初意识或超前意识”③。段崇轩指出，生命虽然除了原始的本能外，还积淀着深厚的文化性、社会性，但“从自然性角度探讨人的生命形态，更易于揭示生命本体的奥秘”④。1987 年，孙文宪在一次由《文学评论》组织的笔谈中曾认为，“作家创作活动的深层动机原本就来自生命需要的本能冲动”，因

---

① 叶砺华：《跪在现实面前的“性”文学》，《文学自由谈》1988 年第 5 期。

② 雨石：《“讽”与“美”的差异》，《当代文艺思潮》1987 年第 1 期。

③ 参见夏勇刚《诗的挣扎——论第三代诗人的生存意识》，《艺术广角》1985 年第 5 期。

④ 段崇轩：《生命的河流——对王安忆“三恋”的一种理解》，《文学自由谈》1988 年第 1 期。

而“当主体的这种生命本能的冲动尚在理论的视野之外时，理论永远不能夸口它完全认识了文学”，他还进一步解释说，“文学在本质上是人类渴望认识自己的生命冲动所追求的精神家园，它构成了文学活动的人类学内容，使文学本体远远超出了反映的范畴”。因此，传统的文学理论把文学视为生活的反映致使其“完全无视主体本能需求对文学创作的重大影响”，针对这种弊端，孙文宪指出，文学理论面临的课题就是“对非理性的感觉功能的研究”，而且，这种对“非理性的感觉的追求”“这种非自觉性的意识”是我们不能不珍惜的，因为“它维系着文学的艺术生命，是作品具有永恒魅力的根本保证”[①]。几乎与孙文宪同时，王一川从感性论的角度也提出了自己的非理性主义文学主张。他认为，“人直接地就是‘感性存在物’（sensuous being），他只有凭借自身的感性（即感觉、情感、本能、生命力、爱欲等）才能在对象世界中确证、占有并享受自己。感性是人的存在的根本标志，是究竟的究竟”。但现在，人却栖身于一个理性全面压抑感性的社会中，“感性在现实中失落了，不在了”，只有艺术，才“既是感性的复归之途、解放之途，同时本身也是感性之家、感性之归宿”。所以，“对于艺术来说，感性是根本的根本，究竟的究竟”[②]。除从感性论角度申述其非理性文学观外，1994年，王一川又从语言论角度对传统的理性主义文论提出批评。他认为，20世纪西方诗学的发展明确昭示，语言成为种种诗学流派关注的中心，进而取代理性成为“解决诗学根本问题的理想途径”，从其反理性的立场看，王一川的这种论调也是一种非理性主义的文论观。因为，他认为传统诗学“是以理性为中心问题，突出文学的认识特性，强调理性内容决定语言形式”。在这种诗学中，“首先，理性是文学的中心，从而也是诗学问题的中心；其次，文学创作当作家和诗人的情感、天才、想象力都受到理性的引导与节制时才发生的；再次，文学作品因而是理性光芒的结晶，是理性内容的感性化表达（语言形式）；最后，由于理性的统领，一切诗学问题终可以说清、解决”。因此，王一川断言，传统诗学具有强烈的理性主义色彩，但“这

① 许明、钱竞等：《我们的思考和追求（笔谈一）》，《文学评论》1987年第2期。
② 王一川：《走向感性的艺术——现代世界感与现代艺术观念》，《批评家》1987年第2期。

幅凯旋图并不能长久地存在”。而且，王一川还指责，传统诗学片面抬高理性而贬抑感性（语言），这种“竭力膨胀理性内容的绝对权威”，“贬低语言形式的作用”的做法对文论已经造成一种“灾难性后果”：理性是文学的中心而语言只是边缘；理性为绝对权威而语言为忠实仆从；只要知道了万能的理性就可以掌握文学的全部意义，无须正视个别、偶然或特殊性；作品的意义取决于创作它的作者（的理性），而语言并无特别或独立价值，等等。最后，王一川认为，正是理性的专权，才导致了传统诗学的衰落。[①] 除王一川外，宋耀良还从体验论出发对非理性文学观念进行了补充。他提出艺术家必须“体验生命”，并宣称，从以往提倡的体验生活到他的体验生命，在认识论上就是从以理性为特征的反映论转向“以直觉为特征的体验论”，而且，只有“以直觉为特征的生命体验”，才“可以全面地把握生命的各个方面，从生命基点上进而把握现实世界的发展与进程，这比从生活的基点上把握这种进程，应当说更具有一种深刻性”。[②] 就这样，在上述诸人的那里，文学的内涵乃至其本体被彻底置换成了以本能甚至更彻底的“性”为内涵的非理性。

随着非理性主义文学观念的深入，一些学者又开始立足于这种文学观念对中国现代文学进行审视，杨春时就是这方面的代表。1993 年，在《超越实践美学》中，杨春时认为，理性主义是古典哲学和美学的基本特质，它把人当作理性的生物，并认为现实世界是一个合乎理性的世界，只要依靠理性的力量，人们就会达到理想的自由境界。因此，在理性主义那里，审美就是“理性的胜利”，黑格尔的“美是理念的感性显现”就是典型的代表。但与理性主义不同，西方现代哲学揭示了理性主义的片面性，并证明人还有非理性和超理性的一面，世界也不仅仅只是作为理性的对象。自由并不是理性的赏赐，甚至相反，“理性束缚着自由，自由必须超越理性”，而作为自由的存在的审美，也必须“超越现实”“超越理性”。因此，他提出，我们必须突破美学中的理性主义倾向，生存本身

① 参见王一川《从理性中心到语言中心——20 世纪西方语言论诗学的兴起》，《文学评论》1994 年第 6 期。

② 宋耀良：《体验生命——一种新的创作论观点》，《文学评论家》1989 年第 4 期。

是超越理性的，它突破理性规范，超越现实存在，创造超理性非现实的境界。“理性和现实不能实现自由，自由在理性和现实之外，这就是审美的自由王国。”所以，审美不是现实活动，美在现实世界之外。艺术美、自然美都不在现实之中。如果以现实的态度（科学的或伦理的）对待世界，那就没有美。当你以审美的态度对待世界时，世界就不是现实的了，它变成了审美对象，而你也不再是现实的人，而变成审美主体了。虽然通过社会实践可以让世界变得更合理，但这不是自由，只是为自由创造更充分的条件。所以，只有超越现实，以审美的态度来体验人生，人才能进入自由。① 1994 年，在《走向“后实践美学”》中，他对审美下了这样一个定义，审美是“超越现实的自由生存方式和超越理性的解释方式”②。1996 年，在《再论超越实践美学——答朱立元同志》中，杨春时提出，“审美活动不是理性层面上的活动，也不是感性活动，因为感性活动仍然要受理性指导（实践活动就是受理性指引的感性活动），而是一种超理性的活动”。他并且补充说，他所说的理性，“不是相对于感性而言的理性，而是相对于非理性、超理性而言的理性”。③ 同年，在《论二十世纪中国文学的近代性》中，杨春时指出，进入 20 世纪 90 年代之后，中国文学的“理性精神和理想性消歇，非理性、非理想倾向加强”，应该说，“理性主义的毁灭”是中国文学“埋葬古典主义、走向现代主义的必要环节”。因此，他们提出要以是否有非理性倾向作为判断中国文学是否具有现代性的标志，而且，依据非理性倾向的有无和强弱，他将文学区分为古代文学、近代文学和现代文学三个阶段，并指出，中国文学目前尚处于近代阶段，不具备现代性，因为它“还缺乏非理性精神”。④ 这就是说，在他看来，中国文学要发展，要走向现代，就必须加强非理性精神。在《中国文学理论的现代性问题》中，杨春时又重申了以上见解，他指出，现代性理论是“解决中国文学和中国文学理论现代发展问题的钥匙”，文学的现代性，“具体说就是对理性统治的反抗”。在世俗现代性

① 参见杨春时《超越实践美学》，《学术交流》1993 年第 2 期。

② 杨春时：《走向“后实践美学”》，《学术月刊》1994 年第 5 期。

③ 杨春时：《再论超越实践美学——答朱立元同志》，《学术月刊》1996 年第 2 期。

④ 杨春时、宋剑华：《论二十世纪中国文学的近代性》，《学术月刊》1996 年第 12 期。

和理性以牺牲人的价值的方式推动社会前进时，文学现代性起而维护人的自由。现代主义最鲜明地举起了反现代性、反异化、反理性的旗帜，标志着文学现代性的确立。而对于文论的现代性，他认为其在“本质上就是对文学现代性的肯定，即对文学的非理性和超理性本质的肯定，对理性主义文学观的否定”。杨春时同时指出，西方古典文论的前现代性体现为认识论的理性主义，它把文学当作一种准理性认识（感性的、形象的认识），强调文学与科学一样，是对现实的认识手段，只不过是感性的认识手段。降至19世纪末，叔本华、尼采、柏格森才开始了反理性、反现代性的哲学、美学历程。20世纪西方文论更凸显了批判世俗现代性的倾向，弗洛伊德主义、现象学、存在主义、结构主义、解释学、解构主义抛弃了理性主义的美学观，建立了非理性、超理性的文论。杨春时指出，只有到这时，文学才不再是一种感性认识，也不再是准理性的情感体现，而成为非理性的宣泄和超理性的升华形式；文学也不再为现代性辩护，而开始控诉现代性，抗议现代性，批判现代性，此时，“文学理论的现代性才算成熟了”。不仅西方文论如此，杨春时认为，中国古典文论同样是理性主义的，“文以载道”说如此，“表情”说亦然，只不过同前者相比，它是弱理性主义。对于中国现代文论，杨春时认为，“五四”文论反对传统文论的集体理性倾向，如周作人提倡以个人为本位的“人的文学”，反对“非人的文学”；创造社提倡“表现自我”，以感性、个性反抗集体理性等，这些偏离理性主义的倾向，是中国文论现代性的发端。但杨春时又指出，“五四文学革命对传统文论的理性主义的批判，并没有走向非理性主义、反理性主义，而只是以感性、个性反抗集体理性，也就是以弱理性主义反对强理性主义”。因此，“五四文学革命奠定了中国文论现代性的基础，但并没有实现中国文论的现代性”。“五四”以后，中国文论转向苏化。但杨春时指出，苏联文论兼以西方的认知理性与东方的价值理性，同样属于理性主义的文论系统，因而，它也不是现代性的文论。尽管改革开放重启了中国文论的现代性进程，但不管是主体性文论还是审美本质的文学观，它们都只是现代文论的过渡形态，仍然带有理性主义倾向。因此，杨春时指出，新时期文论仍然未走出理性主义，只是由强理性主义转为弱理性主义，与新时期文学一道，为启蒙理性呼唤，而不是为挣脱理性而呼唤，因此，新时期文论并没有走完现代性路程。进入20世纪90年代，杨春时认为，中国社会现代化进程加速，中国文论也面临着全面实现现代性的任务。此时尽管产生了强调非理性、超理性的文学主张。可惜，这种文学理论的建构尚未完成，因此，中国现代性的文学理论还要假以时日。最后，杨春时认为，解决中国文论发展的困境，归根结底就是“确立现代性”，这就要求我们“要清除理性主义残余，确立文学的超理性（审美）本质，同时也肯定文学的感性（俗文学）和理性（严肃文学）属性，努力建构中国现代文论体系”。而且，唯有如此，“21世纪中国文论才是有可为的”。[①] 此外，在《文学的意义和“意义剩余”》中，杨春时还从文学意义建构的角度重述了自己的非理性主义文学理念，他认为，文学体验是生存体验的回归，而生存体验本身就是生命的冲动，包含人的原始生命力。人的原始生命力的核心是性欲和攻击性，这种原始生命力具有非理性性质，它不顾理性的规范，顽强地实现自己。在现实生活中，它因受到理性的制导和压抑，不能充分实现，但在文学体验中，杨春时认为，“由于无意识突破意识的抑制被释放，表现为一种极度感性化的倾向”，因此，文学体验“以感性解放的形式导向非理性体验”，“使感性解脱了理性的抑制，从而也消解了理性”。而且，杨春时又指出，文学的这种非理性体验，不能转化为理性意义，它只可能成为对理性意义的消解过程。因为，文学的理性意义要求对原始生命力进行约束，而文学的原始体验又要求对原始生命力进行解放，这种悖论必然导致文学理性意义被动摇、破坏，于是，文学的意义被解构。杨春时认为，文学非理性体验导致文学意义的消解，是文学对理性化的一种矫正、约束。因为，“非理性同样是人的存在的本质属性”，对非理性的抑制可能导致生命体验的丧失和生命力的枯萎，因此，需要文学的非理性体验来平衡感性与理性。杨春时指出，在文学实践中，通过非理性体验来消解理性意义，这种解构平衡了理性与感性，避免理性异化，对人的自由具有重要意义。[②]

① 参见杨春时《中国文学理论的现代性问题》，《学术研究》2001年第11期。

② 杨春时：《文学的意义和“意义剩余”》，《文史哲》2003年第3期。

第二节　理性主义文论的回应与反拨

针对当代文论中呈现的非理性倾向，诸多学者立足于理性主义的立场对之进行了严厉的反思和驳斥，表现出了强烈捍卫文学理性精神的价值取向和论争姿态。徐亮在评介这种观点时指出，“无论从持有人数、论文的数量和密度，还是从论者在学界的权威性看，这都是一个主流观点”[①]。这个评价是符合实际的。

早在20世纪80年代初，礼谆、臻海及王志远等人就曾对当时文学创作中的非理性主义端倪提出批评，拉开了文论界反对非理性主义的序幕。如礼谆、臻海指出，“伴随着科学的发展，心理活动中的非理性机制将逐渐被人们所认识和掌握，因而理性思维的作用范围将越来越大。从这种意义上来说，提倡非理性主义是文艺创作中的一种‘返祖现象’，完全不是什么新发现，而恰恰是一种大倒退”[②]。王志远则认为，如果陷入非理性的泥坑，文艺不会走上康庄大道，只会“走上脱离现实、脱离人民，为艺术而艺术，‘自我心灵扩张’的迷途”[③]。但当代中国文论界真正大规模、深入系统地对非理性主义进行反思和驳斥，则主要是在1986年之后，因为此时非理性主义文论集中出场，并在文坛引起不小的反响，对之的批评和反驳也就成了当时文论工作者的当务之急。1986年，在论及文学审美意识的特质时，许明指出，文学的审美意识虽然是朦胧、不清晰的，但其指向是真理。因此，从本质上说它是一种只有进入高级精神阶段才能达到的理性自由，审美愉悦正是这种理性自由的表现，“它不是所谓直觉式的、非理性的、不可分析的。相反，它的丰富性和复杂性，给我们的科学探讨提供了广阔的天地”。他还举例说，“只有进入那种高级的理性活动境界的人，才能体会到（贝多芬）那音符内含的振奋人心

① 徐亮：《当代文艺学中“理性—非理性”问题的讨论及概念清理》，《文艺理论研究》1999年第2期。

② 礼谆、臻海：《非理性主义和“崛起的诗群”》，《文艺报》1983年第11期。

③ 王志远：《“非理性”不是艺术创作的康庄大道》，《美术》1983年第11期。

的力量”[①]。其后，柳枫杨和刘强也分别撰文对非理性主义进行驳斥。柳枫杨指出，受西方非理性主义鼓吹本能解放、性解放、反对理性、让本能任意宣泄观念的影响，部分作家在描写“人的本能”时，“只注意描写任意性，不注意描写理智性，让‘人的本能’超越一切”，这“歪曲了人，歪曲了社会生活，也是对人类自身的一种否定”。他指出，文学不是人的本能欲望“无意识的展览”，如果任这种非理性热“热”下去，“会把文艺创作推向人民的对立面”。因此，他提出，作家“应该描写人的理性”，而且，也只有这样的作品“才是人民需要的”。[②] 刘强则认为，“‘非理性化’论是‘全盘西化’论在文艺上的一种病变”，它“把文艺作品的理性完全‘化’掉了，只剩下干干净净的‘纯’感性”。将文学推向一条“非理性→感性→本能→肉”的不归之路。相反，他认为，文学必须“从‘肉感’上升华”，走“肉感（不能一概排斥）→情感→美感”的道路。[③] 嵇山和木子分别认为，人是有理性的动物，人的活动是理性主导的结果，文艺创作活动也不例外，文艺创作的全过程，“渗透和融贯着创作者的论理性认识”，理性“起着主导作用”。作家感受生活、搜集素材，从生活中获得丰富生动的印象与深刻的体验、认识，并将印象孕育为艺术形象，其中的对印象材料的分析综合、改造加工及想象、联想等，都是受理性制约的“自觉的意志活动”，既离不开概念、判断、推理，也离不开辩证逻辑规律。至少作家头脑中会完全明白，他的这些努力，就是为了塑造一个鲜明独特并“具有某种概括力的艺术形象”，而不是“毫无目的的随意涂抹”。这正表明作家理性的作用，所以，宣称作家创作可以不受理性的制约是“不符合创作实际的”。当然，文艺创作中有非自觉性或直觉性现象，但这种现象的存在也不能说明作家的创作非理性或部分非理性的活动。[④] 文艺家的审美感情不同于一般感情，其在内容上更丰富、深刻，在表现形态上更多样，在传达方式上更深微细腻，更曲折多变，其中的原因就在于审美感情“渗入了理性”，接受了“思想、信念、意志、理想

---

① 许明：《理性的自由——文学主体意识界说》，《文学评论》1986 年第 5 期。

② 柳枫杨：《论“人的本能”描写上的“非理性热”》，《宁夏教育学院学报》1987 年第 3 期。

③ 刘强：《非理性化论者的理性》，《湖南文学》1987 年第 5 期。

④ 参见嵇山《创作过程中的理性主导作用应当肯定》，《赣南师范学院学报》1986 年第 3 期。

的分析、判断、认可和影响、制约、支配”，克服了“某些自发性、盲目性、粗疏性和肤浅性”。正确、明晰的思想，高尚的道德观念，深刻的理性，不但不妨碍充分表现“审美感情”，反而会大大帮助文艺家加强其对客观事物产生正确、健康、真挚、深刻的审美感情体验，使其能够牢固地把握“审美感情趋向的正确发展和变化”。文学作品充分、有力地表现审美感情，往往都是作家抒写出了感情内容的丰富性和复杂性，感情形态的多样性，以及感情传达方式的深微细腻、曲折多变等。审美感情之不同于一般感情，具有以上这些特点，也主要是因为理性的渗入。正是由于自觉的思想、信念、意志，以及理想和伦理道德观念的影响与制约，才使文艺家在一般情感体验的基础上，加以细致、深入的思考、分析、判断、认可等，进而抒写出丰富多样、复杂曲折的审美感情。有人将此称为文学的“析情性”，是非常科学的。一个“析”字，就十分准确地揭示出了理性对审美感情所起的极为重要的作用。倘若没有自觉、明确的思想、理性的渗入，人类的感情及其传达恐怕就只能处在单调、粗糙、肤浅的状态，就不可能表现得那么丰富复杂、曲折多变、深微细腻。因而，夸大非理性主义的作用，并以“过时论”为借口，用所谓的“新理论”“新概念”，实际上是西方资产阶级的哲学社会学说和文艺思潮来取代它，这显然是一种“历史的倒退”，只能“给我们的创作实践带来严重的危害”[①]。祁述裕也指出，“目前不可忽视地存在着非理性化的倾向。一些探讨创作规律的文章把情感、直觉放到了神化的地位，而把理性的作用置于艺术特性之外”，这不能不说是一个“偏向”。他认为，在创作过程中，理性因素“依然在发生着应有的作用”。[②] 丁振海认为，“文学是人学”，所以，文学创作出现一些表现性心理、性意识、性行为的内容也就不足为怪，因为人毕竟有自然属性这一面。但也正因为“文学是人学”，文学创作又不能过分地突出和夸大人的动物本能方面，因为人的自然属性并不能孤立存在，而是必然“要被社会性所渗透、所贯穿、所制约”，

① 木子：《评非理性文艺思潮》，《宁夏大学学报》1987 年第 4 期。

② 祁述裕：《理性：一个不应被遗忘的因素——对理性在小说创作中作用的思考》，《小说评论》1986 年第 4 期。

否则，“人学”也就有可能蜕变为“性学”“动物学”。[①]

在批判非理性主义文论的思潮中，《人民日报》曾作为主要的刊物发挥了举足轻重的作用，1989—1990年，《人民日报》先后刊发10余篇文章对非理性主义文艺思潮和文学观念进行批驳。1989年9月5日，《人民日报》第6版刊发秦志希、饶德江的《文学中的非理性主义及其他》一文，文中指出，改革开放给文学理论和创作带来了生机，但也导致了文学及理论的多元畸变，这种多元畸变“较为集中、较为深沉地体现为非理性（反理性）主义思潮”。文章认为，非理性主义花色繁杂，貌似新奇，但其“表面的多元却掩盖不住深层的单一肤浅”。尽管西方自19世纪以降的非理性主义倾向，在反拨忽视情感和本能的理性主义传统方面，具有一定的历史合理性，而且直觉、灵感、潜意识等在文学活动中也占有一定位置，值得认真研究，但在文论和创作中盲崇西方非理性主义，“片面强调以个体对抗总体，以自我对抗客体，将个人意志、情感、本能、潜意识置于同理性誓不两立的地位，终由非理性主义走向反理性主义”，这必然导致文学对为人民服务、为社会主义服务的对抗，违背“文学为人民服务、为社会主义服务的方向”。同时，文章还分别从“主体意识与理性意识”“自我中心主义与使命感”及“民族性与人类性”三个方面具体阐述文学如何排除非理性主义干扰的策略。除上文外，1989年10月3日，《人民日报》第6版又刊发蒋兆祥的《赤身裸体　走向深渊——评刘晓波的非理性主义美学观》一文。文中，蒋兆祥指出，数年来文艺创作和理论探索的实践表明，文艺界和思想界存在着一种十分危险的倾向，一些人一味强调感觉、直觉、潜意识，而把人类的正常理性打入十八层地狱，把文学对人物心灵世界的探索仅仅归结为是对低层次的无意识形态的表现，把人的本能欲望当成人的唯一生命动力和源泉，把剥离了理性的盲目不羁的生物本能当成万古不变的人性，其结果必然是陷入反理性、反道德、反人类文明的非理性主义泥坑。在该文中，蒋兆祥还认为非理性主义是“荒谬绝伦的”“玩世不恭的”，它肢解了人由感性力量和理性力量融合而成的有机生命整体，把决定人的生命价值的理性、道德

① 参见丁振海《也谈当前创作中的性描写》，《文艺报》1987年1月24日。

力量从人的本质属性中割离开去，宣称人的生命系统中值得肯定的就是由人的生物本能所决定的野性力量，这实际上是混淆了人与动物的根本区别，把人降低到动物的位置，其荒谬与无知“显而易见”。不仅如此，他又指出，非理性主义是一种极端的历史唯心主义和根本上的悲观主义，它将恶推崇为历史发展的动力，不要说与马克思主义的历史唯物史观背道而驰，就是对于每个具有正常理性的人，也会认为是海外奇谈。如果任由非理性主义文学观念泛滥，长此以往，神圣的艺术之宫就成了藏污纳垢之处，成了满足本能需要的黑暗洞穴。此外，蒋兆祥还指出，宣扬非理性主义的文艺除了赤裸裸地充当人欲横流、道德沦丧、疯狂掠夺的资本主义社会的吹火筒之外，没有任何实际意义。①

除《人民日报》外，《文学评论》《文艺研究》《解放军文艺》《光明日报》等国内重要报刊也纷纷刊文对非理性主义文学观念进行批驳，在文论界形成一股声势浩大的反对非理性主义潮流。如《光明日报》刊发陆贵山的《对文艺的非理性主义的理性审视》指出，20世纪80年代以来出现的文艺非理性主义思潮，其危害是不言自明的，文艺活动不能理解为非理性的，它应该与非理性划清界限。②《文学评论》发表肖鹰的《近年非理性主义小说的批判》指出，探索人的非理性层面对文学来讲是具有积极意义的，但必须坚持两个前提：第一，必须以理性力量为基础，以保证探索本身的认识意义；第二，必须坚持理性对于自我生活的主体性意义。文章认为，这两个前提却被非理性主义者抛弃了，由此而形成

① 除以上两篇文章外，1989—1990年，《人民日报》刊发的批判非理性主义文艺思潮的文章还有：吴秉杰：《“先锋小说”的意义》，1989年4月4日第6版；长沱：《当代报告文学的灵魂》，1989年8月2日第6版；艾斐：《文学的“新潮”与“蛮荒”》，1989年10月10日第6版；闻平：《从民族虚无主义到卖国主义——评刘晓波的资产阶级自由化谬论》，1989年11月7日第1版；冯崇泰：《文艺要高奏时代的主旋律》，1989年11月14日第6版；陆贵山：《用马克思主义观点指导文学研究》，1989年11月28日第6版；封秋昌：《创作的主体意识与社会责任感》，1989年12月26日第6版；李准：《马克思主义指导和文艺繁荣》，1990年2月6日第6版；陆贵山：《用唯物辩证法观察文艺现象》，1990年3月20日第6版；刘润为：《文艺家的社会责任感》，1990年5月29日第6版；舒平：《朝闻夕思》，1990年7月13日第8版；陈慧：《评现代派文艺的一个观念——“非人性化”》，1990年8月30日第5版；王元骧：《关于近几年文艺心理学研究的思考》，1990年9月6日第5版，等等。

② 陆贵山：《对文艺的非理性主义的理性审视》，《光明日报》1990年4月12日。

非理性主义的极端立场，这种极端立场认为："第一，要把握自我存在的真实必须排斥理性，由非理性独自而战；第二，自我只有在非理性状态下才有真实的存在。"因为某些作家固守这种观念，不仅导致其对非理性的探索转为"对理性的盲目而恶性的无谓冲撞"，也使其创作割断了与外在生活的生命联络，沦为一种"单纯的内耗"，作品的生命的力度与浓度"日益减少"，最终"丧失殆尽"，沦为反理性、反文化的狂乱，他认为，这是对"传统与理性，乃至于对文化本身的亵渎"，也是对社会、对人民的一种不负责的态度。[①]《解放军文艺》则发表蔡桂林的《对非理性文学的理性思考》指出，在过去那种极端理性主义被抛弃后，一些作家并没有做好充分的理性准备，而是急速滑向非理性主义的极端，与极端理性主义一样，这都源自共同的病态心理结构。这些作家"打着呵欠漫不经心地胡涂乱抹，调动诸种艺术手段消解事物间的因果联系，热衷于生活的偶然性、随意性、神秘性、魔幻性以及非秩序化的意象的奇特组合，崇尚直觉、宣泄本能，致使一些作品充塞着令人窒息的浅薄和无聊，充塞着低级趣味和官能刺激"。对此，文章认为，那种宣称只有非理性主义才能将文学引向审美的高品位的论断，"纯粹是一种臆想和妄断"。[②]此外，《文艺研究》刊发杨守森的《二十世纪现代、后现代文艺思潮反思》也指出，在当今中国，更需要的是真正的理性建设，而不是"非理性"的过分喧嚣，作为与文化建设密切相关的文学艺术，"尤其不能盲目地陷入'非理性'、'玩文学'之类的小圈子里"[③]。《作品与争鸣》刊发敏卓的《应该正确看待文学作品中的"性"描写》指出，"把裤裆视为宇宙，文学只在肚脐之下方寸之间下功夫，一味地展露性行为，渲染性感受，甚至成为性器官的具体描绘和展览"，"这实际是牲畜之间的事体"，"看这类作品，那我们不如去配种站看牲畜的交配更形象更逼真"。[④]

针对文论界日益膨胀的非理性思潮，有论者开始倡导"新理性精神"来与之对弈，钱中文就是最早的实践者之一。他指出，西方哲学家宣布

① 参见肖鹰《近年非理性主义小说的批判》，《文学评论》1990 年第 5 期。
② 蔡桂林：《对非理性文学的理性思考》，《解放军文艺》1990 年第 12 期。
③ 杨守森：《二十世纪现代、后现代文艺思潮反思》，《文艺研究》1996 年第 5 期。
④ 敏卓：《应该正确看待文学作品中的"性"描写》，《作品与争鸣》1988 年第 5 期。

这也死亡、那也死亡，无疑是在文学艺术中掀起一股非理性主义乃至反理性主义思潮，理性主义受到了非难。非理性主义哲学抓住了理性主义避而不谈和难以阐明的隐蔽的现实现象，开拓了人类心理、思维、认识的新领域。但当它排斥理性，企图用非理性主义的种种学说来从整体上阐述世界时，这不仅突出了非理性主义的谬误，而且转向了反理性主义。非理性主义在过去的文学艺术中作为潜流而存在，如今深入各种艺术的形式，它一面拓展艺术创造的机遇，更新人们的艺术思想，另一面又往往走向极端，无所顾忌地否定一切。① 对此，钱中文认为，应该为文艺重新寻找一个立足点，因此，他提倡“新理性精神”，并认为新理性精神“是一种以现代性为指导，以新人文精神为内涵与核心，以交往对话精神确立人与人的相互关系，建立新的思维方式，包容感性和文化的理性精神”，也是“一种以我为主导的，一种对人类一切有价值的东西实行兼容并包的、开放的实践理性，是一种文化、文学艺术的价值观”。他指出，新理性精神强调的是“要从现实生活实际出发，以并未过时的现代性思想为指导，不断进行自我反思与自我批判，提出新问题，在此基础上进行传统的继承、改造与创新。要在人与人之间强调交往与对话精神，人与人都是独立的，人都是存在于我与你之间，你有自己独立的个性，自有价值，我也是如此，这价值有大有小，但是要相互平等。真正的人存在于相互交往中间，存在于对话中间。在我们的生活与学术中，缺乏的正是这些东西，所以在学术问题的讨论中，要倡导一种走向宽容、对话、综合、创新，同时包含了必要的非此即彼、具有价值判断、总体上亦此亦彼的思维。要倡导一种新的人文精神，发扬过去被扼杀的个人自由进取精神，并与人际关系相互融合，使之成为文学艺术的灵魂”②。钱中文提出“新理性”后，旋即在学界引起强烈的共鸣，徐岱在评介“新理性”精神时曾这样说，“无论人们承认与否、赞同与否，这个在近些年来日益受到文论界注目的‘新理性精神’，已经在我国当代文艺理论与诗学研究中产生一定的影响。因为虽然这个概念的自觉出自钱中文先生的文论著

① 参见钱中文《文学艺术价值、精神的重建——新理性精神》，《文学评论》1995 年第 5 期。
② 钱中文：《正视中国文学理论的危机》，《社会科学》2006 年第 1 期。

述，但它所包含的思想内涵却来自整个当代中国文论界共同的思想走向，并在很大程度上体现了新时期以来国内人文领域主流学者的殊途同归的价值立场”[①]。他的这个评价是中肯且符合实际的。

作为反对文学非理性论的主要学者之一，许明在反思传统理性主义文论弊端的同时，也提出建设文论“新理性”的主张，并借此对非理性主义文论进行了进一步批驳。许明指出，寻求人类自身活动的理性规范，不仅是历史事实，也是人类的本性。“崇尚生命本能，极端地推崇深层无意识、潜意识，否定‘规律’、‘本质’、‘认识’、‘必然’这样‘可疑的’字眼以及它所代表的文化立场”是20世纪80年代以来非理性主义文论的重要特征。但这场非理性主义运动“带有一定程度上的模仿性”。许明认为，20世纪80年代我们曾经犯过两个错误：“第一，错误地将科学理性与工具理性、实用理性等同起来。第二，错误地将理性与人文性对立起来。这一个等同，一个对立，使八十年代的文化思想界对十九世纪的科学理性、精神充满了歧见。”在有些人的眼中，它“仿佛已成了一个怪物”。对此，他也倡导建立“新理性”，并解释说：“新理性，是融科学主义与人文主义，科学理性与工具理性为一体的文化哲学的思路。”它有两个基本立场：“一，在文化思想中，继承八十年代以来的以‘人的解放’为主题的人文意识。二，新理性的建设将是对十九世纪与二十世纪思想成果的合理内核的综合汲取。这个立场对中国思想界来讲，特别重要，特别迫切。从某种程度上讲，二十世纪的中国远远没有消化好十九世纪的精神成果。从二十世纪末本世纪初真正开始的中国现代化的进程，是工业革命造成的历史进步的继续。十九世纪的启蒙精神、历史主义、认识论、本质主义，不仅对仍然是处在前现代的中国社会来讲，是必要的，而且，对中国知识分子来讲，也仍是值得学习和思考的思想资源。”[②]

除上述论者外，张炯也撰文对非理性主义文论进行驳斥。在《对文学新思潮的某些理论思考》中，张炯指出，以往我们把阶级性等同于人性而否定其他共同人性的存在，这是错误的。但现在又出现了承认人的

---

① 徐岱：《“新理性精神”与后形而上诗学》，《东南学术》2002年第2期。

② 许明：《人文理性的展望》，《文学评论》1996年第1期。

共性而否定阶级性，乃至重视人的动物性而轻视人的社会性，重视人的潜意识、非理性而轻视人的显意识、理性及脱离社会历史条件把人不同程度地抽象化，致使不少作家在创作中热衷于描写男女性爱关系，而很少描写其他的社会关系。这显然也是错误的。他认为，“人有理性与非理性，作家、艺术家在文艺创作过程中当然也有理性和非理性”，在文艺创作中“创作主体的显意识与潜意识、理性的思考与感性的直觉都会起作用”，因此，文学创作“不乏非理性的成分”，但作家艺术家毕竟又是“有理性的人”，他总有一定的世界观、人生观、价值观，对许多问题都有自己的思想认识，所有这些在艺术创作中也不可能不起作用，至于在具体创作中有的理性成分多些，有的非理性成分多些，那“常常依作家艺术家个人的个性及其所创作的具体作品而异”。他指出，那种认为只有表现“非理性的潜意识、性意识、性冲动，才能创造真正的艺术”的观点是“一种偏激”，“经不住事实检验的”。[①] 在《论文学理论及其未来》中，张炯又强调，我们要“反对非理性主义，反对把创作看作像柏格森所说的‘生命流的涌动’或克罗齐所认为的等于‘直觉’，也不能赞成像弗洛伊德那样，把创作看作潜意识的‘性本能’在驱动，类似‘白日做梦’”。但他同时认为，创作中的确存在非理性的因素，不过，其与理性的关系怎样、地位如何、有何规律等，这都“有待于进一步予以调查研究”。[②]

因为文学中的非理性问题又关涉文艺活动中的直觉、无意识、灵感等心理因素，所以，在对这些因素的探讨中也体现了学界反对非理性主义文论的倾向。如在《创作迷狂与艺术灵感》中，陶伯华认为，创作迷狂、艺术灵感等非自觉性心理首先都来自信息刺激所产生的电—化学模式，最频繁的刺激反应形成敏感的神经通路，使某些联系具有最大信息量，人们通过社会实践塑造出特有的神经元组合结构，这种组合结构比电—化学反应模式获得的信息联系更稳定，形成逻辑范畴。人们将从外界接受的非约束性信息与已结构化的约束性信息相互作用，并由后者对

① 张炯：《对文学新思潮的某些理论思考》，《文学评论》1996 年第 2 期。

② 张炯：《论文学理论及其未来》，《中国社会科学院研究生院学报》2002 年第 3 期。

前者加以组织和同化而形成理性认识。在文学创作中，此种以非自觉的本能的方式起作用的理性认识与艺术意象发生共鸣，使作家陷入迷狂。因此，陶伯华认为，正是理性的信息处理过程形成了无意识的心理结构，迷狂的推动力是理性。① 黎山峣也认为，在文学创作中，潜意识、直觉等非理性因素具有重要作用，但因为它们都是基于社会实践的，所以，其实质依然是理性的。② 苏宏斌和张丽萍在《试论艺术创作中的无意识问题》中也充分肯定无意识因素在文学创作中的重要作用，但他们又指出，“艺术创作在整体上无疑是一种清醒、理智的意识活动”，无意识活动只是在创作活动的某些环节和问题上有限度地参与进去，而且其活动必须“时刻受制于理性意识的监督与制约”，那种“完全排斥逻辑与理智在艺术创作中的作用，认为作家应该完全听任无意识和梦幻的作用，把创作变成‘一种不受理智的任何控制、排除一切美学的或道德的利害考虑的思想的自动记录’”的论调，“无疑是一种十分有害的观点”。③ 无独有偶，在《谈艺术创造中的灵感》中，朱洁琼也认为，“灵感是有意识思考和无意识活动互相作用的结果……灵感出现之前，人们对某一问题有着长时间的思考，这段时间的思考实际上是灵感的孕育过程。人们潜心思考的结果会在大脑皮层上留下痕迹，形成内隐记忆。在有意识的思考中止时，无意识的认知活动却仍在不知不觉中悄然进行着，自动加工残留信息。灵感出现的规律表明，只有当人们的有意识活动达到一定的水平，有了一定的量的积累的时候，在无意识的不断加工之下，当出现合适的引发场景时，灵感才会出现。一个没有任何积累、思考水平低下的人，无论如何也不可能产生解决尖端问题的灵感”④。除这些论者外，另有刘烜、钱中文、姚文放等人也先后撰文对文艺活动中的直觉、通感、灵感、幻觉、梦幻等非理性因素进行了理性主义的解说。⑤

---

① 参见陶伯华《创作迷狂与艺术灵感》，《文艺理论研究》1984年第3期。

② 参见黎山峣《论创作非自觉性的特征》，《求是学刊》1985年第3期。

③ 苏宏斌、张丽萍：《试论艺术创作中的无意识问题》，《浙江社会科学》2003年第6期。

④ 朱洁琼：《谈艺术创造中的灵感》，《文艺理论与批评》2006年第3期。

⑤ 参见刘烜《论文学创作灵感的整合性》，《北京大学学报》1988年第5期；钱中文《论艺术直觉》，《学术月刊》1982年第7期；姚文放《理性与文艺变态心理》，《东岳论丛》1994年第2期。

第三节　反思与评介

众所周知，“理性”出自古希腊语 λoyos（logos），汉语音译为“逻各斯”。英国哲学史家格思里在其《希腊哲学史》中曾详细考察过“逻各斯”在古希腊的用法，并归纳出以下含义：任何讲出或写出的东西；所提到的和与价值有关的东西；灵魂内在的考虑，如思想、推理；原因、理性或论证；事物的真理；尺度、分寸；对应关系、比例；原则或规律；人的理性能力；定义或公式，表达事物的本质。从格思里的上述归纳中我们可以看出，“逻各斯”和语言、真理、规律、本质及人的思维等密切相关。后来，经古希腊哲学家赫拉克利特的移植，“逻各斯”成为哲学范畴，主要指事物发展变化的规律性。因此，从“逻各斯”的本源意义看，理性以真理、本质、规律、思维等为根本特征。在西方哲学史上，围绕对于“逻各斯”的探究形成了悠久的理性主义传统。如果说在古希腊的柏拉图和亚里士多德那里，理性主义就已经呈现出以理性统驭非理性（情感、意志、欲望等）之偏执的话，那么，降至近代的笛卡尔、黑格尔，这种偏执则达到了极致，而理性主义的弊端也暴露无遗。因此，随着以黑格尔哲学为代表的德国古典哲学之终结，理性主义本身及其内在的矛盾就遭到不断的质疑，现代哲学思想中旷日持久的非理性主义思潮开始萌动。

事实上，在黑格尔之前，法国思想家帕斯卡尔及德国古典哲学家康德都曾指出过理性的缺陷，然而，这并没有引起黑格尔的重视，他反而企图用辩证法来克服理性的缺陷，尽管他也提出过辩证思维就是“理性—非理性思维”，并对非理性有所重视，但是，由于黑格尔哲学的绝对理性主义的本质，致使其不仅无法真正克服近代理性主义的局限，相反还把这种局限做了愈发严重的发展，最终堕入由其自己设定的“理性的狡计”的窠臼。作为一个思想运动，非理性主义主要是指 19 世纪中叶至 20 世纪初，以叔本华、尼采、雅斯贝尔斯、克尔凯郭尔、柏格森、海德格尔等为代表的意志哲学、存在哲学、生命哲学及以弗洛伊德和荣格为代表的精神分析理论等。非理性主义反对传统理性原则无视甚至诋毁人的意志、本能、欲望、直觉、潜意识等非理性因素，与之相反，它冲破理性的界阈，从人的生命本体的维度推崇、拔高这些非理性的力量。统而言之，非理性主义主要有以下原则：反对传统理性，倡导认识和实践的非理性；否定理性思维和逻辑推理在认识和实践中的决定性作用；宣扬欲望、本能、意志、情绪、直觉、潜意识等在人认识世界和支配人的行为中的主导作用和价值等。总之，针对西方近代理性主义的极致化发展所导致的理性危机，非理性主义立足于生物主义和本能主义的立场对之进行了反拨和批判，并坚信唯有非理性才能引导人类走向进步，正如保罗·费耶阿本德所宣称的，对于所有人来说，理性是个“大灾难”，是时候“告别它了”。①

但是，不管承认与否，人类精神都是理性与非理性的矛盾统一体，前者表现为人类超越自我有限生命，追求必然性、普遍性及永恒性的能力；后者则体现着生命的自然欲望和冲动，表现为追求感性、具体、有限性的诉求，它们是互相作用、互相渗透的。非理性欲望是人的行为的深层动机，理性则促使这种动机合于社会、道德和文化的期盼。然而，非理性主义却忽视了其与理性之间的这种辩证关系，正是这种缺陷的在场，导致其不仅无法将非理性原则贯彻到底，甚至还因为其对非理性的偏执性的张扬而重新堕入理性主义的深渊。关于非理性主义的这个宿命，德国现象学家胡塞尔及存在主义哲学家海德格尔都曾有过阐述。如胡塞尔认为，非理性主义虽然反对理性，但其凭借的思维方式依然是思考和推理。因此，他不仅认为非理性主义是一种“目光狭窄的、比以往的任何老的理性主义更糟糕的坏的理性主义”，而且将之斥为一种“‘懒惰的理性’的理性”。② 海德格尔也认为，不论谁想把哲学规定为“非理性的”，他都是把理性当作“划界的尺度”。③ 也正是如此，当代中国非理性

① ［美］保罗·费耶阿本德：《告别理性》，陈健等译，江苏人民出版社2002年版，第17页。

② ［德］胡塞尔：《欧洲科学危机和超验现象学》，张庆熊译，上海译文出版社2005年版，第22页。

③ ［德］海德格尔：《什么是哲学》，孙周兴选编《海德格尔选集》上卷，孙周兴译，上海三联书店1996年版，第589—590页。

主义文论在反对理性主义的过程中又几乎是必然性地陷入了理性主义的泥沼。

盘点中国当代文论界关于“理性—非理性”的论争，我们看到，这次论争对于当代中国文论的进一步发展是必不可少的，但其间所暴露出来的问题值得学界深入思考，从学理上看，这场论争主要存在以下问题。

其一，极端化思维方式。尽管这也体现在理性主义者的论说中，如其宣称“文艺应该与非理性划清界限”、视非理性为“荒谬绝伦”并冠之以“资本主义”的标签等，但在非理性论者那里体现得更为明显。事实上，早在刘晓波抛出其论调时，针对其所流露出的极端思维，张志忠就曾指出，“仅谈本能与非理性是不现实的”①。但是，这似乎并没有引起刘晓波及其后继者的重视，他们反而愈发走向极端，不仅大肆宣扬文学的非理性，甚至提出“要呼唤野性”，并将当代中国文学的低谷归罪于作家过于理性，而缺乏野性。正是这种极端的思维方式致使其在高扬非理性在文艺中的地位时走上了反理性、反道德、反社会、反人性的极端，片面地鼓吹“生存就是生命”，“纯粹的生命意识”才是“真正的艺术意识”；“对于艺术来说，感性是根本的根本，究竟的究竟。”“要大谈本能、谈非理性，而不能谈社会，不能谈理性。”“应该强调本能、肉、性。没有调和的余地。”甚至将直觉、生命体验、原欲、性等提升至文学本体的地位，这显然是极其错误的。我们知道，人的活动具有明显的目的性、意识性，这表明人的活动不可能排斥理性，文艺活动作为人的高级精神活动之一，更是如此。因此，文艺活动要受理性的规范、引导和制约，没有理性的调控，不但文艺活动无法正常进行，而且，人的任何活动也无法付诸现实。同时，人的非理性如感性、本能、生命冲动、直觉、体验等也只有在社会生活中，才能成为人的真正的存在。正是在这种意义上，马克思主义经典作家在谈到人的自然属性时就明确指出其与动物的那种“自在”的自然有着本质的差异，他们指出，人的感性、自然、本能、欲望是“非自在”的，人并不是“仅仅有最必要的肉体需要的牲

① 转引自肖陈《南北青年文学评论家对话》，《语文导报》1986年第11期。

畜"[①]，"吃、喝、生殖等等，固然也是真正的人的机能。但是，如果加以抽象，使这些机能脱离人的其他活动领域并成为最后的和唯一的终极目的，那它们就是动物的机能"[②]。"饥饿总是饥饿，但是用刀叉吃熟肉来解除的饥饿不同于用手、指甲和牙齿啃生肉来解除的饥饿。"[③] 马克思主义经典作家这里既强调了人的自然属性的客观性和合理性，但是，他们又反对把人看成纯粹的自然人，反对单纯用生物学、自然论的观点来看待人的自然属性。因此，他们提出，人作为自然存在与动物不同，"人不仅仅是自然存在物，而且是人的自然存在物，就是说，是自为地存在着的存在物"，"只有在社会中，人的自然的存在对他来说才是自己的人的存在"。[④] 这些论断充分证明，在马克思主义经典作家那里，人的非理性存在并不是纯粹的生物性的自然，而是在社会实践中不断发展起来的具有社会本质、染着社会底色的感性自然。所以说，离开了社会本质，人的本能、感性、直觉等非理性因素就完全成为动物的属性了。但非理性主义者却无视这一点，从而使他们所宣扬的性、肉、本能等完全成了纯动物性的自然存在，这不仅在理论上是荒谬的，在实践上也是行不通的。美国当代文论家苏珊·朗格就曾指出，"一个嚎啕大哭的儿童所释放出来的情感要比一个音乐家释放出来的个人情感多得多"，但是，这不是艺术的表现，艺术表现的是艺术家"认识到的人类情感"。[⑤] 这就是说，单纯的个人的生理性情绪的发泄与艺术是距离甚远的，而单纯的个人的生理性情绪表现之所以没有艺术属性，主要在于其缺乏认知理性的浸淫和熔铸，不能体现出人的类本质，不具有普遍的共享性，也谈不上有任何审美的价值。所以，只有那种表现饱含人的生命的内在本质、经过人的认知理性铸照过的、带着审美底蕴的情感的传达才会具有艺术的韵味。

其二，当然，我们指出非理性主义文论存在的问题并非意味着其在

① 马克思：《1844 年经济学哲学手稿》，人民出版社 2000 年版，第 15 页。

② 同上书，第 55 页。

③ 《马克思恩格斯全集》第 46 卷（上），人民出版社 1979 年版，第 29 页。

④ 马克思：《1844 年经济学哲学手稿》，人民出版社 2000 年版，第 83 页。

⑤ [美] 苏珊·朗格：《艺术问题》，滕守尧等译，中国社会科学出版社 1983 年版，第 23—25 页。

理论上就是肤浅的。在我国文论领域，长期以来，学界对于非理性一直保持着固执的傲慢与偏见。非理性论者则站在非理性主义的立场，肯定直觉、本能、生命冲动等因素的客观性，并从哲学、人类学、心理学的角度出发，强调人的生命特性、本我意识，关注人的潜在心理世界，为人的生命的个人性、非理性提供了充分而深刻的论证，并提高了它们在文学活动中的地位，这显然具有一定的合理性。事实上，马克思主义经典作家也同样重视人的非理性存在。在《1844年经济学哲学手稿》中，马克思指出，“人是自然界的一部分”[①]，“人的第一个对象——人——就是自然界、感性”[②]。显然，在马克思的理解中，和其他动物一样，人同样是自然生成的结果，具有自然属性，所以，马克思又指出，“来源于动物界这一事实已经决定人永远不能完全摆脱兽性”[③]，“第一个需要确认的事实就是这些个人的肉体组织以及由此产生的个人对其他自然的关系”。不仅如此，马克思还认为，人首先“作为肉体的主体，才能够生存”[④]。“人直接地是自然存在物。人作为自然存在物，而且作为有生命的自然存在物，一方面具有自然力、生命力，是能动的自然存在物；这些力量作为天赋和才能、作为欲望存在于人身上。”[⑤] 基于此，马克思主义经典作家又从历史生成的高度肯定了人的感性存在的意义，指出“全部人类历史的第一个前提就是有生命的个人的存在”[⑥]。这就是说，人首先是自然存在，由此才决定了人的其他存在及全部人类历史的发展演变。因此，如果像独断论的理性主义那样，排斥非理性因素在文学活动中的合理“在场”，显然也是极其不妥的。总之，非理性主义者在人论上坚持人的感性存在性，重视人的直觉、本能、生命冲动，在文论上张扬人的个性，这对于冲破长期以来我国文论中扬理性而抑感性的樊篱无疑具有十分重要的学理意义。

---

① 马克思：《1844年经济学哲学手稿》，人民出版社2000年版，第57页。
② 同上书，第90页。
③ 《马克思恩格斯选集》第3卷，人民出版社1972年版，第140页。
④ 马克思：《1844年经济学哲学手稿》，人民出版社2000年版，第53页。
⑤ 同上书，第105—106页。
⑥ 《马克思恩格斯选集》第1卷，人民出版社1995年版，第67页。

其三，非理性主义强调感性在文学中的作用，进而突出其在人的解放中的独特地位，这是它对当代中国文论的积极贡献。我们知道，人作为一个丰富复杂的存在物，他首先就是一个感性的存在，而作为一个完整的人，良好的感性能力则是一个必需的前提。只有具备良好的感性能力，人才能更好地去追逐和体验自己的本质，他也才能成为一个真正意义上的人。文学固然有培养人的理性、强化人的德性意志、净化人的心灵、开启人的悟性等作用，但是，它也兼有建构人的感性的功能。而且，较之于前者，文学对人的感性的建构更加具有意义。因为随着近代工业文明的兴起，理性僭越成为人的生命的主导，感性反而与人相疏离，在日常生命活动中，人的感性能力的持有和延伸被忽视，这不仅导致了人性的残缺，而且也造成了人的单向度发展。自近代以降，这种现象已经引起了诸多理论家的关注。如席勒曾指出，由于理性的统治，人“把自己变成了一个断片”，从而“无法发展他的生存的和谐”，“活生生的知性，熟练的记忆比天才和感觉更能起到可靠的指导作用”。[①] 对此，席勒指出，“感受能力的培养是时代最急迫的需要”[②]。德国法兰克福学派的中坚马尔库塞也认为，人的本质首先就是与人的存在原则相一致的感性本能（即爱欲），他并且指出，爱欲是人的一切活动的原动力，通过爱欲的培养可以实现人的全面解放。尽管他们的见解未必完全正确，但却提醒人们，在现代理性社会中，人的感性的建构尤其重要。从这个意义上说，非理性论者强调非理性因素在文学中的重要作用，这既是对激活与重新生成现代工业社会中人的业已疲劳和麻木的感性的重视，也是对现代工业社会中所普遍存在着的“理性暴政”的反抗。当然，需要我们指出的是，文学中所表现出来的感性已经同生理的、本能的、自然的感性有着本质的不同，它是一种经过理性和社会意识烛照过的真正属于人的感性，它体现着理性的内涵，积淀着社会的内容。因此，它可以使人摆脱本能的泥沼，而走向一种人性的升华。

此外，对西方非理性哲学、美学的理念及术语的生硬模仿（按：正

---

① ［德］席勒：《美育书简》，徐恒醇译，中国文联出版公司1984年版，第51页。

② 同上书，第60页。

如许明指出那样，当代中国文论中的非理性运动，“带有一定程度上的模仿性”[①]。如模仿柏格森的“无意识才是精神的真正实际”之论，说作家“只有进入无意识的状态，才能充分表现自己的感情”；模仿恩佐的“理性是艺术的大敌”和霍希托克的“本能和无意识是最佳的棉纱，整部艺术创作史就是用这种棉纱编制成的”之见，说“我的文学观就是没有什么理性可言，任何理性因素的介入，都必然在某种程度上损害文学的审美的纯洁性”等），概念的随意使用，哲学家、美学家及思想流派的混乱归类等也从一定意义上制约了这场讨论的理论拓展和伸延能力。

① 许明：《人文理性的展望》，《文学评论》1996 年第 1 期。

第五讲

本质与反本质主义文论

本质主义（essentialist）与反本质主义（anti－essentialist）是20世纪全球哲学文化所面临的一对共同问题，自20世纪90年代以来，其在国内文论界激起了强烈震荡，并引发延续至今的本质主义与反本质主义之争。反本质主义者普遍视本质主义为传统文论的积疴，指责其是一种“僵化、封闭、独断”的思维方式与知识生产模式，并认为追寻“文学的本质”问题实在是“空耗精神之举”。他们建议文论研究采取“后现代文艺学的反本质主义”立场，“悬置”起本质，将本质语境化、历史化、相对化、多元化，走文论批评化的道路，唯有如此，文论的学科性也才会真正合法。针对反本质主义者的指责，诸多学者立足于“本质主义”对之进行了反驳和批评，这些论者认为，反本质主义给文论研究带来的后果是“灾难性”和“毁灭性”的，其伤害力也是“致命的”，他们坚信“反本质主义”绝不会消解文学本质研究的正当性和必要性，探讨“文学的本质”不但是可能的、应该的，而且是文论不断发展的精要和关键所在，文论必须要对“本质化”有所坚守，如果没有这一底线，文论可能会走向终结。因此，他们呼吁，要使我们的文论研究走上健康的道路，必须要批判反本质主义，重新回到重视基础理论研究的正路上，为文论的深入、健康、持续发展建构一个正确的“逻辑起点”。

第一节　后现代文艺学与反本质主义文论

当代中国反本质主义文论的滥觞最早可以追溯至20世纪80年代中后期。早在1987年，王蒙在发表于《文学评论》第1期的《文学三元》中就曾指出，构成文学的是“三元”：一、它是一种社会现象；二、它是一种文化现象；三、它是一种生命现象。他的这个认识已经透露出从多元的维度来消解传统的文学本质论的端倪。如果说王蒙的这种本质构想因其对于文学本质的保留态度而依然没有挣脱本质主义的逻辑预设的话，那么，在《文学评论》1987年的第2期发表的一个笔谈中，陈宏在所指出的文学没有先验、不变的本质，“它的本质体现为这种（按：即人的）自由的生命活动之无限展开的过程”的观点虽然亦不能号之为“反本质主义”，[①] 但是，他的这种将文学的本质与人的生命活动的无限性关联起来的体认无疑已经暗合了反本质主义的逻辑。此后，随着西方后现代主义哲学和文论大规模地向国内的引介，大约2001年前后，反本质主义文论开始在国内不约而同地出场。

2001年，《北京师范大学学报》第3期刊发李春青的《论文学理论的命名——文学理论的学科性反思之一》，该文可视为当代中国文论研究中反本质主义思潮的先声。文中，李春青指出，在文论研究中，人们常常试图“通过命名来一劳永逸地完成对某种文学现象的阐释。这毫无疑问是一种主体的妄自尊大”。他认为，“凡是善于用‘文学就是什么什么’或‘文学的本质是什么’这类句式的人都毫无例外地属于这种自大狂”[②]。除上文外，在《对文学理论学科性的反思》中，李春青又重申，随着意识形态之话语表征的文论的终结，本质主义的文论“实际上已经寿终正寝了”，“时下许多学者还循着老路，在那里苦苦追寻‘文学的本质’究

---

① 许明、钱竞、陈宏在等：《我们的思考和追求（笔谈一）》，《文学评论》1987年第2期。

② 李春青：《论文学理论的命名——文学理论的学科性反思之一》，《北京师范大学学报》2001年第3期。

竟是什么之类严肃而神圣的问题，实在是空耗精神之举”。那么，如何避免文论研究不再重复“空耗精神之举”呢？李春青建议：“确定那些具体的、有追问意义并且有可能找到答案的问题作为本学科的研究对象。将那些来自文学现象之外的伪问题弃于学科的研究范围之外，比如说，我们可以追问什么是现代派文学的创作特点问题，却不可以追问什么是文学创作的一般规律问题；可以追问什么是现实主义的真实性原则，却不可以追问什么是文学的真实性原则的问题；可以追问文学与其他文化门类的异同问题，却不应该纠缠于什么是文学的本质问题。总之应该尽量将问题具体而不是空泛化。”[①] 在《文学理论的学科性危机及其出路问题》中，李春青又批判说，“由于受到来自科学主义的影响，文学理论一方面把文学现象当作某种物质存在来分析，试图发现文学创作、文本构成与文学接受的心理的甚至生理的机制，另一方面文学理论又试图揭示某种本质的、规律性的东西，从而一劳永逸地把握复杂的文学现象；更有甚者，文学理论还被当作通过文学来揭示社会生活本质规律的一种途径。这样做的结果不仅是徒劳无功的，而且使人们开始动摇了对文学理论的信心，认为这是一种大而无当的主观臆说”。他认为，这些都是造成今日文论处境日益艰难的“重要原因”。[②]

几乎可以视作对李春青的《对文学理论学科性的反思》一文的声援，2001 年，陶东风发表《大学文艺学的学科反思》一文，[③] 该文在当代中国反本质主义文论的出场中占据着重要的地位。文中，陶东风对我国大学文艺学学科进行了深刻的反思，他认为，目前，我国的大学文艺学“已显危机迹象”：“以各种关于‘文学本质’的元叙事或宏大叙事为特征的、非历史的本质主义思维方式严重地束缚了文艺学研究的自我反思能力与

① 李春青：《对文学理论学科性的反思》，《文艺争鸣》2001 年第 3 期。

② 李春青：《文学理论的学科性危机及其出路问题》，北京师范大学、北京市社会科学界联合会编《和谐社会：公共性与公共治理——2004 学术前沿论坛论文集》，北京师范大学出版社 2005 年版，第 195—207 页。

③ 除《大学文艺学的学科反思》外，陶东风还分别发表《跨学科文化研究对于文学理论的挑战》（《社会科学战线》2002 年第 3 期）、《日常生活的审美化与文化研究的兴起——兼论文艺学的学科反思》（《浙江社会科学》2002 年第 1 期）及《日常生活的审美化与文艺学的学科反思》（《天津社会科学》2004 年第 4 期）等文章来反复重申自己的这种观点。

知识创新能力，使之无法随着文艺活动的具体时空语境的变化来更新自己。”这直接导致了一个严重的后果，即文艺学研究与公共领域、社会现实及大众实际文化活动、文艺实践、审美活动之间的积极而活跃的联系正在丧失。大学文艺学（很大程度上也包括一般文艺学）已经不能积极有效地介入当下的社会文化与审美/艺术活动，不能解释改革开放尤其是20世纪90年代以来文学艺术的生产方式、传播方式及大众的文化消费方式的巨大变化，而对于这种深刻变化的一味回避或拒斥，“又反过来强化了文艺学中原有的本质主义倾向”。一方面是大学文艺学教学中由“本质主义情结”造成的危机；另一方面，他进一步认为，“中国社会的转型已经极大地改变了文艺活动的生产、传播与消费方式”：文艺活动日益深刻的市场化、商业化与产业化；电视连续剧、广告、流行歌曲等成为大众主要的文化消费对象；新的知识分子/文人类型、新的文化与艺术从业人员及“新媒介人”阶层的出现；文化生产、传播机构的种类与性质的变化，等等。这些变化都深刻地导致了“文学艺术场域的整体转型”，“甚至改变了有关‘文学’、‘艺术’、‘审美’的经典定义”。而文艺学则没有对这些新的文化与文艺状态做出及时而有力的回应。陶东风又指出，“自从大学成为知识生产的主要机构化场所以后，文艺学就被纳入了这个体制。大学文艺学教学成为文艺学知识生产、传播及人才培养的最主要渠道，而教科书则是这个主渠道的中心环节。职是之故，大学文艺学教科书也就最典型地集中了本质主义的弊端”。陶东风认为，“‘本质主义’，乃指一种僵化、封闭、独断的思维方式与知识生产模式。在本体论上，本质主义不是假定事物具有一定的本质而是假定事物具有超历史的、普遍的永恒本质（绝对实在、普遍人性、本真自我等），这个本质不因时空条件的变化而变化；在知识论上，本质主义设置了以现象/本质为核心的一系列二元对立，坚信绝对的真理，热衷于建构‘大写的哲学’（罗莘）、‘元叙事’、‘宏伟叙事’（利奥塔）以及‘绝对的主体’，认为这个‘主体’只要掌握了普遍的认识方法，就可以获得超历史的普遍有效的知识”。受这种思维方式的影响，“学科体制化的文艺学知识生产与传授体系，特别是‘文学理论’教科书，总是把文学视作一种具有‘普遍规律’、‘固定本质’的实体，它不是在特定的语境中提出并讨论文学理论的具体问题，而是先验地假定了‘问题’及其‘答案’，并相信只要掌握了正确、科学的方法，就可以把握这种‘普遍规律’、‘固有本质’，从而生产出普遍有效的文艺学‘绝对真理’。在它看来，似乎文学是已经定型且不存在内部差异、矛盾与裂隙的实体，从中可以概括出所谓放之四海而皆准的‘一般规律’或‘本质特点’。这个意义上的‘文学’与‘文学理论’实际上只是一个虚构的神话，这个意义上的所谓‘规律’实际上也只是人为地虚构的权力话语”。由此认识出发，陶东风批判了 20 世纪 80 年代以来在国内影响较大的几部文论教材，认为它们是文艺学教材中贯彻本质主义思维的典型个案，集中地体现了本质主义思维惯例。这显然是一种“压抑性、排他性的知识与话语霸权”，它扼杀了学生的创新思维，导致了文艺学研究和从业人员的思维僵化。在激烈地批判之后，陶东风又提出了根除这种“本质主义弊端”的方案。他指出，“如果说我们的文学理论在理解文学的性质时存在严重的普遍主义与本质主义的倾向，那么纠正这种倾向就必须有条件地吸收包括‘后’学在内的反本质主义的某些合理因素，以发挥其建设性的解构功能”。对此，他认为，“反本质主义与反普遍主义要求我们摆脱非历史的（de－historized）、非语境化（de－contextualized）的知识生产模式，强调文化生产与知识生产的历史性、地方性、实践性与语境性。当然，我们对于‘后’学的利用并不是无条件的。我们所说的反本质主义并不是根本否定本质的存在，而是否定对于本质的形而上学的、非历史的理解（在这一点上不同于有些‘后’学家那种根本否定事物具有任何本质的极端反本质主义），尤其不赞成在种种关于文学本质的理论中选择一种作为对于‘真正’本质的唯一正确揭示。因为在社会世界，不存在无条件的、纯客观的‘本质’，社会世界的‘本质’是有条件的，它必然受到社会历史等因素的制约，而我们对于这个‘本质’的把握也受到作为社会实践（而不是逻各斯的体现）的语言的中介。我们应该对于所谓‘本质’或‘原理’采取一种历史反思的态度（而不是把它当作理所当然的、自明的东西），把所谓的‘原理’事件化、历史化与地方化”。如果说标榜元叙事、大写的哲学、绝对主体的现代主义是本质主义的，那么，我们理解地放弃了本质主义的文艺学也未尝不可以说是后现代文艺学。但是从它不设定某种关于文学的言说为绝对之真并以此统帅文艺学研究、从它倡导各种文学观念的平等地位而言，我们更愿意称它为自由、多元、民主的文艺学。基于以上认识，陶东风认为“我们的文艺学研究、特别是大学的文艺学教材必须进行比较深刻的改造，其核心是反思文艺学学科中的普遍主义与本质主义倾向，强调文艺学知识的历史性与地方性”。具体策略是：其一，要打破“四大块”的构架与“剪刀＋糨糊”的编写方法，在认真研究中西方文论史的基础上，提出不同国家与民族的文论共同涉及的几个“基本问题”与重要概念。其二，为了保证这门课程与原来的文艺学教材的区别，必须做到在介绍这些概念、讲述这些问题时贯穿历史的方法，对一些重要的概念与问题（比如“文学”概念及“什么是文学”的问题）做历史的解释（这样的解释必然揭示“文学”概念的含义不是固定的）。同时，这种历史的解说必须结合民族的维度，即分别介绍不同民族（由于篇幅限制可以以中国与西方为主）对于这些概念（比如“文学”）是怎么进行解释的。这样既可以消除历史的遗忘，又可以凸显不同民族对于“文学”这个概念的不同理解。其三，介绍完毕以后，教师不必给出“什么是文学”的最终答案，不做结论，让学生自己去思考（但可以在避免“过度阐释”的前提下努力发现各种不同的文论之间的“交叉共识”）。这样做可以使学生明白关于“文学”本来就有无限多元的解释与理解，从而培养他们开放的文学观念。最后，陶东风指出，罗蒂曾经认为由于文学的开放性，文学本来就是反本质主义的。但遗憾的是，长期以来，我们恰恰对文学做了本质主义的僵化理解，现在是还它以多元开放的面目的时候了。①

2002年，在《社会科学战线》第3期上，陶东风在《跨学科文化研究对于文学理论的挑战》一文中重申了自己上文的观点。他指出，“文学理论教科书总是乐于总结文学的所谓‘一般规律’、‘本质特点’，似乎存在一种一般的文学艺术活动，从中可以概括出所谓放之四海而皆准的‘一般规律’或‘本质特点’”，并认为这是一种“严重的普遍主义与本质主义倾向”，文论研究应当抵制这种倾向，进行跨学科的文化研究。② 在

① 参见陶东风《大学文艺学的学科反思》，《文学评论》2001年第5期。

② 陶东风：《跨学科文化研究对于文学理论的挑战》，《社会科学战线》2002年第3期。

《南阳师范学院学报》2004年第5期发表的《日常生活的审美化与文化研究的兴起——兼论文艺学的学科反思》中，陶东风指出，“从整体上看，我们的文艺学在解释20世纪90年代新的文化与文艺状态时依然显得十分无力，许多学者采取消极回避或情绪化拒斥的态度，不能也不想在学理上作出令人信服的解释”。他认为，导致这种状况的主要原因之一就是“中国文艺学的本质主义思维方式”。他指出，“本质主义是一种形而上学的思维方法，在本体论上，它不是假定事物具有一定的、可以变化的‘本质’，而是假定事物具有超历史的、永恒不变的普遍/绝对本质。表现在文艺学上，就是不管中外古今的文学，都具有万古不变的本质，这种本质在分析具体的文学现象以前已经先验地设定，否认文艺活动的特点与本质是历史地变化、因地方的不同而不同。在认识论上，本质主义坚信人只要掌握了科学的、理性的分析方法就可以获得绝对正确的对于本质的认识，否定知识（包括文艺学知识）的历史性与地方性”[①]。在《南阳师范学院学报》2006年第5期的《文艺学知识的重建思路》中，陶东风在批判新时期文学自律论的持有者时说，他们“坚持把那些从经典作品中总结出来的‘文学特征’当作文学的永恒不变的本质与标准，建立了相当僵化机械的评估—筛选—排除机制。这就日益丧失了与现实生活中的文化—艺术活动进行积极对话的能力”[②]。在《日常生活的审美化与文艺学的学科反思》中，陶东风同样认为，“由于中国文艺学的本质主义思维方式仍然在顽强地延续，导致许多学者仍然认定文学具有超历史的、永恒不变的普遍/绝对本质，这种‘本质’在分析具体的审美与文学现象以前已经先验地设定，否认审美与文艺活动的特点与本质是历史地变化、因地方的不同而不同。结果导致文艺学知识创新能力的衰竭，不能随着时代与环境的变化而不断地反思知识的历史性与地方性，从而对变化着的文学艺术活动作出及时而有力的回应”[③]。

陶东风的这一系列文章构成了当代中国文论中反本质主义思潮的理

---

① 陶东风：《日常生活的审美化与文化研究的兴起——兼论文艺学的学科反思》，《南阳师范学院学报》2004年第5期。

② 陶东风：《文艺学知识的重建思路》，《南阳师范学院学报》2006年第5期。

③ 陶东风：《日常生活的审美化与文艺学的学科反思》，《天津社会科学》2004年第4期。

论宣言，其中所表达出的理论见解，吸引了一大批追随者。如陈太胜、魏鹏举、徐润拓、和磊、李秀萍、秦剑、南帆等。

在2002年发表的《走向后现代的文艺学——兼谈当代西方的几本文艺学教材》一文中，陈太胜大力倡导“后现代的文艺学”，他认为，后现代“是当前的文艺学研究急需的一种思路”，对当代中国文艺学来说，“从根本性的思想反思的角度上提倡后现代的文艺学显得尤为重要”。循着这个思路，陈太胜对传统文艺学进行了批判，认为“本质主义和元叙事”是传统文艺学“最大的或是最根本的罪恶”，目前，“我们还是热衷于叙述大故事，去建筑堂皇的理论殿堂，去寻找事物（美、文学、诗歌、小说、戏剧、电影等等作为研究对象的一切）‘简约’、‘永恒化’、‘均质’的本质，认为把握了它，就可以据之评判一切的事物”。这“简直是太不后现代了”。所以，他指出，当务之急是要改变我们“僵化的知识结构、学科体系和研究方式”，用后现代精神帮助我们的文艺学研究完成“现代性事业”。陈太胜甚至认为，本质研究已经不足以再成为文学理论的核心问题，不仅如此，它甚至是“无关紧要”的，在文论研究中我们应当采取“后现代文艺学的反本质主义的立场”。[①] 除陈太胜外，李秀萍也指出，在文论研究中适当引入后现代思想不失为“一种有益的尝试”，她并且补充道，“后现代的新思路就是要反对‘简约的、虚假的、永恒化的、粗暴的、均质化的使用本质概念’，将本质语境化、历史化、相对化、多元化，于是，‘对永恒本质的界定的渴求就让位于对事物本质这种‘知识’的历史化和多元化的描述’”。[②] 和陈太胜、李秀萍的摒弃“本质研究”的立场一样，魏鹏举提出要将文论中的本质研究进行“悬置”。在2002年3月29日的《河北日报》理论版，魏鹏举发表了《反思传统文艺学研究中的本质主义》一文，他认为，长期以来，我们的文论学科建设将过多的精力放在了对诸如“文学是什么”“文学发展的规律是什么”等具有本体论性质的问题的研究与讨论上，虽然取得了一些成果，但随着

① 陈太胜：《走向后现代的文艺学——兼谈当代西方的几本文艺学教材》，《福建论坛》2002年第1期。

② 李秀萍：《关于建国以来文艺学教材建设的思考》，《首都师范大学学报》2005年第1期。

研究的深入，这些可能永远不会有答案的问题越来越成为不再具有学术价值的话题，同时也使文论的学科发展处于僵化与滞后的尴尬处境。他认为，这些本体论研究的根本旨趣不在文学本身，而是有着很明确的意识形态诉求。当主流意识形态高扬“科技是第一生产力”宠幸自然科学的时候，作为人文学科之一的文论顿然黯淡，一蹶不振。魏鹏举指出，不可否认，对文学本体性的探讨是有意义的，但这种关注必须保持一个度，因为文论毕竟不是哲学研究，因而注意其研究对象的自律性非常重要，这是其学科性的基本条件，不然的话文论与哲学研究就没有分开的必要了。另外，如果把“规律”“原则”等问题抬到不适当的高度，就会出现与文论研究的学理客观性不相称的、不讲道理的伦理性评判。与自己的理论一致的，便称为“真正的文学理论”，否则便是“低水平重复”“难以实现质的蜕变和飞跃”，成为一种自我中心的权力话语。本质性的问题是有意义的，但目前如果纠缠于这些问题，只会使我们越来越迷惑，而且如果继续以此种研究方法授之以徒，只会使他们与学术研究的现状相脱节而贻害后学。魏鹏举提出，我们为什么不学着采取“悬置”存疑的态度呢？他并且认为，悬置存疑是现象学大师胡塞尔所提倡的一种“特殊的哲学思维态度”，胡塞尔为了克服不假思索地相信意识中的对象是独立于意识而客观存在的“自然的态度”，提出了“存在的悬置”（epoche)。他借用了胡塞尔的这一概念，并修改为“本质的悬置”，并以该概念作为对执着于本质追求的传统文论的反思与修正。他指出，在当前大众文化、通俗文艺大行其道的时代，大众文化是否应该进入文论研究者的视野，以及面对文化工业、电子传媒的冲击，文论的学科如何定位等问题，亟需我们认真地去思考和实践，所以，暂时“悬置”起玄远的本质、规律、原则等问题，不仅符合马克思主义、毛泽东思想所提倡的具体问题具体分析的教导，同样也是一种更为诚恳的学术态度。同时，魏鹏举还解释说，之所以要“悬置”本质，另一个重要目的就是要破除本质主义的谬见，即将某一种或几种理论以个人主观意志不切实际地神圣化、绝对化。说到底，理论其实只是一种知识，文论也不例外。我们没必要回避或排斥带有本体性意味的问题，但每一种有关这方面的思考，都只应被视为与学术史上出现过的其他思考一样的、属于文论学科范围内的一种具有平等品质的知识，而不是什么绝对的真理。只有这样，他指出，我们文论的学科性才会真正具有合法性。[①] 与从西方后现代主义那里汲取反本质主义的学理依据的论者不同，徐润拓在《对“文学本质论”研究的反思》中立足于中国古代文论，进一步论述了悬置文论中本质问题研究的必要性。他指出，人们一般“很少质疑‘文学是什么’这一问题本身，认为回答文学的本质和特性是文学理论天经地义的任务”，但“事实并非如此”，“‘文学是什么’并不是文学理论难以回避的问题：首先这一提问方式背后的哲学基础主要是西方的形而上学和逻辑主义的传统，这一传统并不具有先验的优越性，当置换到其他的思想和哲学传统之中时，譬如中国的或其他的异质传统，这种本质主义的问题就会因丧失合理性而无效；其次，对‘文学是什么’的悬搁，并不妨碍具体的文学理论的建立，更不妨碍文学批评的实施和操作，中国古代文论是个极好的说明；最后，文学创作和文学阅读都先行于对‘文学本质’的明确理解，即使一个作家或读者能够对‘文学是什么’给出逻辑周全的回答，也并不说明他的创作必定是优秀的或鉴赏力就更胜一筹”。由此，他宣称，“对‘文学’的理解完全不必归结于对‘文学是什么’这一问题的理解上”，随着时间的推移和理论的发展，像“文学是什么”这样的本质主义问题“在包容它的思想框架中已耗尽了全部的思想能量和可能性，找不到产生新火花的碰触点了”。因此，徐润拓认为，“文学理论在经历了本质主义的风风雨雨之后，似乎也应该重新回到活生生的文学现实中来，以求寻获创新的灵感”。对于文论如何重新回到活生生的文学现实，徐润拓从中国古代文论那里找到了灵感，他认为，中国古代思维是一种“非本质主义的思维方式”，它不追求对事物和经验的抽象理性概括，“而是将经验的活性保留于命名之中”，而且，这种非本质主义的思维方式的“隐喻式思维”形式使其在交流性上也不存在问题，中国古代文论的很多范畴都体现在中国古代思维的这种非本质主义的特色上。因此，他提出，我们的文论应该悬搁本质主义的情愫，“直面‘文

---

① 参见魏鹏举《反思传统文艺学研究中的本质主义》，《河北日报》（理论版）2002年3月29日。

学’本身，省却一些抽象的原则”，在鲜活的文学经验中找到文论创新的可能。①

2004年，在《再谈文艺学的学科反思——兼与盖生先生商榷》中，和磊指出，应该承认，近几年文论界对目前大学文艺学学科进行的反思，是“富有价值和成效的”，它使我们认识到了我们大学文艺学学科所存在的“问题与局限”，为重新唤起文艺学的活力，为文艺学开拓新的出路提供了有益的帮助，所有这些，都显示了学者们的“责任感”和大胆创新的“开拓精神”。他同时指出，当然也应该看到，目前的反思还只是起步阶段，很难说理论的成熟和完善，这也就使反思不可避免地存在某些问题，但必须肯定的是：“我们的文艺学的确存在问题，这不仅在理论逻辑上，也在其与现实关系及学生的反映上，因此改革与发展我们的文艺学学科是确定不疑的。”他认为，文学作为人类的一种活动方式，从根本上说不是一个静态的存在，它随着社会与时代的发展，在不断的“否定之否定”中拓展自己的内涵和外延，从而形成一个文学的“家族”。在这个文学的“家族”中，每一个成员都以其“家族相似性”而具有其独立存在的合法性，而彼此的“否定”只能是一种丰富而不是取消。因此，他赞成韦尔施在《重构美学》中的“完全没有必要求诸哪个贯穿首尾的‘本质’”的观点，认为由此而让每个定义都各自敞开着，从而展示“审美”的丰富与活力。不过，在我们的文艺学教科书中，也能看到关于文学的各种定义，可我们的文学理论教科书在罗列完这些定义后，却在排除了其他的定义中得出了一个似乎是“最终正确”的定义，这就从根本上取消了其他定义存在的合理或合法性。这样，罗列定义的目的并不是在展示一个家族的丰富性，而只是做批判之用，通过否定多数而肯定一个，似乎只有这一个才是“本质”的，这就体现出了一种强烈的本质主义思维模式。他举例说，比如在对社会和意识形态这些概念的处理上，所有的文论教材都说文学是社会的反映，可反映的是什么样的社会？谁的社会？在我们的心目中，似乎每个时代都有一个“确定”的社会，可事实如此吗？我们也说文学是一种意识形态（一般的和审美的），可什么

① 参见徐润拓《对“文学本质论”研究的反思》，《广东社会科学》2002年第1期。

是意识形态？它有什么内涵？我们对这些词语的简单理解，实在是取消了它们极其丰富的含义和其中所包含的极其复杂的关系。如果我们在一个“确定”了的社会和意识形态中去理解文学，那我们的文学也只能是确定的、“本质”的了。他同时又指出，反对本质主义，并不是要取消本质，更不是一提到“本质”“规律”“价值”“意义”等就视为本质主义。因为很显然，任何事物肯定有属于它自身以区别于他者的“本质”，这是任何理论都无法取消的，也是不可能取消的，因为取消了本质也就取消了事物的存在。我们反对本质主义，反的是那种对任何事物都要概括出一个普遍永恒的僵化本质，而且在现实已经强烈地对这个“本质”提出质疑的情况下，依然坚持这种所谓“本质”，从而取消该事物其他的丰富内涵与历史变化的思维和做法。相反，和磊指出，我们应该要去强调对事物认识的“家族”意识，而反对用一个“家长式”的定义取消该家族其他成员的存在。[①]

在《关于文学性以及文学研究问题》中，南帆指出，本质主义者往往认为，“文学有一种固定不变的本质，如同千变万化的水都是 H_2O 一样”，“研究文学，必须事先确认研究对象的本质，这似乎是很正常的工作程序”。然而，问题并非这么简单。本质主义的观点只不过是推导出一个形而上学的“文学”观念，他们“以一种美学信徒的姿态守护文学”，并且深信，“埋藏在文学深部的本质拒绝一切非文学的骚扰”。南帆指出，本质主义处理问题“较为简单”，理论家的主要工作就是认定本质的所在，这就像“掘好了一个坑等待一棵合适的树”。而非本质主义的理论家则认为，没有什么固定不变的本质埋藏在事物的深部等待理论家去开采。所谓的本质仅仅是一种幻觉。执意地寻找本质如同剥洋葱：一层一层打开之后，最里层空无一物——并没有一个代表本质的坚固内核。企图从文学内部挖掘所谓的本质无非是受到这种幻觉的蛊惑。在描述了本质主义和非本质主义的学理特征之后，南帆指出，“一个事物的特征不是取决于自身，而是取决于它与另一个事物的比较，取决于

① 参见和磊《再谈文艺学的学科反思——兼与盖生先生商榷》，《浙江社会科学》2004 年第 1 期。

‘他者’。所以，考察文学特征不是深深地钻入文学内部搜索本质，而是将文学置于同时期的文化网络之中，和其他文化样式进行比较——文学与新闻、哲学、历史学或者自然科学有什么不同，如何表现为一个独特的话语部落，承担哪些独特的功能，如此等等。当然，这种比较只能是具体的，历史的”。因为，“一代有一代的文学，古往今来的文学不存在一种亘古不变的固定本质”。所以，在南帆看来，非本质主义的主张似乎比本质主义的更为“科学”，他指出，相对地说，非本质主义的观点却是将自己置于不尽的问题之流中。首先，理论家必须确认考察的是哪一个时代的文学，进入何种文化网络，与哪些文化样式进行比较，负担了哪些功能，等等。理论家不仅要在每一个时代遭遇这些问题，重新思考这些问题的答案，而且还要不断地对付另一些更大的问题：什么叫作时代？一个时代与另一个时代的界限在哪里？政治意义上的时代、经济意义上的时代与文学意义上的时代是否相同？几者之间又有哪些复杂的关系？如果没有所谓的本质，代代相传的作品又是依靠哪些机制的支持？这些机制在某一个特定的时代可能产生哪些变化？总之，他们所要考察的问题源源不断。自然科学的许多定律是反复的实验得出的结论，文学的许多现象则是反规律的。一部作品因为这种方式取得了成功，下一部作品往往就要回避这种方式。模仿不可能产生最伟大的作品。这与自然科学不同。自然科学之中，规律不以个人的意志为转移，文学之中，某些规律可能因为一个伟大的作家而改写。没有一个伟大的作家可以改变自然的轨迹，但是，许多伟大的作家可以改变社会认识。南帆还批评了本质主义文论的形而上学倾向，认为在这种倾向中，理论家的工作程序是，先给某些概念规定种种定义，然后再用这些概念衡量具体的文学现象。什么叫作文学？什么叫作现实主义？什么叫作浪漫主义？或者，什么叫作后现代主义？一旦规定了什么叫作后现代主义，一切文学都往这个筐子里扔，仿佛所有的作品都在证实这个概念。这显然是一种思想上的偷懒。很大程度上，文学所强调的感性经验恰恰是对于形而上学倾向的抵制。感性经验常常突破各种大概念的规定，显示出遭受理论遮蔽的另一些脉络。概括与解概括、收敛与发散之间的平衡常常考验理论家的才能。他提出，作为研究者，“要善于把握理论概念与历史事实之间的张力”，许多文学研究的命题就是由这种张力提供的。[①]

秦剑提出，长期以来，我们的文论学科建设过多地将精力放在了对诸如“文学是什么”“文学发展的规律是什么”等“具有本体论性质的问题的研究与讨论上”，虽然取得了一些成果，但随着研究的深入，这些可能永远不会有答案的问题越来越成为不再具有“学术价值的话题”，同时也使文论学科的发展处于“僵化与滞后的尴尬境地”。他认为，20世纪80年代学界对于文学本质问题的探讨是一种“很明确的意识形态诉求”，这种寄身于主流意识形态、确立在“意识形态诉求”基础之上的本质主义情结有着忽视“自身的学理自律性以及合法化建设”的弊端，随着主流意识形态兴奋点的转移，明显陷入了“独木难支”的窘境。因此，他提出：“不可否认，对文学本体性的探讨是有意义的，但这种关注必须保持一个度，因为文学理论毕竟不是哲学研究，因而注意其研究对象的自律性非常重要，这是其学科性的基本条件，不然的话文学理论与哲学研究就没有分开的必要了。另外，如果把‘规律’、‘原则’等问题抬到不适当的高度，就会出现与文学理论研究的学理客观性不相称的、不讲道理的伦理性评判，‘文学’和‘文学理论’也便成为一个‘虚构的神话’，而这个意义上的所谓‘规律’、‘原则’实际上也只是人为地虚构的权力话语。”针对此种所谓的弊病，秦剑借用胡塞尔哲学中的“悬置”概念，提出了“本质悬置”。他认为，“只有暂时把本质‘悬置’起来，文学理论才有可能与当下已发生巨大变化的文学活动的生产、传播与消费方式进行有效的对话，才有可能走出‘失语’的困境。同时，‘本质的悬置’也是文学理论‘实践性品格’的要求。因为‘本质的悬置’，意味着文学理论对长久以来纯文学苑囿的超越，进行跨文学实践。当代社会，随着时代精神的发展，文学的审美品格逐渐转移到大众文化之中，大众文化已取代纯文学成为精神文化的中心。因此，不受‘特征/本质’框定的大众文化理应进入文学理论的视野，而这种可能，只有在本质被‘悬置’之后。同时，暂时‘悬置’起玄远的本质、规律、原则等问题，不仅符合马克思主义、毛泽东思想所提倡的具体问题具体分析的教导，我想这

① 参见南帆《关于文学性以及文学研究问题》，《江苏大学学报》2005年第6期。

同样也是一种更为诚恳的学术态度。之所以要‘悬置’本质，另一个重要目的就是要破除本质主义的谬见，即将某一种或几种理论以个人主观意志不切实际地神圣化、绝对化。所谓‘本质主义’，‘乃指一种僵化、封闭、独断的思维方式与知识生产模式。在本体论上，本质主义不是假定事物具有一定的本质而是假定事物具有超历史的、普遍的永恒本质（绝对实在、普遍人性、本真自我等），这个本质不因时空条件的变化而变化；在知识论上，本质主义设置了以现象/本质为核心的一系列二元对立，坚信绝对的真理，热衷于建构“大写的哲学”（罗莘）、“元叙事”、“宏伟叙事”（利奥塔）以及“绝对的主体”，认为这个“主体”只要掌握了普遍的认识方法，就可以获得超历史的普遍有效的知识。’其实，理论只是一种知识，文学理论自然也不例外。我们没有必要回避或排斥带有本体性意味的问题，但每一种有关这方面的思考，都只应被视为与学术史上出现过的其他思考一样的，属于文学理论学科范围内的一种具有平等品质的知识，而不是什么绝对的真理。只有这样，文学理论的学科性才会真正具有合法性及理论的有效性”。最后，秦剑认为，“‘本质的悬置’不仅能使文学理论走出当下‘失语’的困境，而且将会给文学理论带来勃勃的生机”①。

在《经典文艺学与反本质主义》中，王坤指出，“经典文艺学要想能够承受反本质主义的致命一击而继续正常发展”，“必须包括接纳作为方法论的反本质主义”。他并且认为，本质主义追求共性，它所达到的是含糊，而反本质主义追求个性，所达到的是精确。我们现在要做的，“应该是在继承前人成果的基础上，确立接纳反本质主义方法论的立场，将经典文艺学研究推向一个重视精确、尽量避免过度含糊的新阶段”。最后，他认为，“柏拉图所确立的本质主义方法论，以追求共性为目的，历经两千多年之后，人们终于认识到概括、抽象不能过多地忽略个性，由此，一个新时代开始了，相信这也是一个孕育飞跃的新的轮回的开始。文艺学幸逢其时”②。除以上诸论者之外，杨春时、阎景娟等人也分别撰文倡

① 秦剑：《“本质的悬置”：文学理论学科性之反思》，《黄冈师范学院学报》2005 年第 2 期。

② 王坤：《经典文艺学与反本质主义》，《中山大学学报》2006 年第 3 期。

导反本质主义文论。例如，杨春时在《论文学的多重本质》中认为，“以往关于文学性质的研究是一种本质主义的研究。本质主义认为事物只有单一、不变的本质。现代研究方法已打破本质主义，认为事物的性质是多层次、多方面的，事物依据其不同层次和多方面的联系而有不同性质”。借助于结构主义方法，杨春时提出文学具有原型、现实和审美三种本质，并认为，这种借助于结构主义的多元本质方法“也许可以克服本质主义文学观的局限……从而将文学本质的研究向前推进一步”①。在《从日常生活的文艺化到文化研究——论文艺学的“划界”“扩界”与“越界”》中，阎景娟指出，“人们常常会习惯性地出自一种自然科学研究的态度，试图找出文艺的永恒本质，划出文艺研究的一般范围，找出古往今来文艺活动的普遍规律，毕其功于一役地解释一切文艺现象。事实证明，这是一个美好的愿望、迷人的幻觉”。“反本质主义的提出，针对的正是文艺学研究中，认为文艺具有超历史、普遍的永恒本质的思维方式。反本质主义并不反对事物有本质，但只承认有变化的或者说变化之中的本质。”② 在这些论者的推动下，反本质主义文论在当代中国文论领域一时甚嚣尘上。

第二节 捍卫本质主义

20世纪80年代，是国内本质主义文论研究的鼎盛时期，审美反映论、审美意识形态论、文学本体论、艺术生产论等典型的本质主义文论都是在这个时期被提出并得以深入的。正是如此，有学者曾戏谑地将该时期称为主流文化与知识分子文化的“蜜月期”。但是，随着反本质主义文论的出场，这个“蜜月期”被彻底终结。然而，这个“蜜月期”的终结并不意味着本质主义文论退出了历史舞台，针对反本质主义者对于本

① 杨春时：《论文学的多重本质》，《学术研究》2004年第1期。

② 阎景娟：《从日常生活的文艺化到文化研究——论文艺学的“划界”“扩界”与“越界”》，《文艺争鸣》2003年第6期。

质主义文论合法性的质疑，理论界诸多学者对之进行了不遗余力的反驳和批评。

实际上，早在1996年，许明就对当时文论界已呈现的反本质主义端倪感到忧虑，他说，“为什么在审视十九世纪以来的本质主义的时候，非要走到反本质主义一边去呢?”① 但许明的这种忧虑似乎并没有引起文论界的充分关注。所以，一直到2001年前后，针对中国文论领域呈现的反本质主义倾向，人们才开始对之进行集中的批驳和反思。董学文是最早介入反本质主义批判的理论家之一。2001年，他发表《文学理论的存在形式》一文，针对反本质主义者的论调，他指出，“真理就是由现象、现实的一切方面的总和以及它们的（相互）关系构成的”，“当我们把握了文学现象的这些方面和相互关系时，为什么不可以得出真理性的认识呢?”“为什么不能够得出（或上升到）关于文学的‘一般’和‘普遍’规则的结论呢?”他说，由于文学本质的历时性、变动性和多层次性，简单、静止、片面地规定文学的本质总是有漏洞、难以令人满意。但是不是因此就可以回避文学本质的探讨，宣称“现在倾向于不谈文学的本质问题”，以“基本不采用本质论”的办法来对待文学问题呢？难道因为“文学是可以从不同的侧面不同的角度来谈”，就意味着文学的本质“可以规定为无限‘多元’的吗”？从“文化”或“人类文化学”视野研究文学，就一定要走向反本质主义吗？董学文认为，“‘文学是什么’（或‘什么是文学’）解答是文学理论最基本、最核心的问题，是一切文学理论系统的思想‘原点’。有些文学理论体系可能不直接表述‘文学是什么’的概念，但必定表达‘什么是文学’的观念，而这些‘观念’实质上是由研究者对‘文学本质’的认识派生出来的。文学的本质在其现实性上是各种关系规定的总和，只要我们从联系的、运动的和相互作用的关系中去考察文学，不把‘本质’看成僵硬的、凝定的、不变的、绝对抽象的东西，那么，探讨‘文学的本质’不但是可能的、应该的，而且恰是文学基本理论不断发展的精要和关键所在”②。除上文外，董学文又分别发

① 许明：《人文理性的展望》，《文学评论》1996年第1期。

② 董学文：《文学理论的存在形式》，《社会科学战线》2001年第2期。

表《当前文学理论研究热点背后的偏失》《文学本质界说考论——以“审美”与“意识形态”关系为中心》两篇文章来重申他的本质主义文学观念。他指出，“在目前的研究中，许许多多的丛书、专著、论文说是进行文艺学或文学理论研究，其实与文学、文艺几乎无关联。这些研究者对什么都能发言，似乎博学得很；当今世界的政治、经济、军事、科技、文化等等几乎无所不包，可就是不见文学、文艺的踪影。而文学基本原理的研究更是门前冷落，以至于有人甚至要对文学原理的基本问题进行‘悬置’，但不知要待何时才去解决”[①]。“文学理论从根本上说是对‘文学是什么’的研究。因此，对文学本质的说明是文学理论的核心问题。关于文学本质的界定，中外学界的意见有多种，即使那些反本质主义的观点，也不排斥对文学本质的规定作动态阐释的可能。这表明探讨文学本质问题的极端重要性。”[②]

董学文之后，理论界开始集中地对反本质主义文论进行商榷和反思，王元骧、陆贵山、童庆炳、王钦峰、曾庆元、盖生、唐铁惠、汤拥华等纷纷撰文批评反本质主义的理论主张，掀起了声势浩大的捍卫本质主义文论的潮流。

围绕反本质主义论者所提出的要“悬置文学本质研究”而去研究具体文学问题的论调，坚持本质主义文论的学者首先对之进行了批驳。这主要体现在王钦峰、李俊、杨杰、童庆炳、肖建华、曾庆元、马建辉等的论述之中。王钦峰认为，如果绕开“什么是文学”的问题，“文学理论不但没有被更好地建设起来，反而有被放逐的危险”[③]。李俊也指出，“‘本质主义’有两种表现：绝对主义和科学主义。‘绝对主义’是一种追求绝对确定性的哲学学说，它相信存在着某种永恒的、超历史的存在，可以为确定世界的本质和价值的法则提供一劳永逸的模式、基础，哲学家的根本任务就是去发现这种绝对的存在”。李俊提出，要超越本质主义和反本质主义，“艺术本质问题并非不值一提的假问题，而是无法回避、

① 董学文、金永兵：《当前文学理论研究热点背后的偏失》，《江海学刊》2001年第4期。

② 董学文：《文学本质界说考论——以“审美”与“意识形态”关系为中心》，《北京大学学报》2005年第5期。

③ 王钦峰：《泛化与重建：走向开放的文学理论》，《学术研究》2001年第6期。

非如此不可的问题。但这也并非意味着我们将重新回到本质主义的言说路径上去。经过否定之否定后，必须找寻新的思维方式。要有效地克服本质主义和反本质主义、绝对主义和相对主义，必须超越两者间的知性对立，并充分吸收两者的积极因素，从而在其张力中找到一种辩证的立场。立足于这种辩证的立场，那种追求绝对确定性、相信可把一切差异统一于某种终极存在之中的观念无疑将被抛弃；与此同时，提倡开放多元的思维方式并不意味主观任意性，而是同时承认多元中的统一性与可通约性，从而避免陷入'什么都行'的无政府状态"。最后，他提出，"虽然艺术不具有超历史、超文化的永恒本质，但这并不意味着我们就只能放弃对它下定义。艺术的多成分特征只是暗示我们必须沿着不同的轨迹去寻求定义。即使某种定义只适合某几种艺术形式，这种有限的有效性对界定'艺术'仍然是有益的，只有在承认一种有限有效性的基础上才有可能去追求普遍有效性。因此，一种从一定时代、一定社会文化背景出发的艺术定义不仅是可能的，而且也是必要的"①。杨杰则认为，"文艺何以成为文艺、其本质特征是什么，这是当代文艺理论研究的核心问题，也是任何文艺理论研究工作者无法回避的基本问题。对文艺给予本质性的规定，阐明文艺与世界、文艺与创作主体的关系，区分文艺与非文艺的界限，正是文艺理论研究的根本任务"②。童庆炳在批评某些学者对于"审美意识形态论"的质疑时指出，"有人认为审美意识形态是讲文学本质论的问题，但文学概论没有必要讲文学本质论的问题。作为普通的文学参与者，包括作家、读者、文学专业研究者，不再关心文学是什么，而是关心一些非常具体的问题。那么，审美意识形态理论是不是会逐渐被边缘化？其实文学本质问题是任何一个学文学的学生都要关心的，而且是任何一个文学教授都要关心的，不关心文学本质问题是假的。比如有人整天研究文学的形式，如果你不是这样理解文学，为什么你专门去研究文学形式本身呢？这不是让人感到很困惑吗？文学本质是沉甸甸

① 李俊：《反本质主义与艺术本质问题》，《贵州师范大学学报》2002年第1期。
② 杨杰：《深化当代文艺本质问题研究之探析》，《理论学刊》2005年第2期。

地深藏在每个文学教授内心最深层的一个问题，任何人回避不了”[①]。肖建华甚至提出没有了文学本体这一底线，文艺学很可能会走向终结的观点。他指出，20世纪90年代以来，西方的“终结者宣言”不绝于耳，如“历史的终结”“哲学的终结”“艺术的终结”等，后现代主义素以平面化、无深度著称，它对一切理论的和形而上学的东西都持强烈的敌视和拒斥态度。以对文学进行理论反思为己任的文论自然也在它的消解之列。针对文化研究的反本质主义理论诉求，肖建华认为，依靠某些学者所宣称的文化研究真的能够使文论走出困境吗？文论还要不要坚守文学本体这条底线？的确没有什么一成不变的文学界定，但运用反本质主义能够消解文学的最本质的内核即它的审美性、自由性和超越性吗？在大众文化身上能够体现出文学的那些最本质的特点吗？而且最为重要的一点就是，如果文艺学只去研究购物中心、街心花园、流行歌曲，那文艺学还是文艺学吗？他认为，凡此种种的做法，目的到底是在拯救文艺学的困境还是消解它存在的合法性前提呢？基于此，肖建华指出，“如果没有了文学本体这一底线，那么文化研究反而可能会成为文艺学走向终结的一个陷阱”[②]。曾庆元和马建辉则对反本质主义者倡导的应该研究具体文学问题的论调进行了驳斥。曾庆元在批评李春青认为时下我国文论研究水平不高是由于原有的那些基本的或核心的问题（指文学的本质、文学的功能等）随着研究的深入不仅没有得到发展反而渐渐失去了核心的地位，有的甚至不再成为具有学术意义的话题，这种怪现象只能说明这些问题本来就带有某种虚幻性，我们应当抛弃文学的本质究竟是什么之类严肃而神圣的问题而去研究文学活动中的具体问题的论见时指出，“问题刚好相反，正是因为时下的不少文学理论过分注重文学活动中的具体问题，缺乏对文学为什么（人为什么需要文学）、文学是什么，文学的创作和发展有什么样的‘规律’、‘原则’等普遍有效性问题的全局关照，而使自己的研究处于低水平的重复上，难以实现质的蜕变和飞跃”。相反，他认

① 童庆炳：《文学本质观和我们的问题意识》，《社会科学》2006年第1期。

② 肖建华：《文学理论的危机和我们的策略》，《文艺理论与批评》2006年第2期。

为，理论应体现对特定对象的终极关怀，而不是“形而下的判断”。[①] 马建辉则认为，“文学理论的根本性进展无不是建立在对文学本质的思考之上的”，他并且以中国文学本质研究的发展来说明这个问题。他指出，“仅就我国的文学本质研究的发展来看，从‘文学是社会生活的反映’到‘文学是社会生活的形象反映’，从‘文学是一种语言的艺术’到‘文学是一种话语方式’，从‘文学是一种上层建筑’到‘文学是一种审美意识形态’，再到‘文学是一种与意识形态相适应的审美意识形式’，由对文学外部本质的研究到对文学内部本质的研究，由对文学单一本质的认定到对文学多重本质的探索……这些无不显示了‘没有一个确定答案’的文学本质研究对文学理论的推进。而那些所谓‘具体的、有追问意义并且可能找到答案的问题’，往往是时髦或具体‘有用’的应用理论或理论的应用方面。文学本质问题研究和其他基础理论一样是‘无用之用’，不像应用理论那样会在水面上泛起眩目的浪花，它是深海中沉缓而有力的潜流”[②]。罗宏也认为，不管放弃本质的追问还是继续之，“文学是什么”的问题依然处于悬念之中。他指出，数千年来，学术文本中的文学定义不计其数，却一直未能建立公认的文学本质认知，时至今日，人们似乎已经感觉到智慧的穷竭，随之便出现了“文学终结”“反本质主义”“文化批评”之类的新思维，以求合法地逃避对文学本质的追问。但经院派的学人很难割舍文学的本质情怀，于是便以多元考察（即定义组合）的方式来继续文学的本质想象。但如此一来，文学什么都是因而也就什么都不是了。总之，无论是放弃文学本质的追问还是继续之，“文学是什么”的问题依然处于悬念之中。罗宏认为，“本质标志着一事物与他事物最根本的区别所在。如果要认识某事物并进行相应的实践，就必须首先通过本质的揭示将该事物与他事物区别开来。人类学术史业已证明，通过本质的揭示将研究对象进行分门别类的剖析，是人类认识不断进步的前提。即如恩格斯所说：‘把自然界的各种过程和事物分成一定的门类，

---

① 曾庆元：《也谈文学理论学科性的“合法依据”——评李春青的〈对文学理论的学科性的反思〉》，《文艺争鸣》2001年第6期。

② 马建辉：《“核心技术”与文学本质研究》，《郑州大学学报》2002年第6期。

对有机体的内部按照其多样性的解剖形态进行研究，这是四百年来在认识自然界方面的获得巨大进展的基本条件。’可见，对文学本质的追问，绝不仅仅是一种求知的好奇心使然，更重要还是基于研究本身的召唤”。他进一步提出，也许反本质论者会提出反驳：文学艺术并没有本质，又如何进行探求呢？针对这种论调，罗宏反驳道：“如果一个事物没有本质，它也就无从与其他事物相区别，因而也就不可能被我们辨认和谈论，说到底，其自身也就不存在。反之，当我们可以用文学艺术的概念来指称某种社会现象并谈论它时，说明我们已经在相当程度上从其他事物中区别出它，亦即在相当程度上把握其本质了。也许我们还不能提出确切的命题，甚至依然感觉目标遥远，但这只能归结为我们的认识还不到位，而不能归结为文学艺术没有本质。”罗宏认为，当下，我们已经感受到放弃本质追问产生的种种危机了：首先是一批学人出现了文学解读的失语，他们无法用既有的知识与文学对话；其次是文艺学的边界在扩张中虚焦，这同时也意味着文艺学自身的解构；最后是文艺学与文学实践的同谋关系解体，文论家在当下学术生活和文学生活中成为身份可疑的人。因此，他提出，在人类历史的长河中，对于文学本质诉求的历史已逾数千年之久，这充分地说明了文学本质存在的真实性。固然，迄今为止，人类并没有完成对于文学本质的揭示，这并不足以证明文学的本质是不存在的，只是意味着“真理求索的艰难”，既然我们选择了文论作为研究的对象，那么，我们就只能在进行必要的思维调整的基础上继续本质的追问，以更好地接近我们期盼的目标。①

除了王钦峰、李俊、杨杰、童庆炳、肖建华、曾庆元、马建辉等对反本质主义文论措辞温和的指责外，盖生在《浙江社会科学》2003 年第 1 期发表了一篇言辞犀利的批判。针对反本质主义者批评传统文论病入膏肓、百无一用的论调，盖生认为“问题似乎没有那么悲观”。他指出，反本质主义者对传统文论的指控，并非基于对文论与文学创作的整体关系及实际状况的考察所得出的结论，而是其兜售欧美后现代主义及解构主义理论的结果。盖生指出，马克思主义辩证法也反对形而上学的本质主

① 参见罗宏《文学本质追问与价值观照》，《江苏社会科学》2005 年第 5 期。

义，但其与西方后现代主义又有着根本的区别。前者反对形而上学的本质主义的目的在于建构，在于使对立双方在一定条件下“互为中介”，甚至“亦此亦彼”，而后者则只是追求一味地解构，一句“本质主义”宣判就企图置传统文论于死地，这种简单化地反本质主义，恰恰也是一种本质主义。不仅如此，他还指出，“反本质主义者所以要把文学理论指控为本质主义而消解掉”，其根本目的无非是“为当下某些私语化、肉身化、感官化的写作寻找一种话语庇护”。在当前人文关切走失，精神维度缺席的语境下，这“事实上已构成一种助纣为虐的行为”。因此，盖生指出，反本质主义者反的“不是文学理论本身”，而是“人文精神和历史情怀”，其追逐的是“零散化、非人化的本能世界”。因此，他强调，文论还要“对‘本质化’有所坚守”。针对反本质主义者提出的“文学理论批评化”和“文学批评理论化”的方案，盖生驳斥说，这“是一种重操作而忽略学理的短视行为”，其实质是要“取消文学理论”，其后果不仅会使我们难以找到“文论的灵性”，而且也会使其失去应有的品位与功能。[①]

为了更加有效地对反本质主义文论进行驳斥，一些学者又开始反思传统文论中的文学本质观念，并对之进行了创造性的发展，以此来回应反本质主义者的武断指责，陆贵山、唐铁惠就是典型的代表。2005 年，在《试论文学的系统本质》中，陆贵山开宗明义地指出，“研究文学的本质规律，是文艺理论家的职责”。他认为，在一段相当长的时期内，从西方到中国涌起了一股“反本质主义”的声浪。尽管这种社会文化思潮是“对极端的、僵硬的、教条的本质主义”的反拨和挑战，但他坚信，“‘反本质主义’绝不会消解研究文学的本质规律的正当性和必要性，更不会颠覆文学研究的意义和价值”。在他看来，解决问题的关键在于“怎样正确理解文学的本质和本质主义”。他指出，要想真正完整、深刻地理解文学的本质规律是很难的，任何一个学者都无法穷尽文学的真理，但他都会为追求文学真理的长河中增添某些新的因子。所以，我们应当珍惜学术前辈们对文学的本质规律认识的理论成果，充分肯定其中有价值、有

① 参见盖生《质疑反“本质主义”并商榷“文学理论的批评化”》，《浙江社会科学》2003 年第 1 期。

意义、有先进思想成分的合理内核，在既有的基础上把对文学的本质规律的理解不断推向前进。陆贵山还提出了他对文学本质的深刻理解，他认为，文学本质和一切事物的本质一样都是可分的，我们至少可以从四个向度上把握文学的本质：从文学的横向上，开拓文学本质的广度，展现文学的“本质面”；从文学的纵向上，开掘文学本质的深度，展现文学的“本质层”；从文学的流向上，驾驭文学本质的矢度，追寻体现文学发展趋势的“本质踪”；从文学的环向上，拓展文学的内在和周边的关系，从而把握文学的“本质链”。所以，文学的本质是可以划分为多方面、多层次的，同时又是流动的、变化不居的，在相互制衡的内在的和周边的关系上不断变异，获得新质。因此，他提出，“不论是从广度、深度、矢度和圆度上，换言之，不论是从横向、纵向、流向和环向上，都应当对文学本质作开放的理解和系统的阐释”。同时，他还重申：其一，真理是全面。人们对文学的认识是从片面到全面，获得片面深刻的真理已属不易，更应当尽可能地吸纳和整合这些片面深刻的真理，使之上升为相对全面深刻的真理。其二，真理是深度。文学的本质在纵深的向度上同样是可分的。文学同样存在着一级本质和二级本质，乃至呈现出无穷无尽的递进式的层次性，有待学者们去进行不断地发掘和钻探。其三，真理是过程。本质主义对事物的内部联系的把握不可能成为恒久的真理。文学是随着时代的发展而发展的，一旦文学的意义在矢度和流向上有新的演变，这种本质主义的理论概括必然会产生解析文学的凝固性和保守性，甚至变成一种僵化的、背时的理性，从而失去阐释文学的有效性。对文学的本质界说，只能勾画出一种既相对稳定又不断变化着的边界，随着时代的变迁、历史的发展、社会的转型和文化环境的变异，必然会发生相应的变通。总之，文学的本质总是伴随着时代的变迁而演进，伴随着历史的发展而转换，伴随着社会的转折而嬗变。文学的本质是流动的。因此，必须破除和摒弃对本质的僵化的理解和教条主义的解释，但同时又要注意防止虚无主义的态度，不加分析地消解和颠覆一切对事物的本质规律的理性界说。其四，真理是关系。文学和文学的本质都存在于关系中，都通过关系而存在，都在关系中深化、在关系中完善、在关系中发展，表现为各种关系因素的“合力”的相互激荡、相互拉动、交互作用，呈现出类似“平行四边形”那样的复杂形态。与文学本质相联结的诸多关系，制约着甚至决定着文学的系统本质，形成文学本质的多维结构。总之，他指出，文学的本质不仅是全面的、深层的、流动的，而且是系统的、相对的、开放的。① 除陆贵山外，唐铁惠从“关系性”出发，也对文学的本质进行了新的体认。他认为，“在思维的抽象层面上，我们显然可以说文学理论的对象就是文学的本质和规律，因此取得作为一门独立学科存在的合法性。但从现实的层面来看，文学理论的对象——文学，并没有固定不变的、等待理论去认识和提取的本质内容。文学与宇宙中的其他任何事物一样，其本质是依关系而生，在不同的关系中，相对不同的事物，文学就有不同的本质，并且仅仅在一定的关系中，相对一定的事物，文学才显现出一定的特殊性”。他又借用了法国后结构主义者克里斯托娃在《语言的欲望》中曾提出的“互文性”概念，认为其意义正在于说明，文学只是在与其他事物的关联中才产生了它的本质和意义，文学与其关联事物是相互肯定、相互确证的。所以，“文学的本质是关系的产物。文学有一种关系就有一种本质，从而有多种关系就会有多种本质，有一千种关系就会有一千种本质”②。

郑惠生和王元骧则分别从文学理论学科建设的角度对反本质主义者进行了批驳。郑惠生指出，反本质主义者宣称文论学科的核心问题根本没有答案，果真如此，那就意味着“无论过去、现在还是未来都不存在一门叫作‘文学理论’的学科”。他认为，“对象确立是学科建立的前提条件之一，虽然有些学科的核心问题存在争议，但这只是学科内部的矛盾斗争，而绝非学科没有核心的问题”。而针对反本质主义者认为文学的本质、规律等问题都是虚幻的之论点，郑惠生认为，常识告诉我们，一个学科是否能够建立起来，首先取决于其研究对象能否确定，而研究对象能否确定，那要看该对象能否与其他的事物区别开来并具有被系统研究的价值。他指出，“尽管事物与事物之间的区别是多方面且都有一定的意义，但最重要最有意义的区别却是本质上的区别”。所以，“探求被研

① 参见陆贵山《试论文学的系统本质》，《文学评论》2005 年第 5 期。
② 唐铁惠：《试论文学理论体系建构的一致性原则》，《文学评论》2004 年第 5 期。

究的事物的本质，既是学科建立的基础，也是学科建立以后时时刻刻都要面对的重要问题”。他还补充说，“正因为如此，探讨研究对象的本质、功能乃至规律，才成了科学的家常便饭”。对于反本质主义者提倡的“文论的批评化”，郑惠生也给予反驳，他指出，“‘理论的批评化’并不意味着文学的本质、规律和原则等概念丧失了意义”，“如果没有对于文学本质的相当程度的认识，没有对于文学规律与原则的一定程度的掌握；那么，不要说‘文学理论的批评化’根本无法做到，就是对具体的文学现象哪怕只做印象主义的批评，也是极其困难的”。最后，他总结说，对于文学理论的学科建设来说，“本质虚无”和“规律虚无”等反科学倾向，无疑是负价值的。[①] 在论及文艺学的学科建设时，王元骧指出，文艺学学科建设问题的关键还在于“艺术本性的研究”，这是一个内部的规律，不是靠外部来划分的。近年来，在后现代主义思潮的影响下，艺术本性的研究上不提倡本质主义，他指出，本质主义确实是要反对，马列宁主义就是反对本质主义的。如列宁哲学讲到本质时就认为；第一，本质是多种的，有第一本质、第二本质等，有普遍性的层面、特殊性层面等。第二，本质是流动的，普遍性层面和特殊性层面是对立统一的；第三，本质是频繁的规律。所以，王元骧指出，我们反对本质主义，是指不要把本质看成僵死的、凝固的、抽象的东西，不能把简单的本质去套具体的现象，但是“任何时代不能不研究事物的性质”[②]。在《文艺学不应回避艺术本性的研究》中，王元骧提出，“不能以反本质主义为名，把对事物的本质的研究也给否定了，因为这样一来，我们对问题的思考就失去了理论依据和理论前提，就会丧失科学性而陷入主观随意性”。他认为，反本质主义所宣扬的反对本质研究“使得它几乎完全放弃了学理上的科学探讨，而满足于‘跟着感觉走’，满足于把理论只停留在对现状的描述上（何况还是一种片面的描述），具有很大的随意性和主观武断性，以至许多观点都经不起理论上的反驳”。在《文艺理论的现状与未来之我见》中，王元骧认为，反本质主义“所主张的反本质主义、相对主义、虚无

① 参见郑惠生《反科学倾向不利于文学理论的学科建设》，《东南学术》2004 年第 3 期。
② 王元骧：《文艺学强调艺术本性的研究》，《学术研究》2004 年第 3 期。

主义，以及在美学领域内的‘消灭边界、填平鸿沟’，试图通过否定艺术和非艺术之间的界限来取消艺术的合法地位，无疑是带有极大的消极性和反科学性的倾向的。然而，像这样的一些缺陷，却被我国文艺理论界一些追逐时尚的学人一知半解、不加分析地加以搬用和鼓吹，由此造成我国文艺理论研究中的思想混乱。此种情形，曾被有些学者认为是‘灾难性’的和‘毁灭性’的。笔者认为这并非危言耸听”。在该文中，王元骧又指出，“在反本质主义思潮的影响下，这些年来我国文学理论界对于一些基础性的、重大的问题……日益失去了兴趣，在研究选题上日趋‘边缘化’，过分地把注意力倾注在一些细碎、琐屑、理论意义十分有限的问题上，无谓地在消耗文艺理论界的精力，这就大大阻碍了我们文学理论整体水平的提高和健康发展”，使我们的文学理论研究陷于“空前的混乱”，它的伤害力是“致命的”。因此，要想使我们的文论研究走上健康的道路，特别要从“批判反本质主义的思潮入手”，“回到文学的基础理论研究，特别是对于文学观念等重大问题上来”，从而使我们的文论研究走上健康的道路。①

此外，汤拥华从概念辨析的角度指出，反本质主义者的错误在于其对本质主义这个“历史性的概念作了‘本质主义’的理解”。他认为，本质主义从古希腊至今，经历了“独断论本质主义”“认识论本质主义”“辩证唯物论本质主义”“现象学本质主义”“逻辑实证本质主义”等各种形态，“每一个新的本质主义的出现，都是以克服旧的本质主义为前提的。本质主义有一个永恒的对手怀疑主义，怀疑主义的内涵也是历史的。任何形式的怀疑主义都不能一劳永逸地取消本质主义，而只能对‘本质主义’的某个特定形态形成致命威胁。但是，这种威胁总能被化解，而新的本质主义就在与特定形态的怀疑主义的斗争中成熟起来”。汤拥华认为，作为本质主义的怀疑者，反本质主义的主要武器是“历史主义”，“但历史主义同样不足以阻断本质主义的伸展空间”，因此，反本质主义所能反掉的只是“‘独断论本质主义’这一特定产品”，它“反不掉本质主义这一整个思维路向”。最后，汤拥华提出，像反本质主义者那样简单

① 王元骧：《文艺理论的现状与未来之我见》，《汕头大学学报》2004 年第 5 期。

化地反对本质主义恰恰也是一种本质主义，他并且将这种本质主义命名为“历史主义的本质主义”。[①]

除以上学者外，张炯、吴子林、王波、陈吉猛等人也分别对反本质主义文论进行了批判和驳斥，如在《论文学理论及其未来》中，张炯认为，“为了促进我国社会主义文学的繁荣和发展，我们就不能不重视文学理论，不能不重视文学的一般本质和规律，更不能不重视社会主义文学的特殊本质和规律”[②]。吴子林指出，“目前，国内文艺学界有一种流行的说法，即所谓的‘文学性扩张’。持这种观点的学者认为，‘后现代转折’从根本上改变了已有的‘总体文学’状况，即文学的精神追求和艺术追求被文学的商业利润追求所挤占，狭义的‘文学’处于边缘状态，其生存空间已然被影视、网络、电子游戏等新兴的文化形式所挤占；而广义的‘文学性’则处于社会生活的中心，即在后现代场景中，今天的政治活动、经济活动、宗教活动、道德活动、学术活动、文化活动等都‘文学化’了——离开了虚构、修辞、抒情、讲故事等文学性话语的运作，这些活动都无法进行……以是之故，‘文学性’的成分成了经济、商业、消费活动的‘核心’，不再是狭义文学的专有属性。因此，我们可以把一篇社论、一条广告、一个企业的营销手册、一条新闻报道、一个理论甚至一个政治家、一个企业家、一个学术明星当作‘文学作品’来研究。有的学者更由此提出，面对‘文学的终结与文学性的统治’这一巨变，传统的文学研究如果不及时调整和重建自己的研究对象即‘扩容’——转向传媒、消费行为、娱乐文化、城市景观、公众行为等领域的研究，必将茫然失措，坐以待毙”。吴子林指出，“通观这些论述，人们不难注意到，这些提出‘文学性扩张’或‘日常生活审美化’的学者，从来就不对‘文学性’或‘审美化’的内涵作出一个最为基本的限定，而在论述过程中含糊其词。其中的缘由，自然是喧嚣一时的反本质主义思潮所致”。针对这种反本质主义的论调，吴子林提出，“从学理上说，任何事

① 汤拥华：《告别与执守：有关文学理论的论争——由一篇商榷文章引发的商榷及感想》，《浙江社会科学》2004 年第 1 期。

② 张炯：《论文学理论及其未来》，《中国社会科学院研究生院学报》2002 年第 3 期。

物都是有自己相对稳定的特性、内涵和边界的——因为这是一个事物之所以存在的依据和理由，我们如果无限制地变更其特性、扩大其内涵、抹杀其边界，那就基本上取消了这一事物本身”。对于“文学性”，吴子林提出，“‘文学性’的内涵不论如何开放，仍然还是有它的基本限定的，否则它就与‘音乐性’、‘艺术性’等范畴根本没有什么差别了”。他借用乔纳森·卡勒的“文学性”的问题就是“什么是文学”的问题的观点来说明，文学性解决的就是“文学的一般性质”“文学与其他活动的区别”的问题，其目的在于将文学活动与非文学活动相区分开来，以确定文学的独特性质，从而在众多社会话语光谱中划出“文学的领地”，以安顿作为一门学科的“文学研究”。同时，吴子林指出，综观我国文艺学的历史，无论对文学的理解如何千差万别，人们“基本认同‘审美意识形态论’是文艺学的第一原理，基本认同‘文学是语言的艺术’。简言之，‘文学是以审美为最高本质的语言艺术’这一基本的判断，是人们的基本共识”[①]。王波也认为，“对文学本质的认识是确定文艺学研究对象和范围的基础。正是对这一本质认识的不断深化，才使文艺学研究不断发展起来。在当前媒介革命、文化繁荣、传统文学边缘化的语境中，我们仍要坚持对文学本质的分析，找出解决问题的思路。在这一点上既要反对文学‘本质主义’的形而上学的观点，又要反对放弃本质分析的‘本质虚无主义’的立场方法，做到在发展中认识本质，通过对本质认识的深化，明确发展的方向”[②]。陈吉猛则提出，“本质主义不仅是方法，更是对世界的根本态度和立场，本质主义是人类的一种基本的思维方式，是人类的一种基本的认识原则和知识构造原则。……概括地说，首先，本质主义思维是一种二元对立思维；其次，本质主义思维更重要的还是一种基于二元对立的一元决定论思维”。他并且指出，本质主义遵循“绝对和终极的原则”，因此，在实践上，它往往会将“追问所得的某一答案确立为世界和事物的终极和绝对的本质（这是各种形而上学体系相继被建立的机

① 吴子林：《对于“文学性扩张”的质疑》，《文艺争鸣》2005年第3期。

② 王波：《拓展与建设——论文学本质的发展观与文艺学研究范围》，《当代文坛》2005年第4期。

制所在）。其实，本质主义也是终极主义和绝对主义，因而也是知识专制主义、知识霸权主义”。但陈吉猛自己并不认同反本质主义，在他看来，“‘反’潜在地意味着超出批判的合理限度，意味着排斥异己、唯我独尊，反本质主义的决绝姿态表明，它实际上在与本质主义的知识专制主义、知识霸权主义‘同流合污’”[①]。总而言之，以上学者的反拨有效地巩固了本质主义在当代中国文论研究中的既有地位。

第三节　反思与评介

毫无疑问，本质主义和反本质主义的论争对于深化当代中国文论的研究具有重要的学术意义，其间所提出来的问题是文论进一步发展所必须面对和解决的问题。无论是本质主义还是反本质主义对文学的理解，其意义都不在于谁揭示了文学的“奥秘”或终极意义，而在于这种对立和博弈使我们有机会更深入地反思文论的过去和未来。

众所周知，本质主义是西方哲学史上传统悠久的一种哲学思想，它往往把现象与本质割裂开来，将之从其所处的历史的具体、特殊关系和不断变动的过程中孤立和抽象出来，从而使其成为脱离具体现象和关系的不变抽象和纯逻辑概念的非历史性存在。本质主义思维方式的首要特征是主、客二分，即在现实世界之外又设立一个本原世界，并从它出发来说明现实世界，强调人的把握不是对现实世界的把握而是对本原世界的把握，是对原初性、绝对性、固定性、普遍性、永恒性的追寻。因此，有学者指出，本质主义是一种把真实的实在世界同由人的感觉、人的理解创造的现象世界相对立的“异世思维方式”[②]。本质主义总是把事物看成先在规定的、既成的、可以预定的存在，而对事物的此在性、开放性、偶然性、变异性、生成性、历史性等重视不够，因此，它无助于动态地、整体地、全面地、发展地认识事物。本质主义思维方式最早滥觞于古希

---

① 陈吉猛：《本质主义与整体主义》，《广西社会科学》2005 年第 8 期。

② ［美］罗蒂：《后哲学文化》，黄勇译，上海译文出版社 2004 年版，第 94 页。

腊哲学家柏拉图和亚里士多德。作为西方哲学史上第一个建立完整哲学体系的哲学家，柏拉图建构起两个世界：感官所能感知到的感性世界和作为感性世界的本体的理式世界。柏拉图认为，对感性世界的认知只能得到虚妄“意见”，唯有对理式世界的认知才能获得真正的知识。所以，在他那里，对事物的所有判断都是以人们认识其本质或认识其某种特性的本质为前提的。亚里士多德的哲学虽然摒弃了柏拉图的理式，认为感性世界本身就是真实的，不需要理式世界作为本体悬设，人就可以获得关于现实世界的真知识。所以，在他的哲学中，不仅本质的世界存在着，而且，这个本质的世界就包含于现实的具体的世界之中，本质体现在个别事物之中。正是因为如此，在《历史主义的贫困》中，英国哲学家波普尔指出，唯质主义（按：本质主义）即“共相问题”，它是“哲学中最古老而又最基本的问题之一”，最早“植根于柏拉图和亚里士多德的哲学”。[①] 本质主义思维方式后经笛卡尔、康德、黑格尔，甚至马克思主义的发展，成为在西方哲学传统中占据统治地位的思维方式和研究方法。罗素在谈到本质主义时指出，“本质这一概念是自从亚里士多德以后直迄近代的各家哲学里的一个核心部分”[②]，其影响之甚由此可见一斑。

同时，本质主义也是西方传统哲学为人的理性能力筹划的一个先验设定：唯有认识本质，理性才具有有效性。因此，它把主体与客体、对象与存在割裂开来，并对对象的感性存在进行凌越、抽绎，任何对象在它那里都成了在范畴中“如此”的定在，反过来，这种抽绎又成了对象的感性存在的压抑。本质主义的这种做法必然会导致对象的现实存在被逻辑化的范畴所遮蔽。正是基于对本质主义的反动，自西方现代哲学诞生之时起，反对本质主义就成为其思想的主题。如现代分析哲学的创始人维特根斯坦就曾以反本质主义为己任，他不仅将追求本质视为传统哲学的劣根性，而且称自己实在憎恶这种思维方式。[③] 在后期哲学中，维特根斯坦又提出了“意义即用法”原则来对本质主义进行颠覆，他指出，

---

① ［英］波普尔：《历史主义的贫困》，何林等译，社会科学文献出版社 1987 年版，第 66 页。

② ［英］罗素：《西方哲学史》上卷，何兆武等译，商务印书馆 1963 年版，第 259 页。

③ 参见刘小枫《人类困境中的审美精神》，知识出版社 1994 年版，第 554 页。

语言之意义不在其所指对象，而在其用法，用法不同，则意义各殊。凭借这种语言观，维特根斯坦终结了本质主义对本质的虚设，瓦解了事物的抽象本质。除维特根斯特外，西方存在哲学也以反对本质主义而著称。存在哲学认为，传统的本质主义哲学拒斥存在的本真，把存在与其“在世”对立起来，在没有洞察存在之前就先行规定了存在，从而把存在当成了一种先验规定之物，而本真意义上的存在却被忽略了。与之相反，他们认为，存在先于主、客二分，它不属于任何科学和知识的域阀，也不能由任何认识范态和逻辑规式来言说，不管何种本质主义都意味着对存在本真的剥噬和压抑。因此，存在哲学的首要任务就是对存在进行“现象学还原”，重构其现实“境域”（horizon）。存在哲学并且批判本质主义设定的各种范畴，强调“存在先于本质”，对本质主义进行清算和批驳，使存在从先验的规定中摆脱出来，以感性的形态呈现。正是汲取了维特根斯坦和存在哲学的这种解构本质主义的思想，后现代哲学提倡反本质主义，认为传统哲学所宣扬的本质并不存在，本质主义力图为人的存在确立终极意义与客观基础，这是十分可笑的，任何本质诉求都只不过是在追逐一个幻影。反本质主义在哲学上的表征主要体现为其对本体论诉求的拒斥，它反对任何形式的本体论，提出事物的终极存在是没有的，对确定性与一元基础的追寻也是不可能的。同时，他们还反普遍性话语和宏大叙述，倡导本质的多元化，主张以描述来取代抽象演绎的思维姿态。如后现代主义的中坚利奥塔宣称：“我们没有任何理由认为可以找到全部这些语言游戏共有的元规定，没有任何理由认为一种可检验的共识（例如曾在科学共同体中占统治地位的共识）能够包容全部元规定，这些元规定的作用是调节在集体中流传的全部陈述。合法化叙事在今天的没落恰好是与这种信仰的丧失联系在一起的，不论这些叙事是传统的叙事还是现代的叙事。”① 因此，与本质主义的一元决定论不同，利奥塔倡导差异论和多元论。德勒兹和加塔利也指出，“我们今天生活在一个客体支离破碎的时代，[那些构筑世界的] 砖块业已土崩瓦解……我们不再

① ［法］利奥塔：《后现代状况——关于知识的报告》，车槿山译，生活·读书·新知三联书店 1997 年版，第 137 页。

相信有什么曾经一度存在过的原始总体性，也不相信在未来的某个时刻有一种终极总体性在等待着我们”[①]。正是在后现代主义思潮的影响下，西方掀起了一股反对本质主义的艺术理论潮流，否定艺术具有本质，并反对艺术的本质主义研究。如美国当代美学家莫里斯·韦兹认为：“艺术，……并没有一系列必要和充分的特质，因此任何一种艺术的理论在逻辑上都是不可能的。”[②] 在批判艺术的本质是审美的观点时，博丹·齐米多克也说：“艺术审美性质的概念是错误的，因为它像所有其他本质论一样，这种理论是建立在艺术具有一种能发现的本质这一虚假的前提之上的。”[③] 但在经历大半个世纪之后，由后现代哲学所掀起的反本质主义思潮，已经越来越显示出其自身的问题，从1960年到1970年，反本质主义的观点由于受到比尔兹利、乔治·迪基等人的批判而使其影响力大打折扣，以至于一些分析美学家也不得不承认在艺术研究领域中一些普遍性的抽象概念是不可或缺的，甚至连当代著名的分析哲学家奎因也提出了“本体论承诺”，以此来倡导对于本体的重视，分析哲学内部的这种分化也充分表明了反本质主义自身所存在的问题。

在《审美价值的本性》中，H. A. 梅内尔在驳斥某些学者提出的应回避对“审美判断”的本质等一类重大问题的讨论时说：“我觉得必须重提这类问题。……如果这类基本问题得以解决，其他问题至少在原则上将迎刃而解；反之，如果这些问题没有得到解答，其他问题仍会惘然如旧。”[④] H. A. 梅内尔的这个批评值得我们思考。文学究竟有没有本质？本质主义和反本质主义的回答是截然相反的。费尔巴哈就曾指出，本质是“使一个事物成为这个事物的那东西，根据这个东西它才像它现在这样存在和活动”[⑤]。罗素也认为，“一件事物的‘本质’看来就是指‘它的

---

① ［美］道格拉斯·凯尔纳等：《后现代理论》，张志斌译，中央编译出版社1999年版，第39页。

② 转引自朱狄《当代西方艺术哲学》，人民出版社1994年版，第78页。

③ 同上书，第79页。

④ ［英］H. A. 梅内尔：《审美价值的本性》，刘敏译，商务印书馆2001年版，第1页。

⑤ 北京大学哲学系外国哲学史教研室编译：《西方哲学原著选读》下卷，商务印书馆1982年版，第468页。

那样一些性质，这些性质一经变化就不能不丧失事物自身的同一性'"[1]。由此可见，任何事物都是具有本质的，取消了本质实际上就取消了事物本身，而对本质的追问则是认识事物的前提和基础。因此，文学并不像反本质主义者所宣称的那样没有本质，情况恰恰相反。要想深化对文学的认识，就必须首先追问文学的本质，这是文论研究得以推进并发展的先在前提。正是如此，西方后现代主义文论家在对待文学本质问题时就没有贸然采取武断否定的态度，如伊格尔顿在谈到"反本质主义"时，也仅是认为其"有道理"，但他同时又对本质主义进行了辩护："对本质主义的信仰也不必然使人主张这样一种观点，即只存在唯一一种中心属性，是它使一个事物成为它所是的东西。本质主义并不必然是一种形式的简约主义。它并不必然包括这样一种信念，即关于什么是某一事物的本质什么不是从来没有任何疑问。相反，它可以是无限争论的主题。"[2]无独有偶，即使被反本质主义者推崇备至的美国结构主义文论家乔纳森·卡勒也对文学的本质问题极感兴趣，并认为"文学是什么"是文论的一个"关键的问题"。[3] 但是，回顾我们的文论研究，某些学者对拼贴着"后现代"标签的反本质主义思维方式趋之若鹜，本质主义却被弃如敝屣，这显然是极不妥当的。实际上，本质主义/非本质主义思维方式在文论研究中并非冰火两重、绝不相容的，恰恰相反，二者有着极强的互补性和兼容性，它们共同构成了人类思维方式的两翼，前者有助于我们对于文学的核心内涵的发掘和深究，而后者则利于我们对文学的本质的增延和开拓，使文学的内涵随着文学实践的发展不断被补充进新的内容。离开了前者的后者，必然会陷入不可知论和相对主义，而离开了后者的前者则必然是凝固的、教条主义的，这两种态度都会使文论研究走向绝对和僵化的歧途，唯有二者的有机结合才是文论研究的生机所在。

另外，反本质主义者认为文论应该去研讨具体的文学问题，而对"什么是文学创作的一般规律""什么是文学的真实性原则"及"什么是

---

① ［英］罗素：《西方哲学史》上卷，何兆武等译，商务印书馆1963年版，第259页。

② ［英］伊格尔顿：《后现代主义的幻象》，华明译，商务印书馆2000年版，第114页。

③ ［美］乔纳森·卡勒：《文学理论》，李平译，辽宁教育出版社1998年版，第20页。

文学的本质”此类隶属于“一般”的问题，则应该回避。实际上，稍做深究，我们就会发现这种持论在逻辑上存在着不小的问题。我们知道，具体之为具体，乃一般之具体；而一般之为一般，乃具体之一般。脱离了一般的具体必然是琐碎的、芜杂的；而脱离了具体的一般，必然是空洞的、脱离文学实际的。因此，文论既要探讨具体的文学问题，更要探讨属于“一般”的问题。非此，我们的文论只会离本质主义者所倡导“学科性”越来越远。反本质主义者坚信其为本质主义文论做了一场体面的葬礼，但问题并非他们想象的那样简单。就西方的状况来看，反本质主义在其策源地尚无法得以彻底贯彻，那么，在我们的文论研究中叫卖反本质主义无疑是东施效颦。反本质主义倡导本质的多元化，这本身并没有错，但错误的是，它在追求本质多元化的同时放弃了对客观真理和理论普适性的追求。西方学者雅克·马利坦曾严厉地批评过在后现代文化语境中滋生的这种反本质主义论调，他认为，这种对关于事物本质与本性的任何思考的摧毁与取消的贸然，只是“显示了智慧的彻底失败”[①]。朱狄也曾指出，“认为每个时代中艺术只有一种不变的本质，这种本质论是错误的，反之，认为艺术没有本质，则也是错误的。[②]”这些观点值得我们深思。当然，正是反本质主义，使我们意识到文艺学中本质论的不足；反过来，也正是本质主义，使我们意识到文艺学中的反本质主义的缺陷。或许，二者的互溶互补才真正是文艺学的坦途。反本质主义所倡导的“本质悬置”“返回具体”的主张，听起来似乎有理，但操作起来恐怕并非易事，“因为世界的存在虽然呈现为个别而具体的事态，但我们对它的认识与把握却只能借助于一条相对抽象的道路”[③]。所以，从具体的文学实践活动中提升一种抽象思维，仍然是文学理论的必然归宿。

---

① 雅克·马利坦语，参见［法］富尔基埃《存在主义》，潘培庆等译，上海译文出版社1988年版，第120页。

② 朱狄：《当代西方艺术哲学》，人民出版社1994年版，第81页。

③ ［西］加塞尔：《什么是哲学》，商梓书等译，商务印书馆1994年版，第38页。

第六讲

“重写文学史”论

“重写文学史”是出现于20世纪80年代中后期中国文论研究领域的一股学术潮流，其兴盛并在学界引起持久的反响主要缘由在于学界对新中国成立后文学史理论和写作的不满。关于其学术意义，有学者认为，“重写文学史”是现代中国文学学科“对当代中国人文学科乃至当代中国社会思想精神构成的一个独特的贡献”，它的提出宣告了“文学史写作的大一统局面”的解构，意味着学人们开始意识到自己有权利去建构“心目中的文学史世界”，也为当代中国文学史学界“尊重文学史的真实状态，尊重学术研究的规律，尊重文学史功能的多样性”提供了契机，在它的激励下，中国文学史研究者开始挣脱过去种种“僵化陈旧的观念”，以与过去不同的“知识结构和价值理念”，开始了大规模、蔚为壮观的中国文学史的“重新书写”，不同版本、不同体系、不同结构、不同叙事中心的各类中国文学史著纷纷面世，极大地丰富了“中国文学的研究系统”，可以说，它是20世纪末以来中国文学研究系统“带有根本目的性的学术行为”。[①] 该评价基本上道出了“重写文学史”口号的理论价值及其学术渗透力。总之，“重写文学史”既是20世纪中国文学史学科自觉扬弃学科宿弊的一次重要的理论实践，也是其追求学科知识创新和观念重构的一次重要的学术实验。

---

① 马立新、贾振勇：《“重写文学史”的文学史学审视》，《山东社会科学》2003年第2期。

第一节　重写文学史与审美主义文学史观

“重写文学史”口号的出场大概是在1988年年中，不过也有学者认为作为一种“重写”意识，它事实上在1985年暮春北京西郊万寿寺中国现代文学馆召开的“中国现代文学研究创新座谈会”，甚至是1979年的“为文艺正名”的口号中就已经悄然出动。众所周知，改革开放之后，学界包括文学史界都爆发出了空前的创造力，1988年7月26日，王晓明在《文汇报》刊发《重写新文学史》一文，该文反思新中国成立后文学史研究中的问题，并从新文学史编写的角度提出了重写文学史的理念。文章还指出，近三十年来，国内文学史研究中“复写”的问题越来越突出，不仅在整体框架上存在，甚至具体的作家、作品评价中亦如此。文章认为，这种“复写”存在的根本缘由就是其都将某个公式作为底本，但这个公式与文学其实并没有多少关联，如今流传甚广、错误之处显而易见的那些所谓的文学史的“公论”“定理”，都是这种复写的产物，如果不从根本上革除这种流弊陈规，文学史研究就不能恢复其学术尊严。①

尤其是同年，王晓明和陈思和以主持人身份在《上海文论》开辟了“重写文学史”专栏，该专栏对“重写文学史”口号的展开和推动意义深远。在主持人的话中，陈思和指出，开设该专栏，旨在“刺激文学批评气氛的活跃，冲击那些似乎已成定论的文学史结论，并且在这个过程中激起人们重新思考昨天的兴趣和热情”。他并且相信，“观念与观念的撞击、交锋和争鸣，最终会如燧石敲击出真理的火花”。此外，他还认为，文学史绝非仅是单纯编年式的，或史的材料罗列式的，也必须包含审美层次上的对文学作品的阐发评判，必须渗入批评家的主体性，研究者精神世界的无限丰富性必然导致文学史研究的多元化态势，因此，文学史的重写就像其他历史一样，是一种“必然的过程”。他指出，我们

① 参见王晓明《重写新文学史》，《文汇报》1988年7月26日。

今天要“冲破原先种种不正常的研究格局”，特别强调“新的研究态度”，即要“强调注重细致的分析和严密的推论，把结论建立在翔实的材料和深入分析的基础上”。同时，陈思和对重写又进行了广义和狭义的区分，他提出，广义的重写指的是文学史研究者应当“把自己整个身心投入学术对象中去”，从“自己的生命感受中来体会文学和人生”，得出有个性、有创造性的研究结论。而狭义的重写，则是对以前的文学史不满意，对之修正、补充、发展，甚至推倒重来。王晓明则认为，正常情况，文学史是不可能互相“复写”的，因为对每个研究者来说，他对具体作品的感受都是不同的。因而，只要真正地做到从自己的阅读体验出发，无论自觉还是不自觉，“你必然只能够‘重写’文学史”，所以，如果人们的文学史都“一模一样”，那倒是“怪现象了”。在这种意义上，他指出，现在提出“重写文学史”，显然是“太迟了”。王晓明还指出，“重写文学史”绝非一句空话，对一段时期文学史的重新评价，归根到底就是“对这一时期的作家作品的重新评价”，因为阅读时的主观差异，人们对作品的每一次评价本质上都是“重新评价”，因此，“重新”评价作品的问题其实是不存在的，因为你不可能不“重新”评价它。但长期以来，这个不成问题的问题却成了问题，而且还是一个“很大的问题”。所以，在我们的文学史中，但凡对重要的作家、作品和文论的评价，都是惊人地相似，不但其“文学史地位相同”，而且对其成就的评介断语也如出一辙。自20世纪70年代末以来，此种境况虽有所改观，但仍不尽如人意，在作家、作品等的评价上，仍然有不少“公论”阻碍着我们，如不尽快清除它们，文学史恐怕很难“真正回到学术研究的轨道上来”，“重写”自然也就会成为一句空话。针对学界对“重写文学史”的质疑，王晓明解释说，“重写”并非用一种新的独断论来代替旧的独断论，也不是“把颠倒的历史再颠倒过来”，不是“把过去否定批判的作家作品重新加以肯定，把过去无条件肯定的东西加以否定”，“重写”的内涵其实很简单，就是把你今天对中国文学的新的理解写下来。这样，就要求文学史写作者“把自己整个身心投入学术对象中去，由自己的生命感受中来体会文学与人生”，唯如此，“他的研究结论一定是个人性的，有创造性的，因而总是对前人成果的发展，如果从学术的意义上说，这就是重写”。[①] 其后，在《关于“重写文学史”》中，陈思和又对上述观点进行了重申，他指出，“重写文学史”不是要在现有的文学史著作行列里再多出几种新的文学史，也不是在现有的文学史基础上再加几个作家的专论，而是要“改变这门学科原有的性质”，使之从“从属于整个革命史传统教育状态下摆脱出来，成为一门独立的、审美的文学史学科”。[②] 显然，陈思和和王晓明提出文学史的重写，既是对既存文学史的反思和批判，也是给文学史学科重新定位，进而创建“历史的审美的文学史”，打破传统文学史的一元化，摆脱20世纪50年代以来文学史写作对政治意识形态的依附，实现文学史写作的无限可能性，进而追求文学史叙述的审美与独立，这其中，事实上也包含他们对文学史的当下性、独立性、个人性的诉求。所以，1988年8月11日至17日，在黑龙江镜泊湖联合召开的“全国中青年学者中国文学史（古、现、当代）研讨会”上，陈思和就指出，中国文学史的编写存在的问题，其一是一直未能突破教科书的格局，新中国成立后的文学史因为要迎合宣传教育需要，缺乏严格的学科学意义；二是未摆脱靠史料编排的体例的束缚，存在被史料异化的危机，研究者理论建构的意识不高；三是受制于宽容、歌颂的格局，缺乏更高层次的反思批判意识，不仅削弱了文学史的审美内容，也损害着对作家、作品个性的正确把握。王晓明则认为必须要抛弃以往文学史研究中普遍存在着的机械进化论，从中国文学的实际出发，重写文学史。[③]

近二十年后，在2008年的一次发言中，陈思和补充说：“在我看来，文学史的功能不仅仅是陈述一个时期（文学发生时代）的文学事实，而且应该努力解释另一个时代（即当下的文学接受时代）对文学史的特殊认知。如果文学史不能与当下的感性形式相结合，一味地以抽象的历史和理性形式来压抑感性或扭曲感性，那只是一种教条的没有生命力的文

---

① 陈思和、王晓明：《关于“重写文学史”专栏的对话》，《上海文论》1988年第4期、1989年第6期。

② 陈思和：《关于“重写文学史”》，《文学评论家》1989年第2期。

③ 《在治史的根本问题上重新发言——中国文学史（古、现、当代）研讨会侧记》，《文学评论》1988年第6期。

学史。”[①] 王晓明也认为，历史不过是人对于过去的主观认识，一切历史描述都应该从自己的真实感受出发，文学史也是如此。文学史不一定要去追求对文学现象的系统理解，也不一定要把复杂的文学现象纳入某个井井有条的秩序中，更不必非要得出一个总括性的结论。他指出，如果文学史能够形成对历史的系统理解，那当然好，但做不到这一点，反而会使我们更清楚地看出人们对历史的感受是充满问号的，没有必要非得为文学史断上一个句号，人们完全可以写一部没有结论、以问号甚至以矛盾贯穿始终的文学史。而且，文学史越具有开放性，越善于向读者提出深刻的疑问，它对历史的阐发就越深刻，对读者的启示也就越大。在整个历史观念变革的今天，文学史正在走向其历史的反面，不再把寻找“规律”奉为唯一目标，这正是文学史取得重大进展的一个先兆。由此，王晓明认为，人们在文学史中很难达成对整个历史进程的共同理解，甚至也很难形成对个别历史现象的共同确认。文学史的核心自然是文学作品，但对于任何作品，除篇幅、作者、写作时间和地点、故事梗概等人们能够取得一致的意见外，一旦涉及作品的艺术风貌，人们“立刻就会争吵起来”，因为其依据的是自己对作品的“情感体验”。所以，王晓明认为，文学史家很难同样客观地概述任何一部作品的基本风貌，在某种程度上，文学史不过是文学史家对自己阅读体验的一种系统整理，不仅这种整理是个人性的，甚至其整理的对象也是个人性的，而且，这两种个人性还常常互为因果，无法分清其谁先谁后。在这种意义上，王晓明提出，文学史是一种非常特殊的历史，这特殊就在于它具有一种根深蒂固的个人性。基于此，他分析了文学史的双层内涵：一是客观存在的文学的历史；二是人们对该历史的主观的描述。但第一层面究竟是怎样的，谁也不知道，即便有人宣称自己知道，只要他一说，还是变成了“主观的描述”，而不具备客观的性质。所以，文学史的含义最终只有一个，即人们“对文学历史的主观的描述”。不过，在他看来，文学史尽管是一种“主观而且个人性很强的东西”，但这并不意味着人们可以随兴所至，乱说一气。世界上没有绝对的客观，也没有绝对的主观。每个人生活的特

① 转引自陈熙涵《警惕文学史写作“垃圾化”》，《文汇报》2008年9月22日第8版。

定的时空范围的文化传统会赋予其一套感受和理解事物的习惯方式和约定俗成的判断标准，因此，接受同一种文化的人就必然会形成某种思维方式和价值标准上的共同性。而且，这种共同性并不是永恒不变的，随着整个文化的不断变化，各种约定俗成的理解和评判标准也都会发生变化。所以，我们一方面要尊重文化传统提供的那一套约定俗成的评判标准，尽可能使我们的文学史经得起它的检验，绝不能信口开河，另一方面又要看清楚这套标准本身也是在不断变化的，是相对的，如果其变化非常显著，大多数人却还没有意识到，那我们就应该有打破"公论"的勇气，以富于独创性的文学史见解，率先来迎接新的评判标准的检验。重写文学史，正是为了跟上这不断变化的节奏。对于文学史的科学性，王晓明认为，这并非仅仅是指那种说服大多数人的雄辩的力量，而是那种惊骇大多数人的挑战的锋芒。同时，他还批评了有关文学史多样化的观点，认为即使过去那些渗透了极"左"思想的"钦定"或者"御用"色彩很浓的文学史，也是一家之言，应该予以承认，不能完全否定。王晓明指出，抽象来看，所谓多样化就意味着宽容，不能用新的独断论来反对旧的独断论，不过，他也认为，如果把相对性原则的网兜织得无限大，什么货色都往里面塞，这本身又构成了一种新的独断论。因此，他指出，多样化并不是绝对的，而是有不同的层次、不同的前提。他还补充说，他自己讲的多样化，是指学术范围内的多样化。如果是从学术出发，即便提出再特别的意见，也总是一家之言，理当受到尊重，但如果不是出于学术研究的动机，而是为了迎合某种"圣旨"，那就先自取消了自己的学术身份，我们自然也不能再把它迎入多样化的学术殿堂。①

"重写文学史"口号提出后，受到了唐弢、徐中玉、钱谷融等的普遍支持。在《关于重写文学史》中，唐弢指出，他"赞成重写文学史"，因为文学史"可以有多种多样的写法，不应当也不必要定于一尊"，文学史就得是文学史，它讨论的是文学，是"从思想上艺术上对文学作品的分析与叙述"，而不是思想斗争史，更不能是政治运动史。所以，文学史家

① 参见王晓明《从万寿寺到镜泊湖——关于"二十世纪中国文学"研究》，《文艺研究》1989年第3期。

的视野应该放得开阔一些。在这种意义上，他认为，文学史需要定期修订，“如果能够重写，那当然更好了”。他并且指出，我们应该以马克思主义观察社会生活，按照历史发展规律编写文学史。如果一时还做不到，或者做得不够充分，那么，一切态度严肃认真、材料丰富翔实、持之有故、言之成理的文学史，都应当“加以保护，不能排斥”。[①] 除唐弢外，徐中玉的《对历史负责》、钱谷融的《重要的是内容必须扎实》和吴强的《创作短语》都认为，文学史需要“不断地被重写的”，他们指出，时代在前进，社会生活在变化，人们的思想观念和学术观念包括文学史观也必须要发生变化，用新的、正确的遵循文学自身规律的观点重写文学史，不是标新立异，哗众取宠，而是拯救文学，对历史负责，恢复历史的本来面目。[②] 在上述学者的支持下，学界赞同“重写文学史”的声音越来越多。如贺志强和杨立民认为，“重写文学史”是一个有“学术魅力的新课题”，以当代所能企及的理论水准对文学史加以新的观照、审视和重构，是学术研究深化的“必然结果”。不过，他们也指出，文学史是整个文艺科学中最为繁难的问题之一，它几乎涉及作家、作品、文艺运动、文艺事件和文学流派等所有的文学现象，这样的包容量，使得“重写文学史”成为一件“不仅工作量浩大而且相当棘手的工程”[③]。宁宗一则不仅认为重写文学史“无须质疑”，而且提出了重写中的当代意识问题。他指出，新时期以来，我国文学史的研究尽管有不尽如人意的地方，但毫无疑问的是，它比新中国成立后的任何时候都“更有生气”，研究成果也可谓“蔚为大观”。但是，中国文学史研究依然面临着困境，面临着来自内部和外部的挑战，迎接和响应这种挑战的就是20世纪80年代初的“重写文学史”的呼唤和各种设想及实验。他指出，“重写文学史”是从现当代文学研究发难的，因为他们直接面对的是不久故去和在世的作家与作品的“再评价的问题”。新中国成立后，政治运动频发，政治意识形态不断被

① 唐弢：《关于重写文学史》，《求是》1990年第2期。

② 参见徐中玉《对历史负责》，《文艺报》1989年5月27日；钱谷融《重要的是内容必须扎实》，《文艺报》1989年5月27日；吴强《创作短语》，《上海文论》1989年第5期。

③ 贺志强、杨立民：《方法与范式——刍谈如何“重写文学史”》，《延安大学学报》1989年第4期。

强化，文学史研究是在一条从属于政治路线的“左”的主导思想下展开的，因此，在禁区打开以后，人们首先想到的就是“文学史上的正本清源、拨乱反正”。虽然“重写文学史”一度受到了诘难，但这本是“一个无须置疑的提法”。任何一个时代都会“根据自己的时代需要而重写文学史”，任何一个文学史家也都“有权进行文学史的重写”。在古典文学史领域也一样，学者和读者都“渴望重写文学史”。因此，他指出，重写文学史乃是“现实社会和文化建设之需要”，也是一切学术史在现代社会“发展的必然”。同时，宁宗一还指出，“‘重写文学史’还有一个更深层的意义，即文学史之重构与传统的文学史学之不同。重写文学史，乃是要求我们在‘当下’，即以当代意识反观历史，追溯其形成、发展的历时性过程，并从中发现文学在历史发展过程中那些恒常不变的基因”。他认为，从对历史的观察视野看，如果说传统的编年史注重的是通过过去认识现在，那么以当代意识重构中国文学史注重的则是通过现在来理解和把握过去。在这个意义上，他指出，历史研究并不等于研究历史，后者只是历史研究的一个领域，即只是历史研究的一个组成部分，它并不等于历史研究的全部内容。但在我们的文学史研究领域中，历史研究在相当程度上曾被认为就是研究历史，并几乎被其占据，具体地说，就是单纯地去搜集史料、整理史料、分析史料而忽视了对历史与现实之间内在联系的研究。他认为，强调文学史建构的当代性，就是要把历史研究从单纯的史料研究中解脱出来，还其文学历史研究的多重性格。据此，他指出，以当代意识重构中国文学史，实际上有一个研究者思维空间的拓展和重建阅读空间的问题，也就是说有一个提高精神思维境界的问题。学术思维不随时代更新，文学史无法重写，也绝对写不好。不仅如此，宁宗一还认为，重构文学史新的框架是“必然的”，他指出，重构文学史作为一项科学使命，在改革开放和多元并存的新的文化态势下，我们这一代人怎么搞，自然也取决于我们的社会“地形”，取决于我们的文化积累、素养，特别是精神思维的境界和素质。我们不必沮丧过去文学史编得如何不成功，亦无须陶醉过去文学史写得如何好，重要的是社会和文化为文学史的研究提供和开辟了何等的“地形”，何等新的“源泉”。中国文学的发展历史在我们身上“流”得如何，以及历史的正反面经验总结得如何，这首先取决于由社会存在所形成的我们心灵的“地形”，所以在研究文学史和考虑文学史编写及操作程序时，反思“我们自身的精神境界和思维态势与学术思维的优势和劣势及其不断更新等问题，都是万万不可忽视的”。同时，宁宗一还认为，重写文学史，重读名著是“前提条件”，从实际出发，创制文学史的理论范式，“莫不始于阅读”。要拓展文学史研究者的思维空间，首先要“重建文学史研究者的阅读空间”。过去，“左”倾思想和教条主义横行，导致文学史研究者的“阅读空间的狭小和残破”，使文学研究者有“窒息之感”。例如，过去以阶级斗争为纲的阅读方式，使不少文学史家竭力在文本中调查作家的阶级成分、追寻作家的阶级归属和政治派别，以为如此即可纲举目张；而“经济决定论”又使不少文学史研究者四处搜罗数据以构筑所谓的时代背景；机械“反映论”更使众多文学史研究者形成了牢不可破的思维定势，把“通过什么反映什么”当作顽固不变的公式；如此等等，都使文学史失去了“鲜活的生命”。因此，要重建阅读空间，必须打破“单向的线性阅读方式”，开辟“多元多向多层次的思维格局”，培育“建设性的文化性格”，这一切“非有一种新的阅读心态不可”。唯有在一个“开放的、多层次的阅读空间中”，有多种并行的或者相悖的阅读方式和批评方法，文学史才可以“择善而从”“兼收并蓄”，因时因地而“分别取向”。所以，为了建构文学史的新体系，“必要的程序是重读名著，必须进行主动的、参与的、创造的阅读，从而才有可能产生一种开放的、建设的、创造的文学史研究，才能有较为完善的文学史编写的运行机制”。此外，宁宗一还提出，重写文学史绝非要写一部“修正史学”、一部“平反史学”，而是应当站在“当代的文化立场上，提供一个重新认识文学历史现象的新范式”。文学史研究与历史研究不同，它不像一般历史事实那样具有相对的确定性。文学领域中越是重要的现象、思潮和作家作品，在文学史家那里往往是“仁智相异”的，文学史家无论如何客观、公允，他描绘出的文学历史图像，必然“带有强烈的个人色彩和学者的学术个性及观照方式乃至独有的操作程序”。所以，越是富于才华的文学史家，写出的文学史就越会各不相同，文学史家并不能做到真正的“公允和客观”。每个人都有阐释文学史的观点、视点和操作程序，所以文学史总是在不同的时代、不同人的笔下有不同的面貌、色彩，在最准确意义上阐释历史，都必然“具有时代精神、历史个性在、史学家的人文性格在”，一部理想的文学史应当是“文学史家人格、文化良知、学识、审美力和价值观念的高度结合，应该是对文学历史和文坛巨擘的热情拥抱，应该是借社会历史、生活现实洗刷而变得无比深邃的目光，对文学历史过程和精英作家、民间艺人的人生扫描”，没有社会给予的当代生命感悟和当代意识的深切而真诚的感受，也无所谓“文学史家的深刻”。文学发展的全部历程都是一个被当下和今人“化”了的过程，也只有如此，文学史之生命“乃得以延续”。① 在评章、骆主编的《中国文学史》时，宁宗一重申了上述观点。他指出，重写文学史就是站在当代的文化立场上，提供一个重新认识文学历史现象的新范式。当然，以当代意识重构文学史的提法能否成立，他认为，还可以进一步探讨。但毋庸置疑的是，文学史研究与一般历史研究的最大不同之处在于它不像一般历史事实那样具有相对的确定性，越是重要的文学现象、代表性的作家、作品，在不同的文学史家眼中就更是仁智相异、解说不尽。因此，无论如何客观、公允，文学史家所描述的历史图像，必然带着强烈的个人色彩、学者的学术个性以及观照方式甚至特异的操作程序。在这种意义上，他认同王晓明的如下观点：假定有十位文学史家，同时写某一时期的文学史，他们越是富于才华，写出来的文学史就越会各不相同。他指出，人们常用“公允”和“客观”等字眼来称赞文学史著作，这其实是一种误解，文学史家并不能做到真正的公允和客观。宁宗一认为，文学史研究者如果具备条件，那么，他们就都有自己的阐释文学史的观点、视角和操作方法。所以，文学史总是在不同时代、不同人的笔下有不同的面貌、色彩。在最准确意义上的阐释历史，都必然有时代精神在，有史学家的人文性格在。② 张炯则从方法论的角度探讨了文学史重写的可能性。他指出，重写文学史，方法论问题同样不能忽视。他认为，辩证唯物史观是文学史研究的方法论基石，系统论、

---

① 宁宗一：《反思与取向——中国文学史研究四十年》，《南开学报》1999 年第 3 期。

② 宁宗一：《评章、骆主编的〈中国文学史〉——兼谈文学史编写中的理论与方法诸问题》，《复旦学报》1997 年第 1 期。

控制论、信息论、比较文学的方法、文化人类学、原型批评、符号学、接受美学、形式主义、结构主义、新批评的方法等也都可资借鉴。① 王春庭也提出，文学史的建构是一个极其复杂的系统工程，它涉及时代的政治、经济、思想、文化的方方面面。文学史研究应该鼓励百花齐放、百家争鸣，应该具有恢宏的气度。文学史著作不应该“只有一种模式、一种建构”，应该“允许不同的文学史家采取不同的视角、不同的方法进行编写”。② 钱钢则认为，重写文学史的理想境界，应该是“在朗松所说的科学精神观照之下的历史与逻辑和审美、文学史知识与理论知识和审美感悟之间真正的融会贯通”③。丁亚平甚至认为，“重写文学史”这个题目早就应该提出来了，现在该是我们“怀着坚持真理的勇气和实事求是的态度，恢复历史的本来面目的时候了”。他指出，要重写文学史，对以往的历史观、文学史观的审视和研究是不可避免的，这样，才能“在一种宏观把握和整体性超越之中描摹并构筑出具有鲜明时代特色和历史内容的新的文学史大厦”。除了历史观和文学史观外，丁亚平还指出，不能把“重写文学史”误认为材料的钩沉、甄别和罗列，文学史家并非文学史史料专家，他必须要超越史料，达到历史选择、历史阐释、历史询问的境界，这就要求文学史家必须运用新思维、新观念重新审视文学现象、文学史实、认识、解释和评价，“一部文学史著作的个性、科学价值和所能达到的深度，正取决于这一点”④。李春青在《文学史与文学价值阐释》中更是提出了“一代人有一代人的文学史”的口号。他认为，文学作品是一个综合性价值系统，它首先与作为个体生命存在的人的需要相对应，其次与社会的需要相对应，“文学史就是对文学价值的阐释”，而价值是在随着主、客体关系的变化而变化着的，因此，“没有任何一部文学史能够囊括文学作品的全部价值。这便构成了‘一代人有一代人的文学史’的逻辑前提”⑤。

① 参见张炯《重写文学史中的方法问题》，《社会科学战线》1993 年第 1 期。
② 王春庭：《关于“重写文学史”》，《中州学刊》1994 年第 5 期。
③ 钱钢：《回归历史、实证方法与重写文学史》，《江海学刊》1995 年第 3 期。
④ 丁亚平：《文学史的历史探寻——也谈重写文学史》，《文艺争鸣》1989 年第 2 期。
⑤ 李春青：《文学史与文学价值阐释》，《求索》1989 年第 2 期。

第二节　对“重写文学史”的质疑与批评

“重写文学史”口号提出后，在学界引起了轩然大波，虽然赞成者不少，但置喙者亦云集，不少学者从多个方面对该观点提出了质疑。如艾斐认为，文学研究在本质上是一种“科学活动”，是以科学的态度和尺度对美学问题的“深层次的审视”。所以，对于文学研究来说，最重要的莫过于“求实精神和科学性”，虽然它需要求异思维，但却“排斥违逆事实和规律的随意性”，没有这一点，它就“没有了灵魂”。因此，艾斐认为，强调文学研究的求实精神和科学性，对于“重写文学史”是一种“诫勉”，除非全部或大部基本事实或基本论述错误，否则，文学史就没有重写的必要，只需在原有基础上的修改、补充和提高。即便如此，也必须“以当时的文学的真实情况为准则”，忠于历史，科学客观地对待特定时期文学的发生和发展及其实践和创造等，进行“历史的再现和准确的评价”。同时，艾斐还以中国现代文学史为例指出，中国现代文学史显然不需要重写，因为除了个别地方外，它基本上是符合文学发展的历史事实的，其论述大多也是具有科学性和历史感的，可谓一部“信史”，完全“没有进行重写的必要”。基于此，艾斐认为，所谓“重写文学史”，无非是“故弄玄虚”“耸人听闻”，而且“另有目的”，那就是要“按照自己的所谓‘现代意识’去修改文学的历史事实，并以自己不无浅薄和偏颇的观点，去给修改了的文学的历史事实妄下结论”，其结果必然是文学史实的“贬低、否定、阉割或扭曲”。因此，艾斐指出，谁想按自己的观点和方式去写个人署名的文学史，本无可厚非，但这不能称为“重写文学史”，因为它只不过是不同作者、不同版本的文学史，它虽然可以有不同的观点、内容、方法和角度，但并不“妨碍正宗的文学史的存在”。那种所谓的“重写文学史”，实则意味着要推翻并取代原来的文学史，从实际情况看，其所抛出的取代物不过是“对原有文学史的偏见、曲解和悖论”，甚至违背了文学史的基本规律和原则，这显然不能不使人对这种所谓的“重写”感到“莫名惊诧和忧心忡忡”。此外，艾斐又提出了文学史必须遵循的三个原则：其一，回到一定的历史范畴中，运用历史唯物主义和辩证法考察文学事实、阐释文学问题，并将其升华到负载着规律性的理论高度；其二，置身于特定的生活和艺术环境，从文学规律、时代精神、生活主流和民族文化审美主体的内在的基本的事实与依据中寻找结论；其三，站在新的现实的生活和艺术潮头上对文学的履迹进行宏观性的鸟瞰和全方位的比较，一方面要从这种鸟瞰和比较中发现历史与现实的时代落差，另一方面，又切忌以现实为坐标，特别是切忌以自己为坐标，对历史的事实进行修改、贬抑或否定。艾斐补充道，所谓历史，就是“过去的事实”，文学史就是过去的文学事实。因此，文学史作者的唯一任务就是真实地再现过去文学事实的基本时代面貌和主体美学形态。所以，文学史写作者在其工作的全过程中，都必须“回到相应的历史范畴中去”，用历史唯物主义的观点和辩证的方法，对“过去的文学的事实”进行全面、客观的科学和美学考察，并从考察的结果中得出符合历史事实的结论来。非此，文学史就没有“史”的价值和意义，而文学史的写作者也称不上是一个唯物主义者。同时，艾斐还指责“重写文学史”的提倡者抛弃了历史唯物主义和辩证法，对中国文学史的本质特征和发展流变缺乏内涵意义的认识，以自己的偏颇和失态作为参照系，对文学史做了扭曲的理解，而这必将“为人民所不受”，亦将“为历史所不容”。[①] 陶东风则质疑重写文学史忽视了文学史基础理论建构的问题，他指出，“重写文学史”口号尽管体现出了将新观念用于文学史研究的努力，但由于它不是以整体的文学史为反思对象，不是先去询问“何为文学史？文学史的逻辑起点是什么？文学史思维的特点是什么”等，而是在这一切都“不甚了了”的情况下对一些具体的作家、作品进行重新评价，这显然是不可能推倒以前文学史的整体框架的。[②] 唐世春还对“重写文学史”中的纯审美主义倾向进行了批评，他指出，“重写文学史”宣称文学史的重写必须“从我开始，从零开始”“以审美标准来重新评价过去

① 参见艾斐《求异思维与求实精神——关于“重写文学史”的质疑与随想》，《理论与创作》1989年第5期。

② 参见陶东风、孙津等《历史，从将来走向我们——“重写文学史”四人谈》，《文艺研究》1989年第3期。

的名家名作以及各种文学现象”，使之成为一门“独立的”“审美的文学史学科”，这是一种典型的“纯审美论”。它所谓的重写的原则和标准造成人们对文学的价值准则、意义及批评标准的“迷惑与混乱”，导致文学批评和研究中的“非科学倾向”。他指出，“重写”论者所谓的“审美标准”与文学研究中正常的审美批评有着本质的区别。后者是整个文学研究活动的重要组成部分，也是其得以形成的基础和条件，过去的文学史研究对此确实有所忽视。但前者却不然，它在反对“纯政治”标准的同时，从“一个极端走到另一个极端”。如某些重写论者宣称只有审美标准才是科学的标准，这无异于肯定审美标准可以而且理应取代其他标准，暴露出其在审美幌子下的“纯审美论”实质。唐世春认为，“重写”论者之所以如此堂皇地提出纯审美标准，是因为在他们眼中，文学之为文学，就是因为“审美”，因此，抓住了审美就抓住了文学的本质。他指出，这其实是一种相当“陈旧、肤浅”的见解。文学的基本特征确乎在审美，但文学的意义并不完全在于审美，文学是以对世界的观照而存在的，它既“按照美的规律来创造”，也以“掌握世界”为目的，这其中既有对生活的艺术再现，还有“对一定阶级、阶层、社会集团的思想、意识和情感的表达，包括对一定社会存在方式乃至人类本身存在方式的认识、理解、构想和评价”。因此，文学的认识价值、思想价值、社会价值与其审美价值是“共存一体并行不悖的”。可以说，文学作品和文学现象是一个“多种价值的有机统一体”，作为文学对象之记录、评价和研究的文学史，“其批评标准的多样化也就顺理成章了”。但纯审美论者却将文学作品中的思想意义、社会倾向及历史观念都视为“非文学的”，是与文学本身“抵牾的”，这显然违背了文学的本质，其谬误也是“不言而喻的”。基于此，唐世春进一步提出，重写文学史论者所谓的纯审美标准其实是一个“跛脚的标准”，其直接的后果必然是把文学批评与研究简单类同于文学欣赏，这显然是根本不可能对文学对象进行透彻的批评和全面把握的。同时，唐世春还认为，“重写”论者之所以拼命否定文学的多种价值、拼命贬低文学史对文学作品中思想性、社会性和时代性的关注和重视，其根本原因在于其把文学的思想深度和历史内容“简单地等同于文学功利主义”，这种盲目而轻率地否认文学的功利性的行为，其实也是“一种深刻的偏见”。所以，他认为，纯审美标准“美则美矣，却不尽善”，也是无法反映文学史的“本来面貌”的。[①] 罗守让则批评了“重写文学史”中疏离政治的态度，他指出，“重写文学史”涉及文艺思想上的“深刻的、重大的、原则性的”问题。他认为，文学史必然处在不断地被重写的过程之中，在思想解放的历史条件下，我们需要也有条件写出一部乃至若干部更全面、更正确、更深刻而又更具个性色彩的中国文学史。但这只不过是“从原则上肯定重写文学史的意义和价值”。但对于“重写文学史”口号中的具体理论主张，罗守让并不赞同，他认为其间所暴露出来的指导思想、感情心态，不但“片面、偏执”，而且“有着明显的认识上的错误”，表现出一种“不良的倾向”。具体体现如下：第一，对以往文学史研究彻底抹杀和否定的虚无主义态度；第二，对文学的政治倾向性持以怀疑和批判的态度；第三，鼓吹脱离政治和现实人生的纯审美的文学史标准。基于此，他指出，“重写文学史”论者的根本错误在于对政治的厌弃，对文艺表现政治的反感，对文艺和政治的不可脱离关系的怀疑、批判乃至取消的态度。他认为，“重写文学史”的讨论在某种程度上乃是一场关于文艺和政治关系的讨论，但重写文学史一定要端正指导思想，社会主义的文学一定不能脱离政治，事实上它也无法脱离政治。[②] 蔡宗隽的《对“重写文学史”的反思》甚至认为“重写文学史”是“资产阶级自由化在文艺领域的表现之一”。文章指出，随时代的前进，对中国文学史进行重新审视和反思，进行“重写”，这本来是“正常中的事情”，但“重写”绝不意味着要标新立异、哗众取宠，一定非把过去已有的、公认的科学定论推翻。但“重写文学史”论者却错误地号召人们去“冲击那些似乎已成定论的文学史结论”。蔡宗隽指出，对于已成定论的文学史结论，我们应以“科学的精神来对待”，对其正确，要加以坚持和维护、发展；而其错误、疏漏和不足，则应加以纠正、补充。在这种意义上，他认为，不如将“重写文学史”改为“改写文学史”更为合适。同时，他还指出，“重写文学史”论者提出要以新的理论视角表达出对文学历史的

---

① 参见唐世春《不能用纯审美标准重写文学史》，《文艺理论与批评》1990 年第 6 期。

② 参见罗守让《关于“重写文学史”的辨析》，《文艺理论与批评》1991 年第 2 期。

“个人创见”，并主张运用新思维、新观念去重新审视以往的文学史实作、认识、解释和评价，要特别注意当代性、个人性与历史性的结合，甚至可以“爱怎么说，就怎么说”，对此，蔡宗隽认为，重写论者所说的“新思维，新观念”是全然不包括马克思主义文艺观的，因为在其眼中，马克思主义文艺观是“僵化”“陈腐”的。因之，“重写文学史”论者绝口不谈要以马列主义文艺观为指导，这绝不是“马虎和忘记”，因为其不断口的“新思维”“新观点”“当代意识”大概不外是尼采、叔本华、萨特、弗洛伊德等资产阶级学者的学说和观念。[①] 陈安湖和唐世春则担忧“重写文学史”中“审美文学史”的提法会将新形势下的文学史研究“引向歧途”。他们指出，“重写文学史”论者认为现有的文学史大都陷进了一种“非科学的思维定式”，基本上是根据某种“政治偏见”进行“编造”和“篡改”的结果，因此，“重写文学史”必须“以审美标准来重新评价过去的名家名作及各种文学现象”，“从整体上改变这门学科原有的性质，使之从从属于整个革命史传统教育的状态下摆脱出来，成为一门独立的、审美的文学史学科”。他们认为，这里的“审美文学史”的提法虽然“十分引人注目”，也“十分新颖”，但却是建立在对现有文学史缺乏“严肃而准确的基本估价”的基础上，而且其思想也是“偏颇”的，很有可能在新的形势下把文学史研究“引向歧途”。对于“重写”论者提出的文学史的“独立”问题，陈安湖和唐世春认为，用“独立”来鉴定一部文学史是否科学同样是“非科学的思维”，独立总是相对的，绝没有“绝对的独立”。他们指出，文学史作为一门学科，自有它的体系、结构、研究对象与范围及其语言规范，这本身就“显示了它的独立性”，无须再提什么“独立”与“不独立”。而且，作为一种意识形态，文学史势必要与其他意识形态发生多方面的关联，它们“相互依存、相互影响”，这又决定了它的“非独立性”。在阶级社会中，文学史总是通过对一定文学现象的研究和评价来表达一定阶级和一定社会集团的思想和愿望的，绝不可能有什么“抽象的独立性”。因此，那种希望建立一种“独立”的“审美文学史”的想法，充其量也不过是“一种良好的愿望而已”。同时，他们还认

① 参见蔡宗隽《对“重写文学史”的反思》，《松辽学刊》1990年第2期。

为，“审美的文学史”的提法，确实很能“迷惑一些人”，因为文学史本来就应该建立在审美的基础上。但是，真正的审美，其本身就是一个多元的批评结构，它不仅是形式上的审美，也是内容上的审美；不仅是对审美对象魅力的领略和感悟，而且也涉及对艺术作品的思想、社会、时代诸种意蕴的理解和评价。因而，真正的审美就一定包含对审美对象全部世界的审视和评价。所以，审美批评如果不是以审美对象的系统结构和整体世界为着眼点，就会顾此失彼而流于偏废。而“重写”论者恰恰是在这个关键问题上陷入了片面性。它所谓的“审美”，恰恰是用艺术上、形式上的审美去代替和排斥思想上、内容上的审美，用对外在世界感性上的审美去代替和排斥对内在世界理性上的审美。这样，它所坚持的“审美标准”，实质上就是纯审美标准。所以，“重写”论者强行割裂了审美过程中形式与内容、感性与理性、现象与本质的联系，从而赋予审美以纯直观的性质，一方面肯定文学艺术的美感原则，极力强调文学艺术的“审美天性”；另一方面，却又自觉或不自觉地抽空文学感性赖以形成的基础和条件，这事实上是“一种被偏见所扭曲了的美感心理”，也是“一种畸形的、倾斜的审美观”。不仅如此，他们还认为，“重写”论者还强行割裂审美过程中审美观与功利观的统一，粗暴地排斥文学的功利性，人为地把文艺的功用性和审美性对立起来，这只会使他们“在纯审美的泥潭里越陷越深”。同时，二人还认为，“重写”论者必然会面临思维的封闭性、审美的感性化和批评的隔膜感三个审美困境。最后，他们指出，“重写”论者所构想的“审美文学史”实际上是完全脱离历史实际、在封闭性的“审美”世界里建立起来的“感性文学史”，其本质就是以西方审美理论为根据完全脱离中国具体国情的根本无法反映中国文学现象本来面貌的文学史，这样的“审美文学史”在中国是“找不到出路的”。[①] 韩琛则批评了“重写文学史”内在逻辑立场上的悖论性，他指出，“重写文学史”沿袭了线性进化论的逻辑，这使其在生成之初就存在着极其悖反的矛盾性：首先它不能深入学科体制层面进行现实批评，而没有学科体制的重构，“重写文学史”便缺乏事实上的物质基础；其次，它的

① 陈安湖、唐世春：《“审美文学史”辨析》，《华中师范大学学报》1991年第2期。

理论资源及文本参照充满了西方色彩，很大程度上是一种西方视野中的文学史叙事，而它的以“世界文学”为标准的现代化渴望与历史书写本身的民族主义诉求彼此冲突，其世界化的普世情结势必引起本土性的反拨，而且其去政治化的“纯文学”想象还带来了一种乌托邦式的错觉，并实际上构成了一种“非政治化”的文学史主流叙事，其在遮蔽“重写”本身的政治性的同时，也为其蜕化为一种去政治化的意识形态做了形而上学的铺垫。韩琛指出，事实上，重写文学史的“终结”并不是“重写”的终结，而是“重写文学史”实践本身逐渐丧失其原初的价值立场，并日渐主流化、符号化和意识形态化，非政治的“纯文学”表象居然最终取代了其政治化的内在诉求，成为其全部内涵的所在。“重写文学史”以追求文学史的解放为开端，却以再生产出新的束缚而告终，甚至背离了其初衷——人的自由和解放。此外，他还认为，“重写文学史”在学科体系层面极力维持现有的学科制度和利益关系，在社会层面以其“去政治化”的姿态保持着所谓“纯文学性”的追求，本是以反霸权的“纯文学”姿态来达成一种历史多元、文化自由的诉求，最后却形成了去政治化的纯文学的“意识形态”，最终构成了一种新的封闭性，以致形成了一种非政治化“重写”的霸权。①

除上述诸人外，许总、周兰桂、王春荣、吴玉杰等也纷纷对“重写文学史”的科学性、历史虚无态度及存在的内在的盲点等进行了批评。例如，许总指出，“重写文学史”的讨论几乎全都集中在“提出新的评价与建构新的模式上”，这就进而从理论上造成“文学史研究对历史客观实在性的有意识忽视”，使得某些文学史著作“缺乏以翔实、全面、可靠的史实为基础的准确性与科学性”。② 周兰桂则认为，“历史是不能重写的，只有对历史叙述与理解的重构”，因此，“重写文学史”的提法就存在着“一个理性真义上的悖谬”。③ 王春荣等也指出，文学史的编写是一个严肃

① 参见韩琛《重写文学史的“终结”与新启蒙史观的复归——作为方法的〈现代中国文学通鉴〉》，《理论学刊》2012年第12期。

② 许总：《文学史观的反思与重构》，《文学评论》1995年第2期。

③ 周兰桂：《释义与循环——试弈中国文学的“无底棋盘”》，电子科技大学出版社2014年版，第113页。

而又复杂的学术命题，但是，作为一场“意图解构权力中心话语、带有根本意识形态目的性”的学术实践活动，重写文学史理论本身内在的盲点“使其不可避免地存在着诸多偏失之处”。例如，很多重写者“一味沉浸在历史纠偏式的价值迷恋之中，以情绪化的宣泄代替平实健全的学术心态”；重写的个人性与自由度的“失控”，在某种程度上践踏了研究的“公正性和科学性”；对历史的“粗率简化处理”及政治与审美的二元对立策略的“简单搬用”，使一些大胆“颠覆”的观点“值得商榷和慎重追问”，其对经典作品的全盘否定在一定程度上也陷入了“历史虚无主义”；重写者“单纯的‘审美’标准的运用，忽视了‘审美’观照本身的封闭性与对象本身的复杂性之间的矛盾”，更是难以充分说明中国文学的“历史实践”；有关重写的讨论偏重个别作家和作品，而“在整体反思与重建上的研究相对薄弱”，这其实也在一定程度上“削弱了其理论深度和整体建构力”。①

第三节 反思与评介

进入20世纪80年代中期后，随着文学观念的自觉和学术思想的解放，20世纪50年代以来中国文学史研究中的政治史观念、革命论格局和阶级分析的方法，已经越来越使人感到陈旧和俗套，且和新的文学形势存在着严重的冲突。姜义华曾指出，改革开放后，“中国思想经历了一次全方位的重构”，如果说，新中国成立伊始至改革开放前，中国思想构建的主轴是“以阶级斗争为纲”，那么，改革开放后，中国思想构建的主轴，则应归之于“现代性的全面追求”。② 姜义华的描述主要是从思想史的层面展开的。具体到文论的层面，张颐武的分析针对性就更强，他指出，“重写文学史”一直是处于“新时期”文化中心的命题，它是新时期

① 王春荣、吴玉杰主编：《文学史话语权威的确立与发展》，辽宁人民出版社2007年版，第137页。

② 姜义华：《现代性：中国重撰》，北京师范大学出版社2008年版，第538页。

话语建构其知识的合法性的最重要的资源，它“提供了一个急剧变动的时代所迫切需要的历史的深度，为当时的历史情势提供了一个阐释的孔道”；它既是“一场浪漫的、充满了幻想性的历史叙述的运动，又是建构一种‘现代性’的个人主体的合法性的理论性的运动”，其意义在于它“提供了一个特殊的阐释策略和独特的话语欲望”，它所表现的那种征服历史的狂放与冲动具有新时期文化的“特殊的焦虑”。[①] 正是基于对文学的现代性的追求，“重写文学史”问题进入中国当代文论的核心问题场，成为学界集中关注的一个热点。李建中的《文学史方法的历史与新方法的诞生》曾指出，“方法论热”与“重写文学史”是20世纪80年代中国学术界的“两大景观”，而且他认为，前者为后者提供“各种新的思维模式与操作手段”，后者则为前者展示了一片“疆域辽阔前景诱人的用武之地”，二者相生相济，共同催生着“中国学术界的繁荣”。[②] 上述诸位的分析可以帮助我们进一步理解“重写文学史”在当代中国文论发展中的重要地位和学术贡献。

事实上，文学史重写问题的提出，其主要目的既在于对已有的文学史实践的反思、批判、扬弃和超越，也是为了重新定位文学史学科的学科属性和价值功能，再构中国文学史的形象，创建一种“历史的审美的文学史”，打破传统文学史的一元化，实现文学史写作的多元可能性，进而摆脱20世纪50年代以来文学史写作对政治意识形态的依附，转而追求文学史叙述的审美自主性和学术独立性。王岳川对重写文学史曾做过这样的评价：“重写重读就是将过去误读的历史再颠倒过来，将过去那种意识形态史、政治权力史、一元中心化史，变成多元文化史、审美风俗史和局部心态史。”[③] 这个评价可谓准确地抓住了“重写”论者的真实意图，即使“审美”二字在文学史的重写中得到尊重。尽管“重写文学史”的口号曾受到来自不同层面的批判，但是，有一点却是大家所普遍认可的，那就是它折射出的人们对于既有文学史状况的不满和希望改变现状的

① 张颐武：《“重写文学史”：个人主体的焦虑》，《天津社会科学》1996年第4期。

② 李建中：《文学史方法的历史与新方法的诞生》，《河北师范大学学报》1995年第3期。

③ 王岳川：《中国镜像》，中央编译出版社2001年版，第266页。

“焦虑意识”。20世纪80年代后期至21世纪初，国内文学史领域理论与实践的创造力的空前爆发，与这种“焦虑意识”和“重写文学史”口号的引领不无关系。王富仁曾认为，“凡是社会思想和文学思想发生重大变化的时候，便会产生一种重写文学史的冲动或要求”①。蒋寅也指出，重写文学史无疑“与八十年代中国大陆人文、社会科学的思想解放、学术转型和知识增长密切相关”②。他们的论见有一个共同的指归，即要想准确把握“重写文学史”思潮发动的深层动机，必须要返回20世纪80年代中国社会思想和文学思想的现场。

20世纪80年代，随着萌动于70年代末的反思历史、思想解放运动进路的不断纵深，西方现代乃至后现代诸种社会思潮如存在主义的介入理论，尼采的价值重估思想，科林伍德、克罗齐、沃尔什、文德尔班、李克尔特的分析史学，布洛克、布罗代尔的年鉴史学，索绪尔的语言学，后现代主义，西方马克思主义等纷纷涌入中国思想领域，成为20世纪80年代中国社会思想界人道主义论争、主体论论争、新启蒙、方法热、文化热的重要理念之所。另外，在文学界，思想解放则是“从谈‘文学不是从属于政治’、‘文学不是政治工具’开始的”③。对政治论、工具论文学观念的反拨及以“现代性”为核心的新文学立场的确立，从而使人们在文学观念上从反抗机械的教条主义和“左”倾文学观念出发，转而强调文学的审美内涵和自律特性，并由此而质疑此前近三十年来国内的文学史研究，这事实上就是重写文学史的思想学和文学论伏笔（按：事实上，同期在哲学、史学领域，重写的呼声也有体现）。正是如此，有学者指出，“重写文学史”是对以往十七年和“文革”时代阶级论的文学史观念的“一种整体性的反拨”，它以淡化政治标准，批判庸俗社会学，强调史实、审美和个性风格为策略，终于以“个人主体”话语代替了原先的“阶级主体”话语。④ 也正是如此，重写文学史虽然在文学的知识场

① 王富仁：《关于重写文学史的几点感想》，《上海文论》1989年第6期。

② 蒋寅：《近年中国大陆文学史学鸟瞰》，《文艺理论研究》1999年第2期。

③ 毛时安：《火焰与温情》，上海文艺出版社2011年版，第69页。

④ 傅腾霄、陈定家：《文学史理论的反思：重写论、先验论与更替论》，《文艺理论与批评》2001年第5期。

内，但它并非一个完全意义上的文学事件，而是20世纪80年代中后期文学史学者关注和介入现实的一种实践方式，这就是毛时安后来指出的，思想解放运动中出来的一代人一直有一种“到中流击水，浪遏飞舟”“指点江山，激扬文字”的雄心和“男儿马革裹尸，不斩楼兰誓不还的气概和情怀”。[①] 所以说，重写文学史口号中被反复重申的文学本位、审美至上等纯文学观念，在本质上“是有强烈的政治含义的”，或者说，根本就是“政治概念”，[②] 而非有些人所理解的只是一个纯美学领域、艺术论域的问题。正是由于重写文学史与20世纪80年代中国社会现场的亲密无间的关系，从而使其拥有了布迪厄所说的雄厚的“符号资本”，不仅在中国当代思想史上不可小觑，而且在当代中国文论领域地位也非同小可。

许纪霖等曾认为，“研究当代中国思想或思想性（intellectuality），首先要处理的就是知识分子们所生产出来的各种思想话语：不是话语的内容和含义，而是这些被生产出来的话语本身”[③]。这个观点同样适用于我们对“重写文学史”的认知。关于话语，福柯曾认为，“话语可能实际上是幽灵性再现（phantasmatic representation）的场所，是符号化（symbolization）的一个要素，是禁忌的一种形式，是被派生的满足（derived satisfaction）的一个工具”。[④] 所以，按照福柯的理解，“重写文学史”作为当代中国文论中的一个独创话语，其内涵并非仅仅是要“改变这门学科原有的性质”，使之“成为一门独立的、审美的文学史科”这么简单，它背后其实还有着宣泄20世纪80年代中国文学研究领域中普遍弥漫的对学术研究独立性和自由性欲求的一面，黄力之就曾指出，“重写文学史”通过纯审美性的论证，使一种新的文学史视角得以确立，而且，它还有满足历史欲望的一面。[⑤]

---

① 毛时安：《火焰与温情》，上海文艺出版社2011年版，第59页。

② 王晓明、杨庆祥：《历史视野中的“重写文学史”》，《南方文坛》2009年第3期。

③ 许纪霖、罗岗等：《启蒙的自我瓦解：1990年代以来中国思想文化界重大论争研究》，吉林出版集团有限责任公司2007年版，第282页。

④ Michel Foucalut, *The Archaeology of Knowledge*, trans. A. M. Sheridan Smith, London: Tavistock Publi-cations, 1972, p. 68.

⑤ 参见黄力之《论“重写文学史”的当代史意义》，《文艺理论与批评》2000年第1期。

同时，我们必须注意的是，“重写文学史”的深层结构中还潜隐着一种激进主义的思想立场。参与“重学文学史”口号出笼的毛时安曾将20世纪80年代称作一个“狂飙突进”的年代，他指出，在这个时代，“连空气里都弥漫着亢奋激越”[①]。王晓明后来其实也认可了“‘重写文学史’实际上是一系列激进的思想的一个延续”的观点，他并认为当时提倡审美的主要目的是将文学从宣传机器、工具的处境中解放出来。[②] 许纪霖曾批评，“在当代中国思想界的各类论争中，‘能指’与‘所指’之间的复杂关系却没有得到认真对待”[③]。事实上，不少人对待“重写文学史”中的“重写”一词，也是如此。具体体现就是他们普遍忽略了“重写”一词的能指与所指之间的复杂关系。其实，“重写文学史”中的“重写”，并非像有些人所建议的那样，可以改为“改写”，因为在所指层面，它除了具有“改写”一词的内涵外，更有着对以往文学史的彻底颠覆和否定的内涵及激进的历史态度、思想立场和学术诉求。在本质性上，“重写”二字其实同当时的政治性与制度性的意识形态结构、社会规范、文化价值乃至信仰都有着复杂的尤其是建构性的联系。毛时安后来在回忆“重写”一词的出场时就提到，重写文学史的“重写”二字要比重估、重读等提法都有“杀气”，甚至有种“翻个个儿的感觉”。[④] 所以，“重写文学史”论者的目的其实并非只是为了改写文学史，而是要以横扫一切的气势彻底清除文学史研究中的社会论、政治论、阶级论、意识形态论等宿弊，树立全新的文学史原则和标杆。也正是为了追求这种“杀气”“翻个个儿的感觉”，重写论者最终将二分对立的思维方式推向极致，将功能与形式，政治性、阶级性、革命性与文学性、审美性、艺术性绝对对立起来，采取“概念分离”的策略最终确立了所谓的虚幻的文学与文学研究的“自主性”，[⑤] 其结果自然是乱中再添乱，最终进一步

---

① 毛时安：《火焰与温情》，上海文艺出版社2011年版，第53页。

② 参见王晓明、杨庆祥《历史视野中的“重写文学史”》，《南方文坛》2009年第3期。

③ 许纪霖、罗岗等：《启蒙的自我瓦解：1990年代以来中国思想文化界重大论争研究》，吉林出版集团有限责任公司2007年版，第282页。

④ 毛时安：《火焰与温情》，上海文艺出版社2011年版，第60页。

⑤ 参见程光炜《历史重释与“当代”文学》，《文艺争鸣》2007年第7期。

加重了中国文学史学科的负担，这也正是党圣元所指出的："在中国文学史学科的百年发展历程中，尤其是20世纪80年代以来，随着文化、学术思想多元化格局的逐渐形成，挂靠在'文学史'这一范畴之下的种种主义、观念与方法也越来越多，这既体现了我们的文学史观念和方法论模式由过去的单一化向多元化发展演变的一种趋势，也反映出人们对于'文学史'的学术期望值越来越高，同时亦说明文学史学科欲求在观念和方法扩张的过程中实现自我格局的进一步壮大与完善。这自然可以大大地拓展我们的认识视野和思维空间，以不同的文化眼光、不同的学术理念、不同的方法角度来探讨'文学史'的含义，从而深化我们对于'文学史'这一范畴的思考及其义界的确认，并且使这种思考和确认尽可能地接近'文学史'的本体。但是，在此我们不得不指出，攀附在'文学史'身上的大量的观念和方法，使'文学史'这一范畴的内涵显得非常杂混而臃肿不堪，在一定程度上反而模糊了'文学史'的义界，遮蔽了'文学史'的本体，同时也使文学史的写作越来越不堪重负，甚至无所适从。"① 所以，重写文学史拨了乱，但并非真正地就反了正，就其最终结果来看，实际上也是为中国文学史的写作添了乱，增了堵。旷新年就曾指出，重写文学史关注以往被错误地放入"历史空白"的作家，这具有一定的合理性，但向他们过分地关注和倾斜，却又使文学的历史再一次"失去了重心"，并最终使重写陷入悖论性的陷阱，固化为缺乏自我反思能力的"新教条"，沦为"新的僵化思维"。而且，它所生成的"纯文学"的意识形态和体制，一方面造成"重写文学史"以"纯文学"作为旗帜，但另一方面，最终却同样以政治正确性作为单纯的评价标准，以对"政治"距离的测量来确定文学史地位的高低，并且同样以政治性的评价代替文学性的评价。② 正是在这种意义上，我们认为，"重写文学史"自对"左"倾文艺路线的否定和批判始，但却以其新左派的激进立场而结束。2008年10月28日，在回忆重写文学史那段历

① 党圣元：《新世纪文学史理论研究的格局、问题意识及方法范式》，《陕西师范大学学报》2010年第2期。

② 参见旷新年《写在当代文学边上》，上海教育出版社2005年版，第179—180页。

史时，王晓明似乎很自豪地宣称，他们当年提出“重写文学史”，背后其实“都是有老先生在后面支持的”①，但他同时忘记了一点，当时，在前台其实仍然还是有很多老先生在反对。现在来看，这些反对也并非完全出自对旧的、僵化的社会功利主义文学史观的怀恋和对新的审美论文学史立场的对立和敌视，更多的应该是这些老一代学者对重写文学史口号中所潜隐的激进主义立场和非黑即白的机械主义美学观的担忧。事实上，毛时安后来对他们当时重写文学史的激进立场也有所反思：“功能和形式之间不是绝对对立的。‘重写文学史’也是这样，我们原来的动机现在想来也是比较单纯，比较天真。从认识论的角度，其实是用一种新的一元论来取代旧的一元论，就是用一种审美的文学史取代一种政治的、革命的文学史。其实一部很科学的文学史，它的趣味是很宽容的，它的评价体系往往也是比较多元的。文学史上既有很艺术化的作家，但是也有一些很理念化、很概念化的作家，你看拉封丹的《寓言》，这个欧洲文学史上能不写吗？但它就是一个很概念化的东西。包括伏尔泰，包括其他一些启蒙主义的作家，其实都是很概念的，都是很为社会服务的，你说托尔斯泰也是这样的吧。”② 基于此，我们认为，“重写文学史”的这种激进主义的理论立场是我们在客观认知它时所必须加以留心的。

其实，文学史的重写，并非仅仅只是提出一个口号，关键是我们在文学史理论上要获得新的突破。中国古代有句话叫作“盂圆，则水圆；盂方，则水方”。文学史观念就相当于这里的“盂”，没有这样一个“盂”，则文学史重写之“水”必无所依从而陷入混乱。不过，这一问题似乎并没有得到重写论者的普遍认同。例如，有学者就这样认为，“文学史是一门实践性很强的学科，提高其学术水准的关键在于实际的操作，理论的探讨当然是不可缺少的，但是一则任何理论的进步都必须以专题研究的实际经验为基础，二则从理论的认识转化为实际的操作仍有很大难度，几乎可说是‘知易行难’，所以‘文学史学’的重要性仍是

① 王晓明、杨庆祥：《历史视野中的“重写文学史”》，《南方文坛》2009 年第 3 期。
② 毛时安：《火焰与温情》，上海文艺出版社 2011 年版，第 70 页。

处于第二位的”。基于此，他进一步指出，“作为一个从事文学史研究的学者，我也非常希望从‘文学史学’得到理论的指导。但是我更希望大家不要空谈‘文学史学’，而应亲自撰写文学史，至少也应以某些文学史专题为具体对象，再抽绎出理论来，就像布拉格学派的穆卡洛夫斯基写《普勒的〈大自然的雄伟〉》、伏狄卡写《现代捷克散文的开始》那样。否则的话，那些费尽心力建立的‘文学史学’的理论体系也许会成为空中楼阁”[①]。其实，没有“空谈”的“文学史学”，没有对文学史学科的更深刻的“知”，“亲自撰写文学史”就会成为一句空话，而重写文学史则会成为人们的笑柄。更何况，文学史观念上的“空谈”和文学史书写的“实践”完全可以并行不悖，并非谁是第一位谁是第二位的问题，尤其是在学科专业化的研究日益被凸显的当下，学术的分工与协作已经成为常态，研究文学史学的人未必一定要亲自去捉刀文学史的撰写，否则他的研究成了空谈，就没有资格去讨论文学史学的问题；而从事文学史写作实践的人又一定要去进行专门、系统的文学史学研究，否则他撰写的文学史就不配称作文学史。美国学者宇文所安在《瓠落的文学史》中就曾认为，“我们应该把对文学史的思考和如何写作文学史分开。如果我们一旦发现我们对文学史的理解和学术界常见的文学史存在相当大的距离，那么我们就应该寻找新的方法来重写文学史，而不是改变自己的理解以求适合我们已经习惯了的写作方式”[②]。宇文所安所说的“对文学史的思考”，换一种说法即文学史理论，或曰文学史观、文学史学、文学史哲学，不一而足。显然，在宇文所安看来，文学史理论不能也不应该受到文学史实践的羁绊。究其原因，是因为文学史理论不仅仅只是文学史实践的总结，更重要的是它同时需要具有先导性和前瞻性，因此，它就不应该只是拘于为当下的文学史实践进行合乎理性解释和庸俗辩护，而是应该提供给我们一种重新审视文学史的新视野、新路线和新方法。在这种意义上，我们认为，没有文学史理论的知识创新、理念重构，就不可能真正实现文学史的重写。重写文学史论者忽视从文

① 莫砺峰：《“文学史学”献疑》，《江海学刊》1998年第3期。

② ［美］宇文所安：《瓠落的文学史》，《中国学术》2000年第3期。

学史理论创新的层面来为重写寻找深层的理念驱动与具体的方法指引的做法，也最终导致重写的结果只是流于口号的层面，而没有真正在重写实践中切实落地。许总曾指出，“重写文学史”体现了文学史学界“亟欲拨乱反正”，重振文学史研究的“学术精神品格”，但同时也由于外来思潮的大量涌入，致使研究者处于躁动心理之中，造成文学史研究中的急功近利色彩，这在相当程度上“阻滞了人们在学术本体意义上对文学史问题进行冷静的深入的思考与探究”[①]。也正是如此，有学者就认为，“重写文学史”的口号是一个“堂·吉诃德式的举动”，虽然它表达出了一代学人对文学史的现状的不满和自觉，但历史“依然没有对他们的这种不满给予回答”。[②] 实际上，在具体的操作层面，重写文学史并非像提出这个口号那样简单，重写必须涉及如何处理及正确认知文学史的审美性、当代性、个人性、自主性、政治性、功利性、社会性、意识形态性、历史性等属于文学史的核心内涵的问题，如果对这些问题没有从哲学层面、文论层面的切实回答，重写文学史口号中倡导的所谓的文学史的独立性、个人性、当代性、审美性、文学本位等必然会走偏而不能真正落到实处。而且，对于已经形成的文学史的历史，也绝非一句推倒重来就可以将之从历史的链条中永久性地抹去。重写文学史是一个系统的复杂工程，可以这样说，历史不仅而且甚至永远也不可能给予重写文学史论者的不满以令人满意的回答。克罗齐曾强调，“没有一部历史能让我们完全得到满足，因为我们的任何营造都会产生新的事实和新的问题，要求新的解决，因此，罗马史、希腊史、基督教史、宗教改革史、法国革命史、哲学史、文学史以及其他一切题目的历史总是经常被重写，总是重写得不一样”[③]。杜威也认为：“历史无法逃避其本身的进程，因此，它将一直被人们重写。随着当前的出现，过去就成了一种不同的当前的过去。”[④] 这就是说，重写是历史的本质，而对于文学史来说，重写也是其学科的“永恒主题”。正是由于在基础理论研究上所存

① 许总：《世纪之交的文学史学》，《民族艺术》2000年第2期。

② 葛红兵：《为二十世纪中国文艺理论批评写一份悼词》，《芙蓉》2000年第1期。

③ ［意］克罗齐：《历史学的理论和实际》，傅任敢译，商务印书馆1982年版，第31页。

④ 转引自陈启能、倪为国《书写历史》，上海三联书店2003年版，第151页。

在的缺陷，最终导致了不少学者对重写的无奈和失望，如罗宗强就认为，“文学史的编写，不可能有一种理想的最佳模式，不可能有一种理想的建构。它永远在变动中”，文学史如何写“原没有一种最好的统一模式，谁爱怎么写就怎么写”。[①] 很显然，如果文学史的重写完全流于“怎么都行”，那不仅是重写文学史的提出者所不愿看到的，而且，真的如此，重写也就变成了文学史学科的噩梦。

① 罗宗强：《文学史编写问题随想》，《文学遗产》1999 年第 4 期。

第七讲

文学史本体问题论

亚里士多德曾认为，本体乃世界的本原和基质。西方哲学史上，“本体”源自拉丁文 Ontologia，指关于 on 的 logos。这里的 on 有双重含义，既指“在者”（“是者”、存在物）的共性（being－in－general），又指“在者”（“是者”）的基础（ground－of－being），前者近于“本质”，后者所指“本源”。可见，无论在哪个层面，本体都是事物得以存在的最终因。本体论是西方哲学的特殊形态，它主要是对世界赖以存在的终极因素的探究。当代中国文论中对文学史本体问题的引进，并非从哲学意义上讨论文学史赖以存在的终极理由，而是思考文学史研究的逻辑出发点。党圣元在《论文学史本体》中曾指出，“文学史理论研究面临的一个首要问题就是如何确认文学史本体。每一门学科都有其特定的研究对象和范围，对于中国文学史学科而言，也没有例外。那么，中国文学史研究的对象是什么呢？其研究疆域又该如何划定呢？这个问题初一看似乎非常简单，不应该成为一个问题，其实不然，因为此问题涉及了文学史本体问题，而文学史本体问题又关系到了文学史的内部结构问题，并且制约着文学史研究之维度，以及在一定程度上决定着文学史书写的模式、框架选择，为文学史书写提供知识合法性依据。因此，文学史本体实为文学史研究与书写成其为可能的必备条件之一。这也就是说，文学史本体的确认与阐释，对于文学史理论体系建构而言，是第一义的问题，所以应将其视为文学史理论建构的逻辑起点”[①]。可以说，党先生的这种认知深刻揭示了文学史本体问题的理论价值和现实意义。朱德发也曾指出，“本体性”是判断文学史是否称得上文学史的“根本特征”，若文学史缺乏“本体性”，那就意味着它阉割了文学之所以成为文学的质的规定性，如同抽掉了支撑文学之所以能成为艺术殿堂的“梁柱与骨架”。[②] 上述两位学者的观点均表明，文学史本体是文学史学科的基础性问题。不过，对于这个基础性问题，当代中国文论的解答却是众所纷纭，就我们所及，至少自20世纪80年代始至今，文论界围绕文学史的本体问题就形成了文化本体、作品（文本）本体、人性本体、民族文化—心理本体、读者本体、对象（实体）本体等六种理论。

第一节　文化本体论

文化本体论虽然形成于20世纪后期，但其滥觞却是在20世纪初。1904—1905年，当林传甲、来裕恂等开始其中国文学史书写时，文化本体观念其实就已渗透其中。当然，他们对于这种文学史本体的选择既有中国传统文化学的文的观念的影响，也可能是他们无所适从中的一种偶然。但无论如何，这些早期试水者将文化本体的观念带进了文学史实践，却是不容置疑的史实。1904年，作为“京师大学堂”文科教习的林传甲为了应付教务提调检查讲义的规定，“奋笔疾书，日率千数百字”，花了不足四个月的时间完成了他的《中国文学史》。该著凡十万字，分十六章，章目依次是：第一章：古文、籀文、小篆、八分、草书、隶书、北朝书、唐以后正书之变迁；第二章：古今音韵之变迁；第三章：古今名义训诂之变迁；第四章：古今治化为文、今以词章为文、关于世运之升降；第五章：修辞立诚、辞达而已二语为文章之本；第六章：古经言有物、言有序、言有章为作为之法；第七章：群经文体；第八章：周秦传

① 党圣元：《论文学史本体》，《甘肃社会科学》2016年第5期。

② 参见朱德发《文体自觉意识之于现代中国文学史建构》，《社会科学辑刊》2016年第4期。

记杂史文体；第九章：周秦诸子文体；第十章：史记三国四史文体；第十一章：诸史文体；第十二章：汉魏文体；第十三章：南北朝至隋文体；第十四章：唐至今文体；第十五章：骈散古合今分之渐；第十六章：骈文又分汉魏、六朝、唐、宋四体之别。就其章目布局看，林之文学史囊括了经、史、子、集乃至文字、音韵、训诂、辞章、书法等内容，当然，他的这种无所择取、开“杂货铺”式的文之观念，现在看来，显然是大且无当的。但无论如何，他却开辟了从文化的角度结构文学史本体的先河。林之后，来裕恂的《中国文学史》也采取了文化本体策略，小学、经学、子学、玄学、理学、心学及释道，甚至天文、舆地、医学、算学等，都是其囊中之物。在史料运用上，来著择取亦非常广泛，不仅以《文选》《古文苑》《唐文粹》《宋文鉴》等所收录之作为研究对象，而且参见《文心雕龙》《宋元学案》《明儒学案》《四库全书总目提要》等对相关作家、作品进行评介。这种史料调运的方案既体现出来氏泛文学的倾向，也是其文化本体文学史观的折射。进入20世纪80年代后，这种文化本体观又被诸多学人重提，只不过与林、来相比，这些学者对文化本体观的倡导则更加自觉和有意识。典型的如林继中、蒋述卓等。1989年，在《文化建构与文学史》中，林继中认为，“将文学史置于社会学、政治经济学的视野加以考察，是建国以来的文学史研究的主要范式。这一范式取得了坚实的成绩。然而人们依然不能满意……文学史与当今现实拉开距离，在相当多青年学生的心目中成了‘冷门’。要使文学史获得现代意识与活力，就必须在我国长期形成的文化构型的发展、嬗变的运动过程中，把握文学史与文化诸因素之间的特殊联系而形成的整体性结构，作动能性研究”，他并且将这种文学史研究范式命名为“文化建构文学史”。不仅如此，他还进一步指出，文化建构文学史“首先要求文学史作为子系统，在文化构型的系统中获得有机的整体研究”。他认为，过去的社会学、政治经济学的范式虽然注重将社会生活、宗教哲学、政治经济等众多因素引入文学史，但遗憾的是，在这种范式中，上述因素仅仅是“作为背景被编入作家作品系年”，而缺乏“凝聚力”，因此，充其量只是各因素之和，而不是各因素之间独特组合与相互影响、渗透的“新实体”。文学史如果想要避免沦为“作家作品与野史逸闻的拼合”，就有必要让文学现象回归其“社会情感与理智的主潮之中”，从结构功能上加以把握。如此，繁富错杂的文学现象方能得到“重新集结布置”，虽旌旗不改而号令一新，生成一个融贯统一的有机整体。他且以科举与文学的关系为例指出，科举对文学发生过重大影响，但严羽将“宋诗不逮唐诗”之由归为“唐以诗取士”未免失之简单，陈寅恪、冯沅君、程千帆等从“行卷”风尚角度发现科举对文学的积极影响，则显示了从社会学角度研究文学史的优势，但其仍将科举与文学“放在一个封闭的思路中”，仅在二者之间考索其因果，仍不能做出“大判断”。林继中认为，如果我们从文化构型这一宏阔的视野出发，就会发现科举对文学史发生综合的影响，远非兴于唐而止于宋的“行卷”之风所能囿者。他具体分析说，科举制首创于隋，是南北朝士族门阀衰落、中央集权势力强化的产物。但有唐一朝，科举并未成为国家取士的主要渠道。原因在于：第一，唐代科举取士数量甚少；第二，在内容上，科举尚未成为与儒家国家学说自觉结合而成为政教一体化的重要形式。但无论如何，科举的形式孕育着涉及整个文化构型嬗变的因子，当历史条件成熟时，它就会释放出巨大的能量。随着中唐之时封建前期土地制向后期土地制的过渡，诞生了世俗地主阶级，这一阶级跻身于政治舞台，才采纳了科举这一取士形式。北宋以降，君臣在利用科举这一利器时，就有着相当的自觉性。而且，宋代科举取士之多，空前绝后。这就意味着世俗地主可以凭借科举进入官僚机构。加之范仲淹、王安石对科举与学校制度的改革，促进了儒家国家学说与绝对皇权的政治体制一体化，科举成为政教合一的桥梁。其结果，第一，造成世俗地主读书应举普及；第二，科举以儒家经典为内容，决定了世俗地主知识诉求的性质必然是以儒家伦理观为主导的价值系统。前者直接推转了中唐—北宋“由雅入俗”又“化俗为雅”的文学运动，后者则导致伦理学入主文学，新的价值观及其选择规范的形成。从宏观上说，中唐—北宋文学是世俗地主知识化运动中的文学。如果将文学史上的古文运动、浅切俗艳的元和诗风、中晚唐俗文学的兴起、北宋散文走向平易、宋诗的“以议论为诗，以学问为诗”“江西诗派”力倡“化俗为雅”、道学家以诗为“闲言语”、从“比兴”到“韵外之致”“千家注杜”等繁富的文学现象放在上述的文化主潮中考察，找出其间普遍的有机联系，就可能得到多维而又融贯统一的理解，这显而易见要比严沧浪“唐以诗取士”这种仅流于表象的理解深刻得多。同时，林继中还指出，文化建构文学史还必须在文化整合过程中找出文学所处时代文化构型的特征性目的，即内驱力，进而获得动态的整体性研究。他认为，文学现象同婚嫁、战争、祭祀等文化现象一样，必须在文化构型的无意识选择规范中“被整合”。唯有把握了该文化构型的特征性目的，通过对文化目的选择过程的追寻，方能“理解被选择的文学现象之意义，从而使文学史的撰写获得融一的动态”。而且，林继中还认为，文化建构文学史应当吸收社会心理学、文化人类学的方法，从更深层的经济基础出发，兼顾历史发展过程中不同的社会层次，去寻找该时代的文化目的，并将研究的视角从文学现象的演进本身拓展到不同社会规范体系中所拥有的不同的文学接受者身上，进而形成一个开放式、多维动态的整体研究的新范式。他以杜甫在文化整合中由“史”入“圣”为例来进一步说明。林继中指出，中唐之后，庶族地主参政，使“士族文化”解体。世俗地主将政治结构与意识形态结构一体化的诉求，成为前期封建社会美学风范到后期封建社会美学风范转变的“内驱力”。此时期的文学，需以其功能性而接受文化整合，或同化或顺化，进而形成颇具典型的文学效应史，杜诗的显晦就是典型。大历年间，“安史之乱”中惊魂未定的文人尚沉湎于追寻开元、天宝之梦，因之，此时的“一代文宗”就是能代表当年开元之盛的雍容气象的王维，而杜诗，则“不为东人所知”。至贞元末，王叔文集团的革新运动激起了统治阶级中有识之士的挽狂澜于既倒之志，扫除异化力量重建政教一体化的封建帝国成为士大夫普遍的追求，此时，杜诗以其“以时事入诗”的社会功能性，进入读者的视野，并获得“诗史”之美誉。随着大唐帝国的日落，士大夫自振的信心日渐萎靡，此时，文学大势“由雅入俗”，而杜甫在“安史之乱”中与底层人民同生共死的生活经历中自觉地由雅入俗的朴野气象则产生了普遍的影响，但其沉郁顿挫的一面却被掩而不发。北宋大一统中央集权的建立与政教一体化的实现，又使“化俗为雅”成为知识运动的内驱力，在此运动中，杜甫及其诗歌忠君、爱国、病民、省身的潜在意义，经长期的接受，终于显露在北宋人的视野中，得到普遍认同，不仅其“诗史”一面得到再认识，而且其忠君爱国的人格也广受称颂。同时，林继中还指出，文化建构文学史应以最大的兴趣关注“个人心理与文化模式之间相互强化的关系”，在文学史中最活跃的是那些能代表文化动机的文学现象与个人行为。因此，文学史必须要探索那些能促发个人行为、控制个人情绪的文化动力，以及个人对文化动力所做出的反应。文化建构文学史中的作家并不总是处于被文化模式所塑造的地位，作品也不只是被编入静态的系年，甚至也不只是读者任意接受的所谓未定性结构。作家是文化动机积极的体现者，作品是文化的构成要素，它们与文化模式之间是双向建构的动态关系。[①] 1994 年，林继中出版《文化建构文学史纲》一书，该著中，他又重申，“有必要将文学置诸‘文化域’这一广阔的社会生活的视界，作整体的动态的考察”，并且指出，文化构型是对文学史作整体考察研究的“基本单元”。[②] 除林继中外，蒋述卓也倡导文学史研究的文化本体。在《应当建立文学史研究的“文化史”派》中，蒋述卓指出，以往的文学史研究，多是作家作品的“编年式体例”，其主要范式是将文学史置于政治学、社会学的领域进行考察，偶尔也夹杂一些文化因素的成分。这种作家作品编年式的文学史，给人的印象往往是“一连串人物与作品的拼凑与串联”，而且常常是只见人、作品，而不见其“社会文化背景”，这种人、作品往往也是“与社会总体的人文环境相脱离的”。不仅如此，其在对文学史发展规律的揭示上，也是只见朝代断片，无以见出文学流变下社会文化心态之变迁及民族文化精神的流向。让人读之，只有无数作家与作品的印象，至于整个文学发展所体现出来的中华文化精神，仍是“雾里看花”。对此，他认为，虽然学界在把文学史置于文化学领域进行研究的方面已有不少新的尝试，也有了一些新的著作。但是，文学史的文化学研究仍未“形成气候”，多数还是作家作品的编年式研究，即使是某些分体文学史如诗歌史、赋史、小说史等，也仍然保留着编年式研究的痕迹。他指出，这种局面应该打破，在大力提倡跨学科研究的今天，在素有文、史、哲融通的国学研究传统上，“文学史的文化学研究理应开展得更好

① 参见林继中《文化建构与文学史》，《社会科学》1989 年第 4 期。

② 林继中：《文化建构文学史纲》，三秦出版社 1994 年版，第 4—5 页。

些”。基于此，他提出，应当建立“文学史研究的‘文化史’学派”，他并从以下诸方面探讨了其中的含义：第一，就是要“把文学置于整个文化结构中，从总体上去把握文化发展所体现出来的文化形象与文化精神”。关于文化形象，他认为，是指文学所体现出来的社会民众的心理和情感、社会风俗与社会理想。魏晋的潇散、盛唐的雄壮等，都是该时期的文化形象。文化形象体现在社会生活的各个方面，文学是其符号化的记录与反映。文学史应揭示并树立起某一时代、阶段的文化形象。而文化精神，他认为，是对文化形象的理论提炼与浓缩，因而更具概括性。文化精神反映出整个民族的文化心态、文化价值取向与审美取向，具有相对的稳定性，在不同时代的具体表现中，又呈现出一定的流动性和变异性。文化精神在社会文化的建构中缓慢地变化，或重塑，或部分改造，或吸收外来文化等。第二，对作为文化现象的文学要“做更深层次的文化分析”。这可以从三方面入手：一是要分析具体文学现象与事实之后的文化意义层次；二是要挖掘文学现象与社会文化精神之间相互沟通与契合的中介；三是要研究历史文献所具有的文化意义或反文化的意义与价值。第三，要把“文学与整个民族传统思维方式及性格联系起来考察，努力揭示它们之间的内在联系”。第四，要把“文学与汉语语言、书法乃至与中国绘画、雕塑、舞蹈等文化现象的演变发展及其特性综合起来研究，在互相联系又互相区别的过程中揭示文学的文化质”。同时，蒋述卓也指出，在文学史的文化学派建构中要避免把文学史的文化学研究等同于文化史研究，不能使文学研究“消解于文化的分析中”。他指出，文学史的文化学研究仍然要扣准文学来进行，既要具有生动、充实的史料，又要有对文本的审美分析，将文化阐释与美学分析结合起来。文学史的文化学研究是借文化研究来阐释文学，文学研究与文化研究并进，而不是以文学去注解文化。因此，好的文学史可以为文化史的研究提供典型的例证，丰富与推进文化史的研究，而不是文化史的简单演绎。此外，他认为，做到这一点还要克服那种先设文化理论框架，而后以文学现象去填充的弊病。在把文学风格、形式、美学趣味上的变化与文化变化结合起来分析时，还要注意文学自身发展的特殊性，不能忽视形式结构自身运动的某些特性。文学与文化的运动并不总是平行或平衡的，也不是后者完全影响和决定前者的简单决定论。最后，他指出，文学史研究的方法是多样的，但文化学的研究却是最为重要也最有前途的一种，而且它还可以容纳多种研究方法、多种学科研究于一炉，只要我们注意不断总结经验，一定会产生出优秀的文学史，并形成有中国特色的“文化史派”。[①]

第二节　作品本体论

作品本体论在中国和西方都有表现。就西方来看，主要体现在形式主义文学史观念中，典型的如俄国形式主义、英美新批评及法国结构主义文论中体现出的文学史观念。从文学是一个“独立自足”实体的理念出发，俄国形式主义认为，文学史不外乎文学形式、艺术手法的流传史，不外乎文学的体裁史、流派史、风格史，如同“艺术永远是独立于生活的，它的颜色从不反映飘扬在城堡上空的旗帜的颜色”[②] 一样，文学史也是独立于生活的，它也从不反映飘扬在城堡上空的旗帜的颜色，它的对象只是文学的形式，文学形式就是文学史的一切。如其主要代表人物艾亨鲍姆及雅各布森都反复强化过这种文学史观念。前者认为，“文学是一种特殊的现象秩序，一种特殊的材料秩序……文学的演变其实是形式的辩证演变”[③]。后者则宣称，“因此文学科学（наука о литературе）的主题（предмет）不是文献（литература）而是文学规范性（литературность）（按：即文学性），即使一部作品成为文学作品的条件。可是直到现在文学史家的惯常做法与警察一样，[他们] 在逮捕嫌犯时为了以防万一，会抓住每一个出现在公寓里和碰巧从路边经过的人。文学史家使用一切获得的材料：传记证据、心理学、政治学、哲学。他们创造了一个混合的本土学科而不是文学科学。他们似乎忘记他们的研究已偏离到其他领域：

① 参见蒋述卓《应当建立文学史研究的“文化史”派》，《江海学刊》1994 年第 3 期。

② [俄] 维克托·什克罗夫斯基语，转引自方珊《俄国形式主义文论选·前言》，方珊等译，生活·读书·新知三联书店 1989 年版，第 11 页。

③ 葛红兵：《文学史模式论》，《扬州大学学报》1998 年第 3 期。

哲学史、文化史、心理学等等，而后者在使用文学作品时不过将它们用作有缺陷的、次要的文档。如果文学科学想要成为一门科学，就必须承认‘程序’是它唯一的‘主角’。接下来，主要问题是程序及其理由”[①]。英美新批评同样坚守文学史研究的“文本中心主义”，1934年，兰色姆发表著名的论文《诗歌：本体论札记》，在文学研究中倡导“本体论批评”。他所谓的本体，即文学作品本身，他倡导本体论研究的主要意旨也在于号召文学研究用科学的、精确的、系统的方法聚焦文学文本自身，不必去关注文本之外的东西。为了引导文学研究更好地去进行“本体论批评”，兰色姆又提出了他的“构架—肌质”理论，从而将文学研究包括文学史研究钉牢在文学作品的十字架上。结构主义同样以“形式”的眼光审视文学史研究，结构主义的主要代表人物之一罗兰·巴特就曾宣称，文学研究应该是“一门关于内容产生的条件的科学，它讨论的是形式”[②]。结构主义还认为，文学是一个无须依靠任何外界参照的语言结构，它不需要依附于现实、历史、读者甚至是作者，文学作品是自主的和独立的，文学除了表现它自身之外并不表现任何东西，文学研究就是对文学作品本身的研究。社会学、历史主义、传记学的研究在他们看来都是有违于文学研究的主旨的。国内有关作品本体论的叙述最早散见于“纯文学史观念”中，滥觞于20世纪30—40年代。针对20世纪早期文学史写作“包罗经、史、子、集”，“像具体而微的百科全书”的弊端，1933年，钱基博在《现代中国文学史》中发出了“舍文学著作而言文学史，几于买椟还珠矣”[③]的呐喊。此后，1948年，柳存仁的《上古秦汉文学史》“绪言”明确提出“文学史宜研究文学作品之本身”[④]。降至20世纪80年代，受西方形式主义文学理论的影响，这种作品本体论又发展成为形式本体论，在中国文学史研究中影响颇盛。总之，这种作品本体论主张将文学的社会文化、政治背景、历史境遇、意识形态等外部要素进行悬置，反

---

① 胡涛：《雅各布森与“文学性”概念》，《外国文学研究》2014年第3期。

② 转引自［美］乔纳森·卡勒《结构主义诗学》，盛宁译，中国社会科学出版社1991年版，第180页。

③ 钱基博：《现代中国文学史》，世界书局1933年版，第6页。

④ 柳存仁：《上古秦汉文学史》，商务印书馆1948年版，第5页。

对文学史侵权越界，宣称应该把思想史、文化史的东西送到它们应该去的地方，进而希望写出纯之又纯的中国文学史。例如，董乃斌指出，现有的文学史研究和编撰实践及其产品（从文学史的教学活动，到各种各样的“文学史”和有关的单篇论文）显示，文学史本体“并不虚无缥缈”，而是“以一种实在性与抽象性相兼的姿态存在着”，它们大致呈现为四种形态，即文本形态、人本形态、思本形态和事本形态，可以简称为文本、人本、思本和事本。在文学史论著中，文学史本体以四种形态分别地或者不同程度综合地存在于它们之中。不过，他指出，文学经典，即文学史上各种经典文本，是文学史本体中“尤为精粹的部分”，因为以历代文学作品为主体的文本，是文学史本体“最明显最重要的遗留态存在形式”。而文本作为文学史的本体，主要指“历代文学作品”，即“物化了的、用文字记录下来或曰被文字所凝固的文学创作活动”。他认为，对于已经远逝的文学时代，对于已经作古的文学家，特别是他们丰富复杂的心灵世界，我们“只能借助作品分析来探寻和追溯”，作品是我们抓得住的“最为可信的文学史遗留物”。故此，文学史家重视历代文学作品，“就如考古学家之重视出土文物，地质学家之重视岩层和化石，也如医师诊病之重视血液化验”，为展开学术研究，他们都需要有所依托，需要掌握相关信息，而且越多越好，除了认真抓住这种种“具体对象”，别无他途，这便是文学文本作为文学史本体的“根本理由”。同时，董乃斌还认为，很多文学史研究者都自然地把目光集中于历代文学作品，主要缘由就在于他们都认可是一代代优秀的文学作品构成了文学史，“文学史的本位就应该是文本”，文学史就应该是优秀文学作品构成的系列，一个人能够进入文学史，意味着他必须是一名作家，如果他没有写出一定数量的好作品，他就不能算作一个作家；同理，一个时代如果根本没有产生优秀文学作品，它也不可能在文学史上占有一席之地。如此等等，实际上都要求把文本看作文学史本体，这其实是“一种十分直观朴素却合乎情理的观点”。此外，董乃斌还指出，从历史上看，这种以文学作品为文学史本体的认识产生得很早，如班固的《汉书·艺文志》中与今日所谓文学史直接相关的，除六艺之部的《诗》和《春秋》外，尚有诸子之部，尤其是其中的小说 15 家，诗赋 106 家 1318 篇，还有散见于别类的

《山海经》等，这些就都是文学史本体的载体。《文心雕龙》全书50篇，从《明诗》到《书记》的20篇，历来被称为文体论，论述了30多种文体，实际上每一篇都包含一种或几种文体形成和发展的小史，而且，在这些篇目的展开中，作者都是以作品为中心，虽然也提到了作家，但“归根到底还是为了提到他们的作品”。可见，在刘勰心目中，“文本乃是构成文学史的核心本体”，谈论文学史、诗歌史，首先让他想到的便是“一系列具体作品”。在20世纪的文学史实践中，林传甲、黄人、刘大杰、游国恩、袁行霈等的《中国文学史》都体现了一个“共同的、以作品为核心的文学史本体观”。同样情况也体现在中国文学史的课堂教学中，中国文学史课程历来把“作品选”作为基础和先决条件，在有条件（主要是课时充足）的情况下，作品选和文学史是两门课，各占相当多的学时，对于某一时代的文学史，也总是作品选课程先上，文学史课程随后，绝不会颠倒过来。这种做法本身就不言而喻地表明了“文学作品是文学史核心本体的观念”。董乃斌指出，这就告诉我们，“所谓文学史其实就在以这些作品织成的网络之中，若是离开它们，一切便无从谈起”。所以，文学史完全可以看作“按一定时间顺序和逻辑程序排列的作品系列”。基于此，董乃斌提出，“把历代文学作品，即文本视为文学史本体，使文学史的研究和编撰有了可靠的基础。可以说，许多文学史论著都是建筑在引述文本并加以考订和分析的基石之上，如果把涉及的作品文本全部抽掉，一部文学史就七零八落，甚至不再存在。而我们如欲对文学史论著进行研究性的考察，则它们涉及了哪些作品，对所涉文本如何处理和评价，乃是重要而可行的切入点”①。与董乃斌不同，宁宗一则认为，新时期以来，人们在学术反思的基础上，越来越看出，扎扎实实地回归文本对于一个文学史教师来说是一种必然。从知识的教学来说，读懂文本是最起码的基本功，对于科研来说，第一步也必须建立在细读文本的基础上，不然“任何文学史的所谓规律性的探索，都会变成无源之水”。他指出，无论古今，“作家得以表明自己对社会，对人生，对心灵和文学

① 董乃斌：《论文本与经典——关于文学史本体的思考》，《陕西师范大学学报》2006年第4期。

的理解的唯一手段就表现在文本之中”，同时也是他们可以“从社会、人生、心灵和文学中得到最高报偿的手段”。因此，一个作家真正需要的，除了自身的人格与才情之外，那就是他们的“文本本位的信念”。所以，对于一个真诚的文学史研究者来说，“尊重文本乃是第一要义”。宁宗一认为，19 世纪法国批评家圣伯夫是作家本位论者，他认为作家生平是作品形成的内在依据，因此绝不能把人和文本分开，必须收集有关作家的一切资料，其中包括家族史、书信、知情人的回忆等。而文本本位论者的代表人物普鲁斯特则认为，作家的真正自我仅仅表现在文本之中，而且只有排除了那个外在自我，才能进入写作状态。据说所有第一流作家都本能地站在普鲁斯特一边，以这种眼光去看，一部理想的文学史（哪怕是断代史），首先应该是“一部文本的艺术分析史”。①

第三节　人性本体论

这种本体论将人性视为文学史的本体，在西方也有体现。如美国学者牛顿·P. 斯托尔克奈特就曾提出过这种文学史模式。他认为，各个重大历史时期的文学史都会体现出不同的人性观，如：中世纪与古典主义时期对应的是从属的人、被动接受并非由自己创造的价值的人性观；文艺复兴与浪漫主义时期对应的是人是创造者、崇尚个体的独立性与创造力的人性观；现代主义时期对应的则是人是富有责任感的自我存在、生存的意义在于人创造了自己所选择的生活的人性观。② 不过，真正意义上的，并经过了深刻理论阐述的文学史人性本体论则主要由中国学者提出，这其中尤其以章培恒、骆玉明为代表。骆玉明在对章骆本中国文学史的编撰意图进行解释时说，他们的《中国文学史》是“作为对‘重写文学史’呼声的回应”。不过，回应的具体策略则是建立在其对文学及文学史

① 参见宁宗一《反思与取向——中国文学史研究四十年》，《南开学报》1999 年第 3 期。

② 参见［美］牛顿·P. 斯托尔克奈特《文学与思想史》，冯国忠译，张隆溪选编《比较文学译文集》，北京大学出版社 1982 年版，第 87—119 页。

的功能、性质和文学发展路径全新理解的基础上，与以往的文学史书写不同，张扬人性本位和个体价值是章骆本的内在理念支撑。骆玉明曾有这样的质疑：除了“科学”和“民主”两个旗号，“五四”时代所崇尚的“自由和个性主义的价值为什么长期不能得到充分的肯定”？事实上，正是这种质疑，驱使他和章培恒将张扬个性价值作为他们重写中国文学史的首要目的。骆玉明在谈及章培恒的中国文学史研究思路时还曾指出，他（即章培恒）试图“把‘五四’新文化运动的启蒙精神——尤其是它的赞美个人尊严与个性解放的精神，同马克思主义的人本主义贯通起来，构成审视中国文学发展过程的视角”[①]。正是这种文学史诉求上的共同心迹和志同道合的默契，使他们携手同编，最终出炉了那部在20世纪末中国文学史学界引起了轰动效应的《中国文学史》。

在《关于中国文学史的思考》中，章培恒指出，文学史写作“首先必然会遇到的问题是：文学的根本价值何在？推动文学发展的核心因素是什么”[②]。这两个问题其实也是构成章骆本《中国文学史》的核心基点和内在骨架。在章骆本《中国文学史》“导论”中，章培恒指出，研究中国文学史的任务，是“清理并描述中国文学演变的过程，探讨其发展规律”。但何为文学？他认为，长期以来，文学是“以语言为工具的、对社会生活的形象反映”的定义深入人心。根据唯物主义的原理，社会存在决定社会意识，因此文学总是这样或那样地反映出社会存在的特色。文学既属于意识形态领域，说它是社会存在的反映，自然是“有道理的”。至于它以语言为手段，其所显示的是具体的形象而非抽象的概念，更是“毋庸词费的事”。根据这个定义，章培恒指出，决定文学作品价值的是其“反映社会生活的广度与深度”，在这方面有欠缺的作品绝不会是“第一流的作品”。他举例说，像《诗经》中的《蒹葭》，陈子昂的《登幽州台歌》，李白的《静夜思》，崔颢的《黄鹤楼》等，在反映社会生活的广度和深度上，并没有突出之处，但却是千古名篇，这均表明反映社会生

① 骆玉明：《中国文学的路——谈章培恒先生的中国文学史研究》，《复旦学报》2011年第5期。

② 章培恒、骆玉明：《关于中国文学史的思考》，《复旦学报》1996年第3期。

活的广度和深度并不是决定作品成就高下的“主要尺度”。不仅诗歌如此，在小说这样的文学体裁中，也是如此。如《西游记》和《三国志通俗演义》，前者是神魔小说，虽然也反映一定的社会生活，但博得读者欣赏的却是它的“构思之幻”，没有多少读者会依据《西游记》去认识或观察当时的社会生活；后者则是反映三国时期社会生活的作品。若就反映社会生活的广度和深度看，《西游记》显然不如《三国志通俗演义》，但二者在中国小说史上均有着重要的地位，所以，反映社会生活方面的差异并没有成为“判定其高下的标尺”。基于此，章培恒认为，文学作品是以情动人的东西，无论诗词之类写真情实感的作品，还是小说、戏曲等虚构类的作品，均是如此。因此，他认为，评价文学作品的标准，就是“作品感动读者的程度”，越是能在漫长的历史和广阔的空间中，给众多读者以巨大感动的作品，它的成就就越高。不过，对于读者的感动，章培恒认为，这“应该区别对待”，有的很古老的作品到现在还能感动我们，而有的作品在一定时间内感动了读者，但在几百年甚至几十年后却不再引起人们的兴趣，个中缘由，他又立足于马克思关于“人的一般本性”和“每个时代历史地发生了变化的人的本性”的论断进行了分析。同时，他指出，“人的一般本性”和“每个时代历史地发生了变化的人的本性”既“有联系也有差别”，换言之，在每个时代历史地发生了变化的人的本性中，既有与人的一般本性“相通之处”，也有“相异甚至相反的一面”。

对于人的一般本性，章培恒引用了马克思在《1844 年经济学哲学手稿》中关于人性和异化的论述后认为，马克思主义经典作家所提出的人的一般本性指的是每个人的“全面而自由地发展”，人的这种一般本性的实现，需要以高度发达的生产力为条件，所以，迄今为止，人们仍然需要进行“自我克制”，而不能全面实现自己的一般本性。不仅资本主义社会如此，此前的“任何社会也都如此”，无非是在它们中人的一般本性的自我克制的内容、方式、程度“有所不同而已”。因此，人类为了获得“最无愧于和最适合于他的人类本性”的社会，不得不在无数个世纪里“自我克制”，并在某种程度上失去自己的一般本性，才能“在这样的条件下悲壮地、一步一个血印地向前行进”。章培恒认为，在从原始社会到资本主义社会的“每个时代历史地发生了变化的人的本性”中，全都有符合“人的一般本性”——“人类本性”——的内容，也都有根据那个时代的需要而形成的不符合“人类本性”甚至与之背道而驰的内容。具体到文学作品，章培恒指出，文学作品要想在自己那个时期里感动读者，引起他们的共鸣，就必须与当时的“历史地发生了变化的人的本性”相适应。但是，如果它所适应的仅仅是或主要是那个时代所需要的并非符合“人的一般本性”的内容，那么，随着时代的变迁，它的魅力就会在很大程度上甚或全部消失；但如果它较多地与那个时代中符合“人的一般本性”的内容相适应，那么，即使这个时代过去了，它也依然能够“在一定程度上打动后世读者的心”，从而激发他们的共鸣。这样，章培恒认为，我们在对一部作品的艺术成就进行历史考察时，就不能只看到它对一时一地读者的感动程度，而是要把眼光放得更远大，看到它是否属于能够在漫长的历史和广阔的空间中，给众多读者以巨大感动的作品。因为越是这样的作品，其体现人的一般本性的成分也就越多、越浓烈，从而也才能够“与后代的人们、与生活在不同制度下的读者产生强烈的共鸣”。他指出，在中国文学史上，正是一系列这样的作品，才构成了中国文学发展的“坐标”，在这种意义上，他认为“文学发展过程实在是与人性发展的过程同步的”。

为了进一步阐明人的一般本性，章培恒在详细考察马克思在《1844年经济学哲学手稿》和《神圣家族》中的相关论述后指出，马克思所理解的人的一般本性就是“要求满足生活和人的一切需要”。他同时认为，马克思把享乐和显露生命力乃至人的情欲、要求自由和反对束缚、对自我的重视也视为“生活和人的一切需要的组成部分”，当作人的一般本性。他指出，明白了这些，我们就会懂得“为什么有一些看来似乎没有多大社会意义的作品却能在许多世代中引起广大读者的强烈共鸣，成为千古名篇”。他以李白的《将进酒》、陆游的《秋夜将晓，出篱门迎凉有感》（二首）和辛弃疾的《水龙吟·登建康赏心亭》为例来进行说明。在他看来，李白的《将进酒》的内容可以归纳为三点：一是对以喝酒为中心的享乐生活的赞颂和追求；二是对个人才具的自信；三是对人生短促的悲哀。且第一点尤为突出。若从社会意义或教育意义来看，章培恒指出，此诗显然“不可取”。但是，如果从马克思主义所理解的人的一般本性的内涵看，诗中对享乐生活的赞颂和追求则是与违背人性的少吃、少喝等“自我克制”的人生态度相对立的，而“天生我材必有用，千金散尽还复来”的豪情，则可视为对自己强大生命力的自许，而该作以“黄河”两句来形容生命的流程，也间接显示出“生命的强大有力”，虽然同时含有慨叹其一去不复返之意。至于诗中对人生短促，即个人生命的易于消逝的悲叹，章培恒认为，如从“人对于和自己同类的其他存在物的依恋只是基于对自己的爱”的角度说，也正是难于避免的。所以，他总结说，此诗获得千古读者的共鸣，正是由于作者率真、富于感染力地表现了他那“从人性出发的强烈感情”。而陆游的《秋夜将晓，出篱门迎凉有感》（二首）和辛弃疾的《水龙吟·登建康赏心亭》相比，显然后者对现在读者的感染力更强。章培恒认为，陆诗中所体现出的遗民的“痛切”，“乃是特定时代的产物”，对于后世读者来说，唯有其所处时代的特点近于南宋，才会有较强烈的感动，否则，其感动就较为淡薄。但辛词却不同，它强烈地表现了“生命虚掷的痛苦”和“无人理解的悲愤”及生命毫无寄托的愁绪，因此，该词“乃是被严重压抑的生命的抗议与悲歌”。而作为这种抗议与悲歌的根底的，则是作者“对实现自己的生命价值、也即表现自己的生命力的强烈渴望”。该作的巨大感染力，就来自贯穿于这一切之中的“灼热的感情”。同时，章培恒指出，辛弃疾在实现自己生命价值的愿望上远比一般人“炽烈”，他为了实现自己的生命价值，成就一番事业，可以不择手段，公然违背伦理纲常，非一般士大夫所能及。也正是如此，他的悲歌和抗议才具有“如此巨大的震动力”。所以，章培恒认为，对文学来说，作者在作品中如果“完全撇开自己”，就不可能引起读者的依恋。辛词正是因为它“顽强地执着于自我的生命价值”，深刻地体现了人的一般本性，因之，它在漫长的时代和广袤的区域中，都能引起读者的共鸣，这说明，作品越是能够体现出人的一般本性，就“越能与读者的感情相通”。

同时，章培恒还指出，文学必须体现人性，尤其是体现鲜明的个人性，人性本身是在历史中不断发展着的，这也就“带动了文学的发展”。从历史的角度看，章培恒认为，每个时代的“历史地发生了变化的”人性都离不开“人的一般本性”，但又与其有着“不同程度的差异”。时间越早，这种差异越大。在这种意义上，人性发展的历史就是每个时代的“历史地发生了变化的”人性逐步向人的一般本性重合的过程。迄今为止，这个过程依然“在路上”。他具体分析说，在中国人性论的历史上，自先秦起，压抑个人就一直是主流的文化态度，与之相适应，在先秦文学中，也看不到独立人格的个人，而从个人利益出发的情感，则更是受到“严格克制”，由此带来的是中国早期的文学所致力的，乃是“境界的造成”，而“难以对人的内心世界作具体、细致的开掘”，这不仅造成中国的叙事文学不容易写好人物，限制了其发展，而且也制约了中国的抒情文学对鲜明个性的表达。随着历史的发展，章培恒认为，上述现象不断得到改变，或快或慢，有时甚至出现曲折、倒退，但其大方向总是前进的。个人的权利、自由、欲望、尊严渐渐得到尊重，人的一般本性所蕴含的个人原则在我国古代文学中“日渐凸显”，于是，就有了渲染享乐的汉大赋，沉溺于个人情感的汉小赋，偏向个人本位的魏、晋、南朝文学，展现多姿多彩个人情感的唐诗、宋词，展示欲望世界的元曲、明清小说。而中国文学也就越来越闪耀着人的一般本性的光辉，越来越显出个人特色的印记。因此，他认为，“文学的进步是与人性的发展同步的”。

除此之外，章培恒还认为，在文学形式的演进中，人性的发展也占有“极其重要的地位”，大致来说，文学形式的演进有些与人性的发展直接相关，有些则是间接相关。在直接相关方面，章培恒认为，通俗小说、南戏、杂剧等的产生是为了适应随着城市生活的日益发达和人性的发展而产生的城市平民的享乐要求。文学中对人物性格描绘的细致化既有赖于作家较高的艺术功力，但更有赖于随着人性发展而来的个性的丰富。倘没有丰富的个性，人物性格的描写就不能细致。风格的多样化也是如此。随着人性的发展，作家的个性差别越来越明晰，风格也就越来越多样。在间接相关方面，审美意识与文学观念是主要的中介。他认为，一般说来，文学应给人以美感，文学的形式也必须服从美感的要求。但人的审美意识是不断变化的，今天认为美的事物，明天就有可能不美。故文学形式的演进必须顺应审美意识的变化，但这变化又直接或间接地取决于人性的发展。另一方面，文学形式的演进当然也离不开文学观念的进展，而这种进展归根结底也离不开人性的发展。因此，他指出，“一部文学史所应该显示的，乃是文学的简明而具体的历程：它是在怎样地朝人性指引的方向前进，有过怎样的曲折，在各个发展阶段之间通过怎样的扬弃而衔接起来并使文学越来越走向丰富和深入，在艺术上怎样创新和更迭，怎样从其他民族的文艺乃至文化的其他领域吸取养料，在不同地区的文学之间有何异同并怎样互相影响，等等”[①]。除章培恒之外，董健、黄修已、邓晓芒、蒋承勇、葛红兵、朱德发等人也持文学史的人性本体论。如董健等认为：“人文学科和人文精神包含着巨大的人性内涵，而那种超越国度，超越阶级的人类共通的人性与审美底线可能是我们审查和衡量文学史不变的内在视角与标准”，所以，他们自己在编写文学史时追求的是“在一种共同的具有人类通约性的人性的视阈下的文本解读”，以“取得文学内涵和审美认知上的大体统一”。[②] 在《艺术作品的永恒性》中，邓晓芒虽然没有像章培恒等那样把人的“一般本性”理解为自然性和利己主义的，但他同样从“一般人性”出发来理解艺术作品，认为文学艺术就是“将阶级关系中所暴露出来的人性的深层结构（即一般人性）展示在人们面前，使不同阶级的人也能超越本阶级的局限性而达到互相沟通”，他并且还将“一般人性”作为评价艺术品的现实尺度，认为凭借它“我们就用不着任何故弄玄虚，而能对艺术作品的永恒性问题作一种近乎实证的说明”[③]。黄修已则提出要“以人性论为理论基础，研究现代文学在特定的时代背景下，如何反映或表现人类共有的人性”[④]。蒋承勇从高尔基的“文学是人学”，而人是“一切社会关系的总和”出发指出，西方人在不断地与自然、社会、自我的交互作用中推动着文明的进程，作为“‘人学’的西方文学也始终描绘着西方社会中人的生存状况”，西方文学不仅表现“人们为展示人的本质力量、争取自由与解放的外在行动”，也表现他们“因丧失自我、丧失自由时的内在精神痛苦”，

① 章培恒、骆玉明主编：《中国文学史》（上卷），复旦大学出版社2004年版，第1—61页。

② 董健、丁帆、王彬彬：《我们应该怎样重写中国当代文学史》，《江苏行政学院学报》2003年第1期。

③ 邓晓芒：《艺术作品的永恒性》，《浙江学刊》2004年第3期。

④ 黄修已：《全球化语境下的中国现代文学研究》，《文学评论》2004年第5期。

回荡着不同时期社会中“人对自我灵魂的拷问之声”，贯穿着深刻而深沉的“生命意识和人性意蕴”，因此，一部西方文学史就是西方社会中“人的精神发展史”，西方文学的每一个毛孔都透射着“人性的光辉”，它以人为核心、以人为线索展示人性的各个方面，从而蕴积了深层的“人学母题”。在此基础上，蒋承勇认为，“文学自诞生以来，就以人为描写的核心，它的本质是展示人的生存状况；它的最高宗旨是维护和实现人的自由与解放；它不仅表现人的不自由和争取自由的外在行动，也表现人因丧失自由所致的内心痛苦与焦虑。文学以展示人性的深度为最高目标”[①]。葛红兵在《文学史学》中也认为，文学史研究在相当层面上可以说是一种“人学研究”，其首要任务是守护和延续保存于文学本文之中的本真，发现并阐释文学作品中的真理，从而使这种真理得以再临，以肯定文学作品（作为民族的和世界的珍品）传续真理的价值。[②] 李春青的《文学史与文学价值阐释》同样指出，以往文学史的最重要的缺陷，乃是在于对“文学人性价值阐释的失落”，因而导致了文学史建设的“畸形发展”。他具体分析说，如我们对陶渊明的诗的认识，过去的文学史总是认为陶诗的价值是表现对封建统治的不满，具有社会批判精神。但事实上，陶诗更深层的价值是对人的自由精神的肯定，是一种人性价值，它表现出的那种自由精神是人的生命本能要求，是一种对现实原则与世俗禁忌的嘲弄和摒弃，而其恬淡、静穆的风格也绝不只是一种外在的形态特征，而是诗人挣脱尘网之后感性与理性达到和谐状态的自然流露，因为陶诗更深切地表现了人的本性，因而更能触动人们的心弦。在中国历史上，唯陶氏能想象出一个中国式的乌托邦绝非偶然，所以，陶诗是中国文学史上人性价值最完满的体现，但我们过去的文学史对此却缺乏充分的认识。最后，李春青指出，我们已有的文学史有严重的缺陷，它不可能真正搞清楚文学发生发展、兴盛衰败的深刻原因，不可能真正揭示文学的根本特征。而其未能把文学的发展与人类命运、人的价值结合起来考察的缺陷，也使得它难以真正肯定和发现文学的社会价值。它以社会矛盾

---

① 蒋承勇：《西方文学“人”的母题研究》，人民出版社2005年版，第1—6页。

② 参见葛红兵《文学史学》，湘潭大学出版社2008年版，第6页。

和阶级矛盾为立足点去检验一切文学现象，揭示的也只能是文学中与其他意识形态共有的内容，对文学的特殊内容则视而不见。因此，这种文学史只能被当作历史或社会发展史来读。所以，它在考察一个时代的文学发展时，往往大讲社会政治经济状况，对政治经济与文学之间的中介因素，即社会心理，却不做细致深入的分析；在研究具体作家的创作时，其兴趣点也只是他的阶级出身、政治地位、仕途遭际等，而对其个性和整个心理状态，却缺乏认真的考察；对作品也是如此，仅仅视其为阶级矛盾、社会斗争的产物或社会或缩影，而忘记其中包含的人的心灵颤动、人的内在情感、欲望、思想观念、人格意向，忘记了它是一部打开了的“个人的心理学”。[①] 与以上诸人立足于文学史的整体观照不同，朱德发所倡导的人性本体主要体现于他对中国现代文学的核心理念的理解。在《“人的文学”：现代中国文学史核心理念重构》中，朱德发指出，与“人的文学”相比较，虽然民族文学观、大众文学观、民间文学观、启蒙文学观、政治文学观、现代文学观、新文学观、世界文学观、人类文学观等，它们都可以作为现代中国文学史的理念，但它们却都不适合作为中国现代文学史的核心理念。因为这些概念“不是缺乏宏阔的涵括力就是缺乏锐利的穿透力，不是缺乏高屋建瓴的统摄力就是缺乏辐射四方的发散力”，尽管其中的现代文学理念或新文学理念不同程度上涵有这些思想功能，但作为文学史理念，它们却又显得比较模糊，不够透明，不能“一语破的，点明本质”。他建议把“人的文学”作为现代中国文学史的核心理念，因为它不仅明确地标示出现代中国文学的本质规定，而且又可以作为现代中国文学的象征符号，从而成为现代中国学者和文学史编纂者想象人间社会、人学文本时借以整合和表述多种现代性原则的表意对象。而且，朱德发还认为，“以人为本的‘人的文学’核心理念源于现代中国各种形态的文学客体，以它作为核心理念建构现代中国文学通史，具有宏阔的统摄力和巨大的阐释功能，不仅能够把作为中华民族文化同一性象征符号的现代中国文学共同体所蕴含的现代性与民族性抽象地概括出来，而且可以将现代中国多种形态文学的复杂而深邃的人学内涵发

① 参见李春青《文学史与文学价值阐释》，《求索》1989 年第 2 期。

掘出来，也能把掺杂在现代中国各种形态文学中的‘非人文学’因素剔去，更能以‘人的文学’理念作为逻辑纽带将各种形态文学联结为一部整体性的文学史”[①]。

第四节　民族文化—心理本体论

民族文化—心理本体论是由王锺陵首先提出的一种文学史本体观。受勃兰克斯的“文学史，就其最深刻的意义来说，是一种心理学，研究人的灵魂，是人的灵魂的历史”[②]，以及法国文学史理论家朗松的“文学史是文化史的一部分”[③] 等观念的影响，王锺陵提出了以民族—文化心理作为文学史本体的理论。在《中国中古诗歌史》前言中，王锺陵指出，“一部文学史著作如果着意于理论创造的话，又如果其理论创造想具有一种宏阔而深邃的历史内容的话，我认为就应该致力于对民族审美心理建构的研究。这一研究，具有十分重要的意义。如果说一个具体个人的文化—心理结构，是这个人具体人性之所在的话；那末一个民族的文化—心理结构，便是这个民族民族性之具体所在。对于人的‘微观’正是注重对人进行宏观研究的历史唯物主义所亟待加强的方面。马克思恩格斯在否定了孤立抽象的人本主义的研究方法以后，使人的研究转向于同对社会—历史的研究，同对社会经济关系的研究结合起来，这是一个伟大的成就。不过，我们现在还需要对人性和民族性之所在的文化—心理结构作出探索，这是一个新的时代的召唤”。而且他认为，“对于民族性的探索更是一个牵涉到世界文化发展的意义重大的课题。文学史的研究，在探讨这一课题上有其特殊的优越条件”[④]。在《文学史研究应有一个大的突破》中，王锺陵提出，文学史的撰写要注意两个方面的内容：其

---

① 朱德发：《“人的文学”：现代中国文学史核心理念重构》，《烟台大学学报》2002 年第 2 期。

② ［丹麦］勃兰兑斯：《十九世纪文学主流·引言》，张道真译，人民文学出版社 1980 年版。

③ 转引自［美］昂利·拜尔编《方法·批评及文学史》，徐继曾译，中国社会科学出版社 1992 年版，第 3 页。

④ 王锺陵：《中国中古诗歌史·前言》，江苏教育出版社 1988 年版，第 30 页。

一，要努力建立一个科学的逻辑结构；其二，要尽力从民族文化—心理的动态的建构过程上来把握文学史的进程。他同时又认为，逻辑结构的建立“离不开概念、范畴、命题的提出和表述”，而概念、范畴、命题的提出和表述又是“一个和民族文化—心理结构的理解相联系的问题”。因此，文学的进程从来都是与民族心理、民族思维的发展过程相一致的，不从民族心理、民族思维的角度去把握文学的进程，我们就难以懂得这种进程中“最为深沉的底蕴”。一定阶段的民族心理反映在审美活动中，便形成一定的审美情趣，而一定阶段民族思维的状况，也直接决定了这一阶段“文艺发展的轨道”。而且，民族心理、民族思维的发展，有着相对静止和变动的两种状态，民族心理在变动之流的前进中，有着“相对稳定的前后承续”，在一个新的文化—心理结构中，旧的因子“依然存在”。虽然民族心理、民族思维从总体上说表现为一个历时的变动，但是，这种历时的变动乃是“由一个又一个相互交接迭合的共时的结构所组成”，新的圆周和旧的圆周在相当的程度上“重合着”。而且，在实际过程中，王锺陵认为，新的因子的发生、积聚往往是随机的、点滴的，其在历史的进程中彼此相生、互相协同，在和旧因子的既排斥又相容的复杂的关系中导致“系统的协变”，从而组成一个新的文化—心理结构。因之，对于民族文化—心理结构的这种动态的建构过程，既需对其进行较为抽象的范畴性反映，也需有随机的历史的追踪、清理。王锺陵指出，文学发展的轨迹、规律及其原因，“正是可以从文化—心理动态的建构过程中，得到更为深入的说明”。他认为，一门学科只有在形成了一系列的概念、范畴、命题，并且这些概念、范畴、命题间的有机联系得到深入的说明时，才算是具备了理论的形态，该学科也方才达到了“科学的水准”。而对于那些属于学科的高层次的范畴命题的阐述，更是应该“自觉地从民族文化—心理的建构上着眼”。这种阐述应该是静态和动态的交织，也即这些范畴、命题对民族文化—心理建构的反映，既应有共时相的勾画，又应有流转态的描述，前者应该表现为一种彼此关联的诸要素的“有机的逻辑结构”，后者则应有“一个具有内在有机联系的递次展开的逻辑程序”，这种逻辑程序的展开，既为当时的历史条件所制约，也为文学自身发展的内在要求所规定。任何一个理论体系都是建立在几个主要的范畴和命题之上的，其综合程度愈大，抽象程度愈高，我们能得到的范畴和命题便愈少。对于这种愈益集中了的高层次范畴和命题的阐发，便愈益需要“从十分广阔的背景上来着眼”。一旦高层次的范畴、命题及其相互关系阐发清楚了，理论形态也就大致形成了。他同时补充说，一个理论体系不仅需要对几个关键性的范畴、命题的论述，来作为全部结构的主要支柱，另外也还需要对许多次要范畴和一些概念的说明来获得丰富和展开。如果说高层次范畴、命题需要辟出专门篇章集中论述的话，而那些次要的范畴和概念则只需放在浑浑浩浩的历史进程中加以显现和表述，从而利于表现出文化—心理建构的动态的变化过程，即一个个继起性因子是如何渗入某一阶段的文化—心理的共时态结构中的？某一阶段的文化—心理结构又是由哪些并存性因素所组成？这些并存性因素间的关系又如何？因此，一部文学史著对于民族文化—心理结构的显示，不仅应该通过概念、范畴、命题等“较为理性的途径”，而且还应该通过对具体作家的心理的剖析这“较为感性的渠道”。王锺陵认为，每一个作家的心理都是一个相对完整的共时态结构，这种具体的共时态结构又是特定时代民族文化—心理结构的部分反映。所以，对于一系列有代表性的作家的心理剖析，不仅从横向上可以构成一个时代文化—心理结构的“感性显现”，而且从纵向上说则又清楚地表现着民族文化—心理结构的“动态的发展过程”。这样，他指出，文学史著作对于民族文化—心理动态的建构过程的叙述就可以在三个层次上展开：第一个层次是结合了各种社会条件对作家心理的复现；第二个层次是对次要范畴和概念的说明；第三个层次是对高层次范畴、命题的阐发。而且，这三个层次由下而上组成一个“塔式的立体结构”，且具有极其鲜明的从美学的角度把握问题的特征。因此，他认为，这种文化—心理建构同时也是一种“审美的心理建构”。一部文学史著作如果着意于“理论创造”，而其理论创造又想具有一种宏阔而深邃的历史内容，它就应该致力于对民族审美心理建构的研究。一个民族的文化—心理结构是这个民族民族性的具体所在。在一个科技愈益高度发展的物化世界环境中，文化—心理的因素，特别是审美的因素，将“愈益突出”。而在东西文化交流的背景下对于民族性的探索，更是一个“牵涉到世界文化发展的意义重大的课题”，文学史的研究在探讨这一课题上，有其特殊的优越条件。[①] 其后，在《文学史新方法论》“引言”中，王锺陵又指出，“文学的进程，是和民族心理、民族思维的发展过程相一致的……所以，从民族心理、民族思维的角度去把握文学的进程，我们就赖以懂得这种进程中最为深沉的底蕴”。并且，他表示自己“决心抛开对于雅丽文字的偏好，用心去谛听原生态的人类之生长节奏，以阐发一种跃动着生命向力的雄犷之野美。料理人类生命存在的多种形态，以见出造化的多样丰富和自然的博大深沉，这对于心灵无疑是一种极宝贵的滋养”[②]。1996 年，在《致力于文学史研究新模式的建立》中，王锺陵指出，文学史应是“民族心灵史”，文学史新方法不仅应是主体的、能动的，并具有多元因素互动整合的高度，而且应“以民族思维的发展变化作为它最为深沉的底蕴”，这种新方法要求文学史著作应着力展示“在民族思维走向的导引下，由社会风习、哲学思潮、感受方式等因素交织而成的巨大变动，以及随着这种变动而来的新旧文体的交替、文学流派的兴衰和某一时代文学发展的总体特征，并在上述整体格局中来把握具体诗人文士作品的思想内容、艺术风格及其在文学发展中的作用、地位、传承和影响”。基于此，王锺陵提出，文学史应当注目于个性、抱负、气质、学术路径与方法、审美情趣与创作技巧各不相同的个人，探讨其究竟将何种偶然性、特殊性带进了当时包括文学活动在内的民族的精神生活中，以及这种偶然性、特殊性和个人的选择，又是如何在受一定的历史氛围和价值期待制约的社会性读解认同的反馈中，得到意义性张扬，从而在文学史的建构中凝定下来的；探讨各种不同的相互冲突的精神性活动，是由于何种必然的和偶然的原因，如何经由直接的或迂回的道路在总体化整合中盛衰兴替，去开辟文学史的发展方向，并形成为其具体的行程的。[③] 除王锺陵外，宁宗一也提出要“把文学史作为心史（心灵史）来研究”。他指出，文学是人学，文学史自然也可以写出“人史”的意义，但

① 参见王锺陵《文学史研究应有一个大的突破》，《东北师大学报》1990 年第 5 期。

② 王锺陵：《文学史新方法论·引言》，苏州大学出版社 1993 年版。

③ 参见王锺陵《致力于文学史研究新模式的建立》，《中国社会科学》1996 年第 6 期。

长期以来，我们的文学史却常常只是“文学大事记＋作家作品论”，而那些波澜起伏的“时代心潮”，那些在各种欲望和意志支配下活动、较量着的人的“心态变迁的历史”，却都“不见了”，绚丽多彩、激动人心的文学现象被挤压成干巴巴的“教科书语言”“社论语言”，文学史丧失了文学的生命力。对此，他认为，文学史应当展现“作家们作为‘时代感应的神经’的精神品格，揭示不同的文学观深层积淀着的时代社会主题”，并由此上溯他们的人生观、文学观的思想渊源，传统承继关系，进而引发出一些富于魅力的“有意味的文学问题”。不过，宁宗一同时认为，这些只是做到了文学史的第一层面，在文学史的第二个层面上，他指出，“中国文学史发展得太盛且太久。中国文学浩繁的内容和分支有时又使我们忘记了人们探究文学史时最朴素的出发点。事实是，历史过程和社会发展及诸种生活方式影响着人们的心灵。所以当代人及其当代意识对自己心灵历程的兴趣或许大大多于对自己政治、经济历程的关心。基于这一点，作为反映人类历史中成为精神文化底层基础的感情、心绪、伦理模式和思维习惯的文学艺术，往往被当代人认为是更重大的研究课题。比如对中国古代思想文化界的代表人物，从郑思肖到黄宗羲，为什么人们那么看重他们著作的审美化的‘心史’的意义，为什么外国作家果戈里径直地称自己‘最近的著作都是自己的心史’？而我们的著名小说家吴敬梓的《儒林外史》也不再简单地被称之为知识分子的百丑图，而誉之为知识分子的痛史，知识分子的灵魂史。至于我，则把这部专门写知识分子的小说看作吴敬梓对知识分子的心路历程的真实写照，是吴敬梓对举业至上主义的百年文化反思之作。至于曹雪芹的《红楼梦》无疑更是这位小说巨擘的心灵私语，是一部名副其实的心灵挽歌，当然也就是曹雪芹在咀嚼人生况味后的心酸史。在诗之王国中，《离骚》当然是屈原的心灵史诗，《自京赴奉先咏怀》、‘三吏三别’又何尝不是诗圣杜甫的心史呢？总之，从有机整体观念来看，一部中国文学发展史，在一定意义上说，是一部生动的、形象的、细腻的、审美化的‘心史’，是一部人民的灵魂史”。他还引用了勃兰兑斯的“文学史，就其最深刻的意义来说，是一种心理学，研究人的灵魂，是灵魂的历史”的观点后指出，这是迄今对文学史做出的“最符合实际、最富有科学意味的界定”，它的深刻之处就在于它不是停留在文学即人学的层面，而是“充分认识到文学史乃是人的灵魂史，人的精神主体的历史”。宁宗一指出，心理结构乃是浓缩了的“人类历史文明”，而文学文本则是打开时代灵魂的“心理学”。丹纳曾这样说，“如果一部文学作品内容丰富，而且人们知道如何去解释它，那么我们在这些文学作品中找到的，会是一种人的心理，时常也就是一个时代的心理，有时更是一种种族的心理”，因此，在中国，屈原、陶渊明、李白、杜甫、苏轼、辛弃疾、罗贯中、施耐庵、吴敬梓、曹雪芹，他们的心灵“始终是和人民的心灵相通的”，他们的作品也大多蕴藏着人们的“郁勃的反抗之音”。所以，当我们纵观一部中国文学发展史时，我们几乎都感到了作家们“感情的喷薄和气质的涵茹”，这一切又都必然是时代的狂飙带来的社会意识在优秀作家身上的结晶。正是如此，如果我们不透过作家的创作去追溯其灵魂深处，又如何能领会他们以自己的心灵所感受的时代和人民的心灵呢？基于此，宁宗一指出，我们完全可以说，优秀的作家及其作品都是他们所处时代的“灵魂”，从最深微处看，中国文学也是一门中国社会心理学，一门形象的、审美化的社会心理学。要建构具有心史和灵魂史性质的中国文学史，要求我们“既要深入作家的灵魂，也要纵观他们所受规范的社会心灵总体”，要以“作家感情深处或作品内容乃至一个发人深思的生活细节和心灵悸动作为突破口”，去纵观时代风尚与社会思潮。所以，只要我们从心史这个重要侧面出发，我们就可以“从那纷纭呈现的历史表象背后，发现一些鲜活的东西”。我们既然把文学史看作心灵史，那么，作为“发皇心曲”的作家灵魂的研究，细致入微的作家心态的剖析，就会“很自然地被提到日程上来”。对此，宁宗一认为，近年来，文学史界一些学者开始对人类心灵历史、对一个时代的情感和思潮给予越来越多的关注，他们自觉地向我们“打开了洞悉历史文化深层奥秘的新窗口”，在这些学者的文学史中，人们看到的是，往昔岁月中各种人的动机、欲望、性格、气质、情愫、才情、生死观、处事观等“精神状态”，看到群体幻觉和重要历史文化人物和著名作家的“各色心态”，这无疑是深化了对人的本体和人的实践的认识和感受。宁宗一指出，作为心灵的最细微处、最微妙处，即心灵的最敏感处，乃是“心态的变迁史”。思想与性格及人格与气质等具有某种“恒定性”，而心态则是一种“精神流动体”，它更受时代精神、社会思潮、个人遭际乃至政局的影响而不断变动游移。他认为，进一步来看，作家之间最深层、最重要的差别乃是“心灵和心态”，与之相比，其他的一切差别，几乎都是“表层的”。因此，当我们认真观照作家和知识阶层的心态时往往会发现，它不是在“过去”就已经凝结成型的，乃是“尚未”被规定的精神现象，它和思想、性格密切联系，总是处在“制作”之中和“创造”之中。但长期以来，“我们的文学史研究，在观照一个作家或一个历史人物时，却往往只看到链条的两端，而对整个链条，也即是整个过程，却有意无意地被忽略了，这几乎成了过去的一种研究的制作模式”。这种模式窒息了研究者的才智，挡住了研究者的视界。现在人们寄希望于文学史研究者们“能注意并捕捉人文知识分子内心生活的多样性、迅速变化的心态，用敏锐的眼光、睿智的洞察力把握文人内心生活依稀可以捉摸的那一瞬间”，使“过程”丰富多彩，并以细腻、敏锐、深刻的辨析力加以透视解剖，从而使“过程”显得具象化、明晰化，心悦诚服地认同他们对“过程”的理解，这种“过程”，宁宗一认为，就是“注重心理运作的辩证法”。[①]

第五节　读者本体论

读者本体论主要由接受美学所提出。在《文学史作为向文学理论的挑战》一文中，H. R. 姚斯宣布说：“我力图以接受美学为基础建立一种可能的文学史。”[②] 他的这个宣布集中地体现了接受美学以读者为文学史本体的本质。从批判以施泰格尔和凯塞尔为代表的“文体批评”学派出发，H. R. 姚斯提出了以读者为本体的文学史建构设想。他认为，“文体批评”学派视文学作品为一个脱离经验现实的“独立自足的结

① 参见宁宗一《反思与取向——中国文学史研究四十年》，《南开学报》1999 年第 3 期。

② ［德］H. R. 姚斯：《文学史作为向文学理论的挑战》，［德］H. R. 姚斯、［美］R. C. 霍拉勃《接受美学与接受理论》，周宁、金元浦译，辽宁人民出版社 1987 年版，第 38 页。

构”，进而认为文学研究是对文学作品的纯语言、形式结构的研究，而不是对政治、经济、思想史乃至心理因素的研究。因此，这种观点用之于文学史，必然会导致审美与历史的矛盾，这种矛盾他称为“文学史的悖论”，即文学史在审美与历史之间无法两全。H. R. 姚斯又认为，文学确实是有着自身独立的审美特质和形式演进的历史的，这使其无法不与经济、政治、思想、文化等“一般的历史”发生联系，“文体批评”学派显然不能解决这个悖论。不过，他指出，如果从接受的立场来看待文学史，那么，“文学史研究的美学方面与历史方面的对立便可不断地得到调节。这样，曾被……割断的过去的文学现象到现在的经验之间联系的线索，便又被重新连接起来了”[①]。基于此，H. R. 姚斯提出，“艺术作品的历史本质不仅在于它再现和表现的功能，而且在于它的影响之中……必须把作品与作品的关系放进作品与人的相互关系作用中，把作品自身含有的历史连续性放在生产与接受的相互关系中来看”[②]。同时，根据期待视野原理，H. R. 姚斯又把文学史说成是“读者的文学史”，读者“对作品接收的历史”，或文学作品“效果自身的历史”。受此影响，国内诸多学者如朱立元、陈文忠、杨新敏、王卫平等都从读者本体的角度对文学史进行了重新理解。1988 年，在《接受美学与中国文学史研究》中，朱立元指出，在西方众多的理论、流派、观念和方法中，接受美学对中国文学史研究“有着比较直接的借鉴意义”。在他看来，这是因为 H. R. 姚斯接受美学的最初动机就是想去解决“文学史悖论”问题，“他之所以把读者作为文学研究的中心，并提出所谓‘接受史’、‘效果史’原则，乃是为了纠正当时学术界把对文学的美学思考与历史思考对立起来、割裂开来的错误倾向，重建文学与历史之间的本质联系”，这与我们的文学史理念是“完全一致的”，因此，“借鉴起来也比较容易”。朱立元指出，接受美学的基本观点就是“文学作品的历史生命存在于历时态读者的阅读与接受中”，因此，古典作品是在历代读者

① ［德］H. R. 姚斯：《文学史作为向文学理论的挑战》，［德］H. R. 姚斯、［美］R. C. 霍拉勃《接受美学与接受理论》，周宁、金元浦译，辽宁人民出版社 1987 年版，第 24 页。

② 同上书，第 19 页。

的接受、反应、评价中获得其每一时代的现实生命的，所以，其思想艺术价值也就不可能是凝固不变的，而是要随着历代读者的接受状况发生变化，因为价值总是“相对于主体需求而言的”，是“主客体间一种需求与满足需求的关系”，所以，离开了读者的审美需求、鉴赏趣味，就无法解释文学史上许多作家作品的价值事实上“发生过并继续发生着历史地变动的现象”。不仅如此，朱立元还认为，按照接受美学的观点，文学的历史性不同于政治等其他事件的历史性。政治事件是一种可以被解释为“由一系列环境的先决条件和动机所造成的必然结果的客观独立的事实”，而文学的历史性只与“读者的历时性接受相关联”，所以，离开了历代读者主体的接受，“文学就无所谓历史”。最后，他指出，如果能把接受美学的观点恰当地应用到中国文学史研究中，至少可以带来6个好处：第一，可以把创作与批评、读者反应结合起来，更全面、正确地反映某一时期的文学风貌；第二，可以把作家作品研究同历代读者的批评评价结合起来考察，更具体、动态地把握特定时期作家、作品在文学发展过程中价值和地位的历史变化及其原因；第三，从由读者群体的审美经验期待视界及其改变所决定的社会审美时尚出发，可以更合理、贴切地解释某些文学现象、文学流派或运动兴废盛衰和交替更迭的原因；第四，从总体上说，中国文学史如能把传统的作家、作品史写法同侧重于读者反应批评的效果史、接受史结合起来，可以使文学史显得更丰富饱满，富有立体感；第五，能使旧日某些文学史强调社会经济政治条件对文学创作的决定作用的写法，获得一个读者群体审美时尚的中介，从而显得更自然、妥帖，而不至生硬牵强，避免庸俗社会学的简单化倾向；第六，从宏观上说，将来可以把效果（接受）史独立出来，建立作家作品史、效果史和批评史这文学史三大块，最终综合统一成总体文学史。总之，他指出，“自觉地引进和应用接受美学思想，将会给中国文学史的研究带来一个诱人的光明前景”[①]。在1989年的《试论接受美学对中国文学史研究的启示》中，朱立元重申了上述观点，他认为，尽管文学史应以叙述历代作家作品的发展为主要内容，考察和叙述读者

① 朱立元：《接受美学与中国文学史研究》，《文学评论》1988年第4期。

的反应、作品的社会效果，“主要是文学批评史的任务”，但是，他指出，我们“应该将文学史与批评史结合起来进行研究。这对于编写文学史和批评史都会有好处”。就文学史编写而言，朱立元认为，在叙述作家作品的历史时，应充分注意到读者的反应、作品的社会效果以及社会审美心理等方面。他指出，这就要求我们：其一，编写文学史必然会关涉如何阐发作品的意义和说明作品的价值、作家地位的高下、材料的取舍和详略安排等问题。编者往往会自觉不自觉地以今之眼光去处理这些问题，这样做当然“有其合理的因素”，但就严格的科学研究而言，这是不够的。这样，接受美学关于作品意义和价值变动不居的观点对我们就有启发，我们首先应通过缜密的研究，大致确定古代作家创作某作品时所企图赋予它的意义及所表达的思想感情。不过，因为年代久远、资料缺乏和作家创作手法的某些特殊性不易理解等因素，要完全做到此是很难的，但就一般情况而言，还是能够在大体上确定作品原来意义的。然后再有重点地阐述该作在不同时代、不同读者中所获得的意义，这样做“方能比较客观，比较符合历史真实”。对于作品价值和作家地位的高下，朱立元认为，也不能仅以今天的标准衡量，而是要客观地叙述作家作品“在当时和后世所产生的反应和效果，并从中找出某些规律性的东西”，这样可以更全面、正确地反映某一作家的创作成就，也可以更全面、正确地反映某一时期的文学风貌。总之，研究和叙述作家作品及文学现象时，应该多注意读者反应、社会效果这一侧面，这应成为编写文学史时考虑的重要因素之一。其二，编写文学史还必然会遇到如何合理地解释某一文学现象、文学流派或运动兴废的原因。在这个问题上，接受美学关于读者“是一种创造历史的力量”和期待视界变化的观点，也能给我们以启发。朱立元指出，读者的审美趣味及其变化是文学现象产生和消亡的“一个重要因素”，其他因素如学术思想、政治、经济、社会诸因素往往要经由审美方面的因素方能发生作用。所以，我们阐释某一文学现象兴废的原因和分析文学发展的动力，也应该充分重视作家、作品与读者的审美趣味、时代的审美理想之间的联系。最后，朱立元认为，“吸取接受美学中的合理因素，从‘效果历史’的角度进行一些研究和探索，可以拓宽文学史研究的视野，开发某些过去比较忽略的领域，更深刻全面地认识和总结文学发展的特殊规律。沿此掘进，文学史的学科建设也许能出现新的局面"①。除朱立元外，陈文忠也指出，接受史"为文学史研究开辟了一个新的学术领域"，中国诗学从"毛诗"开始，历代诗评家都执着地、不厌其烦地用心细读一部部经典文本。古人的经典细读史，正为今人的文学接受史提供了"丰厚的学术基础"。他并且认为，"文学接受史研究的完整过程包括前后联结的两个环节：一是文献学意义上的接受文本的系统整理；二是批评学意义上的接受历程的现代阐释"。对于接受史研究应该有哪些具体的思路和途径，陈文忠指出，"文学接受史的研究也可以朝三个方向展开：以普通读者为主体的效果史研究，以评论家为主体的阐释史研究，以创作者为主体的影响史研究"。效果史即作品在读者中产生的"审美效应的演化史"，它包括单个作品和某一作家、流派和类型的作品的效果史。同一部作品和同一位作家在不同时代读者中的接受效果"往往绝然不同"，效果史研究就是去考察作品审美效果的"嬗变衍化和成因规律"，包括读者群的构成及变迁、不同时代读者对作品的接纳反应及作品的显晦声誉等，进而透过作品效果史"探寻文艺风气和审美趣味的演变轨迹等等"；阐释史研究是在效果史考察的基础上的继续深化，阐释史"以诗评家为主体"，是历代诗评家对作品的创作根源、诗旨内涵、风格特征、审美意义等进行分析阐释所形成的"客观文献史"。阐释史研究就是对历代阐释文本的现代思考和重新分析，是"阐释的阐释"，以"提供新的思考结果和学术见解为目标"；当一篇作品"对后代作家产生了影响"，被历代同题同类之作"反复摹仿、借鉴、翻用"，就形成了它的影响史。所谓影响史，就是"受到艺术原型和艺术母题的影响启发，在构思、主题和意象体系诸方面具有明显渊源关系、并形成文学序列的历代作品史"。最后，他指出，"我们有充分理由对将来撰写总的'读者文学史'或'中国文学接受史'抱乐观态度"②。杨新敏则以鲁迅笔下的阿Q形象在不同时代读者的阐释中不断变幻面目为例指出，"一部文学史，就是一部读者在不断变化着的接受期待视野下

① 朱立元、杨明：《试论接受美学对中国文学史研究的启示》，《复旦学报》1989年第4期。
② 陈文忠：《文学史体系的三元结构与多维形态》，《安徽师范大学学报》2006年第4期。

的接受的历史”。他具体分析说，“当年邵荃麟曾在论文《也谈阿Q》中认为‘阿Q是现代中国的浮浪性贫农典型’，而艾芜则在《论阿Q》中认为，‘阿Q是综合中国国民精神方面的毛病写成的，而其中最大的毛病则是精神胜利这一点。’1951年10月，冯雪峰发表论文《论〈阿Q正传〉》，认为阿Q‘是一种精神的性格化和典型化’；‘是一个思想性的典型，是阿Q主义或阿Q精神的寄植者，这是一个集合体，在阿Q这个人物身上集合着各阶级的各色各样的阿Q主义，也就是鲁迅自己在前期所说的“国民劣根性”的体现者’。1956年10月19日《人民日报》发表何其芳的《论阿Q》，提出了著名的‘共名说’，即认为文学作品中有的典型人物的名字，往往成了这个人物的某种突出性格特点的‘共名’。阿Q就是精神胜利法的‘共名’。1991年，张梦阳在《阿Q与世界文学中的精神典型问题》一文中，则从研究黑格尔的《精神现象学》受到启发，提出一个新概念——精神典型。认为阿Q这个典型是鲁迅从阿Q这个‘活生生的具体人物形象中提炼出一种普遍精神，经过精神变形与艺术变形，升华到一种高于性格的深刻、透明、超越的哲学境界’。此外，林兴宅从系统论视野对阿Q性格中两极对立的多种因素及多个层次的分析，可说独辟蹊径，也是自成一家。对阿Q性格的接受历史充分说明，一部文学史，就是一部读者在不断变化着的接受期待视野下的接受的历史”①。

除了讨论接受美学与中国现代文学研究的意义外，陈长荣的《接受美学与中国古代文学研究》从中国古代文学研究的角度提出了文学史方法的革新问题，他认为，接受美学“为文学史研究提供了新的方法论”。基于此，他指出，从历史上看，对文学作品的评价总是体现为“一个动态的过程”，因此，倘能用动态的观点“考察文学作品接受史的过程”，那确实是“一项饶有兴味的工作”。他认为，在文学史上的不同时期，对同一个作家此抑彼扬、大起大落，有时甚至出现势不两立的现象，这表面上“看似奇怪”的现象，却在其偶然性的表象下面隐藏有“文学趣味变迁的‘深层结构’”，虽然并非每一偶然现象里面都有深刻的内涵，但排除那些完全属于偶然性质的东西，探寻其中必然性的环节，即可“为

① 杨新敏：《接受美学与中国现代文学研究》，《中国现代文学研究丛刊》1997年第1期。

中国文学史规律的研究提供新的内容”。他指出，既然“我们对文学史的研究有‘宏观研究’与‘微观研究’，那么，我们也可以从各个时代对某些代表性作家的评价中作一些‘侧面研究’，以反映各个时代的侧影，揭示各时代的审美思潮，从而把握文学发展史的某些规律，这或许就是接受美学给中国文学史研究带来的一点启发”[①]。王卫平也提出了从接受的视角编写现代文学史的构想，他说：“一部有生命力的、高层次的现代文学史，应该是具有历史感和动态感的，如果我们从接受视角，从接受者的接受历程来描述现代文学史上的作家、作品、文学现象及文学流派，既注意当时读者的接受反应，又注意考察历代和当代读者的接受状况，并加以比照分析，就能够更科学地认识该对象的价值与特征，同时也可以看出读者文学审美风尚的继承和演变。这种在动态流程中考察文学现象无疑会增强现代文学史的动态感和历史感。”对于如何从接受的视觉来进行文学史写作，他从宏观和微观角度进行了分析：“宏观方面，比如时期性的文学现象、社团、流派最初是怎么认定的，以后的接受者又是怎样丰富而使之完备的等等。微观方面就是对具体作家作品乃至对作品中的一个细节、一个人物、一种表现技巧与手法的解读和认知过程。”同时，王卫平指出，“这恐怕是编撰文学接受史的重心”。最后，他又从大众传媒的反应和评介，大众读者的反应和态度，作品的改编和演出情况，出版、翻译与介绍情况，评论家、研究者对文学的接受与研究情况等五个方面具体落实了接受视觉编写文学史所涉及的问题域。[②] 除上述诸论者外，易丹也认为，对文学的研究只有在文学作品和对作品的接受的辩证关系中才能获得历史性。他指出，实际上，任何关于文学的历史都必然是接受的历史，因为文学史家和研究者们必然首先是文学作品的读者或接受者，其次才是接受过程的归纳者和描述者。不同时代的历史家和理论家对同一作品的接受必然相异，所以，19 世纪历史主义关于纯客观性历史的幻想只是一个神话。文学作品在历史的进程中将遇到千变万化的构成意义和接受条件，因此作品本身是不稳定的，它有“不可规定性”，

---

① 陈长荣：《接受美学与中国古代文学研究》，《南京师范大学学报》1990 年第 2 期。

② 参见王卫平《接受史：现代文学史研究的新视角》，《辽宁师范大学学报》2000 年第 1 期。

这种不可规定性的存在使各个时代对作品的接受具有不同的本质特点和内容，所以，文学史必然是一种“接受的历史”。①

第六节　对象（实体）本体论

这种本体论新近由党圣元所提出。在2016年《甘肃社会科学》第5期发表的《论文学史本体》一文中，党圣元认为，新世纪以来的中国文学史研究与书写，无论在疆域拓展还是问题意识的细分及文献和典籍的发现、整理、研究等基础工程、专题性研究、文史融通的跨界研究等方面，确实取得了“长足的进步”，但另一方面，当下中国文学史的研究与书写，在理论观念和方法论上确实也遇到了一定的“瓶颈”。例如，在文学通史或断代史的书写上有所停滞、裹足不前，而去理论化、去思想化的研究趣向与书写理念，也严重阻滞了文学史研究与书写中的学术、思想创新，以致品类虽繁，但“成一家之言”之作则寥若晨星。这种现象出现的缘由，他认为，首先是由于受制于大的学术环境和学术功利化倾向的影响。对此，党圣元指出，近二十年来中国文学史的研究与书写，程度不等地存在着轻理论和思想的倾向，追求“通吃”的学术功利意识盛行，文学史书写中的“才、胆、识、力”却湮没不彰。此外，后现代主义史学理论、叙事碎片化现象也明显地影响着近二十年来文学史书写的思想深度和叙事建构，过度的“类书”化的史料堆积和“串讲”式以作品、作家复述来代替文学史书写中应有的思想、理论追求，使文学史书写越来越呈现“工程”化趋势，通过“分包”式来实现“集团化”操作的“短、平、快”大工程项目，业已成为当今文学史书写的一般模式，以致文学史的体量虽越做越大，但其中的学术个性、思想和理论含量却越来越稀薄，对文学现象和文学经验的理论总结与阐述，以及对文学发展规律、文学经典生成之内在肌理与外在机制的理论揭示亦越来越力不从心。产生这些问题的最主要的原因之一，他认为，就是“对于文学史

① 参见易丹《接受美学：作品本体的毁灭》，《四川大学学报》1987年第4期。

本体问题的认知缺乏”。党圣元指出，百年来中国文学史学科的发展，伴随思想、文化、文学、学术思想的多样性、多元化，附着、嫁接在“文学史”范畴的各种主义、观念与方法越来越多，这固然使文学史学科的发展模式、观念和方法由以往单一化走向了多样性、多元化，体现出文学史书写者的学术自我期望值的攀高和他们期望通过此而在观念和方法诸方面得到新的拓展、扩张，以实现学科格局的进一步壮大与完善。这种情形在大大开阔人们思想理论等方面的视野和空间，从而可以从不同的理论和文化眼光、不同的方法角度来探讨“文学史”的含义，并在具体的书写实践中予以运用，深化了对“文学史”这一范畴的思考及其义界确认，以及使其尽可能地接近“文学史”的本体的同时，也造成了由于攀附、嫁接在“文学史”之树上的各种主义、观点和方法太多、太杂而在一定程度上出现的“主义过剩”现象，以致“文学史”这一范畴臃肿不堪，患上了肥胖症，其内涵也显得非常杂混而不彰，致使“文学史”的义界被模糊、本体被遮蔽。此种现象最终导致文学史书写越来越不堪重负，甚至无所适从，其状正如热带雨林中常见的那种“绞杀”死现象：“被缠绞的树干已经枯死，而攀附其上的藤蔓则吸吮着树干的养分而野蛮生长着，兴高而采烈着。”党圣元指出，这种现象的出现，确实需要我们在认真反思的基础上重新为文学史的本体性定位，并在此基础上重构文学史理论的体系模式，以进一步激活、深化当下的文学史书写实践。他认为，文学史理论研究面临的一个首要问题就是如何确认文学史本体。而文学史本体问题又关系到了文学史的内部结构问题，并且制约着文学史研究之维度，以及在一定程度上决定着文学史书写的模式、框架选择，为文学史书写提供知识合法性依据。因此，文学史本体实为文学史研究与书写成其为可能的必备条件之一，文学史本体的确认与阐释，是文学史理论建构的逻辑起点。

从中国传统哲学的本体观出发，党圣元指出，中西哲学对“本体”的认知极为不同，西哲中“本体”主要指本质，与“现象”相对；中哲中的“本体”主要指实体，与“用”相对。立足于中哲的本体论，党圣元认为，文学史本体的所指是“构成文学发展历史的诸种成分、要素”，即作为文学史研究的“客体对象之实体”。党圣元进一步认为，文学史本体作为特定范畴，与文学、文学史有着密切的关系，三者相互渗透、相互制约，形成一个“观念的链条”。具体言之，他指出，人们对文学的界定，必然影响文学史本体的确认，而文学史本体的结构形态，又制约着其格局与写作模式。作为文学史研究客体对象的文学史本体，它“独立于文学史研究主体而存在”，这就是说，不管研究主体是否将其纳入自己的认识与评价视野，作为“一种事实”，它总是存在着的。在具体实践中，文学史本体进入文学史，都要经过主体的“认识评价”，因此，文学史所体现的对其本体的确认是不尽相同的，因为有“主体转换”这个环节。正是如此，人们过去往往误认为无所谓文学史本体存在，即使有也是一种“预设性的东西”，于是便将其视为“文学史主体的一种另外体现形式”。对此，党圣元认为，在文学史实践中，文学史本体与文学史主体的确是紧密地联系在一起的，研究者无不根据自己的史观来理解与建构文学史本体，但这只是对文学史的认识与评价中的主客观因素及其关系建构和文学史的功能观问题，并不能因此否定文学的“客观的历史本体的存在”。不仅如此，他指出，文学史本体是“历史地形成与发展着的”，随着文学的发展及人们对其认识的深化，“文学史本体也在不断地随之而发生变化，其构成因素及内部机制不断地进行调整，或增加一些成分，或扬弃一些成分，总之与文学的发展、与文学观念的演化保持同步”，因而所谓“文学史本体”实际上是一个“历史范畴”。同时，党圣元认为，我们关于文学史本体的认识，在某种程度上应该在学理方面形成“一定的规范”，否则，各种认识之间缺乏必要的通约性，那么，对话与交流就变得非常困难甚至不可能。党圣元还指出，文学史本体与文学本体关系密切，某种程度上它们之间甚至存在着一定的“对应关系”，虽然它们分属两个不同的范畴，但可以肯定的是，对文学本体的认识影响和制约着对文学史本体的认识，对文学本体的认识发生变化必然引起对文学史本体认识的变化。他指出，文学是一种以思想与情感为主要内涵的意义世界营构和表现的精神式样，有着自身的“多维度、多层面的本体结构系统”，对于这一本体系统，必须从不同的维度、不同的层面来观照，如此方可充分认识其特性，而这也同样是认识文学史本体的“逻辑基点”。人们对文学史本体的不同体认和阐释，实质上都是由阐释者的文化、哲学观念和知识结构及文学价值观所决定的。文学史研究的目的旨在认识和阐述文学史本体的存在状况及其发展演变的历史、规律，这种认识与阐述必须是“建立在对历史过程中的种种作为客观事实的文学现象的描述、认知与评价的基础之上”。因此，文学史的本体应该是能充分体现文学的这种存在状况和发展演变及其规律的。基于此，党圣元认为，文学史本体的成分及其范围应该做如下理解：首先，作为一种精神式样的文学及其历史本体，有其自身的结构系统及其发展演变的历史，不能将目光仅仅“局限于文本范围”，而是应该将文学视为“一种由诸多因素制约着的具有广泛联系且时时处于历史过程之中的精神活动现象”，如此，它的构成因素就是多方面的，每一个方面都为认识文学现象提供了一个“窗口”，而每打开一个“窗口”，又可以展示出一个丰富的“菜单”。内部与外部之分，是已经得到广泛认同的一种对文学及历史现象进行诠释的认知角度或方法，其二者间之关系及如何影响制约文学的发展演变，自然是我们在文学史研究及其书写中应首先予以考察的。其次，文学作为一种精神现象，与政治、思想、文化、社会心理、艺术史等气息相通，所以考察其对于文学、文学史的影响制约，说明在这种影响制约下给文学及其历史发展增添了什么新的内容，也是研究的应有之意。最后，如从内容与形式的角度，从种族、时代、地理、环境的角度，从创作与接受、生产与传播消费的角度等，也是人类业已发明的诠释文学及其历史现象“行之有效的一些方法”，而在运用任何一种方法进行诠释时，在主体态度方面又会有认知的、体验的、评价的、实证的等区别。这些方法与态度对我们体认文学史本体必定产生制约，从而使文学史本体在不同的书写中呈现出诸般不同的品相，但即便如此，也不能完全否认文学史本体的客观实存性。当我们进行一般的文学研究时，所面对的客体对象的范围可大可小，既可以是动态考察，也可是静态分析，但文学史的研究与书写所面对的客体对象，却是文学发展演变的整个历史流程，故在视野和方法方面自然有别于一般的文学研究，作家、作品、流派、思潮、语言、文体、风格、题材、主题、意象、原型、传播、接受、创作、通变、观念演进、理论批评等，在文学及其历史发展演变的过程中，均有自己的发生、发展演变史，而且它们之间并非各自独立，互不关涉，而是相互联系、相互影响、相互促进，共同构成了文学与文学史发展演变的历史景观。除此之外，党圣元认为，关于文学史本体，尚有规律、分期、本体的确定性、本体的内部结构特点及体用等问题需要关注。关于规律问题，他认为，文学及文学史发展演变的历史规律是有的，但这种规律在一定程度上也存在着建构的成分，历史发展的规律也可能就是“不规律”。例如，中国古代对于文学发展演变的规律有“正变相续”“质文代谢”等阐述，近代以来进化的观念则占上风，无论哪种见解，都体现了一种“价值建构的意味”，在尊重文学史本体之前提下，这种建构对于文学史的认知与书写是必要的，是“文学史书写功能的必然体现”。关于分期问题，他认为，文学史分期与文学史本体认知有着相当的关联度，文学史分期及划分的角度、方法不同，会导致不同的划分结果，这便会引起文学史本体结构之变化。文学史分期，在“考察文学发展的历史动因以及人意、时势、事理三种推动力量时”，意义非同小可，因为不同的分期，并非仅是时间差异，而且体现了价值差异，其实，“时间观在某种程度上亦是价值观”。关于本体的确定性问题，党圣元指出，在文学史认识和书写过程中，不同的书写者对文学史本体的认知会程度不等地产生差异，因此对于文学史本体的认知具有不可复制性，但这种对于文学史本体认知的不可复制性并不等于文学史本体不具有自身的确定性，事实上，所谓“确定性”与“不可复制性”是两个层面的问题，不可以混为一谈，更不能以前者否定后者，或以后者否定前者。关于文学史本体的内部结构特点问题，他指出，文学史本体的内部结构并不是单一性的，而是多维度、多层次、叠加式、综合性的，故而呈现出一种网状结构，文学史本体的这种内部结构特征是与文学本身的结构特点相对应的。关于体用问题，党圣元认为，文学史书写中的“用”与文学史本体认知中的“体”密切关联，文学史书写的“用”，往往制约甚至决定着书写者对于文学史实的“剪裁”与“组合”等，这种体现了不同目的与用途的书写，使书写者给读者提供的文学史在面貌和结构等上均会有所不同，并使文学史本体的呈现也有所不同。这涉及文学史书写中的采撰、事实认知与价值认知、思想与知识之建构性“复原”与“重组”、会通与断代等多组和多重关系的处理，表明了文学史家如何对待文学史本体亦即文学历史事实的态度。文学史书写在如何追求“用”的效果最大化之同时，也存在着如何准确、精当地呈现文学史本体的问题，并且这其中存在着得失之评。因此，在文学史书写中，涉及文学史之“体”与“用”的关系时，应该以守正创新为旨趣，秉持“指事说实”“事得其实”之态度，从而达致“体”彰“用”显之目的，这应该成为我们在学理思考和书写实践时遵循的一个基本的原则。[①] 除党圣元外，丁亚平也认为，文学史的本体是指“文学史研究的对象和内容”，如文学发展流变、文学运动与思潮、文学理论与批评、文学创作与实践等，对它们的考量、确定、沿时解释和纵向归纳整理，构成了文学史写作（特别是重写文学史）的“基础性工作和重要内容”。舍此，要写出科学的文学史著作，是“不可思议的”。因此，他认为，文学史的本体，乃是“构建文学史的基本材料”。[②] 鉴于丁的观点影响不大，且在理论上也未能深入展开，在此不再赘述。

第七节　反思与评介

以上诸种关于文学史本体问题的讨论除对象（实体）本体论为新近提出在文学史理论与实践领域尚未得到回应外，其余几种则对20世纪80年代以降的中国文学史实践都产生过不小的影响，有的甚至直接催生了在坊间产生过重要影响的文学史文本乃至这些文本的各种变体，但是，现在看来，这些文学史本体论存在的问题也不少。

第一，文化本体论提出把文学的流变放置在多种文化因素的背景中加以考察，并借此来寻找文学发展变化的动因，从其出发点来看，显然比以往经济决定论和阶级观的文学史模式具备更为宏阔的研究视野，而且，文化自身所固有的广度和深度也有助于文学史摆脱意识形态论的束缚和僵化的经济—阶级套路，开辟出一条让人耳目一新的叙述通道，同时文化所具有的价值属性，也有助于弥补纯艺术论在价值评判上存在的

① 参见党圣元《论文学史本体》，《甘肃社会科学》2016年第5期。

② 丁亚平：《文学史的历史探寻——也谈重写文学史》，《文艺争鸣》1989年第2期。

虚无主义的致命缺陷。[①] 但是，关于“文化”一词，正如雷蒙·威廉斯所指出的那样，它的内涵极其复杂。[②] 这种复杂性一方面造成了文化内涵的多所指性；另一方面，也使其外延在义界上具有很大的模糊性。更重要的是，文化说到底只能作为文学的外围特质，决定文学之所以为文学的并非文化，而是审美，文化在文学的构成中的这种特殊地位使得文化建构的文学史研究很难突入文学史的内在审美机制而往往只能流于表层的描述，这极易造成文学史的空泛化，甚至还有使其异化为“思想史”“文化史”的可能。更进一步来看，作为文学史的核心主体的文学作品，其在美学上的品质及其艺术的流变规律，单靠文化学的研究显然是难以切中肯綮的，所以，文化建构是文学史的一种动力源而绝非全部。文学史的内部构成机制事实上是一个非常复杂的合力系统，如果只持一端，必致片面。文化本体论在文学史具体实践中的情况也证明了这一点。如在对文学史上的杜甫由“史”入“圣”问题的分析中，文化建构论者执着于从文化整合的角度来说明，这从文化建构文学史理论自身的逻辑诉求上来讲，没有什么违和感，其分析也具有一定的叙述自洽性。但是，从文学史的史实和文学自身的发展规律来看，杜甫在文学史上由“史”入“圣”的起落，除了文化建构论者所强调的文化学的原因外，恐怕起最终决定作用的还是来自文学自身的规律和缘由。因为按照文化建构的逻辑，杜的起伏是因为他必须以其诗歌的功能性来接受文化整合，顺之则昌，逆之即亡，所以，大历年间，“安史之祸”使文人沉溺于追寻开元、天宝之梦，王维就成了是时之文宗，而杜则不为人知。至于贞元末，世人对“以时事入诗”的文学的社会功能性的强调，才使杜进入时人视野，并获“诗史”之誉，此后更是几番反复，一直到北宋，才被普遍认同。其实，杜由“史”入“圣”之起落确实有文化变迁、整合的原因，但这充其量也只是外围的原因，从根本上说，他之所以成为“诗圣”，是其杰出的文学成就及来自文学发展中自我选择的结果，否则，即便是他符合文化整

① 参见解志熙《从本体到方法——文化批评与中国现代文学研究》，《中州学刊》1996年第5期。

② 参见［英］雷蒙·威廉斯《关键词：文化与社会的词汇》，刘建基译，生活·读书·新知三联书店2005年版，第101页。

合的需要成为诗圣，那么，他也同样会因为文化整合的原因而跌落圣坛。所以说，强调文化的需要对于文学的历史地位的决定性作用与以往强调社会政治经济对文学的决定性一样，都属于庸俗的观点，只不过前者是庸俗社会学的，而后者则是庸俗文化学的。而且，文化本体论一方面提出要“把握文学史与文化诸因素之间的特殊联系而形成的整体性结构，作动能性研究”，另一方面又指出，“文学史作为子系统，在文化构型的系统中获得有机的整体研究”，这样看，文学史实际上就变成了文化史的子系统和分支，所以，从骨子里说，文化本体论的目的并不在于文学史，而是文化史。其实，按照文化本体论所提出的研究原则（即其一要“把文学置于整个文化结构中，从总体上去把握文化发展所体现出来的文化形象与文化精神”，文化形象体现在社会生活的各个方面，文学是其符号化的记录与反映，文学史应揭示并树立起某一时代、阶段的文化形象。其二对文学要“做更深层次的文化分析”：分析具体文学现象与事实之后的文化意义层次；挖掘文学现象与社会文化精神之间相互沟通与契合的中介；研究历史文献所具有的文化意义或反文化的意义与价值。其三把“文学与整个民族传统思维方式及性格联系起来考察，努力揭示它们之间的内在联系”。其四把“文学与汉语语言、书法乃至与中国绘画、雕塑、舞蹈等文化现象的演变发展及其特性综合起来研究，在互相联系又互相区别的过程中揭示文学的文化质”等）就可以看出，尽管其提出要避免把文学史的文化学研究等同于文化史研究，不能使文学研究“消解于文化的分析中”，文学史的文化学研究要扣准文学来进行，进而将文化阐释与美学分析结合起来。但实际上，按照这四条原则研究下来，文学史必然被消解在文化的分析之中，而所谓的美学分析，大概也只是成为其装点门面的一种东西罢了。此外，文化本体论提出的文化建构文学史，并期望借助在文化构型的系统中对文学的历史实现有机的整体研究，这其实也是带有西方新历史主义文学史理论所强调的文学史是人类总体文化现象中的一种功能、运动、关系，其意义也是在这些功能、运动和关系中产生的之影子，新历史主义本身所具有的回避历史核心问题的方法倾向及其将历史语境文化化的文化主义谬误和取消历史的“社会结构”和“政治”本质的思想缺陷，在文化建构文学史论者那里，其实也是有所体现的。

第二，就人性本体论来看，它确实打破了新中国成立后很长一段时期国内文学史研究中打着马克思主义辩证唯物主义和历史唯物主义的旗号，但实际上却是走庸俗社会学、阶级论、政治功利主义、人民性、唯现实主义等的教条化的马克思主义道路的文学史观念和方法的束缚，建构了一种立足于马克思主义的辩证人性观和历史人性论的新的文学史本体思想。尽管该本体论在对马克思主义的人性、人的一般本性及人性的发展与中国文学发展的关系的理解上存在着自然主义和简单化的倾向，但是，它的确是开辟了一条以马克思主义人学思想为指导的中国文学史研究的新思路。而且，从文学史的学科属性来看，人性本体论确实也是切近文学史的学科本质的。众所周知，文学是人学，作为人学的文学在某种意义上就是人的“伟大心灵的回声”和“伟大人性的自然流露”，它要去展示人如何在“非人的境遇中得以合乎人性地成长”[①]，贯彻“自由而坚强的人的原则”[②]，并坚定地站立在人学的立场上，揭露现实生活中那些非人的方面，为塑造理想人生孜孜不悔。另一方面，文学史也是史学，而史学说到底也是人学。不少历史学家都明确指出过这一点。如梁启超就认为自然界之现象，非史之范围，唯有人类情感理智意志所产生者才是史的对象。[③] 除梁启超外，狄尔泰、卡西尔、丹纳、何兆武等也都对此有过论述。如狄尔泰认为人的本质与史的本质是同一的：“我在我自我的最深处是一个历史的生物”，“只有历史才能说人是什么”，[④] “人的本质在于他是历史的，这就是说，他只是在文化的连续中完成他的道德任务。这个本质不能在处理个人经验存在的人类学中获得，也不能在‘应该’立法的道德哲学中获得，它只能在把人类生命本身作为对象的哲学的历史中获得”[⑤]。卡西尔也指出，“理解人类的生命力乃是历史知识的一般主题和最终目的。在历史中，我们把人的一切工作、一切业绩都看成

① 《马克思恩格斯全集》第2卷，人民出版社1979年版，第215页。
② 同上书，第216页。
③ 参见梁启超《中国历史研究法》，商务印书馆1930年版，第1—3页。
④ 转引自张汝伦《历史与实践》，上海人民出版社1995年版，第38页。
⑤ 同上书，第44页。

是他的生命力的沉淀，并且想要把它们重组成这种原初的状态——我们想要理解和感受产生它们的那种生命力”[1]。丹纳则指出，历史学家必须在文献的背后寻找人：“当你以你的眼睛凝视有形的人时，你在寻找什么呢？人是无形的。他的话音、姿势、头部的动作、穿的衣服、各种各样看得见的动作和行为——都只是表现形式；在它们背后有某种东西显露了出来，这就是一个灵魂。一个内在的人隐藏在那外在的人后面；外在的人不过是在显露内在的人。……所有这些外部情况都只是通向一个中心的各条支路；你踏上这些支路只是为了达到这个中心；而这中心就是真正的人。……这种底层世界是专属历史学家研究的新题材。”[2] 显然，丹纳的论断表明：历史研究的是史料背后曾经存在过的活生生的“人”，历史学家就是在文献的背后寻找“人”。与上述诸人相比，何兆武的观点更加明确，他指出，人是“历史的主人”，而且作为“历史的主人”的这个人并不是“抽象概念的化身或体现”，他是“有血有肉的心灵”，这个作为“有血有肉的心灵”的人的“全部精神能量及其活动（即历史）就应该成为历史研究的核心”，所以，“历史研究最后总需触及人们灵魂深处的幽微，才可能中肯”。不仅如此，何兆武还提出，“对历史的理解是以历史学者对人生的理解为其基础的。或者说对人生的理解，乃是对历史理解的前提。”所以，“对人生有多少理解，就有可能对历史有多少理解。对于人生一无所知的人，对于历史也会一无所知”，历史学家是以自己的心灵境界在“拥抱世界和人生的”。基于此，他提出了历史学的三重内涵，即认识史料、解释史料、探微人性。而且，在这三者之中，探微人性是指归。所以，何兆武指出，“历史学可以说是对人性的行程——那是一场永不休止的实验——的反思”[3]。作为介于文学和史学间的文学史，文学与史学的人学本质注定了文学史的人学本质。所以，文学史固然需要认识史料、解释史料，但更应去“探微人性”。马克思曾提出，“工业的历史和工业的已经产生的对象性存在，是一本打开了的关于人的本质

① ［德］卡西尔：《人论》，甘阳译，上海译文出版社1985年版，第233页。

② ［法］丹纳语，同上书，第255页。

③ 转引自刘北成、陈新《史学理论读本》，北京大学出版社2006年版，第59—62页。

力量的书，是感性地摆在我们面前的人的心理学”[①]。他的这个论述启示我们，文学的历史和文学的已经产生的对象性存在，也是一本打开了的关于人的自由本质力量的书，是感性地摆在我们面前的人的心理学，也是人的感性的审美学。一部文学发展的历史就是一部对人的思考、探索的历史。在这种意义上，人性本体论确实有其合理和深刻的地方，至少它是切近文学史的学科本质的。但另一方面，人性本体论误将人的一般本性理解为人的自然本性，而且有保留地接受了爱尔维修和霍尔巴赫的所谓的“合理的利己主义”的倾向，这显然都是不合适的，正是如此，它受到了学界普遍的质疑。如王元骧就曾指出，人性本体论从“‘人的一般本性’就是人的自然性的思想出发，把‘个人的全面而自由的发展’理解为就是人的‘原欲’、‘本能的个人欲望’的最大解放，认为‘最无愧适合于人类本性’的社会，就在于个人欲望‘不受压抑’，使‘每个人的个人利益都得到了最充分的满足’”。并由此出发来评价文学作品，这样一来，本来很有社会内容的文学作品就成了“只不过是个人欲望的渴求”，这样，就必然会把“个人性与社会性绝对对立起来”，把社会性看作压抑人性的东西“来加以否定”。文学评价的标准就只剩下了“本能的追求”和“欲的炽烈”，王元骧认为：“这样，人性岂不完全成了动物性?!”[②] 而且，人性本体论完全将人性作为文学史的本体的做法也有挂一漏万的嫌疑，对此，宁宗一就曾进行过批评。他指出，文学史的建构和文学历史过程的描述不能成为“人性”的证明。人性的命题与文学有诸多密切联系，但它更多应是哲学史、思想史的对象。文学的发展无疑反映了人性的发展，但无论如何文学绝不应成为人性的形象注脚。人性本体论大凡涉及有关人性的表述，多令人难以认知，它给人的感觉几乎都是外加上去的词语，而“人性”并未在具体阐释上被赋予特定的时代内涵、社会心理内涵乃至政治内涵。笼统地认为文学发展过程是与人性发展的过程同步，是很难具体落实到文学现象和作家身上及作品中的。人性的发展和变异，特别是作家人性的变异经常和社会思潮、政治环境、

① 《马克思恩格斯全集》第42卷，人民出版社1979年版，第127页。
② 王元骧：《关于文学评价中的“人性”标准》，《文学评论》2006年第2期。

人生遭际有着太多的联系，因此，仅仅停留在“一般”的人性和“人的一般本性”上，那是无法和文学的发展、变迁挂上钩的。而“每个时代历史地发生了变化的人的本性”也绝非文学所独有。因为它不仅作用于文学，同时也必然作用于历史学、政治学、心理学、社会学等。对于文学史家来说，文学史的建构，就其终极意义来说，它应是一种价值性的分析和描述，而不应仅仅是知识性的理解。我们不能把文学史的对象与文学史的思想混为一谈。文学史的对象只能是文学的历史，但思想方法则可以是哲学的。正是在这种认识的基础上，宁宗一表示，自己仍然愿意回到勃兰兑斯的文学史观，即文学史，就其最深刻的意义来说，是一种心理学，研究人的灵魂，是灵魂的历史。①

第三，民族文化—心理本体论虽然“对人性和民族性作出了简洁透辟的概括，建立了一个极为重要的跨学科的生长点”，且首次提出了文学史研究应致力于探究“民族审美心理结构”这一崭新命题，不仅抓住了文学作品及文学史嬗变的心理根源，而且还因为审美心理是整个文化心理的重要组成部分，从而不仅使得文学史研究可以在一个阔大的视域中获得深层次的审视，进而有可能向着高品位的大著作跃升，而且还可以赖此而向其他领域覆盖。因此，民族文化—心理本体论“既深化了对文学本体的研究，又在深层次上拓展了文学与其他领域的关联”。但是，这种文学史本体论其实也存在着不少问题。依据王锺陵自己的说明，他同文化人类学派的区别乃在于文化人类学派所关注的是一种将工具的运用、生产的状况、行为方式、风俗习惯综合在一起的文化发展，而他关注的乃是与文化发展相关联的人类深层精神结构的形成和流变。精神分析学派注目于探究潜意识，热衷的是梦的解析；而他所关心的乃是像时空观、生死观、宗教观、悲剧感之类的深层心理及其相互关系。此外精神分析学派注意的是一种所谓的人类意识，如恋母情结、恋父情结之类，它们不仅是跨国度的，而且是跨时代的，而他所关心的乃是共时与历时的统一；虽然时空观之类也是全人类都有的，但他的研究所用力处乃在于把

① 参见宁宗一《评章、骆主编的〈中国文学史〉——兼谈文学史编写中的理论与方法诸问题》，《复旦学报》1997年第1期。

握其普遍性与特殊性的结合，并由这个角度认识特定的民族性。[①] 王的这个说明很明显地体现出了民族文化—心理本体论的核心诉求，即不太专注于文学史本身，这显然有“项庄舞剑，意在沛公”之嫌。霍松林曾提出，文学史研究容易出现两种偏向：一种是就文学谈文学，文学从意识形态的整体中游离出来，显得单薄而苍白，他称之为“文学的孤立化”；另一种是就文学谈社会、谈思想，文学本体反而被漠视，他称之为“文学的泛意识形态化”。他认为民族文化—心理本体论“以其思维的透彻和简洁，干脆把两者结合起来”，使“社会文化的进程与文学本身的进程统一交融为民族审美心理的建构过程，分离的二终于成为浑然的一”，而且，审美心理的建构过程是一个中介，它联结融贯了民族思维发展、社会文化进程和文艺自身变化这样三个方面，这是一个“重要的创获”。[②] 但事实上，民族文化—心理本体论有着明显的就民族文化—心理谈文学的倾向，所以，它的出现并不是纠正了以往的两种偏向，而是在它们的基础上又加上了第三种偏向。实际上，在这种本体论的具体实践中，文学史变成了文化史、民族心理志，变成了文学史家介入民族精神构建的一种现实方式。另一方面，民族文化—心理本体论确实从一定的侧面切入了文学流变的深层根源，但其均等地对待文学与哲学、史学、美学、社会学、逻辑学、心理学、民族学等领域的联系，也客观地将文学史制作成了一个庞大、复杂的“巨系统运动”[③]，从而使附着在文学史上的内容越来越多，以至于掩盖了文学史的真正核心，冲淡了文学史研究的真正目的，模糊了文学史的本来面目。不仅如此，民族文化—心理本体论可能还要面对一种现实的尴尬，任何一个时代的民族文化—心理确实在文学中会有所反映，但文学却只是折射特定时代民族文化—心理的多面镜子中的一种，宗教、哲学、道德、历史甚至科学等也都是民族文化—心理的载体，在这种意义上，文学史所揭示、建构的民族文化—心理必然只是总体性中的一个扇面而绝非全部，因之，其褊狭性也是显而易见的。

---

① 参见彭黎明《建立文学批评新模式的卓越实践》，《社会科学战线》1995 年第 3 期。

② 参见霍松林《古代文学研究的重要开拓——评王锺陵著〈中国中古诗歌史〉》，《学术月刊》1990 年第 10 期。

③ 王锺陵：《文学史新方法论・引言》，苏州大学出版社 1993 年版。

第四，客观地讲，文学史确实应该是文学的历史，而不应该是历史附庸下的文学，而文学中最核心的部分当然是文学作品，在这种意义上，作品本体论突出“文本本位的信念”，强调尊重文本乃是文学史的第一要义，自然是抓住了文学史中“尤为精粹的部分”和“最为可信的文学史遗留物”。但是，它宣扬将文学的社会文化、政治背景、历史境遇、意识形态等外部要素进行悬置，反对文学史侵权越界，提出要把思想史、文化史的东西送到它们应该去的地方，希望写出纯之又纯的文学史，显然有“一脚踏空”的危险。我们来看一下宣扬作品本体论的俄国形式主义文论家罗曼·雅各布森的这个观点：“可是直到现在文学史家的惯常做法与警察一样，[他们] 在逮捕嫌犯时为了以防万一，会抓住每一个出现在公寓里和碰巧从路边经过的人。文学史家使用一切获得的材料：传记证据、心理学、政治学、哲学。他们创造了一个混合的本土学科而不是文学科学。他们似乎忘记他们的研究已偏离到其他领域：哲学史、文化史、心理学等等，而后者在使用文学作品时不过将它们用作有缺陷的、次要的文档。”[①] 正是这样一段为作品本体论张目的话反而暴露出了这种本体论的缺陷。即便果如雅各布森所言，文学史家是一个警察，他打算逮捕某人，但如果他不用排除的方法，把街上的路人和走进房子的人排除掉，他事实上也是根本不可能抓住他要抓的人的，尽管这种方法似乎很笨，但在一定意义上说却是很管用，因为警察是不可能直接去抓住他要抓的人的，他首先要锁定目标。文学史家也是如此，如果他只专注于文学作品，完全将它的社会文化、政治背景、历史境遇、意识形态等因素置之一边，那么，他最终也是无法勘破文学史的真相的。而且，文学史的情况要远比警察面对的局面复杂得多，因为作为文学史家面对对象的文学作品，它与产生它的社会文化、政治背景、历史境遇、意识形态等之间的关系是血肉相连的关系，这与警察要抓的人同其他的人之间的关系有着本质的不同，因此，舍社会文化、政治背景、历史境遇、意识形态等而就文学作品来言文学史，只能是死路一条。

第五，读者本体论将读者放置在文学史的本体地位又容易重心后置，

① 胡涛：《雅各布森与“文学性”概念》，《外国文学研究》2014年第3期。

致使文学史一不小心就会变异为文学阅读经验的历史，更何况，不少学者都曾提出，这种本体论的文学史在实践中将是无法付诸现实的。如张立群就认为，“那种完全意义上的实证主义模式或社会历史批评模式的文学史写作固然不可取，但像接受美学所倡导的‘读者反应’意义上的文学史也往往由于无法回到‘文学发生时刻的现场’或读者群体的‘额定数量’等原因而难以真正地实现”[①]。卡·罗·曼德尔考也曾指出，文学史企图描述文学在读者接受中的反馈效应实际上是非常艰难的，这是因为效果的文学史从来就不可能只是一部或几部作品的接受效果史，而是所有作品的效果史。克·特莱格尔甚至认为，在读者本体论中，“当‘读者’被简单地作为阅读着的个人来理解时，他可以说是空的，那他就不是什么历史的动力”[②]。同时，关于读者本体论中所涉及的文学史就是读者在不断变化着的“接受期待视野”下的接受的历史的问题，葛红兵也提出过批评，他认为，“期待视野”是难以客观化的，古代人的期待视野几乎无法再现，近人的则分裂成矛盾的、互相抵牾的东西，而且，基于期待视野而建立的接受史将各种千差万别的价值调整得是否有意义还是一个问题。[③] 所以，这种本体论也并非宣扬者所坚信的那样，可以开辟文学史学科的新的局面。

第六，对象（实体）本体论认为文学史的本体是“构成文学发展历史的诸种成分、要素”，它不是凝固的，而是与文学的发展、与文学观念的演化保持同步，并不断地随之发生变化，其构成因素及内部机制也在不断地进行调整，或增加，或扬弃。不仅如此，立足于将文学视为“一种由诸多因素制约着的具有广泛联系且时时处于历史过程之中的精神活动现象”，它提出文学史本体的构成因素不仅是多方面的，而且有内外之区分，并认为应该统筹考察这种内部和外部的要素对文学的发展演变的制约和影响，既重视制约和影响文学史本体的如政治、思想、文化、社会心理、艺术史、种族、时代、地理、环境、创作与接受、生产与传播

① 张立群：《论文学史的“主体性”》，《文艺理论研究》2005 年第 2 期。

② 转引自刘小枫编《接受美学译文集》，生活·读书·新知三联书店 1989 年版，第 123—124 页。

③ 葛红兵：《文学史模式论》，《扬州大学学报》1998 年第 3 期。

消费等因素，又重视影响文学史本体的认知的、体验的、评价的、实证的等方法与态度，既强调文学史本体的客观实存性，又强调文学史的客体对象的流动性等。这些持论都体现出了对象（实体）本体论尝试在尊重历史观、辩证思维、总体性意识等的基础上将以往存在的文学史本体理论统一起来，进而实现文学史本体论的综合性创新的努力，而且，其将客观逻辑与主观逻辑、内部研究与外部研究、静态考察与动态分析、历时性与共时性、审美性与历史性、中学与西学等有机辩证地结合在一起，这与此前那些杂糅既往诸种文学史本体的机械拼贴做法相比，也显然更加具有思考上的复杂性、理论上的深刻性、逻辑上的张力性和叙述上的自洽性。

第八讲

文学史方法问题论

德国文学史理论家玛尔霍兹在其《文艺史学与文艺科学》中曾这样说："关于一种学术之本质及其课题的方法论的探讨，必须从那种学术的对象为出发点。一种学术的对象之确定，乃是其所有方法论上的工作之前提。只要'什么'（was）是定规了，工作之'怎样'（wie）便可以找到了，或者更好的说法是：材料的'什么'是可以决定整理工作的'怎样'。因为这是一切方法论的最根本的原则：即一种学术之对象与处理方式互为条件是；语言学与物理学有不同的对象，便有不同的方法，而历史学家之于美学家或伦理学家的进行之所以不同者亦然。"① 玛尔霍兹此言极是。我们知道，"方法"一词源于希腊文，原是指沿着道路的意思，后来被引申为人们认识事物的途径和手段。这个途径和手段是认识主体和认识客体建构认识关系的桥梁和中介，在认识事物的过程中，认识主体就是通过它和客体发生联系的。当然，我们承认方法是认识主体和客体建构认识关系的桥梁和中介，并非意味着方法是外在于认识的客体或对象的东西，恰恰相反，方法是与对象联系在一起的，有什么样的研究对象就必然要求有与之相适应的研究方法。因此，从根本上说，研究方法就是研究对象自己内部的内容，是研究对象自身具体辩证法的体现。

---

① ［德］玛尔霍兹：《文艺史学与文艺科学》，李长之译，商务印书馆1943年版，第58页。

这样，就不可能有可以普遍使用于任何学科的研究方法，任何一门学科的研究方法都是特定的。对于文学史来说，研究方法不仅是特殊的，而且也只能是特殊的。同时，它也是一个极其重要的问题，这个问题不解决好，直接会影响文学史的研究水平和研究成果的可靠性。王锺陵曾认为，新时期以前的文学史研究模式内蕴着相反的两极趋向：根源于史官文化传统的乾嘉学风自然地趋向于一种纯客观论，而以流行意识改制文学史则属于一种纯主观的做法。[①] 也就是说，在新时期之前，中国文学史研究中的方法可以区分为客观论和主观论两种，进入新时期之后，由于西方思潮的输入及文学史界对于文学史方法问题重视程度的日益提升，人们关于文学史的方法的认识也不断深入并更加切近文学史的研究对象。但大体来说，新时期文学史界关于文学史的方法的认知也没有脱离主观论和客观论两个谱系，只是在此基础上，调和两种方法的论见也不断地涌现出来。

第一节　客观论方法观

客观论是隶属于科学主义谱系的文学史方法，其在中国文学史研究方法中的地位非同一般，自文学史科目传入中国之后，这种方法就一直绵延不绝。总体言之，客观论方法强调对文学发展的规律性的寻绎、重史料的考据实证，以及排斥文学史研究中的主观性、推崇社会学的分析原则对文学史研究的重要性等。1904 年问世的国人自著的第一部由京师大学堂文科教习林传甲完成的《中国文学史》，就曾以其实事求是的精神和实证的态度等而与客观论的方法为邻。其后，黄人的《中国文学史》也秉持进化论，强调文学史当具“爱智之精神”，应去阐明文学演变的“公理”和“公例”。至于 20 世纪二三十年代，随着科学作为主义在中国社会思想领域地位的进一步提升，以及胡适、郑振铎在文学研究中对科学方法的推崇，客观论的方法几乎成为统领中国文学史研究的唯一方法。

① 参见王锺陵《致力于文学史研究新模式的建立》，《中国社会科学》1996 年第 6 期。

“无征不信”、以“冷静的考察去寻求真理”、进行“文学之科学的研究”、文学史家就是“科学家”、治文学史要有一种“理智的硬性”和“谨慎、客观和求信”的态度、文学史乃“客观之学”等，以及后来普遍存在的从社会状况、经济要素出发分析文学现象、把握文学发展规律的文学史理念，均是以客观论作为方法基础的。新中国成立后，虽然建立以马克思主义为指导的文学史研究方法系统成为中国文学史学科的首要工作，但在这一过程中，客观论的方法依然是文学史研究中的重要诉求。如王瑶就反复重申文学史属于历史科学范畴。不过，王瑶此时所理解的历史科学，已经与黄人、郑振铎、李长之、周作人等人建立于自然科学思维和进化观念上的历史科学有着本质的不同，它是建立在马克思主义的辩证唯物论和历史唯物观的基础之上，但它们所具有的客观论的本质在某种程度上却是一样的。在第一次中国现代文学研究年会的报告中，王瑶指出：“文学史既是一门文艺科学，也是一门历史科学，它是以文学领域的历史发展为对象的学科。因此一部中国文学史作为反映人民生活的文学的特点，也要体现作为历史科学、即作为发展过程来考察的学科的特点。”由此，他认为，“作为历史科学的文学史，就要讲文学的历史发展过程，讲重要文学现象的上下左右的联系，讲文学发展的规律性”①。1989年，在《中国现代文学史论集》后记中，他又重申“文学史的研究对象虽然是文学，但它也是属于历史科学的一个部门”②。钱理群曾认为，“把文学史作为一个历史科学，这正是王瑶先生文学史观、文学史方法论的核心，也是他的重要理论贡献”③。钱理群的核心之说是符合王瑶文学史观的实际的，不过，重要理论贡献之说却值得商榷，因为把文学史作为历史科学是20世纪前叶中国文学史学者的普遍观念。当然，如果他是将王瑶所理解的历史科学限定在马克思主义的历史唯物观和辩证唯物论的语境之内，倒是说得通的。同时，王瑶还指出，作为历史科学的文学

① 王瑶：《关于中国现代文学研究工作的随想——在中国现代文学研究会学术讨论会上的发言》，《中国现代文学研究丛刊》1980年第4期。

② 王瑶：《〈中国现代文学史论集〉后记》，《鲁迅研究月刊》1990年第1期。

③ 钱理群：《王瑶先生文学史理论、方法描述》，《王瑶先生纪念集》，天津人民出版社1990年版，第333页。

史，它与文艺理论和文学批评不同，有着自己独特的学科任务："文学史作为一门独立的学科，它不同于以分析和评价作品的艺术成就为任务的文学批评，也不同于以探讨文艺的一般的普遍规律为目标的文艺理论，它的性质应该是研究能够体现一定历史时期文学特征的具体现象，并从中阐明文学发展的过程和它的规律性。"[①] 显然，王瑶的这种观点还没有摆脱郑振铎在《研究中国文学的新途径》中对文学鉴赏和文学研究的区分，故他的这种认知实际上依然存在着将文学史看作寻求文学发展的客观规律的学科，而没有看到文学史著者自身的审美能力、评判能力和立论能力在文学史实践中的重要作用。正是如此，他才将文学批评与文学史进行了严格的区分，而忽视了文学史实际上也兼有文学批评的责任和功能。

同一时期，由北京大学中文系文学专门化 1955 级集体编写、1958 年由人民文学出版社出版的《中国文学史》在写作理念上提出要"写出一部真正科学的文学史"。在前言中，该作指出，在文学史研究中要坚决贯彻阶级观点、历史唯物主义观点和人民性的观点，从而把文学史研究初步建立在科学的基础上。根据马克思主义经典作家所阐述的"经济基础决定上层建筑"的原理，作者认为，文学是社会现象，是"基础的上层建筑"，每一时代的文学面貌是由当时的"社会经济基础所决定的"，于是，各时期"文学的特征""文学的发展规律"就不再是"杂乱无章不可理解的东西"，而是可以给予"科学的说明的"。对于如何科学地说明每一时代文学的特征、文学的发展规律，作者指出，"只有历史唯物主义，才使文学史成为科学"，丢开"历史唯物主义"，丢开"决定文学内容的社会基础"去侈谈文学，就不能正确解释文学现象、"科学地说明文学发展规律"。而丢开社会的发展趋势，丢开对进步的与反动的事物的了解，去空谈文学，也就失去了"评价文学的根本依据"。作者又指出，资产阶级的文学史家丢开了"历史唯物主义"，形而上学地研究文学现象，结果也就丢掉了"文学史的科学性"，不能"正确地解释文学现象"，深刻地

① 王瑶：《中古文学史论·重版题记》，北京大学出版社 1986 年版。

“阐明文学发展的规律”，这样的文学史，“就不能不仍是一笔糊涂账”。[①]此外，该作还体现出了强调实证方法的倾向，认为不能以考据为生，为考据而考据，唯有正确的考据才是“有用的”。进入新时期后，不少学者依然坚持文学史的研究应当追求客观性，如周绚隆认为，我们在对文学史的方法论上仍存在一些基本概念界定不清的现象，这极易误导实践。例如，我们对文学史和历史的理解就存在这样的问题，他指出，这其实是两个既相互联系又相互区别的范畴。在广义上，文学史是历史的一部分，属于“人类历史中意识形态的领域”。因此，跟历史一样，文学史努力探索一般的事实，抽取有代表性的事实，并指出两种事实间的关联，进而再现文学发展演变的轨迹。在狭义上，二者却又分属两门独立学科，它们研究的对象、目的、媒介都是不同的。首先，在对象上，历史研究的对象是以往社会中人类的一切社会实践活动，譬如政治、经济、军事、思想等。但是，文学史的对象则是过去的人类文学实践，它涵盖各时期文学的发展情况，不同时期的作家作品、文学思潮、文学流派、文学批评。其次，在目的上，历史是通过对历史事实的把握揭示社会发展的规律，是人类实践的总体运动规律。文学史则只关注文学的发展规律，只是人类实践的总体运动规律之一种。再次，历史研究的媒介即历史文献是前人的记载和一些残存的历史碎片，文学史研究的媒介则是以往的一系列作品。后者有时比前者更具有客观性，因为历史文献主要是经过记录保留下来的，与历史本身相比，已经是第二性的，历史研究只能根据这些文字材料来对过去进行重构，不可避免地会有主观成分。但文学作品虽属过去的产物，却在当今也是依然存在的，对当今的读者发生影响，且作品的文本本身不会随历史的推移而发生变化。如此，文学史的媒介就要比历史的媒介更具体、更客观。正是因为它们之间学科的差异，不能把文学史搞成社会史或文学作品中所阐述的思想史。文学史构建的应该是文学的历史，而不是其他学科的发展历史。但另一方面，文学史与历史虽然在学科上有着差异，狭义的文学史说到底仍然不过是全部历史

① 北京大学中文系文学专门化1955级集体编著：《中国文学史（上册）·前言》，人民文学出版社1958年版，第4—5页。

的一个侧面，如同政治史、经济史、科技史、艺术史一样只是人类史的某一分支，它不可能超出历史的基本属性和时空结构。故历史方法在文学史研究中不仅是必要的，甚至可以说是一种基本的方法。周绚隆指出，文学史研究的历史方法，就是在文学史研究中从历史角度出发，具体地分析各个时代、各种类型的文学作品和文学现象，全面把握文学发展演变的轨迹和规律，把文学史当作一个动态流变的过程来研究。历史方法的上述内涵要求我们在文学史研究中一是要用全面、发展、变化的观点去看待文学发展的历史。对任何一种文学现象，在研究中我们既要看到它产生、发展、变化的全过程，也要看到它在其发展的各个历史阶段的不同特点，避免静止的、切片式的分析。二是要把特定的文学现象放到一定的历史范围内进行研究，具体问题具体分析。这样往往需要一系列的还原工作。任何文学现象都是特定历史的产物，都有其存在和发展的合理性，因此文学史应该避免简单化和一刀切的倾向。三是通过文学史发展的相互联系来研究问题，实事求是地对待文学的发展演变史。文学是不断发展变化的，文学演变的历史是个联系的过程，它既有联系性，也有阶段性。故文学史当从历史的联系中看待它，把握它在时空上的各种关系。既要看到不同历史时期文学的发展变化情况，即各种题材、各种文体的流变过程与规律，又要看到同一历史时期各种文体、各个作家之间相互影响的情况，把文学史当作一个有机的过程来对待。同时在研究某文学现象或某阶段的文学历史时，必须全面了解其前因、后果，找出各种相关的联系，这样才能得出合乎客观的结论。最后，周绚隆认为，历史方法在文学史中的作用主要体现为：一方面，它有助于加强作品解析中的历史主义原则，加深对作品的认识，使批评摆脱文本的限制而走向积极的方面，并使对作品的解析能在一个更宏阔的背景上展开，通过各种联系来认识其特殊性；另一方面，运用历史方法还有利于加深对文学发展演变规律的把握，通过现象的比较和分析来认识规律，且避免文学史研究中静态分析的主观性，从动态的演变中来认识文学的发展史。[①] 王齐洲也认为，“重写文学史”不仅需要思想观念的转换和学术视

① 参见周绚隆《关于文学史研究中的历史方法》，《山西大学学报》2000 年第 2 期。

点的改变，还必须辅之以正确的学术方法，在这种意义上，文学史的方法问题就是一个极其重要的问题。他指出，任何学科的研究要想符合该学科的特点，科学地揭示该学科的客观规律，就必须采用适合这一学科本质特点的研究方法，否则，其研究不仅不能揭示这一学科的规律，而且，其结论往往也不会有什么价值。他认为，文学史要关注的是历史上发生的文学事实及这些事实的意义和价值。无论对作家、作品还是流派、思潮，都只有在弄清楚其全部事实真相、来龙去脉后，才能做出符合历史实际的正确判断。因此，对文学史研究来说，扎扎实实地收集材料，细心考订真伪，探源索流，做好考据和实证工作，然后才能从具体翔实的历史事实中得出符合历史实际的结论。而且，就其本质言之，他认为，文学史属于历史研究的范畴，因此它必须采用历史学的方法。而史学的基础是史料，文学史亦如此，其基础也在“史料”，文学史中关于文学发展的一切结论都必须建立在真实而充分的文学史料的基础之上，否则就不是严格意义上的文学史研究。而重史料就必重实证，因为只有实证才能对史料加以辨析。同时，重史料还必须重归纳，因为只有归纳才能让纷繁的史料具有统序和条理，从而帮助人们正确认识史料的意义与价值。所以，文学史的研究必须依靠实证和归纳的方法，在“述学”的基础上“明变”“求因”“评判”，唯如此，才能客观、真实、准确地描述文学发展的历史，正确评价历史上的各种文学现象。在此基础上，王齐洲指出，21世纪我们的文学史研究必须转换思想观念，改善学术方法，才能开创新局面，获得新发展。以往的文学史研究缺少的正是朴学考据和历史实证的功夫，所以必须在一段时间内提倡历史实证的学术方法，以便为建设真正符合中国文学发展实际的文学史学科体系奠定坚实的基础。[①] 胡可先的《实证方法在文学史研究中的作用及影响》认为，20世纪中国文学史学科陷入困境的主要原因在于“实用主义的强化和实证研究的弱化”。他指出，自20世纪初至今，无数大同小异的《中国文学史》被生产出来，但这些文学史著普遍弥漫着“教科书心态”，它们在特定的时期和环境中的确产生过一定的作用，但如今仍为学界所用者却“凤毛麟角”，其

① 参见王齐洲《论文学史研究的学术方法》，《湖北大学学报》2000年第4期。

中最重要的原因就在于“因实证研究的缺乏而难以回归当时语境”。另外，学科限制也对实证研究产生不少负面作用，学科化对于传统学术研究限制最明显的方面是文史研究传统的割裂，使得文学史学者在知识结构和学术理念方面逐渐失去了历史的支撑，也削弱了对古典文献的重视程度，这种对传统的文学、文献和历史一体化格局的打破，给文学史的实证研究产生一定的不良影响。对此，胡可先指出，只有打破学科的限制，才可能在实证研究的实践上寻找文学史研究的另一种空间。① 在强调客观论方法的学者中，也有人继续强调社会学批评方法对文学史研究的重要性，如温潘亚指出，社会批评方法作为文学史研究方法中历史最久、影响最大、变化最烈的一种，在我国的文学史研究中一直扮演着最重要的角色，对其具有特殊的学术意义和现实意义。他认为，社会批评方法是文学史研究诸种方法中视野最广阔的一种，这种方法把具体的文学现象置于社会文化的大参照系中给以多角度的考察，事实上比其他方法更能透视到本质性的东西。因此，社会批评方法在文学史研究中是非常必要的，其缘由如下：第一，作为一种社会实践，文学是人思想感情交流的媒介，它从社会中来又到社会中去。而作品也只有在被人阅读时才存在，文学的内容也都有着直接或间接的社会性，文学的手段也是社会的产物，其媒介语言更是一种社会约定俗成的东西。第二，社会批评方法在揭示文学的社会关联性上具有最大的适应性。作品中反映的政治经济、伦理道德、职业风俗、家庭心理、地理气候等，无不属于社会学的审视范畴，也均可借其来衡量文学的深度和广度。第三，社会批评方法尤其适合于现实主义的作品，因为它直接展现社会现象。同时，文学反映社会生活及其内在规律的真实程度是检验文学的真实性和艺术性的标准，这也为社会批评方法提供了广阔的领域。不过，温潘亚也认为，社会批评方法是有其局限性的，主要体现在：首先，它忽略创作主体的生命特征和个性特征。从生活到文学，中间需经历一个巨大的飞跃，在这飞跃中，审美主体对审美对象的把握、摄取、改造以至铸成新的审美意象，其间交织着感受与创造、想象与思维、天才与灵感、意识与无意识、表

---

① 参见胡可先《实证方法在文学史研究中的作用及影响》，《河北学刊》2014年第2期。

现与再现等矛盾。故文学史绝不是死的材料的堆积，它首先要去重构这种过去的生命，在这一点上，社会批评是很难穷尽并准确把握之的。其次，社会批评方法还忽视文学分期和文学风格研究自身的阶段性特征。它往往仅依据外因的历史决定论而采用外在的历史分期标准，如生产方式、政治制度、社会形态或总的社会文化特征等，甚至其历史分期的术语都直接来自经济学、政治学、宗教或一般文化学。而文学自身历史演变的许多独特的东西却被武断地抽去，文学体裁、作品风格、母题、形象、技巧乃至语言传统等的变化完全被淹没在外在文化范畴里。事实上，文学的历史发展及阶段性特征与社会经济政治发展阶段并非完全吻合，马克思的文学与社会发展不平衡的论断就是最好的证明。此外，社会批评在阐释文学与社会经济文化环境的关系上也是捉襟见肘的。虽然有不少学者注意到社会的经济政治因素是通过某些复杂的内在机制和中介环节来影响文学的，也分别尝试了各种可能的中介环节，诸如形式、集团精神结构、语言等，但至今未有令人信服的阐释，甚至还存在着简单印证或直接推论等弊端。从当代西方的社会批评方法发展的趋向看，它已经走向更加注重系统全面地考察文学与社会的关系，而不是仅仅满足于对文学与社会的关系作单向线性的解释；不仅注重理论思辨，而且也注重社会学的具体方法（如通过广泛的社会调查和定量分析）在解决文学史的具体问题中的使用；强调历史绝对论与历史相对论、历史透视论和超历史论的结合，引进智力场批评层等多元化的发展。温潘亚指出，如今社会批评方法虽然已不复20世纪30年代的盛况，但其也绝未偃旗息鼓，而是在一个更高层次上向前延伸。只要文学保持着与社会的联系，社会批评无论具有特定的理论与否，都将是文艺批评中的一支活跃力量，可以相信，社会批评方法必将是文学史研究中的一个良好的参照系统。[①]黄修已在《中国新文学史编纂史》导言中认为文学史写作就是“戴着镣铐跳舞”，而他所谓的“镣铐”，指的就是“历史事实”“历史史料”。他这样说：“一个人要发表自己的主观思想、情绪，可以有许许多多途径，

① 参见温潘亚《疏理与整合——谈文学史的社会批评方法》，《盐城师专学报》1996年第1期。

可以写理论文章来系统地讲述自己的观点，可以创作诗歌淋漓尽致地宣泄满腔激情，甚至可以去编出历史剧来借古讽今，为什么一定要用属于社会科学研究范畴的历史学呢？既然是进了历史学之门，就不得不带着镣铐跳舞了。这镣铐，就是历史事实，就是真实性。”[①] 唐金海和周斌在《中国文学通史》中谈及文学史的性质时指出，文学史具有“历史的属性”，文学史研究的是“文学发生、发展变化的过程和规律，是已成为过去的、历史的文学现象，任何权势霸语、任何轻狂断语都不能永远涂抹、改变、增删或取消史实，因而文学史又是一门具有历史属性的科学”。为了强调这一点，他们还把文学史与文学理论、文学批评进行了比较，认为尽管文学史与文学理论、文学评论研究的对象同是文学，但三者毕竟各有其质的规定性，“历史属性恰恰正是文学史的一个关键的质的规定性”。因此，文学史研究要尊重“文学史史实的既定的内容”，以历史的眼光“研究文学史诸多构成因素”，要做到对“历史的敬畏”，从而使文学史能够实现历史的客观性与稳定性的统一。[②]

此外，还有学者对提出文学史的方法应该回归实证，只不过其所理解的实证与最早提倡纯客观论的实证在内涵上有了一些新的变化。如钱钢的《回归历史、实证方法与重写文学史》就是如此。针对国内文学史研究大多从西方引进新方法以求规律的现象，钱钢指出，这种做法缺乏学术的根基，导致研究者的思想与学术分家，最终使规律探求沦为转瞬即逝的火花。他认为，西学方法论的诱惑实际上“藏着陷阱”。西方确实有重方法的传统，中国则不太重方法的更新，这只是与各自背后的思维习惯有关。文学史研究若沉溺于方法革新，则极易落入自设的陷阱。倘只是以西方理论体系为参照来解释中国文学，这倒问题不大。但若以西方理论体系为定性与价值判断的依据，则于研究的进步无益。他指出，近年来，我们文学史的研究整体上有回归历史与实证法的趋向。历史法有两义：其一，认为文学深刻地嵌入历史之中，把文学置于历史既定的时序框架内考察；其二，寻找并确证文学自身发展的时序框架，考察文

① 黄修己：《中国新文学史编纂史》，北京大学出版社 2007 年版，第 10 页。

② 参见唐金海、周斌主编《20 世纪中国文学通史》，东方出版中心 2003 年版，第 6—7 页。

学本身发展演变的规律。这事实上就是文学史研究的两个基本思路。与历史方法相适应并成为其重要学术特征的往往是实证。所谓实证，钱钢指出，其并非绝对的“无征不信”，但至少要做到“无征不轻信”。文学史研究讲实证，主要有打通文史哲、重文学外部关系、重归纳、重实用等特点。回归实证，并非为了回归而回归，还应该注重新的时代内容的贯注，进而与审美与逻辑研究发生某种横向联系。原因在于，历史抑或实证研究，它们本来就不是封闭的方法，更何况如今文学史的方法还同时面临着各种新方法或大或小，甚至是合理的冲击。事实上，不少学者已经看到，传统实证方法易犯只见材料不见观点的错误，并相对忽视审美感受与哲学思辨。原因在于传统实证方法视文学研究为科学研究，需完全排斥主观，但事实情况并非如此，文学研究只能以获得印象、直觉、情趣、想象等主观内容为进一步客观研究的起点。前辈学者非常强调读文学原作，重视以自己对原作最真切的感受与理解为起点，这也是一种实证精神。所以，文学史研究不可能简单地回归传统的实证方法，主要的是回归一种实证的精神。因此，无论回归历史还是实证，都使文学史研究与重写文学史发生了更为内在、有机的联系，各种研究在重写文学史的框架内展开，而重写文学史工程也因此有了更精致、更实用的建筑材料。在这种意义上，他认为，重写文学史的理想境界，应该是在科学精神观照之下的历史与逻辑和审美、文学史知识与理论知识和审美感悟之间真正的融会贯通。最后，钱钢指出，当我们面对丰富多彩而又有些令人目眩的新的理论构想而有所疑虑时，回归历史与实证，站在对中国文学具体理解的立场，至少能保证我们的研究不至流于空疏。①

第二节　主观论方法观

随着文学史学界对于文学史方法问题思考的深入及对客观论方法给文学史研究和文学史学科所造成的弊端反思的推进，主观论的文学史方

① 钱钢：《回归历史、实证方法与重写文学史》，《江海学刊》1995 年第 3 期。

法开始被不少学者关注并探讨，这种方法强调文学自身的审美特性是文学史关注的核心，甚至反对文学发展的历史有客观的规律可言，认为复原历史的努力是不可能实现的，进而强调文学史家个人的感受、体验、审美判断力、主观意志在文学史研究中的重要作用，并宣称文学史家并非客观知识的生产者。如在批评以往文学史研究方法上存在的问题时，曾繁仁指出，这主要体现为两个方面：一方面，社会学的方法至上，拘泥于考察文学作为社会意识的诸种特性，而有意无意地忽视了“文学最基本的美学特性”；另一方面，形而上学思维突出，人为地将文学的思想性与艺术性、作品与潮流、创作与欣赏割裂开来。基于此，他提出，在文学史方法问题上，必须以马克思主义为指导，摒弃以往方法论的弊端，从美学的观点出发，运用系统论的方法进行研究。曾繁仁认为，科学的发展已经证明，对于任何对象，孤立、分裂的方法，都是“行不通的”。具体到文学来说，他指出，作为一种特殊的审美社会现象，文学有着“自己特有的审美的系统”。因此，单纯社会学的方法，无法完全揭示文学的根本特性，必须进一步从美学的角度，从“独立的审美系统着眼”，才能真正把握其本质属性。这样，就要求我们在文学史的方法上，首先必须将文学作为独立的审美系统，在本质上将其与科学认识与伦理道德区别开来，而不是混在一起。曾繁仁认为，形象是文学存在的唯一形式，科学与道德是概念的存在，所以，科学与道德是逻辑概念体系，文学则是形象体系，也即审美体系。但长期以来，人们却忽视了这种区别，因此，在文学史研究上，当面对文学作品时，总是按惯例先分析主题思想，试图通过一系列理论性的命题概括其全部内容，而忽视了它作为作者的一种独特的审美体验的结晶，文学史需要把握的是其“基本的情感色彩”“基本的美学特性”。其次，文学分析是一种美学的分析，不能以政治分析取代。即使有政治的分析，也只能“渗透于美学的分析之中”。最后，应将文学形象作为有机的整体分析，而不应将其中的各个因素割裂开来。文学形象是感性与理性、个性与共性、形式与内容对立统一的有机整体。但很多人在文学史研究中却常常违背这种“美在整体”的原则，孤立地将文学形象内部的两个侧面如思想内容与艺术形式、共性与个性割裂开来进行分析，事实上，这已经背离了文学形象本身所特具的美学性质。此类形而上学的研究方法，造成了文学史研究的“教条化与模式化”。此外，曾繁仁还认为，文学史还应将文学作为一个开放的系统来研究，重视研究文学这个子系统和社会这个大系统的关系，以此探究一定的文学形象产生的原因。同时，他指出，文学史的方法还必须要注意“历史的研究同逻辑的研究相结合”，进一步将史实提到理论的高度，绝不能就史论史，就作品论作品，将各个时期的文学现象割裂开来，使文学史成为一本“偶然组合的缺乏内在联系的流水账”。不仅如此，他还提出，文学史的方法还要接纳接受美学的方法，重视对读者接受史的研究。[①] 贺志强和杨立民在《方法与范式——刍谈如何“重写文学史”》中认为，“重写文学史”的落地，首要的问题就是如何“重写”，怎样“重写”，也就是具体的操作问题，否则，只能“流于空谈”，这涉及文学史的研究方法。他们认为，此前的学者已经从朴学和史学方面做了大量的工作，但是，美学的工作则显然不足，这与时代的要求“极不相称”。他们指出，只有从一定的文学观念、理论范式对一定的文学史研究方法的内在支配和制约方面认识如何“重写文学史”，才能将“美学工作”落到实处。他们认为，文学史的研究方法要受一定的文学观念的制约和支配，文学史如何处理文学的发展、总结规律，首先基于其对文学的理性认知，该认知就是文学观念，而且，它是动态性的，同时又隶属于一定的理论范式。这种理论范式是潜在的、不可违逆的，它制约着一定人文环境中的研究者的思维、语言及理论水准。这样，文学史的方法与文学观念，同一定的文论范式之间就是“个性与共性、小系统与大系统的关系”。因之，从“美学工作”上实现“重写文学史”的重要环节，就是努力实现“理论范式的革新与转变”。他们具体分析说，从“美学工作”看，新中国成立以后的大多文学史均隶属于这个共同的文论范式：文学社会学范式，它们大多都是围绕着“文学—社会（包括历史，时代以及政治）”这个基本坐标来组织材料、分析作家及作品，安排体例和结构，因此，基本上都有这样一副面孔：从经济基础决定上层建筑、主观反映客观等哲学教科书观点出发，对文

① 参见曾繁仁《文学史研究方法之我见》，《文史哲》1985年第6期。

学的发展进行“演绎”。他们认为，文学史中的这种文学社会学的范式也不容否定，但其单一化和机械论的倾向则需要摒弃，就实际情况来看，这既需要重新研究并科学把握文学的基本关系，又要实现文论范式的互补。对此，他们指出，在文学的基本关系中，要看到文学是“各种自律性因素与他律性因素的总和”，但以往的文学史在文学自律性因素的把握上是“不够的”，“重写文学史”很有必要在这个环节入手，选择、建立新的文论范式。因此，从“美学工作”的角度来落实“重写文学史”，应在全面把握文学的自律性因素和他律性因素的基础上，在马克思主义文艺观、美学观指导下，有侧重地实现多种文论范式的“互补”，并以此为中介来求得“新的文化范式的建立”。[①] 徐又良则认为，一般的中国文学史均是用所谓的历史眼光，联系时代背景来思考问题，这是“死的角度”，也是“不科学的”。他认为，文学史是一种对“文学史事实重新组织”的活动，需要对史料进行选择、解释、评价，文学史家的要务不是记载，而是评价，所以，文学史家不属于过去，而是属于现在，他只有具有现在的眼光，才能居高临下，而文学史的逻辑层次、阶段性才会以抽象的形式呈现出来。基于此，徐又良提出了文学史方法的三个原则：第一，以相对完善的美学理想审视历史对美善的求索；第二，用理性的抽象粉碎文学表象的感性外壳；第三，用接受美学的眼光看待文学的本质与历代的创新。[②] 陶东风从“历史不是自在之物，不是本身就存在那里等你去发现的‘客体’”，而是“主体建构活动的结果”、这是“它与史料的不同处”的观点出发，认为文学史在这一点上与一般的历史有着“相同的品格”。所以，文学史家与作家一样，其在描写社会生活、展现人的生存状态时“不可能不渗透进自己的主观态度”，在整合材料、连接过去时代的文学事实时也不可能不“从自己的模式出发”，而模式的引进，他认为，即是“建构活动”的本质。因此，我们只能探讨研究用来建构历史的原则和模式“是否合理”，而不能否定历

① 参见贺志强、杨立民《方法与范式——刍谈如何“重写文学史”》，《延安大学学报》1989 年第 4 期。

② 参见徐又良《文学史研究方法刍议》，《黄冈师专学报》1991 年第 3 期。

史研究的“建构性”，否则，就是否定“历史本身”。陶东风认为，20世纪文学史理论的最大特色之一就是“由外在论模式向内在论模式的转换”。所谓的外在论模式，他认为就是那种“依靠通史或经济史、社会史、政治史，或者依靠一般的编年序列建构文学史的模式”，这种模式偏离甚至歪曲了文学的本质特征，以非文学的原则来建构文学史，强调文学史的他律，其缺陷不在于将文学的发展与社会背景相联系，而在于将文学的发展机械、直接、不经转化地归于外在因素尤其是政治的结果，进而将文学史与历史同一起来，以社会史、思想史的规律来取代文学史的规律，从而取消了文学自身历史的独立性，文学史中庸俗社会学的方法即是其典型的呈现。陶东风认为，文学史的模式“必须符合文学的特殊本质”，必须“从对文学性的认识中合乎逻辑地产生”，也就是说，文学史的模式必须从他律转向自律，从外在论向内在论转化。他认为，内在论模式首先强调文学的特殊性，这恰恰是文学史的特殊性得以实现的基础。因为在内在论这里，文学的本质在于形式技巧而不在形式以外的各种因素，而文学作品的结构和技巧才是作品艺术性的真正来源，是“文学的本体”。这样，内在论眼中的文学史就是“文学形式自我生成、自我转换的历史”，与社会文化背景、作家的生平和接受者的状况等“外在因素”无关。这样，文学史的动因就“只能存在于形式技巧之中”，文学史的任务也就“只是描述形式技巧在封闭的系统内自我调节和转化的历程”。内在论对反拨庸俗的非文学的历史模式来说是有其合理性的，但其将形式技巧排外化、封闭化，则忽视了文学形式转变的“外在推动力量”。文学发展的复杂性正在于社会文化等对文学的千丝万缕的关系，但内在论模式在这种复杂性面前“不能不束手无策”。陶东风指出，当代学术的走向已经指向建立一种综合外在论和内在论模式的开放的文学史模式，这种模式既扬弃了外在论忽视文学自身发展规律的倾向，也超越了内在论排斥社会文化背景的弊端，融两者的长处为一体，是一个既尊重文学的自身规律，保持和尊重文学的“纯洁性”，防止简单的因果决定论，又向社会文化的大背景开放，把文学放在大的文化系统、社会系统中加以考虑，避免封闭性、狭隘性的新模式。社会经济、政治文化等因素须经中介才能对文学活动产生影响，转化为文学的内在因素，这中介就是文学形式，从审美的角度看，社会生活现象无所谓美或不美，文学性不文学性，只要成功地用形式加以“征服”，就可获得文学性，反过来讲，社会生活对文学也有影响，不能说文学与生活丝毫无关。陶东风指出，文学作品的构造方式如体裁、手段、语言就是这种形式，作家体验生活、人生的先在心理结构也是形式，只不过是内形式。社会生活必须经过作家的内形式才能得到体验，这是生活材料向审美情感或文学性、艺术性意蕴的转化。这种内形式并不是超历史的，也不是先验的，而是历史地形成并变化的。外形式则是指可见的、具体体现于文学作品中的外在可见的结构方式，如体裁、技巧、语言组织等。外形式是内形式的物质外化。社会生活先经内形式的转化生成审美情感，后又经外形式的二度转化成为文学作品。在此理解的基础上，陶东风指出，文学史的新模式应当是：首先，社会生活文化环境的发展变化不可能直接决定文学风格的演变及文学史的实际进程，它所决定的只是材料的变化，文学史在具体分析社会生活、文化环境对文学的影响时，要区别它对内形式的影响与对外形式的影响的差异。社会生活是先作用于内形式、影响内形式，而后才在外形式上表现出来。反之，就会导致将社会文化直接与作品的结构方式相联系，成为庸俗社会学的来源之一。其次，新的文学史模式应将文学形式作为中介，有机地融汇外在论和内在论。他补充说，社会文化等外在因素改变和影响文学史的原因在于它们的变化为文学发展提供了间接的、材料上的变化因素，直接的因素是风格的演变，作品不同于生活，也不同于意识形态，但生活可以经形式转化为作品的意义，从而影响文学的进程，更重要的是社会文化的变迁会引起文学内形式的相应变化。而作用于内形式的外在世界是一个包含了社会经济、政治文化等所有因素在内的复杂综合体，但是，过去我们却往往把它简化为经济或政治以至于阶级斗争，这种以部分代替全体的做法是一种单向的决定论，因此，对文学的文化背景的全方位研究与对形式中介作用的强调，将是新的文学史模式避免庸俗社会学方法的必要手段。[①] 从后现代主义的知识考古学方法出发，李杨认为，以往

---

① 参见陶东风《论文学史的建构方法》，《文艺理论研究》1990 年第 5 期。

的文学史观是建立在一元论或本质论基础上的历史观的再现，如在文学史观中贯彻主流意识形态，并以阶级斗争的理论来实现国家对政治、经济和文化各个领域的全面控制。李杨指出，在这一点上，后现代主义提供了很多富有启发性的“他山之石”，其中尤以福柯的“知识考古学”方法为最。李杨指出，在对人文学科历史的把握中，福柯关注的核心主要是某些特殊类型的话语，不过，他关心的既不是“这些特殊话语本身是否具有真理性”，也不是“如何去整理和寻找那些被证明为是具有真理性的特殊话语的规则”，而是如何在不考虑话语“对”与“错”或“是”与“非”的前提下，研究“某些类型的特殊话语的规律性以及这些话语形成所经历的变化”。福柯把这种话语研究和分析的方法称为“考古方法”（archaeology）。李杨具体分析说，如果一位考古工作者发掘了一部2000年前的天文学著作，上面认为地球是方的，考古学家就不应因为它对地球的形状做了错误的陈述而放弃对它的研究，相反，他要追问的是这句话在当时出现意味着什么，以及这样的表述如何表达了该时代人们想象世界与认识自己的方式。在福柯看来，任何话语都有它自己的规范概念和论述范围，有它自己认可的对象和方法，这一切决定了它自认为具有某种特定的“真理性”，“知识考古学”所要发掘的正是那些因年代久远或因为想当然而从人们的视野中消失的认识机制。李杨指出，以“知识考古学”作为文学史的研究方法，意味着文学作品的价值不在于它是否符合今天的“真实”，也不在于它是否具有我们今天理解的“艺术性”，而在于这些作品在某时某地的出现意味着什么，生活在某时某地的中国人为什么要如此想象世界和自身。“知识考古学”方法将致力于还原历史情境，通过“文本的语境化”与“语境的文本化”使文学史的研究转变为一个时代与另一时代的平等对话。李杨指出，这并非力图否定相对确定的真理、意义、文学性、同一性、意向和历史连续性，而是要把这些元素视为一个更加深广的历史——语言、潜意识、社会制度和习俗的历史的结果——而不是原因。总之，“知识考古学”方法意味着特定时代的文学将被放置在特定时代的语境中进行讨论，而不是像过去文学史所做的那样，以一种非历史化与高度抽象化的意识形态标准或文学立场研究和把握任何一个时代的文学。[①] 宁宗一则批评以往文学史“以历史为本位”的做法而提出文学史应该“回归文学本位”。他指出，“文学史编写与一般历史研究最大不同之处，是它不像历史事实那样具有相对稳定性。在文学领域，它的‘不确定性’，往往是或大多是，越是重要的文艺现象、文艺思潮、文艺流派与代表作家、作品，在不同的文学史家眼中就更仁智相异，而且进一步有了一百个观众就有一百个‘哈姆雷特’和‘说不尽’之说。文学史家再怎样客观、公允，他们描述出来的文学历史图像，必然带有强烈的个人色彩或学者的学术个性，以及不同的观照角度乃至独有的操作方式。比如，历史学不研究重大历史事件，不研究人物的行状、根脚就无所谓历史，而文学除了作家的研究，他们的研究对象绝不会比历史人物留下的文本更少，它完全可以通过作家创造的艺术世界去认识评价作家以及作品”。因此，他指出，文学史的审美研究必须得到强化，文学文本的阅读和审美性感悟绝不能失去耐心，文学史研究应该“在尊重、吸纳历史研究成果的基础上，努力突破某些文学史著作以历史为本位的弊端，而回归文学本位的理念和操作思路”[②]。此外，在《评章、骆主编的〈中国文学史〉——兼谈文学史编写中的理论与方法诸问题》中，宁宗一还探讨了文学史方法中的历史意识与当代意识，并强调当代意识的重要性。他认为，历史意识就是尊重历史，而当代意识则是对研究者主体的一种科学性要求，强调历史意识，不等于复原历史，事实上，历史是无法复原的，只能“向历史本来面貌逼近”。而且，我们也不能把当代意识肤浅地理解为西方意识，它实际上是当代人的科学精神及科学悟性和思辨力，也包含了对真理的信仰和追求，以及作为一名学者所应有的独立品格和学术尊严。[③]

立足于以伽达默尔为代表的解释学方法，葛红兵认为，在文学史的

---

① 参见李杨《当代文学史写作：原则、方法与可能性——从陈思和主编的〈中国当代文学史教程〉谈起》，《文学评论》2000 年第 3 期。

② 宁宗一、李修生、赵义山：《中国文学史编写问题三人谈》，《南京师范大学文学院学报》2004 年第 1 期。

③ 参见宁宗一《评章、骆主编的〈中国文学史〉——兼谈文学史编写中的理论与方法诸问题》，《复旦学报》1997 年第 1 期。

研究中，文学史家所应该追求的目标并不是客观论方法所宣扬的那样去追寻文学史客观的历史性，文学史应该是文学史料所拥有的“过去”视野与文学史研究主体现在的视野“叠合”的产物，它是文学史料在新的历史条件下的实现性，也正是这种实现性的不同才能真正赋予文学史料以“历史性”。[①] 因此，文学史历史性地获得恰恰就在于文学史家的“历史之思”，也正是这种历史性的思，才“为文学史的历史性提供了基础”，因此，在这种意义上，葛红兵认为，“文学史家必须是诗性之人”，在文学历史的领域里有关客观知识的信念是“极难自圆其说的”，如果文学史的目标是为了获得“所谓的客观知识”，那么它的工作应该早就完结了，因为这样的客观知识的文学史应当“只有一部”，也“只需要一部”。[②] 在此意义上，葛红兵认为，文学史当是文学的历史，它具有“‘美的历史’的规定性”。以往人们将文学史误认为社会斗争史的一部分，进而以社会历史的规律来取代文学史的规律，实质上就是以“真的历史”甚至是“善的历史”的规定性来取代文学史的“‘美的历史’的规定性”，从而导致文学史在把握文学时与文学“南辕北辙”，致使文学实际上生活在“文学史的盲区里”。[③] 基于此，葛红兵认为，“或许将文学史研究理解成是对‘真理’的逃离比理解成对‘真理’的逼进更有意义”[④]，他指出，与其说文学史是离开人的意识冥冥中高悬于时间之流中的一根绳索，倒不如说它是“主体心灵需要的产物”，是“主体心灵对自身的理解以及这种理解的可能性”。[⑤] 葛红兵进而强调，文学史就是一种建构，文学史的这种建构性是文学史家操作的结果，在文学史家的这种建构操作中，“原生态历史的实在性由遗留态历史的实在性为中介过渡为评价态历史（伽达默尔所说的效果历史）的实在性”。因此，他认为，“揭示文学史，我们的史家必须首先依据一种规则，这种规则必须先在地存在于史家的意识中，然后我们在文学史对象之间寻找秩序，而这种秩序必然是先在于我们脑

① 参见葛红兵《文学史学》，湘潭大学出版社 2008 年版，第 8 页。
② 同上书，第 7 页。
③ 同上书，第 26 页。
④ 同上书，第 28 页。
⑤ 同上书，第 17 页。

海中的‘规则’所认同的。由此我们使文学史由一堆散乱如麻琐碎不堪的事件、文本而变成一条充分体现了历史或逻辑秩序的链条，文学史变成了可理解的东西，正是在这过程中我们把先在于我们脑海中的‘规则’的统一性加予了对象”。正是如此，葛红兵认为“文学史研究便是我们在对象中认识自身的一种方式”[①]。在《论文学史空间结构》中，葛红兵从文学史空间复现的角度重申了上述观点，他认为，“文学史空间的复现，与其说是遗留态文学史空间的功能，不如说是在遗留态文学史空间之上主体冥想的成果，是一种文学史冥想空间”。因为原生态的文学史空间已经隐退于历史深处永远的黑暗之中，在冥想空间中已丧失了客观性，所以，文学史空间是一种非常接近审美状态的人的空间形式。因而，“作为实现了的美学它等于历史学，作为实现了的历史学它又等于哲学”[②]。基于此，他强调文学史研究不可能也没有必要去寻找一个实际上已不再存在的所谓的“原生态的文学史空间”。除葛红兵外，钱志熙也反对存在“原生态”文学史的观点，他从文学史的建构性特征出发指出，就“文学史”一词的全部含义来看，它“是指文学自身的纯客观的生成与发展的历史，一些学者称为文学史的‘本体’，还有一些学者称为文学史的‘原生态’”。他认为，在既往的文学史研究中，人们普遍认为文学史的“本体”或“原生态”是存在的，而且有一种纯客观的性质。在这种理念中，文学史研究的科学性的获得，就在于它“把向文学的真实的历史逼近”作为研究的终极目标，而且也将此作为判断文学史研究成果高下标准。但是，他进一步指出，文学史的这种所谓“原生态”和“本体”事实上只存在于文学史主体的“直觉的想象与逻辑的思辨中”，实际存在于人们的认识与阐述中的文学史，实际上都是“通过一种认识体系构建出来的”。在他看来，文学史的这种“构建”的性质在史料阶段就已有所体现，因为文学史所依赖的史料（即保存至今的文学作品和一些文学史的文献）都是经过“自然与人为的选择的结果”，都是经过“叙述”的。所以，真正意义上的原生态，早已成为“历史的东西”，“无法复原”。从这

① 葛红兵：《文学史学》，湘潭大学出版社 2008 年版，第 18—19 页。

② 葛红兵：《论文学史空间结构》，《江苏社会科学》1996 年第 4 期。

个意义上说，任何文学史，无论其零散抑或系统，“无不是进入我们的自身的认识领域的东西，即构建出来的东西”。而且，它越是系统、越是宏观，“它的构建的性质也就越突出”。因此，他认为，文学史的真正奥秘，就存在于“主观的文学史认识系统与客观的文学史本体”之间的辩证关系之中。① 持这种建构论观点的还有陈伯海、童庆炳等。陈伯海认为，文学史企图“还原历史不过是一种幻想，既无可能也无必要，而历史研究的实在意义则在于重构历史，反映研究者自身对历史的理解与判断”，重构历史就是“重新发现历史”，一方面要在“现象层面上逼近历史”，另一方面，更要从历史与现实相沟通的角度来“探索历史嬗变的内在规律”，寻求历史自身“新的意义”。② 童庆炳在《文学史建构的主体性问题》中则指出，文学史的主体建构可分为三个层面：第一层面是资料选择整理层面。具体说就是对作家、作品的选择、排列和相关资料的整理问题。第二个层面是体验的层面，具体就是指文学史与其他历史不同，它不但要面对一个作家，还要面对作品和作品内的人物，以及独特而生动的场景、氛围。第三层面是评价层面，文学史的最终目标是要对它的对象做出评价，也就是看被评价的对象对我们今天所具有的意义。③

在提倡主观论方法的学者群体中，有人甚至将文学史“文学化”，认为文学史说到底也是一部文学作品，因而，优秀的文学史应当是一件可以进行“审美享受的艺术品”。张立群就持此种观点。他认为，文学史的主体性是文学史家浸润在文学史作品中的“主体审美情怀”，是文学史作品形成之后所显示出来的情感特征，它是客观史实与主体审美情感之间的一种张力，文学史的主体性虽然是文学史个性化的衡量标准，但它必然是在不伤“历史客观性”的前提下显现的。文学史是主客观交融之后的产物，因而，无论文学史家怎样力求客观，他描述出来的历史都“不可避免地带有强烈的个人色彩即史家的主体情怀”，文学史其实从来也不会达到“真正意义的客观乃至绝对的公允”，文学史的深刻性总是“通过

---

① 参见钱志熙《中国古代的文学史构建及其特点》，《文学遗产》2003 年第 6 期。

② 参见陈伯海《文学史观念谈》，《江海学刊》1994 年第 6 期。

③ 参见童庆炳《文学史建构的主体性问题》，《文学评论》1996 年第 2 期。

文学史家独特的视角而完成的”。例如，在文学史的分期问题上，文学史与历史一样，本来是没有什么分期的，但文学史家为了将自己的作品书写成一个有层次和系统性的文本，就不得不对历史“以笔为刃”：文学史的基本对象如何选择？作品、作家还是流派、思潮？抑或作家的人格、读者的接受？谁是一流作家，谁是二流作者？他们分别应该占有多少篇幅？如此等等，都使文学史家无法用一种“超然物外”的心态去看待历史，而是必须要“积极地参与到历史当中去”。张立群还认为，文学史家是一个作者，但也是一个特殊的“读者”，在文学史研究中，文学史家必然会经历一个“由认知主体到体验主体的身份转变”。因此，他最终必定会按照自己的审美爱好和观念旨趣来进行文学史的书写工作，而这也正是允许文学史家可以“在一定程度上超越客观性原则、充分体现自己情感意志和艺术功力从而表现文学史作品艺术性的地方”。而且，文学史的主体性还是其与生俱来的特征，作为一种特殊的历史，文学史在面对史料的时候具有自我选择的权力。正是这种“个人性特征”往往使文学史比纯历史编写更具“主体性”的效果，文学史或许会接近“文学史本身”的客观性，但绝对的“客观性”是无法实现的，那种一味追求文学史本体的“客观性”的做法，其结果只能是以泯灭文学史研究主体的特征来确保所谓文学史的“原本特性”，这样的文学史只能是一种缺乏感情色彩、主体意识匮乏的历史客观进程和种种史料的系统排列。因此，纯客观意义上的文学史是难以实现的。在这种意义上，那种想要书写纯审美意义上的文学史作为一种理想无疑是应当被提倡的，它也应当尽量排斥文学以外的事物频繁到场。①

第三节　调和论方法观

在文学史的方法上，相较于追求真实客观的客观论方法观和追求建构、审美的主观论方法，调和论因其注重方法论的对立统一及相互协调

① 参见张立群《论文学史的“主体性”》，《文艺理论研究》2005年第2期。

的立场似乎更容易被学界接受和认可。钱理群就是此种方法论的倡导者之一。1998年，在《略谈“典型现象”的理论与运用——中国现代文学研究方法的一个尝试》中，他这样说：“我所追求（心向往之）的‘文体’是一种‘报告文学体’的‘文学史’——这自然不是追求报告文学的虚构性，恰恰相反，文学史中每一个历史细节都必须有充分的史料根据的，绝不允许杜撰；所要追求的是包括文学那样丰富而具体、生动的典型现象（人物和事件）与典型细节的描述，以及由此造成的现场感。在某种程度上甚至可以说，文学史叙述即是一连串的典型现象、历史细节的连缀，但又不是材料的简单堆砌，而是通过新的叙述，赋予旧材料以活力（因此每一个材料的引述都具有一种发现的意义），并在材料（典型现象）之间建立起一种新型关系，这就构成了对历史的复述（与再述），既不是‘六经注我’，也不是‘历史本来面目’的复原。”①

立足于后结构主义的二元互补观和互文性理论，肖锦龙指出，文学史是建构文学知识体系的最基本方式，文学史方法与人们对文学的理解直接关联在一起。在西方，受逻格斯中心主义与二元论的影响，文学往往被切分为内容和形式两种要素，或以内容为中心坚持内容实质论，或以形式为中心坚持形式实质论。与之相应，在文学研究方法上，也采用两种方法：一种以内容考察为主，借文学之外的东西解释文学之内的东西，即玻金斯所谓的“背景主义”（Contextualism）；另一种以形式考察为主，集中考察文学本身的结构形式，即玻金斯所谓的“形式主义”（Formalism）。肖锦龙认为，背景主义方法发轫于黑格尔的文学理念论，在斯达尔夫人那里得以付诸实践。斯达尔夫人认为文学是环境的产物，并以地理、气候、民族、社会习俗等因素为参照系解释各民族文学，创建了背景主义模式。其后继者如丹纳、圣伯甫等普遍以某种外部因素为依据解释文学，将种族、环境、时代和个人生活经历等作为决定文学的根本因素并以此出发来阐释之，马克思主义者与之不同，而是将社会政

① 钱理群：《略谈“典型现象”的理论与运用——中国现代文学研究方法的一个尝试》，《文艺理论研究》1998年第5期。

治经济结构作为解释的依据。20 世纪以来，新批评、心理分析、原型批评等以人的生命经验、个体无意识、集体无意识为依据，而女性主义、后殖民主义、新历史主义等则以现实中男女之间、种族之间和某时代各种不同意识形态之间的权力关系为依据，上述诸家之间法虽不一，但理路同归：在视野上均关注的是某种孤立的文学现象（某一具体的思潮流派或作家作品）；在进路上均采取由外到内的阐释，以文学之外的东西为依据来阐释文学之内的东西。一言以蔽之，即均为历时性研究。其缺陷亦非常明显：其一，只关注个别的文学现象，如特别突出的、吸引人的以至奇特的少数作家作品，无视巨量的文学产品，只钻研一个个令人目眩的文学高峰，而对广大的文学平原和山体视而不见，往往是只见树木、不见森林。其二，只能解释某种文学何以发生，而不能解释它怎么样，把很大精力放在揭示文本的背景因素上，忽视了对文本本身的关注，事实上，文本本身才是文学史研究的核心。形式主义方法则是从俄国形式主义开始的，俄国形式主义认为，不是事物决定艺术形式，而是艺术形式建构事物，艺术形式不是源自其外部的东西，而是出自其本身，是从另外的艺术形式中生发出来的。因此，他们的文学史方法关注形式，认为文学形式的变化是由其本身的自动化和陌生化的辩证运动促成的，其理论后经法国结构主义阐发成为真正意义上的文学史研究之形式主义方法。但形式主义方法的缺陷也很明显：第一，整体观照有余，个别考察不足。不再直接与具体文本打交道，而是与一系列能显示文类变化状态的数据库打交道，具体文本仅是此数据库中的一个元素。所以，在这种方法中，文学历史的大体趋势可以得到鉴别描述，但特定文本却得不到解释，甚至得不到阅读，与背景主义相比较，则明显是一种只见森林、不见树木的方法。第二，仅承认文学的发生和变化是由其内部陌生化和自动化之间的矛盾运动等自在机械机制引发的，而不承认社会精神文化和作家创造力等自为能动力量的作用，既不能解释文学变化的趋势方向，也无法揭示具体作品的产生及其文学独创性的根由何在，因而无力说明文学的生发和变化的深刻原因。正因为背景主义和形式主义各自的缺陷，因此，要彻底改变文学史研究方法，肖锦龙认为，必须超越传统的逻各斯中心主义和二元论的思维方式，改变传统的内容实质论或形式实质论文学观。他指出，如果换一种思路，从后结构主义的二元互补观出发，我们就会看到，文学文本的内容和形式是不可分的。同时，像克里斯蒂娃所理解的那样，一切文本都是重写他文本的结果。在这种意义上，文学的本质特征就是其重写性，文学活动也是一文本复制、改造另一文本的重写活动。文学的这种重写性在具体的文学实践中有着突出的体现：生活在特定时空中的人，用特定的主观精神拥抱、复制、重写外在世界，创造了体现特定生活观念、文化话语的元叙事，历代作家用各种形式不断复制、改造此元叙事，促成了源远流长的文学传统，该传统一直绵延、扩展，直到生成该传统的文化群体灭亡或其文化思想范式发生裂变为止。在此意义上，一部文学发展史根本上就是一部一种话语文本重写另一种话语文本的历史。肖锦龙认为，文学的这种重写性告诉我们，不应该把文学当成是一种自成一体的孤立现象去进行静态机械的分析解剖，而是应该把它当作某条无限深长的话语文本链上的一环而进行动态有机的理解和把握。这种研究文学话语文本间实际关联的动态复杂的互文关系，借以深刻把握文学的实质和规律的文学史方法，肖锦龙称为“重写学”方法。他指出，相比背景主义和形式主义方法，重写学方法的优势在于：第一，传统的文学史往往都是从这样、那样的外在大框架出发，如背景主义以社会政治经济发展形态、民族精神变化轨迹或王朝更替过程等为线索、形式主义以理论前设，如陌生化和自动化辩证运动为框架等，重写学方法则从特定的文学文本出发，大处着眼，小处着手，具体踏实。第二，背景主义和形式主义方法用静态的眼光看文学，将之切割成不同的板块，或集中发掘其内容，或全力考察其形式，是静止机械的。而重写学方法则用动态的眼光看文学，将之视作一个生生不息的过程，进而探讨新文学话语文本与旧话语文本的联系，从它对旧话语文本的重写、为什么重写、怎么重写和获得了什么效果，以及它在某一文学话语文本链中的地位入手，用细读、解释、阐释、理论概括等方式全面考察它，因此，是生动有机的。第三，背景主义以某一个文学现象（如思潮流派或作家作品）为关注点，然后联系它得以形成的背景因素来对其进行解释，揭示它的独特价值，是历时性研究。因此，它深度有余、广度不足。形式主义虽相反，以某一类文学现象（如文类、文体等）为研究焦点，为其划界、分类，绘制它的整体发展变化图式，是共时性研究。但其也广度有余而深度不足。与之不同，重写学方法的起点是某个特定的文学文本，终点是某类文学的家族谱系，它是一种集个别研究与整体考量、历时考察与共时把握为一体的研究，是一种既注重深度又注重广度的研究。第四，背景主义一贯致力于对某一文学思潮、作家或作品进行独具慧眼的个性化解读，其成果多主观阐释有余而客观实证不足，因而形式主义指责它没有科学性。形式主义者致力于对某一文类进行统计学式的数据收集、整理、分析，以及绘图学式的划界、分类、描绘，其成果恰恰与背景主义的相反，多客观分析而少主观洞见，因而背景主义者指责它抹杀了文学的创造性、文学性。从重写学方法入手来研究一种文学话语文本，首先需细致分析辨别它在哪些方面、哪些地方、何种程度上重写它的原型，在这里，客观实证的方法很重要，而同时它又需对一种文学话语文本为什么重写、怎么重写、取得了什么效果等做出主观评判，这又离不开主观阐释的方法。所以，重写学方法是一种将客观实证法和主观阐释法有机结合在一起，一种取背景主义和形式主义之长、避二者之短的比较完善的文学史研究方法。最后，肖锦龙指出，基于逻各斯中心主义和二元对立思想方式的背景主义和形式主义，或将文学看成环境、社会等文学之外的某种事物的载体，或视文学为陌生化、自动化等文学内在机械法则的派生物，它们都未能触及文学的实质。这两种方法在文学史研究中要么致力于发掘作品的社会、文化或思想蕴含，要么致力于探究作品的文类形式，各执一端，未能对历史上文学现象做出全面深入的阐发说明。而后结构主义的二元互补观和重写论则为我们深刻认识文学的实质、把握它的本质特征开启了新的窗口。从重写的角度看，一切文学话语文本都是在重复和改造其他话语文本的基础上生成的，都是互文性的。与之相应，真正的文学史研究自然应当将焦点集中到探究文学话语文本之间动态复杂的互文关系上。从这个意义上说，以具体细致考察一种文学话语文本对另一种话语文本的重写、以全面深刻把握人类文学写作活动的本质特点和规律为重心和目标的重写学方法，才是真正符合文学实质的方法、科学的方法。[①]

钱志熙则从美学方法、历史方法和逻辑方法统一的角度将文学史的主观论方法和客观论方法有机统一在一起。他提出，文学史的方法可以区分为具体方法和基本方法两个层次，前者指那些操作性较强的方法，如文本批评、母题研究、接受美学乃至熵的理论、耗散结构、系统论、信息论、控制论等，带有工具的性质，不过，就实践性来看，他认为上述方法目前都还只是具备具体方法的资格，不具有实际的操作性；而后者，他认为，它是属于方法论意义上的方法，是从具体的文学史研究中概括出来的，能完整地反映文学史的学科性质，与文学史的基本对象具有直接的对应关系，是在方法论意义上对文学史研究进行反思、分析思辨所得，基本方法涵括具体方法，并能派生具体方法。基本方法虽然工具性不强，但在论证、反思文学史的学科性质、构成原则、学术规范上具有重要作用。但钱志熙认为，在我们的文学史研究中，明显存在着忽视基本方法的倾向。他认为，审美、历史和逻辑是文学史的三种基本方法。所谓审美的方法，他指出，文学史研究中最先进入研究者视野的纯客观性质的材料是一系列具体的文学作品和大量记录在档而未经分析的文学史实，这是文学史研究者共同的客观对象，它们只是文学史研究者的研究材料，并非构成文学史本身的材料。文学史本身的构成要素，是研究者通过审美活动、运用审美方法得到的。文学史与其他文学活动一样，要具有充分的文学性、产生文学事实，只不过，文学史还要对那些文学事实进行历史的研究和逻辑分析。文学史是否具有充分的文学性、是否具有文学研究的资格，完全取决于研究者能否成功地运用审美方法，在这里研究者的主观素质和他所运用的方法是保证的根据。文学作品自身并不包含或显示任何文学史的含义，文学史的本质也绝不在于对文学作品和文学史实等进行简单的历史陈列，而是在于研究者能将其得到的文学事实有机地构成文学的历史。文学史中的审美活动及审美方法的使用不同于阅读鉴赏活动，它有时可以逾越运用审美方法的阶段，直接对

① 参见肖锦龙《重写和重写学——后结构主义文学史研究方法探论》，《文艺理论研究》2016年第6期。

他人所提供的文学史材料进行历史的研究和逻辑的分析。但在这种情况下，研究者的审美能力也不能被取消。文学史现象的归纳，是文学史运思的起点，这种归纳是建立在凭借审美方法所得的文学事实的基础上的，如果审美方法运用不成功，那归纳也就只能归纳出一些文学史的假象。在文学史研究中，除归纳文学史现象、提出文学史问题外，对已归纳出来的文学史现象重新进行论证，并不断返归到审美方法中，也是一个重要的工作。审美方法产生文学史现象，是为逻辑方法和历史方法提供研究对象的，但文学史现象的发现，有时又依赖于历史方法和逻辑方法及其成果的反馈。所谓历史的方法，钱志熙认为，文学史说到底是一种史学，它的这一性质是纯粹审美的方法所无法显示的，只能凭借历史的方法。审美方法只能处理共时性对象，而历时性的对象，只能通过历史的方法。这是文学史不同于文学鉴赏、文学批评的地方。文学批评虽然有时也会运用社会的、历史的方法，但其目的却是从一定的思想倾向出发对文学作品的价值进行评价，这与文学史力求客观的、历史的态度研究文学现象的历史成因此种史的研究有着本质的区别。审美方法中对文学史现象的归纳，是其运用的终点，也是历史方法运用的起点。从对文学作品的鉴赏批评转为历史的归纳、概括、抽象，文学史在此已经初步取得了历史科学的性质。在这种意义上，历史方法就是审美方法的扩展、延伸。文学批评虽然也都多少包含一些史学性质，但只有文学史能将这一性质发展得很充分并取得历史科学的资格。具体言之，历史方法主要集中于以下两个层面：一是对各种各样的文学史现象做历史的研究，揭示其诸种生成原因；二是在一系列文学作品中寻找历史的联系，运用一般的史观并借用一般历史的框架形成文学的历史系统，并对这一系统进行历时性的研究。钱志熙认为，历史方法还要求我们尽可能排除文学史现象中那些纯主观、偶然的因素，使问题中包含更多的共识。历史方法的前提，就是要假设存在着确定的历史事实，故文学史现象的取得，需遵循一般的历史原则，经过反复的论证。不过，这种反复的论证并非一种呆板的求证法，审美乃至灵感在其中仍然起着重要的作用。历史方法对问题明确性的强调和历史事实存在的客观性，以及它的归纳、抽象、假设、求证等具体方法和思维方式，都使得其与审美方法之间存在着一定的矛盾。正是这种矛盾使文学史具有了科学而非某种单纯的精神活动的性质。不过，在具体研究中，要努力解决这两种方法间的矛盾，使其得到调和。钱志熙认为，有时这两种方法间的矛盾本身就能提示出很有价值的文学史问题。当然，确定文学史现象，提出文学史问题，只是历史方法的第一步，历史方法的第二步是研究文学史现象的成因，寻求现象背后的本质问题，这一步更充分地体现了历史方法的内涵，在这一层次上，文学史与史学产生了广泛的联系，大大强化了它的史学性质。钱志熙认为，历史现象没有终极原因，研究文学史现象的成因可从多方面进行，故文学史与其他社会科学一样，在解决问题时涉及的材料、领域、原则上没有限制，随着问题的深入，越来越多原本与文学领域似乎不相关的材料被接合在研究过程中，这是历史方法在运用上最引人入胜的景象。研究者在思想和创造力上也获得了广阔的天地。同时，钱志熙指出，对文学的历时性研究并构建文学的史的系统，是历史方法的另一对象，但这并非简单地寻找某种框架来编写一部文学史，而是要研究文学史的历史脉络和发展结构，且将“史的观念”贯彻到底。在此，历史方法有时就很接近逻辑方法。所谓逻辑方法，就是研究历史发展中的逻辑关系，因此，逻辑方法也可看成历史方法的一种。但二者还是有所不同，一般来说，历史方法重视具体的事实关系，重视对文学发展的具体描述，而逻辑的方法则要寻找发展的原理，从具体的文学发展史中寻找文学史规律。钱志熙认为，归纳、概括出特定时期文学发展中最重要、具有主流性质的文学史现象，运用认同的方法寻找存在于不同时期文学中的共同因素建立文学继承性的观念，运用求异的办法寻找不同时期文学中的不同因素建立文学演变、发展的观念是历史方法的基本策略。但这种描述要以一定的理论模式和范畴为工具，如风格学的范畴、题材学的范畴、体裁的范畴等，都可以单独建构成一种文学史系统。在这种意义上，只存在相对的、多元的文学史系统，不存在唯一的、绝对的文学史系统。钱志熙指出，历史方法对文学源流演变的描述，尽管可以见出研究者的积极性，但总体上看，它还是消极地承认文学史的客观存在而没有积极地揭示出文学史发展的必然性。因此，文学史对逻辑方法的追求就成为必然。文学史系统的构建，要从外在走向内在，逐渐摆脱对外在的历史框架的依赖，建立自身的发展结构。单纯历史方法是无法胜任这一目标的，必须借助于逻辑的方法。我们研究文学史现象的成因或特定历史阶段的文学发展达到一定深度后，常常会发生逻辑思辨以揭示某些更加内在的原因。文学发展体现的是复杂的事物关系，历史方法承认这种复杂关系并多方寻找文学发展的原因，但它并没有指出这些原因之间的关系，而研究这些原因间的关系，抽象出文学发展的内在结构，依靠的是逻辑的方法。因此，自觉意义上的逻辑方法，就是探讨文学发展存在的某种逻辑关系，并将之概括为各种各样的文学史规律，使文学史研究进入更加自觉的状态。认为每种事物都有其本质、事物的发展就是其本质的实现过程是逻辑方法的前提。因此，在逻辑方法看来，文学的发展就是文学本质的实现过程，逻辑方法就是去发现并研究这一过程。文学本质的实现过程，与具体、复杂的历史情况的关系极为错综，文学发展的逻辑必然性存在于历史的偶然性之中。因此，逻辑方法与历史方法有时又存在着矛盾，在对具体的文学史现象进行解释时，它们往往是沿着不同的思路进行，如逻辑方法对文学史系统的建构，注重的是文学内部的发展，所以，为了避免片面，除逻辑的解释，文学史还需运用历史的方法追寻文学与社会文化的因果关系。而且，逻辑关系是体现于具体的历史过程之中的，是对具体的文学史事实的抽象，因此，只有历史方法的使用达到一定的水准，才可能进行逻辑的思考。逻辑方法研究的是文学实现自身本质的过程，历史方法研究的则是实现这一过程的各种历史条件，所以两种方法之间的表面性矛盾，是可以统一的。[①]

此外，赖振寅从“古典文学”与“古代文学”“历史主义”和“经典主义”两对范畴出发，强调了要建立一种客观与主观协调互补、良性互动的文学史方法。在《回归古典还是回到古代——对文学史研究理论及方法的思考》中，他从“古典文学”与“古代文学”这两个范畴的根本区别及其内在的学理内涵出发，探讨了文学史的研究方法问题。他指出，学界对这两个范畴往往想当然地视为两个异形同质的范畴，进而不

① 参见钱志熙《审美·历史·逻辑——论文学史研究的三种基本方法》，《文学遗产》1994年第5期。

加辨析任意混用，从而造成了文学史研究中的学术失范。赖振寅认为，这两个范畴虽然在一定程度上具有相关性和交叉性，但却不存在内涵上的"兼容性和互证性"。"古代文学"是一个历时性范畴，它展示的是文学生成与演化的纵向序列（历史的脉络），关注的是文学发展在时间上所体现出的秩序性、完整性、连贯性和承接性（历史的原则）。其内在贯穿着一种历史主义的诉求，注重文学发展的因果联系，注重史料的发掘、搜集、整理、归纳和历史事件的重建。而"古典文学"则是一个共时性范畴，它提供给人的是以经典性、示范性、权威性和独特性为评价取舍标准的历代经典文学个案的剖面图，它关注的是由文学的规范、标准和惯例所支配的经典范式及其生成演化规律。因此，他认为，在学理层面，这两个范畴体现着两条完全不同的"学术路径"和"文学观念"。一个视文学为一种共时系列，而另一个则视文学为一系列按编年顺序排列的作品，是历史进程的不可或缺的组成部分。所以，它们分属于两种不同的文学论、方法论和文学史理论系统。"古代文学"范畴代表的是一种建立在"历史主义"（historicism）基础之上的文学"重建论"（reconstructionists）方法体系，其方法大体包括"起因研究法""传记式的文学研究法""社会历史研究法"和"文学考古学"等。这些方法的共同特征均是根据产生文学作品的社会背景和相关证据去搜集、发掘、甄选、组合历史文学遗存，构建一个按时间先后顺序排列的历时系列，然后依据某种特定的历史观，从文学的历史编年所涉及的大量作家、作品、文学事件中抽离出一种高度概括的、一以贯之的、具有普遍适用性的历史性法则和评价标准。赖振寅指出，当然，把文学置于社会发展、历史演变的宏观视野中去观照，用历史进化的动态过程构建文学的进化史，这对于任何文学史研究都是必要的，故不借助于历史而去建立一个完备的文学史系统，显然是无稽之谈。文学史家需要历史学家的帮助，只不过这种帮助虽不可少，但却不是它需要的全部。文学史既需关注文学的"永恒性"，也需关注文学的"历史性"，"永恒性"涉及的是文学自身所特有的本质属性和演化规律，这无法依靠非文学的外部手段来解决，故需在文学的历时性研究系统之外建立一种共时性系统。"古典文学"范畴承担的正是这样一项使命，它是一种建立在"经典主义"基础之上的文学史观，就字面言之，“古典文学”特指那些古代流传下来的，具有独创性、示范性、权威性及公认的无可争议的价值和地位的文学经典系列。它是一个在共时层面上构建起的有关文学的规范体系、等级体系和评价体系。如果将其也纳入文学重建论的范畴，就会发现这种重建采取的是与历史主义完全不同的方法，即通过对一系列经典文学个案的阐释研究，发掘其中蕴含的审美属性及价值，并进而探索整个文学内在构造规律、文学传统的传承性、文学类型的演化、文学的语言传统、经典修辞和文学创作的本质等，最终建立一种具有高度示范性的文学法则和经典范式。在文学史分期问题上，赖振寅指出，以往文学史的分期主要参照史学的做法，即在历史的大坐标中对某一时期的文学进行时间定位，或以历史、政治文化为参照，对某一时段的文学进行总体命名的“历史切割法”，这种方法带有很明显的机械论色彩和线性思维特征，而且也是一种建筑在“历史主义”基础之上的文学“重建论”。近年来，一些学者提出的“回到文学史现场”“回到文学史起点”等均属此类。在文学史研究上，这种重建历史的企图导致了对作家创作意图的极大强调和对与作品产生相关的一些传记性证据、历史背景的过分倚重，从而使文学研究仅限于搜集事实，或者只热衷于建立高度概括的历史性“法则”。需特别说明的是，这种“历史分期法”并非以文学自身的演化历史为依据和标准，其中所体现的进化观念常常不是文学的，而是历史的或政治的。从中国文学这样一个宏观视野来看，20 世纪前期是中国文学史理论建设和史纂实践走向自觉的时期，此前的文学史理论尽管内容丰富、思想精深，但其理论形态常常重知性判断，缺少理性的推理和抽象的思辨，在文学史书写上也缺少系统的著述。20 世纪初进化史观被梁启超等引介至中国史学界，其对历史演化的内在因果关系的诉求对中国文学史观念影响甚重，如注重文学与现实的关系考察，注重文学发展与历史之间的因果联系等。进化论观念的引入使我国文学史理论建设及文学史编纂从历史进化、社会演变的因果律中寻找到了一条“一以贯之”的发展脉络和一种行之有效的方法论，文学被纳入历史进化的总体进程中，以其自身特定的进化历程来间接反映、说明历史进化的基本状况和总体进程。尽管时人还未意识到或未找到历史进化的基本条件和内在动因，也还未意识到文学发展和历史发展间的不平衡关系，但就其能自觉运用历史的、发展的观点看待历史文学遗存而言，已是了不起的进步。其后"五四"时期的文学革命，更使进化论在文学界的影响力远超史学界，而这一时期文学及文学史观念在保留进化观的基础上，又融入了实用主义思想，即注重文学创作及文学遗存对现实的政治功利性，注重文学功能的适时性、时效性及对现实的干预性，积极探索其当下实现的途径，将文学创作及研究总体纳入时代文化变革的历史进程中，承担起以文学的、审美的形式触发社会变革、演绎时代变迁、图解政治理念的义务。历史主义和实用主义的融合，科学理性与实用理性的并举，实证性和适时性的兼备，是该期文学史观的首要特征，同时也决定了未来文学史研究和史纂实践的基本走向和基本形态。再其后，随着马克思主义唯物史观在中国的引进和传播，其影响波至史学和文学研究，从根本上讲，唯物史观亦隶属于进化历史观范畴，不过，同达尔文和赫胥黎的建立在自然演化观念和自然哲学基础上的进化论相比，它先天便带有更多的社会学色彩，是一种真正意义上的社会进化论。至此，中国文学史观开始第一次从人类历史的具体情境和社会生活的历史发展中去探寻文学进化的终极动因。可以说，从20世纪初叶至今，中国文学史观念的演化大体经历了进化论文学史观、实用主义文学史观、唯物论文学史观三个发展阶段。但在此背景下的文学史理论及史纂实践均贯穿着"历史主义"这样一条主线，并由此衍生出"社会历史批评""政治意识形态批评"两种基本的文学史方法。20世纪80年代后传入的诸如俄国形式主义、英美新批评、阐释学、结构主义、叙事学乃至新历史主义等学说均未能对文学史领域产生堪与20世纪初进化论和实用主义相比肩的影响力。文学史界对这些理论采取了一种审慎甚至排斥的态度，很多这方面的尝试尚在起步阶段便被废弃，无论这种废弃是否出自外界压力，但就总体而言，这些洋玩意并未使这个古老学科焕发生机，并未给文学史研究带来新的学术增长点。赖振寅指出，文学史研究全面向历史回归，回到文学史现场，回到文学史的起点，从历史体系中抽离一个新的文学史体系，这是近年来我国文学史学界提出的一个新的口号，虽有学者质疑，但百年来文学史界在"历史主义"背景下形成的思维定式及庞大的观念体系等惯性注定了中国文学史研究很难在历史主义的河道里掉头改向。深究文学史学科危机的根源就会发现，对“历史主义”观念及方法的过分倚重，对传记性证据、历史背景和历史实证主义的过分强调，对在文学史研究中建立一种一以贯之、高度概括的历史性法则的过分热衷，才是导致危机的最后缘由。固然，文学史研究需要借助历史的资源及方法，但文学史研究不同于历史研究之处在于它处理的对象不是文献，而是文学作品。所以，从根本上讲，文学史研究者面临的是一个有关对象审美价值的特殊问题，所从事的是一项发掘并展示对象审美价值的特殊工作。在文学史研究中，作家传记及创作背景的研究、史料的发掘和整理都不可能真正解决作品的审美价值问题，除非我们想把文学史研究贬低为书籍编目或一部编年史。对作品的历史定位及背景考察，在任何时候、任何情况下都应是背景性和铺垫性的。这方面工作开展得优与劣的评价标准仅只在于它是否给后续研究提供了一个规范性背景，是否准备了相对充分的文献史料及与作者有关的一些传记性证据，当这种准备一旦完成，所有的背景性的东西则必须退到幕后，而把前台让位于作品本身。由此看来，以往的文学史研究显然存在着前景与背景倒置的问题，这种整体性的错位、迷失既反映在观念、学理层面上，也体现在技术层面上。因为文学史的对象与我们在时空上存在着有可能是非常久远的距离，所以，相关材料的搜集、调查取证会面临很多困难，故很多研究者将精力全部投入在这方面，并误以为这种外部研究就是文学史研究的正宗主旨，因而一味地在故纸堆中考（证）、索（隐）、探（佚）、钩（沉）。殊不知，一则史料资源是有限的，有朝一日史料告罄，后续研究便山穷水尽、难以为继；二则史料的作用是有限的，事实上，只有一些次要的、必须依靠传记解决的问题，文学史研究才不得不依靠文献来解决。即便我们是想借助历史从审美观念层面重建文学史，重新恢复那个时代的批评尺度及价值标准，我们也会发现，当今的人们已经不承认也不可能承认过去的标准。例如，就《红楼梦》的研究来说，即便我们把与《红楼梦》有关的所有资料都搜罗齐备，当今的读者也不可能用当时人的眼光看待这部文学经典。虽然，了解这段历史会对他们很有教益，但对于他们的趣味、视野和思想而言，却明显缺乏约束力。更何况，对于这部传世经典的理解与阐释，究竟在多大程度上依赖于对时代背景和作家生平的理解？因此，所谓“回到文学史的起点”“回到文学史现场”等提法，既无助于文学史研究摆脱困境，同时，在技术层面上也根本不可能实现。根据韦勒克和沃伦《文学理论》中将文学视为共时序列和历时序列的区分，赖振寅指出，共时性存在和历时性存在，既是文学的两种存在形态，也是导致两种文学观念的根源。在文学发展中，存在着一个没有间断的、潜在的共时性，它组成了一个结构，这个结构在任何单一的时刻都是实实在在的，决定这个结构的是一种人类共通的审美价值观及与此相应的评价体系和等级体系。他认为，首先，这种无时间性的序列不是古典主义和传统的别称，虽然它所构建的规范体系和等级体系中包含某些规则性和命令性的成分，但这种“规则”或“命令”并不会导致愚蠢的权力主义和拟古主义，并不会剥夺后人话语权，并不会阻挠文学发展的多样性和独创性。因为它所追求、所倡导的经典范式恰是以鼓励原创性、尊重个性为其核心理念的。其次，这是一个由文学的规范、标准和惯例体系支撑起来的一个时间的横断面。它其中的价值体系只能从文学自身演化史中抽离出来，而不是历史或政治赋予的。最后，这种共时序列也不是抽象的，它是由在文学史上获得无可替代之特殊地位的一系列经典作品清单构成的。这些经典作品一直都保留着世世代代的趣味，并与它们的读者始终保持着一种超时空的精神共鸣关系。对于这些承载并展示着民族优秀审美文化传统、具有历久弥新之永恒价值和无可置疑的权威地位的传世经典而言，仅仅是按编年顺序将它们排列起来再加以一般性描述和评论，是远远不够的。这种简单排列充其量只能算是历史的积累、堆砌，而非历史的进化。因为在这个串联的过程中那种只热衷于建立高度一致性、概括性历史法则的追求，往往会淹没某个历史事件的个性及个体价值，往往会破坏文学、文化生态的多样性。因此，在已有的历史主义体系及其历史主义观念之外，还有必要建立一个与之相匹配的以经典主义的“范导性观念”（regulative idea）为核心，以对经典作品的分析阐释为方法的共时体系，以使这两个体系共同构成一部完整的文学史，以使这两种观念处于一种动态的良性互动之中，构成一个逻辑上的循环：文学史只能参照不断变化的价值系统来写，这些价值系统则应当从文学发展本身中抽离出来。这个价值系统中无论体现着多少种诉求，但它的核心价值永远都应是审美的，而不应是政治的、历史的、经济的、宗教的、道德的或其他的。基于此，赖振寅探讨了建立上述新的文学史理想的可能性。他指出，第一，我们的出发点必须是作为文学的文学发展史。不可能有一部脱离了历史语境与时序的文学史的存在，却并不能排除有一部摆脱了历史主义的旨趣、以文学自身进化观念为主线的文学史存在的可能性。问题的关键并不在我们是否仍有必要用历史的框架去构建一部文学史，而在于我们能否避免历史主义的诉求及方法对这项工作的过多干预，以使文学史研究尽快摆脱长期以来给历史和政治打工的尴尬处境。即便我们仍难以割舍对“社会历史研究法”“传记研究法”“文学考古学”的过分偏爱，至少也应力求使自己转换一下视角——借助历史看文学，而不是透过文学看历史。在这样一个前提下，我们就需要重置文学史的前景与背景，并在此基础上重建文学史进化观念。文学的进化是一个复杂的问题，它部分是由于内在原因，由文学既定规范的枯萎和对变化的渴望所引起，但也部分是由于外在的原因，由社会的、理智的和其他的文化变化所引起。但以往的文学史显然是过分夸大了文学与社会的种种效果联系而极大地忽视了文学作为一种审美现象所具有的自律性及自身进化的内在逻辑，致使文学的进化被历史进化所替代。第二，文学的分期应该纯粹按照文学的标准来制定，而不应依据历史的、政治的变化来划分。在近百年来的文学史中，文学史的分期工作（无论是历史分期法还是政治标准分期法）实际上都是由政治家或社会史家来完成的，文学自身的发展轨迹和演化周期被政治史或社会史的分期所覆盖，文学史的作用被贬低为图解社会史、民族史和政治史的文献。围绕着把握文学史发展的轨迹，确立每一部作品在文学传统中的确切位置这样一项文学史的首要任务，我们需引入“文学时代”这样一个术语。所谓“文学时代”，是指一个由文学的规范、标准和惯例体系所支配的时间的横断面。这种规范体系往往由某种特定的文学思潮（文学运动）所触发，为某种文学观念所主宰，以某种标准和惯例为规范，借某种文学风格以显现。文学史的进化正在于由一个“文学时代”向另一个“文学时代”的过渡而呈现出的历时纵向序列。“文学时代”的演变从总体上与社会生活的历史发展相同步，但亦有其自身发展的内在逻辑和特殊轨迹。文学发展在某一时期所呈现出的特殊形态，从根本上讲，是由“文学时代”决定的。一部总体文学史，是由一系列规范、标准和惯例体系各异的“文学时代”串联起来的。第三，应建立一种经典主义文学史观，改历史叙事为经典叙事，构建文学史特有的叙事模式。我们不需要卷帙浩繁、面面俱到的文学史，文学史也不是编年史、流水账，它是一个积累的过程，更是一个沉淀的过程。它在面对浩如烟海的历史文学遗存时采用的是淘汰法。一部文学史的页数并不会因时间的推移而无限制地增加。唯有那些经严格筛选、时间检验，具备恒久之价值的经典作家、作品才能进入文学史。文学史叙事应是对于经典的经典叙事、历史叙事是描述性、表面化的，很难深入文学内部并触及其深层意蕴。需要说明的是，对文学史经典叙事的强调并不仅仅是为了增强其可读性，在深层意义上它预示着一种叙事模式的转型——改注释型为判断型，改描述式为阐释式。唯如此，才能构建一种以经典文本的阐释批评为核心，既涉及意义又涉及价值的文学史叙事模式。第四，文学史研究可以借鉴英美新批评派的“细读法”，即通过对经典文本的分析性细读，尽可能发掘其内部语境中蕴含的多重信息，以使受众在得到知识性启迪的同时，真正感受到经典的魅力。对于文学史研究中的“历史主义”，我们大可不必采取一种极端化方式去加以排斥，我们不可能也没有必要回到文学史起点，却也不能使我们的研究脱离历史的时序和语境去构建一部没有背景和精深的文学史。我们需要做的仅只是在“历史主义”和“经典主义”两者间建立一种协调互补、良性互动的新型关系，以使之为文学史研究的发展提供源源不断的动力。治文学史犹如联珠，史叙为线，经典为珠；无线则珠散，无珠则线孤；线贯通则珠联成，珠联成则线索隐；线之美借珠得显，珠之美借线以彰。珠、线浑然一体、相辅相成，则一条完美的“文学史之链”始成矣。①

此外，在文学史方法问题的讨论中，有部分学者的讨论难以归入以

① 参见赖振寅《回归古典还是回到古代——对文学史研究理论及方法的思考》，《青海师范大学学报》2011 年第 1 期。

上三种方法观的范畴，但他们提出的问题对于我们理解文学史的方法问题又颇有裨益，在此，特对他们的观点进行补叙。

王锺陵提出了文学史方法的原则问题，他认为文学史研究的方法应该遵循三个原则：第一，整体性原则。他指出，理论的创造必然要求对历史材料的整体把握。人类生活的各方面本是一个大的、动态的有机系统，文学从来都是整体的文化活动中的一个重要组成部分，文学发展又是一个有着内在逻辑的有机过程。当然，历史过程中也存在着随机性、偶然性，历史的必然正是通过它们开辟自己道路的，而它们的聚集也一定会对一段时期的历史产生甚至是强烈的影响。人类社会生活总是环环相扣、互为因果地前行着，我们无法超越其中的某一环而能深刻地认识与之相联系的其他各环，文学史的研究对象在横向上，存在着作为社会文化活动之一种的文学发展同整个社会生活的关系；在纵向上，则又存在着文学进程的某一环同整个发展链条之间的关系。因此，文学史必须强调整体性原则。他认为，这种整体性原则又可以区分为以下几点：其一，就个别作家而言，要求对其全部的作品做客观而全面的把握；其二，就一个时代而言，对任何一个时代，我们不仅应该重点注意那些优秀作家，而且也应该注意其他一些较为次要的作家，从而达到对一个时代文学全貌的把握，而且，我们不能跳越任何一个时代，任何一个文学时代既然是客观的存在，它就都有自己在文学上存在的权利，任何文学史家都无权抹掉一个文学时代，非此，在这种抹杀中，文学史发展的内在逻辑也就同时从抹杀者的头脑中消失了；其三，就文学同政治、哲学、社会风习等各个方面的关系来说，整体性原则要求一种更大的综合，在一种更加广泛的文化背景中来研究文学，而且这种综合不是一种混然的杂陈，而是以民族思维的发展为内核，以民族文化—生活方式的展开为表现的一种有机的综合。第二，建立科学的逻辑结构。王锺陵认为，文学史需要寻找一种最为恰当的逻辑论述方式，来表达文学发展中的辩证运动。一部文学史所追求的应该是文学发展环环相扣的逻辑进程，因此，文学史家应在作家随着时代先后的相互承续中，把握文学向前的走向，而对于生活时代大体一致的、平列的诸多作家中，也需要梳理出一个纵向发展的历程。因此，文学史必须要建立起一个对文学历史运动有着恰当反映的逻辑结构。第三，从民族文化—心理的动态的建构过程上来把握文学史的进程。王锺陵指出，文学的进程从来都是和民族心理、民族思维的发展过程相一致的，不从民族心理、民族思维的角度去把握文学的进程，我们就难以懂得这种进程中最为深沉的底蕴。一定阶段的民族心理反映在审美活动中，便形成一定的审美情趣，一定阶段民族思维的状况，直接决定了这一阶段文艺发展的轨道。[①]

李继凯则强调文学史在建构方法上的三种眼光：第一是与综合性或宏观研究方法相适配的全局性眼光。文学史学科的重要成果，多数都是运用各种各样的方法来综合地考察研究对象的结果，多属于成功运作“综合型”研究方法的厚重成果，只有那些学养深厚，并能整合、驾驭多种方法者，方能赢得文学史的写作资格。全局性眼光则体现在能够借鉴与化用古今中外的研究方法，综合整合且兼通兼容，来多方面地建构中国文学研究格局，锻铸坚实而丰硕的学术成果上。第二是与比较文学、比较文化研究方法相适配的比较性眼光。文学史研究非常需要自觉的比较意识，拥有明辨明敏的比较眼光，只有这样才能纵横比较，明察秋毫。文学史研究没有必要画地为牢，为了捍卫文学审美研究的纯洁性而拒绝走向跨学科、跨领域、跨文化的“跨比”境界。只要是从文学出发或以文学为基点“比”开去，说开来，言之有理、言之有物、言之有据就都是可行的。比较意识的强化可以连通融会，并由此造成文学史研究的开阔性、细致性和趣味性。对学术而言，学科界限往往是人为的，有时甚至妨碍人们对事物的整体认识，因此文学史研究对交叉学科新兴学科的强调，将有利于文学史事业的发展，极大地激活我们的思考，展示个性化的文学史眼光和风采，扩展文学史的研究视域。第三是与持续发展观或未来学方法相适配的前瞻性眼光。李继凯认为，研究方法与文学史建构有着密切的关系，不同的思想方法和与之相应的学术眼光，会构建出不同的文学史著作，很多事实证明，多样化的方法在文学史建构中有着重要的意义，它可以极大地拓展文学史研究的层面、视野、境界及内涵，因此，多样化研究方法的坚守与多样化眼光的择取，是一个学科赖以发

---

① 参见王锺陵《文学史研究应有一个大的突破》，《东北师范大学学报》1990 年第 5 期。

展的基础。所以，文学史研究要积极借鉴古今中外的研究方法以获得丰富、开放的文学史眼光，当然，也要避免简单沿袭某种单一方法，造成学舌的尴尬和视域的促狭。此外，李继凯还指出，文学史研究与情感体验也有着密切的关系，因此，在强调学术方法与眼光重要性的同时，也要强调生命体验，包括阅读体验，进而避免沦为某种研究方法或工具的奴隶。①

在文学史学科的现代化问题上，方法的现代化问题也是其中一个极其重要的方面，吴相洲就从现代化的角度探讨了文学史方法的现代化。他认为，文学史在21世纪要想与时俱进，就离不开方法的现代化。他认为，文学史方法的现代化包含三方面内涵：首先是眼光的国际化。中国文学史研究要想走向现代化，必须实现眼光的国际化，必须使中国文学走向世界。多做一些比较、融通的工作，让世界上更多的人了解中国文学哪些是与他们的文学相通的，哪些是相异的，从而认识到中国文学独特的价值所在。我们应该主动使中国文学走向世界，而不是坐等世界走向中国。其次是手段的精细化。文学史研究有两个方向，一是面向过去，二是指向未来。前者就是努力还原历史，将历史描述得越清晰越好。而清晰度的提高，离不开精细的手段。手段精细化的一个重要内涵就是观察角度的增多和分析的细致化。譬如，文学都是在一定的背景下产生的，但这些背景包括哪些内容，它们是怎样作用于文学的，又对文学的哪一部分产生影响？这些都可以一再分析、细化。如我们可以把背景分成大背景、小背景；大背景可分为自然和社会两个方面；而自然又可分为山水、田园、边塞、北方、南方、时序、气候，社会可以分为政治、经济、文化。政治可分为政治理念、政治制度、政治风气、政治事件。政治制度又可以分为选拔制度、教化制度、升黜制度、监察制度等。经济可分为国家经济、团体经济、个人经济、农业经济、商业经济、工业经济、文化经济等。文化可分为哲学、宗教、艺术、文学等。小背景是指文学创作活动的具体情境，包含艺术活动、传播机制、作家活动的方式等。除了背景外，我们还可以对创作主体和作品加以分析。如创作主体，除

① 参见李继凯《方法、眼光及现代文学史建构》，《文学评论》2005年第6期。

作家外，还应包括其他艺术家、听众和读者、艺术活动的组织者。而作家本身还可继续分析，仅就其影响和作品风格而言，就可分析出精神境界、思想性格、行为规范、审美观念、构思方式、表现手法等。作品可分为内容、形式、风格。内容上不同样式的文学作品又有所不同，如诗歌的主题、题材、意境、意象等，形式上如体裁、语言、手法等。总之，这种分析是非常必要的，每增加一个视角，就能看到更多的内容，如同电视呈像那样，点数多了，清晰度自然就高了。最后是价值的现代化。指向未来是文学史研究的另一个方向，文学史研究要想走向现代化，必须用现代化的价值评判体系对文学史进行新的阐释。这既是目的问题也是方法问题。文学史若是放弃对当今社会的介入，放弃对未来生活的指导，也就放弃了它的现代化进程。因为对文学遗产如果没有新的诠释，就不可能将其变成对今天现实生活有指导意义的传统，也就谈不上文学史研究的现代化。①

王彬彬也提出了文学史写作方法上的三个原则即：第一，文学史不是挑选优秀作品，不是优秀作品选讲。文学史需要特别留意特定时段的优秀作品，对之进行适当的介绍、评说。但仅此是远远不够的，文学史的基本目的是尽可能全面准确地叙述特定时期文学创作的面目，深刻细致地揭示特定时期文学发展变化的轨迹。所以，在评说优秀作品时，不仅要揭示其“如何好”，还要揭示出其“为何好”；不仅要揭示其与此前作品的关系，还要揭示其与时代诸种因素的关系，让读者明白是何种历史的、现实的因素造就了优秀作品。第二，文学史不是所见作品评介，不是捡到篮里都是菜，更非重新捡回历史的垃圾。一部文学史，即使把所能见到的特定时期的文学作品都网罗进来，也不能说明它就是特别好的文学史。王彬彬指出，历史研究者首先要尊重历史，要对过往的时间怀有敬意。时间把一些作品挑选出来，留给我们，也把另一些作品扔到了垃圾堆。后人若只对历史的垃圾堆感兴趣，将之翻出来当作历史的宝贝，那就是亵渎历史。我们强调文学史要尽可能全面地叙述特定时期的文学面貌，并非意味着事无巨细、作无好坏、人无大小都可入史，而是

① 参见吴相洲《文学史研究的现代化与方法的更新》，《文艺报》2001年11月20日。

意味着对任何一个真正重要的文学史因素的重视。第三，文学史必须文学价值和文学史价值兼顾，同时又对两种价值进行区分。一部作品可能有两种价值，一为文学的，一为文学史的。文学价值即纯文学价值，它是可以独立于时代、独立于同时代的文学潮流，不依赖于与其他作品的关系而具有的价值。任何时代的人都可在不知作品产生的时代，甚至不知道作品的作者是谁的情况下，感受其价值，所有的文学杰作都具有这种价值。文学史价值是指一部作品或因手法的新颖，或因观念的大胆，或因别的某种文学的或非文学的原因，在问世时产生了重大反响，激发了人们的思考、争论，引起他人仿效，甚至开辟一个文学时代。但此类作品，本身在艺术上却未必很成功，因而也未必具有很高的文学价值。它只是对后世文学史家或其他以“文化”为职业的人有意义，对一般读者其实并无多大意义。文学史要做到将文学价值与文学史价值并重。同时，王彬彬还认为，文学史还要尽量避免“扯平效应”与“排异效应”，文学史写作要受一些技术性因素的制约，如分章分节，这就必然要对作家作品进行分类、归类，难免对之进行“扯平”处理，即把本来水平有高下之分、魅力有大小之别的作家作品，处理成齐刷刷一般高矮，这就是“扯平效应”。而“排异效应”主要体现为某些内容、表现与传达异于文学史家设定的名目和主题，因之被排斥掉。如文学史家设定了一个名目和主题后，需要有一定数量的作家、作品支撑此名目和主题，有时候数量不够，就难免硬凑数、拉郎配。文学史写作难免有“扯平效应”和“排异效应”，但应最大限度地避免，这也应该是文学史著述的一种原则。[①]

第四节 反思与评介

中国古代有一句关于方法的名言叫作“取法乎上，仅得其中；取法乎中，故得其下”。俄国心理学家巴甫洛夫也说过，“方法掌握着研究的

① 参见王彬彬《文学史编撰的理念与方法》，《南方文坛》2014年第2期。

命运”[①]。因此，正确的方法与方法论对研究实践具有极其重要的意义。在这种意义上，当代中国文论对文学史方法问题的论争，既是出于实践的需要，也是文学史理论建构的必然要求。就当代中国文论对文学史方法的具体论争来看，批判客观论而主张主观主义方法基本上是解放思想之后文学史方法论中的主流观点。当然，客观论方法付之于文学史实践确实有着不小的弊端，这也已经为20世纪中期以前的中国文学史实践所证明。叶舒宪曾指出，“在‘赛先生’蜕变为科学主义的普遍盲从的语境中，打着‘科学性’旗号的‘文学史’写作模式获得了类似古代经学一般的权威性。不论是以浪漫主义、现实主义的矛盾斗争为主线，还是以儒法斗争或者人性论标准为主线，该模式的百年误导，突出地表现在其‘科学的’分类对本土文学丰富性多样性存在的无视和蔑视”[②]。朱德发也认为，文学“史料”不是“一堆物质性的凝冻物”，而是“主客体化合的结晶”，是“一种灵魂的存在形式”，是一种“能激活的生命体”。它虽然作为“历史的遗留态客观地存在着”，但作为人的主体创作却表现出“生命的活跃性和流动感”。也就是说，其中凝结着“历史主客体的合规律性与合目的性的双重内涵”。这就决定了文学史写作实质上是“史家主体与对象主体的对话”，是“当代学者的学术灵魂与历史上的审美灵魂的沟通”。他还指出，“事实证明，无论是像医生诊断病情那样，单纯采取理性分析的手段；还是像演员投入角色那样，一味地追逐情感体验，都不能发现或写出具有独特‘文学史理念’或‘史识’的文学史”[③]。随着当代中国文论对文学史的学科属性认识的深入，客观论文学史方法其实已经越来越成为文学史学科知识创新和理念突破的瓶颈，因此，在对客观论方法批评的过程中所产生的转而突出文学史的审美本位、以文为本而导致的纯主观主义的方法论在当代中国文论研究领域中不仅有所抬头，

---

① ［苏］巴甫洛夫：《巴甫洛夫全集》第五卷，孙晔等译，人民卫生出版社1959年版，第18页。

② 叶舒宪：《本土文化自觉与“文学”“文学史观”反思——西方知识范式对中国本土的创新与误导》，《文学评论》2008年第6期。

③ 参见朱德发《“人的文学”：现代中国文学史核心理念重构》，《烟台大学学报》2002年第2期。

而且有愈演愈烈之势。

就 20 世纪中国文学史方法论的具体情况来看，客观论方法几乎是自中国文学史学科诞生之日起就被普遍采用的方法。这既与清儒推崇的朴学方法分不开，更与西方近代史学的治史方法有关。我们知道，“如实地说明历史（Wie es eigentlich gewesen）”“坚持将科学作为历史唯一的准则”是西方近代史学恪守的信条，[①] 这种客观论史学方法在梁启超等的新史学的推动下对中国 20 世纪前期的史学产生了根本性的影响，如梁启超、汪荣宝、陈黻宸、陈庆年等均相信史学为科学，历史的背后有公理公例，正是如此，李孝迁曾这样认为，“历史学是不是一门科学，西方史学界对此争论不休，但国人对此回应则颇为一致”[②]。在这种客观主义史学的影响下，中国早期的文学史将客观主义方法视为文学史研究之圭臬。如胡适倡导的“有一分证据说一分话，有十分证据说十分话”，郑振铎将文学史家当成植物学家或地质学家，李长之认为文学史需要“理智的硬性”、王瑶称文学史为历史科学等，均为典型代表。这种客观方法论的影响一直波及至今。但事实上，客观主义史学只是西方史学的一种历史形态，19 世纪，当这种史学如日中天的时候，就受到了来自德国新康德主义历史学的猛烈抨击。如新康德主义史学的中坚狄尔泰就曾从生命哲学出发驳斥了客观论的史学立场，狄尔泰认为，历史学隶属于精神科学（Geisteswissenschaft），它“奠定于生命、表达和理解的基础之上”[③]，所以，在对象上，历史学的对象是人的精神生命，它是一个意义关系总体。在方法上，历史学讲主观，重体验（Erlebins）、重理解。在目的上，历史学追求的是个别、差异。正是如此，狄尔泰坚决反对自然科学的客观方法适用于史学研究，“在历史世界中没有自然科学的因果性，因为自然科学意义上的‘原因’必然要根据规律产生结果，而历史只知道影响和

① 刘北成、陈新：《史学理论读本》，北京大学出版社 2006 年版，第 38 页。

② 李孝迁：《西方史学在中国的传播（1882—1949）》，华东师范大学出版社 2007 年版，第 91 页。

③ 转引自谢地坤《走向精神科学之路——狄尔泰哲学思想研究》，江苏人民出版社 2008 年版，第 87 页。

被影响，行动和反应的关系”，因此，“在历史进程中寻找规律是徒劳的”。[①] 狄尔泰认为，历史学应当运用“理解”（Verstehen）的方法，而理解则是“生命在其深处解释自身”。[②] 显然，狄尔泰充分重视历史学家之“我”在历史研究中的在场性，强调历史学家个人的感受和体验在历史生成中的决定性作用，正是在这种意义上，他指出，“我们可以从内在理解社会的事实，我们能够在我们自身中依据对我们自己情况的感受，在一定程度上再现这些社会事实；我们带着爱与恨，带着兴奋的喜悦，带着我们反复无常的情绪，直观地伴随历史世界的表象。而自然则是缄默不语的”。“我们表达历史意义的任何公式，只是我们自己的活跃内在的反思。”[③] 除狄尔泰外，卡西尔、克罗齐、杜威、别尔嘉耶夫、沃尔什、布克哈特等都对客观主义史学极其不满。如卡西尔推崇历史学的“拟人性”，而“抹杀它显示人的特点的方面，也就毁灭了它独特的个性和本性”。所以，“历史学并不是关于外部事实或事件的知识，而是自我认识的一种形式”[④]。克罗齐宣布，“一切真历史都是当代史”[⑤]，别尔嘉耶夫更是指出，“历史不是客观经验的赐予，历史是神话”，所以，“人就应当从自身去认识历史”。[⑥] 布克哈特甚至认为“历史学是一切科学中最不科学的学问”[⑦]。至于20世纪中后期，在后现代史学那里，客观主义史学更是遭到群起的批判。后现代史学将历史只是视为不同史学家的一种言说方式，谁在撰写历史，谁也就在创造历史。上述历史学的史实告诉我们，在文学史的方法问题上，仅执客观主义之一环，显然难免陷入独断论。

在《历史学家和历史学家的事实》中，英国历史学家爱德华·卡尔批判了盘踞在历史学家心目中那个根深蒂固的信仰：事实本身就能说话。他认为，“事实本身要说话，只有当历史学家要它们说，它们才能说”，

---

① 转引自张汝伦《历史与实践》，上海人民出版社1995年版，第40页。

② 同上书，第39页。

③ 转引自谢地坤《走向精神科学之路——狄尔泰哲学思想研究》，江苏人民出版社2008年版，第14—15页。

④ ［德］卡西尔：《人论》，甘阳译，上海译文出版社1985年版，第242页。

⑤ ［意］克罗齐：《历史学的理论和实际》，傅任敢译，商务印书馆1982年版，第2页。

⑥ ［俄］别尔嘉耶夫：《历史的意义》，张雅平译，学林出版社2002年版，第16—17页。

⑦ 转引自［德］卡西尔《人论》，甘阳译，上海译文出版社1985年版，第258页。

“让哪些事实登上讲坛说话，按什么次第讲什么内容，这都是由历史学家决定的”，“相信历史事实的硬核客观地、独立地存在于历史学家的解释之外，这是一种可笑的谬论”。一件单纯关于“过去的事实”成为历史事实的关键，就在于“解释”，“解释”这一因素渗透在“每一件历史事实之中”。[①] 具体到文学史来说，其写作毫无疑问首先须进入史料的大海，但是，这只是起点而不是终点，文学史写作起于史料不错，但其终点则必须是“史思”，一个钻进史料而跳不出的文学史写作者无法写出任何一本真正意义上的文学史著作。何兆武曾说过，“史料本身并不能自行再现或重构历史，重构历史的乃是历史学家的灵魂能力”，“对历史学家而言，看来理论思想的深度和心灵体会的广度要比史料的积累来得更为重要的多”。所以，在重构历史这一阶段，历史学家就不能像确认史料时持有一种如科学研究般的价值中立态度，“这时就需要历史学家以自己的心灵去捕捉历史的精神，正如有的诗人是以自己的心灵去拥抱世界”。[②] 一切历史和人们对历史的体验（历史学）都要由“历史学家的人文价值的理想加以统一”。在这种意义上，每个历史学家首先都是“一个历史哲学家”，历史学的对象是一堆史实，历史学家则是“用自己的哲学按自己心目中的蓝图把这一堆材料构筑成一座大厦”。因此，历史学家就其本性而言，就“既不可能是实证主义的（科学的），也不可能是理性主义的（逻辑的）”。对历史的理解，取决于“历史学家对人性（人所表现的一切性质）的理解”，其中“既有经验的因素，又复有非经验的因素”，这两种因素大抵即相当于“人们确实都做了些什么（史实）以及人们应该都做些什么（人文价值的理想）”。一个艺术家对于人生和世界的理解，取决于他自己思想的深度和广度，一个历史学家对于历史亦然。……就此而言，“历史学家的哲学思想就远比史料的累积更为重要得多”。史料学不是“历史学”，也“不能现成地给出历史学”。[③] 所以，文学史书写首先要求写作者“入乎其内”，进入史料的大海，同时又必须要求他“出乎其外”，

---

① 转引自刘北成、陈新《史学理论读本》，北京大学出版社 2006 年版，第 39—41 页。

② 何兆武：《对历史学的若干反思》，刘北成、陈新《史学理论读本》，北京大学出版社 2006 年版，第 60—61 页。

③ 同上书，第 66 页。

调度自己的“史思”，对文学史料进行整合，创造出摇曳多姿、异彩纷呈的文学史文本。如果文学史写作者仅仅只是“入乎其内”，必然会走不出史料，最终会被史料所淹没，更谈不上文学史写作了。当然，如果没有“入乎其内”，只有“出乎其外”，则必然会使文学史写作流于主观臆断，步步踩空。文学史的写作强调文学史料的首要地位，固然在理，脱离史料想当然地勾连文学史，无疑会使文学史文学化、想象化，这自然是有悖于文学史研究的根本意旨的。卡尔·波普尔曾认为，“不可能有一部‘真正如实表现过去’的历史，只能有各种历史的解释，而且没有一种解释是最后的解释，因此每一代人有权利去作出自己的解释……历史虽然没有目的，但我们能把这些目的加在历史上面，历史虽然没有意义，但我们能给它一种意义”①。韦勒克也指出，“文学的历史性并不在于一种事后建立的‘文学事实’的编组，而在于读者对文学作品的先在经验”②，“材料史（Stoffgeschichte）是最少文学性的历史”③。因此，文学史作者的经验是构筑文学史的重要一翼，没有这一翼，文学史就会变成一堆毫无生气的史料堆积。正如H.R.姚斯在《文学史作为向文学理论的挑战》中指出的那样，“一部文学作品，并不是一个自身独立、向每一时代的每一读者均提供同样的观点的客体。它不是一尊纪念碑，形而上学地展示其超时代的本质。它更多地像一部管弦乐谱，在其演奏中不断获得读者新的反响，使本文从词的物质形态中解放出来，成为一种当代的存在”，并强调“文学史是一个审美接受和审美生产的过程”。④ 从这个意义上讲，文学史实际上就是文学史家所构筑的一个历史想象场域，但是，这个历史想象场域不是文学史家脱离基本的文学史料而天马行空地进行想象，而是在尊重文学史料和历史的先在性的基础上的一种合理的想象，这样，文学史料的“在场”和文学史家想象的“在场”就构成了文学史书写中

---

① 转引自王岳川《新历史主义文化诗学》，《北京大学学报》1997年第3期。

② 转引自［德］H.R.姚斯《文学史作为向文学理论的挑战》，周宁、金元浦译，《接受美学与接受理论》，辽宁人民出版社1987年版，第26页。

③ ［美］韦勒克、沃伦：《文学理论》，刘象愚等译，江苏教育出版社2005年版，第312页。

④ ［德］H.R.姚斯：《文学史作为向文学理论的挑战》，周宁、金元浦译，《接受美学与接受理论》，辽宁人民出版社1987年版，第26页。

富有张力的两种限度，这两种限度规避了文学史书写行为中所存在的一种固执地要去复原文学史的原生态的面孔的努力和另外一种一任文学史家的主体性泛滥而给文学史造成灾难性后果的偏颇。其实，文学史的对象也就是作为上述两种在场的文学史料和文学史家的想象，所以，真正属于文学史的方法也就应该是对应于文学史的这种对象及对以上两种限度分别给予充分的尊重的方法。

同时，文学发展的历史是否具有一种客观的逻辑，实际上也是客观论方法和主观论方法争持不下的一个问题。主观论认为，文学发展历史的逻辑性并非一种客观的逻辑性，而是一种主观的逻辑性，它是文学史家依据自身的主体理性创造并给予的结果，客观论则认为文学发展的历史逻辑是一种客观存在，文学史家的任务就是要尽可能还原这种客观的逻辑。实际上，从文学史实践的主客体关系来看，主观逻辑说和客观逻辑说其实都是站不住脚的。即使存在文学史的客观逻辑，其实，当其成为文学史的客体时，也一定是被文学史的实践主体所把握的逻辑，而不再是一种纯然的客观的存在。在文学史研究中，文学史家的史观、史识、史知、史才、史力及文学观、艺术感乃至人生论等文学史心理图式在文学史的研究中并非置身局外的，虽然这个心理图式并不是凝固不变的，但它却实际上构成了文学史家从事文学史研究的出发点，没有它，文学史家会寸步难行。在 20 世纪中国文学史的具体实践中，进化观、白话论、言情与言志说、阶级论、人性论、意识形态论、审美论、文化论、文本论等，都曾经以文学史心理图式的身份渗透在文学史的对象择取、作品判断、规律寻绎、逻辑建构等具体流程中，上述诸要素很显然是文学史家主体要素的重要构成部分而非客观性的内容。但另一方面，所谓的文学史的逻辑是文学史家给予的之论也是站不住脚的，即使文学史家能够给予文学史以逻辑性，但是，他的这种给予必须尊重作为客观存在的文学史的对象，否则，文学史家给予文学史的逻辑一定会背离文学史的实际。因此，文学史的逻辑实际上是文学史的主客体之间对立统一的结果，客观论和主观论各执一端，显然是难以与文学史的具体实践对应起来的。

但是，像有些学者所主张的那种纯主观或审美的甚至完全将文学史

“文学化”的方法也是不可取的。我们不排除某些文学史成为可以进行“审美享受的艺术品”，但不能以此作为标准，认为优秀的文学史作品都应该如此。我们知道，文学史的主体性是一个复杂的范畴，它既包括文学史家的“主体审美情怀”，又包括文学史家的认知力、思辨力、分析力、归纳力、比较力及道德感、价值力等，这些也是文学史研究中主体能力、主体性的必有内容，而不仅只是审美情怀。之所以如此，也是由文学史的核心对象即文学作品所决定的。实际上，在文学史的研究中，如对史料的辨析、文学发展流变的规律性、文学的时代内涵等问题的研究，仅靠审美情怀显然是远远不够的。如果说文学史家无论怎样力求客观，他描述出来的历史都“不可避免地带有强烈的个人色彩即史家的主体情怀”，而文学史其实从来也不会达到“真正意义的客观乃至绝对的公允”，文学史的深刻性总是“通过文学史家独特的视角而完成的”的结论可以成立的话，那就意味着文学史完全沦为史家审美情怀的堆积，这样的文学史显然连最起码的可信度也没有。如果文学史家完全按照自己的审美爱好和观念旨趣来进行文学史的书写工作，而且这一点也是确保文学史家“在一定程度上超越客观性原则、充分体现自己情感意志和艺术功力从而表现文学史作品艺术性的地方”，那么，文学史也必然会被史家的主体性所淹没。我们强调文学史的主观性特征，并非以牺牲文学史的客观内涵为代价，将文学史的主观性与客观性完全对立起来。在文学史的研究方法上，主观的方法确实很重要，但客观的方法也是题中必需，那种缺乏感情色彩、主体意识匮乏，仅仅只有历史客观进程和种种史料的系统排列的文学史不是真正的文学史，反过来，那种主体性泛滥，充满着个人成见的文学史恐怕也同样不是理想中的文学史。

文学史研究方法应当多元并存，在大范围内互相兼容，有学者称之为多元一体。从对象上说，文学史的对象其实就是一个以对文学作品的鉴赏和研究为核心关涉时代、作家、读者及历史的时间和空间场域。这个时空间场域内包含多层次横向和纵向的复杂关系。如作品与作品的关系、作品与作者的关系、作品与时代（社会政治、经济、文化等）的关系、作品与读者包括作为读者的文学史家的关系等，这些关系基本上可以划分为三个层次：第一层次为孤立的文学史料；第二层次为文学史料与文学史料之间的关系；第三层次为文学史料与文学史家之间的关系。而且这其中还包含作为文学史料的核心内容的文学作品与历史学的史料有着重要的区别，它是审美的结晶，既需要以客观论的方法研究之，也需要以审美的态度欣赏之。因此上，在文学史的对象的层次关系中，既包含物与物的关系，也包含物与人之间的关系，这后一种关系中还存在着审美的关系。从这种意义上看，客观论的方法显然只是把握住了文学史对象的层次关系中的客观的一面，而忽视了其主观、审美的另一面。伽达默尔在《真理与方法》中曾指出："真正的历史对象根本就不是对象，而是自己和他者的统一体或一种关系，在这种关系中同时存在着历史的实在及历史理解的实在。"文学史面对对象的复杂性决定了其在研究方法上的多元性和多层次性。金岳霖曾认为，一个哲学家应当具有两种不同的态度，一是知识论的态度，二是元学（本体论）的态度，知识论的态度是指在知识论研究中保持客观性、实证性，不带入哲学家本人的情感；元学的态度则是指本体的观念，它凝结着主体的理智、情感、意志，反映着一个人、一个民族的精神自觉，因此，对于一个哲学家来说，知识论的态度固然是重要的，但元学的态度也是不能少的。虽然它的思考主要是就一般的学术研究或某种具体的学科如哲学而言，但其对文学史的研究也具有重要的启示意义。事实上，作为对隶属于人学的文学的历史研究的文学史学科来说，客观论方法不仅不能有效地彰显出文学的人学性质，而且经常会做得相反，从而使文学史呈现出一种非人学的色彩，即无视作家的人生经验、个体生命和独有的人格韵致、审美情趣在文学史中的地位。从文学史的研究对象来看，文学史处理的真正对象并不是文学史料，而是文学史料与文学史家之间的评价、审美关系。在《科学的反革命》中，当谈到社会科学研究的对象的特殊性时，哈耶克指出，社会科学研究的"不是物与物的关系，而是人与物或人与人的关系"[①]。具体到文学史来说，它的对象也不应该是文学史料与文学史料之间的关系，而是文学史家与文学史料之间的关系，文学史料与文学史料之间的关系是一种"客观"关系，但文学史家与文学史料之间的关系则是一种

① ［英］哈耶克：《科学的反革命》，冯克利译，译林出版社 2003 年版，第 17 页。

“主观”关系，一种“评价”关系，甚至是一种审美关系。当然，我们这样理解并非要否定文学史学科在一定程度上所具备的客观性，在表面层次上，文学史正如客观论所理解的那样，是客观的，但在文学史的重要的和更深的层次上，它却是充满着主观性的。卡西尔在解释历史时的这句话对我们理解文学史的这种双层次的特性具有指导意义：历史学家并不只是“给予我们一系列按一定的编年史次序排列的事件”，“这些事件仅仅是外壳，他在这外壳之下寻找着一种人类的和文化的生活——一种具有行动与激情、问题与答案、张力与缓解的生活”①。文学史在本质性上正是表层的客观与深层的主观的矛盾统一，在文学史研究中，研究者首先直接去接触的是文学史的史料，它们就是文学史的表层，是文学史的客观层面，在面对史料时，文学史研究者必须以科学、严谨、客观的态度去认真考证、归纳、辨析，确保史料的真实性和“原生态”，但这只是文学史工作的前提保障，是备料的工作，文学史又不能只是史料的考索、堆砌。有了史料，还必须要有史识、史观、史感，要有文学史家面对文学文本、文学史料的人生感触、审美体悟、个体智思，因此，一部成功的文学史，往往就是凝聚着文学史写作者客观精神和审美精神的结晶。

韦勒克曾提出，“文学史家必须是一个批评家，而后才能成为历史学家”②。但反过来其实一样，文学史家首先要是一个历史学家，然后才能真正成为一个文学史研究中的批评家。文学史研究是一种复杂的审美实践活动，它不仅需要客观的实证、分析，又需要主观的审美、理解，所以，精神的方法、科学的方法及知识的架构、价值的诉求等，其实都是缠绕在文学史方法躯体上的有机构成部分，文学史家不能逃避自己的客观洞察力，也不能回避自己的选择评价力。文学史带给文学史家的既需要像“量子物理学里一样，描述文学和文化的变化在实际上是怎样发生

① ［德］卡西尔：《人论》，甘阳译，上海译文出版社1985年版，第237页。

② Rene Wellek, *The Attack of Literature and Other Essays*, Chapel Hill: The Univ of North Carolina Press, 1982, p. 74.

的"[1] 的严谨，也需要永不熄灭的"个人经验之光"[2] 与文学史家的审美情怀。文学史，既是文学中的历史，又是历史中的文学。文学的历史的特性，决定着文学史要建构文学历史发展的客观规律，要以客观的态度对待文学的史料。而历史中的文学，则要求文学史要以审美的态度对待具体的文学作品。温潘亚曾认为，无论是用外在因素来解释文学史现象还是用内在因素来把握文学史都是不完整的，因为两者均不能孤立地解决文学史与人类历史之间的关系问题，因此，文学史在方法上就需要进行"综合的尝试"。没有凝固不变的文学史方法，也不存在作为终极真理的方法论体系，真正具有生命力的文学史研究方法应是随着实践和思维的不断前进而发展的。在文学史的方法问题上，我们需要注意：首先，必须具有广阔的文化视野和学术批判眼光。我们面对的是一个文化开放和寻求对话的时代，面对门类繁多的文学史"新方法"，必须加以具体分析，在推动文学史研究不断更新和向前发展的前提下，应强调充分发挥各种研究方法的长处，根据具体情况进行多角度的综合性研究，为文学史寻求一种宏观视野。尤其是在后现代学术语境中，任何狭窄单一的方法都难以碰触到文学史本文中的"意义链"；而任何拒斥新方法的狭窄文化视野也都难以穿透文学史的迷雾而重新阐释作品的新意义。其次，运用一般的批评方法和批评模式时，应注意文学史对象的适用性和可行性，切忌盲目套用或照搬，仅仅满足于运用一些新名词、新术语、新范畴，或对文学作品进行字、义、句的量化分析，应尊重文学的审美特性，尊重其特有的"文学性"。这有利于打破原有的思维格局，拓展研究的领域和视野，进而更为科学全面地理解和阐释文学史现象。最后，注意文学史方法的互补性。既需从某一具体方法模式出发对文学史现象的某一方面进行研究，又要把文学史视作一个有机联系的整体，将各种方法互相补充，互相协调，从作家作品、读者、社会文化等多维角度进行全面把握。任何单一的方法要想揭示文学史进程之谜是不可能的，只有运用多种方法，在融会贯通、加以综合的基础上才能对文学史进行总体把握，

---

① 宇文所安：《瓠落的文学史》，《中国学术》2000年第3期。

② ［德］卡西尔：《人论》，甘阳译，上海译文出版社1985年版，第237页。

并最大可能地接近文学史本相，进而揭示出文学的审美特性和审美价值之所在，揭示出文学史运行的种种规律。当然，最高的文学史研究方法当属“至法无法”。文学史研究需要运用各种方法，但又不可拘泥于方法，唯有充分了解并掌握各种方法，化为文学史家个人的、内在性的东西，才能不着痕迹地实现对文学史真正的审美把握，使文学史研究走向新的辉煌。[①] 陶东风也指出，当代学术的走向已经指向建立一种综合外在论和内在论模式的开放的文学史模式，这种模式既扬弃了外在论忽视文学自身发展规律的倾向，也超越了内在论排斥社会文化背景的弊端，融两者的长处为一体，是一个既尊重文学的自身规律，保持和尊重文学的“纯洁性”，防止简单的因果决定论，又向社会文化的大背景开放，把文学放在大的文化系统、社会系统中加以考虑，避免封闭性、狭隘性的新模式。[②] 总之，文学史的问题既是一个自然科学、社会科学的问题，同时也是一个审美科学、精神科学的问题，文学史需要概念、范畴、逻辑、规律、归纳、理性等科学的要素，但它更需要新鲜的感悟、活泼的情感、深邃的洞见，这是我们在21世纪中国文学史方法的创新中必须认真去对待的。

① 参见温潘亚《文学史方法：从分析走向综合》，《淮阴师范学院学报》2001年第4期。

② 参见陶东风《论文学史的建构方法》，《文艺理论研究》1990年第5期。

后　记

对当代中国文论的兴趣，始于十余年前。当时，我刚从浙江大学西溪校区（原杭州大学）中文系毕业留校工作，恩师王元骧先生为了使我还有其他几位在杭州高校工作的年轻教师在教学工作之余不废科研，就牵头申报了一个校内的董氏基金项目，名称就叫作“当代中国文艺理论思潮”，他还设计了一个细致的研究提纲，叮嘱我们选择自己感兴趣的问题，分头去查阅资料，开展研究。正是从那个时候起，我开始了对当代中国文论的了解和研习，先后关注过艺术活动论、文艺人学论、主体论、生产论、本体论、反映论等，也分别撰写了部分研究文章在国内刊物发表，其中文艺人学论甚至还促发了我后来的博士学位论文的选题。当然，如果仅是研究的原因，自难持续至今，因为在博士后研究期间，我的兴趣转移到了文学史理论上来，虽然它与当代中国文论亦有不少交集，但毕竟侧重有异。所以，更重要的还在于“当代中国文艺理论思潮研究”这门课程的开设。我记得好像是在留校工作两年后，系里要求大家报选修课，那时我正承担着本科生“文学概论”课程的教学任务，加之又是工作不久，实在没有多少积累可以为学生开设选修课程，一时头脑发热，就报了“当代中国文艺理论思潮研究”这门课，现在想想，当时胆子是有点大了，但既然报了，也就把自己逼上了梁山。刚开始，学生对这门课没有什么热情，而且浙江大学当时已经开始了由学生在教务网上自主选课的实践，所以，选修者寥寥，我甚至自己就打了退堂鼓，想干脆不上算了，但当时学校似乎有个规定，大概是只要有学生选，教师就得上。

我记得第一次开课，教室内只有八九位同学。现在看来，还真要感谢浙江大学当年的这个规定，否则这本小册子早就夭折于途中了。再后来，记不清从什么时候起，选课的学生一时间多了起来，最多时竟有156位。学生对这门课的热情也逼迫我不得不持续地关注当代中国文论，并最终完成了这本小册子。所以，于本册子有益最大的自然是历届选修过这门课的学生，他们对本课程的兴趣及课程讨论中精心的准备、精彩的发言，以及课下同我的互动是本课程最宝贵的财富，也是我教学生涯中足以铭记在心的东西，更是促成这本册子的最重要的力量。我必须真诚地向他们致谢，没有他们鞭策和支持，可能就没有这部小册子的问世。同时，我还要感谢家人，没有他们的理解、支持与付出，完成本册子显然需要假以更多的时日。

本书杀青之时，惊闻钱谷融先生驾鹤西行，钱先生的文学人学思想冠绝群识，独出洞天，与众多后学一样，我也曾从中受益甚多，本册子中亦有体现，鄙册浅陋，但仍想以此向钱先生致以最深切的缅怀！

是为记。

朱首献

丁酉仲秋于浙江大学